Reinhard Kleindl
Chaoscode

Weitere Titel des Autors:

Die Gottesmaschine
Das Gotteselixier

Über den Autor:

Reinhard Kleindl ist ein österreichischer Thrillerautor, Wissenschaftsjournalist und Extremsportler. Er studierte Theoretische Elementarteilchenphysik und gehört zu den aktivsten Wissenschaftserklärern Österreichs. Er schrieb unter anderem für Zeitungen, Magazine und Universitäten. Seit 2022 ist er Wissenschaftsredakteur bei der Tageszeitung DER STANDARD.

REINHARD KLEINDL

CHAOS CODE

DIE GESCHICHTE VON DER
GEFÄHRLICHSTEN FORMEL DER WELT

THRILLER

Lübbe

Die Bastei Lübbe AG verfolgt eine nachhaltige Buchproduktion. Wir verwenden Papiere aus nachhaltiger Forstwirtschaft und verzichten darauf, Bücher einzeln in Folie zu verpacken. Wir stellen unsere Bücher in Deutschland und Europa (EU) her und arbeiten mit den Druckereien kontinuierlich an einer positiven Ökobilanz.

NACHHALTIG PRODUZIERT

Alle Charaktere dieser Geschichte sind fiktiv.

MIX
Papier | Fördert
gute Waldnutzung
FSC® C014496

Originalausgabe

Copyright © 2024 by
Bastei Lübbe AG, Schanzenstraße 6 – 20, 51063 Köln
Vervielfältigungen dieses Werkes für das Text- und Data-Mining bleiben vorbehalten.
Textredaktion: René Stein, Kusterdingen
Umschlaggestaltung: Johannes Wiebel | punchdesign, München
Umschlagmotiv: © AiCreatorArt/stock.adobe.com; octomesecam/
shutterstock.com; maxpro/shutterstock.com; isaravut/shutterstock.com;
Bits And Splits/shutterstock.com
Satz: Dörlemann Satz, Lemförde
Gesetzt aus der Adobe Garamond Pro
Druck und Verarbeitung: GGP Media GmbH, Pößneck
Printed in Germany
ISBN 978-3-404-19275-5

2 4 5 3 1

Sie finden uns im Internet unter luebbe.de
Bitte beachten Sie auch: lesejury.de

»Mich kümmert es nicht, dass Sie ein Mädchen sind, aber das Wichtigste ist, dass es Sie nicht kümmert. Dazu gibt es keinen Grund.«

Albert Einstein im Jahr 1946 in einem Brief an die sechzehnjährige Schülerin und Hobby-Astronomin Myfawny aus Kapstadt, nachdem er sie anfangs fälschlicherweise für einen Jungen hielt.

Unter jenen Personen, die von Berufs wegen mit Geheimnissen zu tun haben, gibt es eine Legende – von einer Formel, die alles verändern würde. Keine sensible Information wäre mehr sicher, kein schmutziges Geheimnis ließe sich mehr verbergen. Während manche den Tag X fürchten, an dem diese Formel gefunden wird, fördern andere die Suche danach und versprechen dem, der sie findet, Millionen. Und während das Leben der Geheimnisbeschützer in den staatlichen Nachrichtendiensten und IT-Sicherheitsfirmen trotz der latenten Bedrohung weitergeht wie bisher, macht ein neues Gerücht die Runde, das sich trotz mangelnder Beweise immer schneller verbreitet: dass diese Formel bereits gefunden wurde und die Revolution unmittelbar bevorsteht.

EINIGE WOCHEN ZUVOR

Die Zeitreisendenparty war Tradition bei der für das Knacken von Codes zuständigen Abteilung des britischen Geheimdienstes. Ort und Zeit unterlagen strengster Geheimhaltung und waren nur den Organisatoren bekannt, einer kleinen Gruppe von Nerds innerhalb des Dienstes. Sie hatten in den starren Strukturen, die noch aus Kriegszeiten stammten und für Kriegszeiten gemacht waren, kein leichtes Leben. Viele von ihnen waren auf verworrenen Wegen hierhergekommen, manche waren nicht ganz freiwillig hier und hatten eines dieser sprichwörtlichen Angebote bekommen, die man nicht ablehnen kann. Manche waren in einem früheren Leben Hacker mit einem starken Faible für anarchistisches Gedankengut gewesen, einer hatte sich beim Hacken von Regierungsseiten erwischen lassen, wo statt des Logos des britischen Oberhauses plötzlich ein pixeliges Einhorn über den Bildschirm der offiziellen Website geflogen war – mit einem Regenbogenschweif aus seinem After. Danach hatte es geheißen: Gefängnis oder ein Job beim Geheimdienst. Wenige überlegten lange.

Doch sie sehnten sich neben den Geheimdienstveteranen – ernsten, undurchsichtigen Gestalten ohne echtes Privatleben – nach der verlorenen Freiheit. Die Zeitreisendenparty war eine der wenigen Gesten des Aufbegehrens, die sie sich zugestanden. Zwar war ihnen die Ausrichtung mehrmals explizit verboten worden, doch sie wussten, dass diese Aktivität stillschweigend geduldet wurde.

Dieses Jahr befanden sie sich im Bletchley Park in der Nähe von Milton Keynes, knapp fünfzig Kilometer nordöstlich von Oxford, und die Party nahm zusehends Fahrt auf. Hazeem Light, der

9

jüngste der Anwesenden, der zum ersten Mal dabei war, machte sich im Kopf einen Vermerk, als sein Kollege Robin sich ein neues Glas einschenkte. Er war ungewöhnlich ausgelassen, seine Locken hingen ihm inzwischen schweißnass ins Gesicht. Robin trug heute ein neues T-Shirt, das wie immer Übergröße hatte. Darauf stand: *Ihr seid doch nur neidisch, dass die leisen Stimmen nicht zu euch sprechen.*

Zwölf Gläser indischer Gin waren es inzwischen, drei Gläser Wodka, neun Gläser Sake, einundzwanzig Flaschen belgisches Bier und vier Flaschen Cola. Drei der Colaflaschen gingen auf sein Konto, eine hatte Mikaela sich genehmigt, nachdem sie zum Schluss gekommen war, dass sie genug vom Alkohol hatte. Ihr pinker Kurzhaarschnitt und ihre Ohrringe mochten Rebellion suggerieren, doch sie war definitiv die Besonnenste unter den Anwesenden.

Obwohl nur die Hälfte der herangeschafften zwanzig Stühle besetzt war und zehn Gläser unberührt blieben, wurde die Stimmung immer ausgelassener. Auch Nerds konnten trinken, wenn der Anlass es erforderte. Die geladenen Gäste waren nicht gekommen, doch das war jedes Jahr so, und irgendwer musste die Flaschen schließlich leer trinken.

Während die anderen hitzig diskutierten, ob nun *Predestination* oder *Looper* der beste Zeitreisefilm aller Zeiten war, tat Hazeem das, was er immer tat, wenn er unter Menschen war. Er verhielt sich ruhig und vertrieb sich die Zeit, indem er in Gedanken die Vorgänge protokollierte. Lieber wäre er zu Hause geblieben, aber sie hatten darauf bestanden, dass er mitkam. Sie schienen ihn als fixen Teil der Gruppe zu betrachten. Es war das erste Mal, dass er so etwas wie Freunde hatte, und auch wenn ihn dieses Konzept immer noch verwirrte, glaubte er denen, die ihm versicherten, dass es sich um eine gute Sache handelte.

Als Ort dieses Treffens hatten sie sich für eine Baracke aus dem Zweiten Weltkrieg entschieden, in der in den letzten Kriegsjahren ein Team um den Mathematiker Alan Turing die Codes der Nazis geknackt hatte. Heute war die Stätte ein Museum, und der Block H, in dem sie sich befanden, enthielt neben der originalen Rechenmaschine Turings, die liebevoll »Bombe« genannt worden war, auch einen auf Elektronenröhren basierenden Computer, der den treffenden Namen »Colossus« trug.

Der Ort war nicht zufällig ausgewählt. Die Menschen, die hier über den Codes der Nazis gebrütet hatten, waren ihre direkten Vorgänger gewesen. Aus der Abteilung, für die diese Leute gearbeitet hatten, war später das britische Government Communications Headquarter hervorgegangen, besser unter der Abkürzung GCHQ bekannt, für das sie arbeiteten. Sie identifizierten sich mit Alan Turing und seinem Team, und nebenbei fanden sie hier die Ruhe, die sie benötigten. Natürlich hatten sie nach Ende der offiziellen Besuchszeiten einbrechen müssen, um die Geheimhaltung zu wahren.

Aus Nebengebäuden hatten sie zwanzig Stühle und zwei Tische herbeigeschafft, um die mitgebrachten Getränke darauf zu platzieren. Eine gute internationale Auswahl verschiedener Alkoholika, denn niemand wusste, aus welchem Land oder welchem Zeitalter die Gäste zu ihnen kommen würden. Es war genug da, um zwanzig Leute in gute Stimmung zu versetzen. Seit zwei Stunden saßen sie nun hier, bei verhängten Fenstern, um keinen Verdacht zu erregen.

Das Fehlen der Gäste war eine einkalkulierte Enttäuschung, die sich jedes Jahr wiederholte. Sie wussten, dass die Chance eines Erfolgs ziemlich gering war. Das war auch so gewesen, als der legendäre Physiker Stephen Hawking erstmals eine derartige Zeitreisendenparty veranstaltet hatte. Er hatte sich an einem willkürlich gewählten Ort zu einer willkürlich gewählten Zeit hingesetzt und gewartet. Erst nach dem Ende der »Party« hatte er die Einladung verschickt. So wollte er sicherstellen, dass nur Gäste kamen, die tatsächlich die Zukunft kannten und vorab wussten, dass er am Ende die Einladung verschicken würde. Seit dem Tod Hawkings wiederholten sie das Experiment jedes Jahr und stießen als Höhepunkt der Veranstaltung auf den großen Physiker an.

Hazeem war froh, dass nicht mehr Leute anwesend waren. Ein solcher Austausch, besonders mit Fremden, war für ihn immer noch eine große Herausforderung, auch wenn es schon besser geworden war. Die Kollegen kannten ihn und seine Bedürfnisse. Sie nahmen auf ihn Rücksicht, und das war mehr, als er irgendwo sonst erlebt hatte. Es verschaffte ihm eine innere Ruhe, die er bisher nicht gekannt hatte.

Doch diese Ruhe war gefährdet. Die Kollegen wussten nichts davon, aber das, woran er im Auftrag des Chefs im Alleingang arbeitete, hatte sich in eine unerwartete Richtung entwickelt. Es war womöglich die letzte Party dieser Art. Eine große Veränderung stand an, die Nachrichtendienste wie den ihren grundlegend infrage stellte.

Er hätte sich gern mit jemandem darüber ausgetauscht, aber er hatte keine Ahnung, wie er das anstellen sollte. Er befürchtete, dass man ihn nicht verstehen würde. Es war ihm schon viel zu oft passiert.

Deshalb musste er ganz sichergehen, seine Informationen mussten wasserdicht sein. Dann würde er McLeary informieren, seinen Chef. Ihm vertraute er noch am ehesten.

Als Robin neben ihm mit seinem Stuhl umkippte, wurde Hazeem aus seinen Gedanken gerissen. Die anderen kriegten sich vor Lachen gar nicht mehr ein, und Robin lachte mit ihnen. Nachdem das Gelächter abgeebbt war, kamen die anderen überein, dass es an der Zeit war, die Party zu beenden und die Einladung vorzubereiten. Jemand holte einen Laptop hervor und ließ sich von den anderen diktieren.

Zeitreisender, Zukunftskenner, schrieben sie, *wir wissen, dass es dich gibt. Beehre uns mit deiner Präsenz, und du wirst es nicht bereuen. Für dein Wohl ist gesorgt, und wir garantieren dir Verschwiegenheit. Fürchte dich nicht, wir können Geheimnisse bewahren, und niemand weiß so gut wie wir, wie gefährlich zu viel Wissen über die Zukunft sein kann. Sei also unbesorgt und leiste uns Gesellschaft!*

Nach einigem Hin und Her und nachdem sich alle auf ein Losungswort geeinigt hatten, waren alle mit dem Text einverstanden. Anschließend räumten sie auf und packten ihre Sachen ein. Beim Verlassen der Baracke wollten sie die Nachricht absetzen.

Mikaela war gerade dabei, den völlig betrunkenen Robin reisefertig zu machen, als ein Donnern sie zusammenzucken ließ.

Sie hielten inne und lauschten. Das Geräusch schien von überallher gekommen zu sein, die ganze Baracke hatte gebebt. Da war es wieder, zweimal, dreimal. Die Blicke richteten sich zum Eingang. Nun war es klarer zu vernehmen gewesen: Jemand hämmerte an die Tür. Erneut wurde es still. Jemand drückte die Klinke nach unten, doch die Tür ging nicht auf. Der Riegel war davorgeschoben. Fünf, sechs, sieben, acht Schläge zählte Hazeem, während er im Kopf nach möglichen Erklärungen suchte. Die anderen waren wie erstarrt. Hazeem konnte Gesichter nicht besonders gut lesen, aber er glaubte zu sehen, dass sie Angst hatten. Wer war das? Niemand konnte wissen, dass sie hier waren.

»Sollen wir aufmachen?«, flüsterte Mikaela, doch keiner der Anwesenden rührte sich.

Nach dreiunddreißig Schlägen verstummte das Geräusch. Stille senkte sich über die Baracke mit den riesigen Rechenmaschinen.

Es war Mikaela, die als Erste aus ihrer Starre erwachte. Sie schlich zur Tür hin, lauschte kurz, bevor sie den Riegel zurückschob und öffnete. Doch draußen war nur die Dunkelheit des Parks.

Zögerlich wagten sie sich vor die Baracke, um sich umzusehen. Es war schließlich Hazeem, der hinter der Baracke den Toten fand. Er hatte die dunkle Haut eines Afrikaners, und in seiner Hand hielt er einen USB-Stick.

23. MÄRZ

Der erste Notruf ging um 18 Uhr ein, als sich gerade die Dämmerung über die Londoner Innenstadt senkte. Autos hatten ihre Scheinwerfer eingeschaltet, der Abendverkehr verstopfte die Straßen. Der Mann in der Notrufzentrale der Polizei, der den Anruf entgegennahm, stand kurz vor dem Ende seiner Schicht und glaubte zuerst an einen Irrtum, doch er leitete die Information pflichtschuldig weiter. Erst als wenige Minuten später zwei weitere Anrufer dasselbe berichteten, kam er zum Schluss, dass es sich nicht um eine Falschmeldung handelte.

Auf dem höchsten Wolkenkratzer der Stadt stand jemand über dem Abgrund und drohte zu springen. Die anderen Angaben variierten, manche sprachen von einem jungen Mann, manche von einem älteren, manche glaubten, er habe eine helle Hautfarbe, manche sprachen von dunkler.

Die Information gelangte über informelle Kanäle an die Nachrichtenredaktionen der Stadt. Erste Kameras wurden auf die Hochhausspitze gerichtet, wo sich in der einsetzenden Dunkelheit nicht viel erkennen ließ. Journalisten versuchten, sich Zugang zum Gebäude zu verschaffen, wurden aber von den Sicherheitsleuten abgewiesen, die angaben, von nichts zu wissen, während im Haus längst Aufruhr herrschte, man den Zugang zum Dach abgesperrt hatte und diskutierte, wie zum Teufel der Kerl die Sicherheitssysteme hatte umgehen können und was man jetzt tun sollte, bis die Polizei eintraf.

Es war schließlich ein junger Blogger, der seine Drohne entlang der Glasfassade aufsteigen ließ und die ersten Bilder des Lebensmüden einfing. Das Video wurde mangels anderer Aufnahmen von allen Medien geteilt und ging schnell viral. Es zeigte neben der Tatsache, dass es sich wirklich um einen jungen, dunkelhäutigen Mann handelte, noch ein weiteres Detail, das bald rund um den Globus für Gesprächsstoff sorgen sollte. Der Mann schrie etwas über die Stadt hinaus. Das Sonderbare war, dass sich nicht sofort feststellen ließ, um welche Sprache es sich handelte. Schnell aufgestellte Richtmikrofone von Fernseh- und Radiostationen sollten Klarheit bringen, machten die Sache aber nur noch komplizierter. In den sozialen Medien lieferten sich die Teilnehmer heiße Diskussionen, und nur langsam kristallisierte sich heraus, dass eine der Sprachen Klingonisch gewesen war, während andere Behauptungen, dass es sich um Sanskrit, Esperanto oder Latein handelte, nicht bestätigt werden konnten.

Trotz der schlechten Qualität der Aufnahmen gab es auch nicht wenige Leute, die glaubten, die Nachricht verstanden zu haben, die der junge Mann in den Wind schrie. Manche behaupteten, dass es immer dieselben Worte waren, allerdings in verschiedenen Sprachen:

»Es muss aufhören.«

*

Jeff McLeary, der Leiter der wahrscheinlich meistunterschätzten Abteilung des britischen GCHQ, war müde und gereizt, als er sein Haus in Cheltenham betrat. Er hatte in seinem Büro Bescheid gegeben, dass er in der folgenden Stunde keine Anrufe entgegennehmen würde.

McLeary hatte Ärger wegen eines Mitarbeiters, der seit ein paar Tagen nicht zur Arbeit erschienen war. Derartiges wäre schon in einem normalen Job problematisch gewesen, doch in der Profession, in der McLeary tätig war, war es untragbar.

Er war in einer Welt aufgewachsen, in der Agenten lernten, wann sie beim Beschatten einer Person die Straßenseite wechseln mussten. Heute bestand der Großteil der Belegschaft von Geheimdiensten aus Computerspezialisten, die nie im Feld gearbeitet hatten und das auch nie tun würden. Es musste früher oder später schiefgehen.

Dieser Fall tat ihm besonders weh, denn McLeary hatte den jungen Mann gefördert. Doch seit einiger Zeit hatte er sich zunehmend sonderbar verhalten, seine Arbeit vernachlässigt.

Die Sache schien sich herumzusprechen, denn zuvor hatte seine Chefin angerufen und nach ihm gefragt. McLeary hatte lügen müssen. Er hatte verschwiegen, dass er nicht mehr in der Lage war, den Mann zu erreichen. Müde und frustriert hatte er nach dem Gespräch alle anstehenden Termine abgesagt und war nach Hause gefahren.

»Hallo Schatz«, sagte er, als er eintrat. Er stellte seine Tasche auf einen Stuhl am Esstisch, der im Zentrum der großen Wohnküche stand. Dort lag bereits das tägliche Kreuzworträtsel aus der Zeitung bereit, mit dem er sich nach langen Arbeitstagen beruhigte.

Heute aber galt seine Aufmerksamkeit seiner Frau. Nancy war gerade dabei, ein Bild aufzuhängen. Es handelte sich um eine abstrahierte Darstellung eines Mannes, der auf einem Lehnstuhl saß. Etwas Befremdliches war daran. Er glaubte, dieses Bild schon einmal irgendwo gesehen zu haben. Sie hatte es letzte Woche bei einer Vernissage erworben. Nancy hielt das Gemälde hoch, ohne ihn anzusehen.

»Wie findest du das?«

Sie hatte das Sofa von der Wand weggeschoben und stand dahinter an der Wand. McLeary sah, dass sie schon einen Nagel in die Wand geschlagen hatte.

»Soll ich dir helfen?«, fragte er.

»Lass nur, ich habe es schon.« Sie hob das Bild noch ein Stück und hakte den Rahmen an einem unsichtbaren Band oder Kabel an der Rückseite ein. Sie wischte sich die Hände an einem Taschentuch ab. »Und?«

17

»Es wirkt gut hier«, sagte er und meinte es auch so. Das Bild ging ihm auf eine seltsame Art und Weise nahe, die er noch nicht einordnen konnte. Das gefiel ihm.

Er hatte von Kunst eigentlich keine Ahnung, es war Nancy, die sich dafür interessierte. Alles, was er wusste, hatte er von ihr gelernt. Anfangs hatten die Bilder, die sie ihm zeigte, sündteure moderne Werke von Künstlern mit Namen wie Bacon oder Richter, ihn verwirrt und befremdet. Er hatte sie abgelehnt, bis sie ihm klargemacht hatte, dass viele Bilder genau auf dieses Gefühl abzielten. Er machte nichts falsch. Als er dem entgegengehalten hatte, dass er diese Gefühle vielleicht gar nicht erleben wollte, und sie fragte, warum Menschen sich Bilder aufhängten, die sie befremdeten anstatt solcher, bei denen sie sich besser fühlten, hatte sie geschmunzelt und ihn gefragt, auf welche Weise er sich denn besser fühlen wollte.

Das hatte ihn sehr nachdenklich gemacht. Und er hatte festgestellt, dass in den widersprüchlichen Gefühlen, die ihre Bilder auslösten, etwas war, das ihm tatsächlich so etwas wie Genugtuung bereitete. Die Künstler, die diese Bilder geschaffen hatten, belogen ihn nicht. Sie zeigten ihm etwas Wahrhaftiges. Ihm wurde klar, wie selten er in seiner Lebenswelt mit Dingen konfrontiert war, für die sich das sagen ließ. Seither sah er Nancys Kunstvorlieben mit anderen Augen und beschwerte sich auch nicht mehr über die horrenden Preise, die sie dafür bezahlte – von ihrem Geld, verstand sich. Das Sammeln von Kunst hatte sich für sie von einer Leidenschaft zu einem Berufszweig gewandelt, den sie mit großem Geschick verfolgte. Er hütete sich deshalb auch, ein vorschnelles Urteil über das Bild abzugeben. Sie verlangte gar keine Zustimmung. Dafür war es viel zu früh, das wussten sie beide. Aber vorerst konnte das Bild hier hängen, er hatte nichts dagegen.

»Harter Tag?«, fragte sie ihn, nachdem sie gemeinsam die Couch zurück an ihren Platz geschoben hatten.

»Mhm«, stimmte er ihr zu.

Sie fragte nicht weiter nach, schon seit Jahren nicht mehr. Es genügte zu wissen, wie es ihm ging.

»Ich dachte es mir schon. So früh kommst du sonst nie. Möchtest du etwas essen?«

»Nein danke, nur eine Tasse Tee.«

»Ich mache uns welchen«, sagte sie und ging in die Küche.

Doch noch bevor das Teewasser kochte, hörte er ein dumpfes Dröhnen, das sich zum flatternden Fluggeräusch eines Hubschraubers verdichtete. Zugleich rief ihn jemand aus dem Chefbüro des GCHQ an. Wenn sein Wunsch nach Ruhe ignoriert wurde, musste es wichtig sein, deshalb hob er ab. Als er hörte, was die Person am anderen Ende zu sagen hatte, war er erst verwirrt.

»Sind Sie sicher, dass Sie bei mir an der richtigen Adresse sind?«

Doch als McLeary verstand, worum es ging, erkannte er den Ernst der Lage sofort. Er gab seiner Frau einen Kuss und ging hinunter auf die Straße, wo ihm ein Mann entgegenrannte, der ihn zu dem bereits gelandeten Eurocopter brachte, dessen Rotorblätter sich noch drehten.

McLeary hatte sich kaum angeschnallt, als der Pilot die Turbinen des Hubschraubers aufheulen ließ. Der Helikopter erhob sich in die Luft und flog nach Osten in Richtung London.

*

The Shard.

Man hatte ihm also die Wahrheit gesagt. McLeary reckte den Hals, um aus dem Fenster des Hubschraubers zu sehen. Neben ihm ragte der größte Wolkenkratzer Londons auf, eine spitz zulaufende Glaspyramide am Ufer der Themse, die sich, wie so viele Londoner Immobilien, im Besitz von Investoren aus Katar befand. Mehrere große Scheinwerfer waren nach oben gerichtet, doch ihr Licht verlor sich auf den dreihundert Metern bis zur Spitze. Die Joiner Street, eine Seitengasse der St. Thomas Street, hatte die Polizei bereits abgesperrt. Als die Beamten den Hubschrauber sahen, machten sie sofort Platz.

Nachdem McLeary ausgestiegen war, kam sofort Sandra Gardener, die Leiterin des GCHQ, auf ihn zu.

»Sie haben mich gerufen«, begann er.

Er wusste, dass Gardener sich nicht für Begrüßungen oder andere Höflichkeiten interessierte. Manchmal irritierte ihn ihre kühle Professionalität. Für ihn war sie eine Person ohne Privatleben. Niemand im Haus wusste, ob sie allein oder in einer Beziehung lebte oder was sie nach Feierabend machte. Manchmal ertappte er sich bei dem Gedanken, dass sie abends, wenn sie ihr streng geschnittenes Kostüm für den nächsten Tag zu zehn anderen identischen in den Schrank hängte, danach selbst hineinstieg und die Schranktür hinter sich schloss.

Diesmal war er dankbar für ihre Unaufgeregtheit.

Sie bedeutete ihm mitzukommen. »Niemand weiß, wie er hineingekommen ist. Es gibt dort eigentlich Überwachungskameras. Er kann nicht über die Besucherplattform gekommen sein, die Polizei versucht es noch herauszufinden. Es muss der Lastenaufzug gewesen sein, aber die Gebäudeverwaltung konnte den zuständigen Mitarbeiter nicht ausfindig machen.«

»Wer?«, fragte er.

»Wir hofften, dass Sie uns das sagen können. Es gibt den Verdacht, dass es jemand aus Ihrem Team ist.«

Gardeners Aufmerksamkeit wurde von einigen Männern in dunklen Kevlarwesten gefesselt, die gerade Helme aufsetzten. Sie trugen Sturmgewehre und schienen sich gerade für den Einsatz bereit zu machen. Sie gehörten zur SFO, einer speziell ausgebildeten Einheit, die für den Schusswaffeneinsatz geschult war.

»Was tun die hier?«, fragte Gardener einen von ihnen. »Sagen Sie Ihren Kollegen, sie sollen warten.«

Gardener begann mit dem Einsatzleiter zu diskutieren, der offenbar die Order hatte hineinzugehen. Der Bürgermeister hatte sich eingeschaltet, aus Angst, Unbeteiligte könnten verletzt werden. Gardener diskutierte hitzig, deshalb ließ McLeary sie stehen und scannte die Umgebung nach jemandem, der ihm Genaueres sagen konnte.

Als er zur Polizeiabsperrung blickte, standen dort zwei junge Mädchen, keine zwanzig Jahre alt, die in ihre Handys starrten. Sie unterhielten sich aufgeregt, ohne ihre Blicke von den Displays zu nehmen. Zu ihnen ging er hin.

»Ihr wisst nicht zufällig, was hier los ist?«, fragte er mit einem aufgesetzten jovialen Lächeln, das er in seiner Zeit im Außendienst oft benutzt hatte.

»Da steht einer oben und ruft etwas«, sagte eine von ihnen, die kurzes, gebleichtes Haar hatte.

Als ihre langhaarige Freundin sich immer noch nicht vom Handy losreißen konnte, versetzte sie ihr einen Stoß mit dem Ellbogen. »Mary!«

»Lass mich, Philippa!« Beide sahen McLeary verlegen an. Sie schienen trotz seiner Zivilkleidung zu spüren, dass er eine offizielle Position innehatte. McLeary hätte viel dafür gegeben herauszufinden, wie sich das verhindern ließ. Früher einmal hatte er unauffällig sein können, wenn er wollte. Irgendwann war ihm diese Fähigkeit verloren gegangen, unwiederbringlich, wie er befürchtete.

Er deutete auf die Handys. »Irgendwas Neues?«

Die Mädchen tauten schnell auf. »Nichts«, sagte Philippa. »Seit einer Stunde ruft er etwas, aber niemand versteht ihn.«

»Er ruft etwas?«, vergewisserte sich McLeary. Noch bestand Hoffnung, dachte McLeary. Vielleicht war es nur ein Verrückter.

»Hören Sie doch!«, forderte ihn Mary auf.

McLeary hielt inne und lauschte, doch er hörte nichts.

»Sie sagen, dass er nie zweimal die gleiche Sprache verwendet.«

McLeary stutzte. »Er ändert die Sprache?«

»Es ist verrückt«, sagte Philippa.

Sie hob ihr Handy, sodass McLeary es sehen konnte.

Es war die verwackelte Aufnahme einer Drohne, die an der Fassade höher stieg. Die Kamera zeigte spiegelndes Glas mit Fugen dazwischen, die schnell durch das Bild glitten. Dann kam die Spitze des Wolkenkratzers in Sicht, eine Stahlkonstruktion, die von den Londonern mit einem abgebrochenen Flaschenhals verglichen wurde. Ein passendes Bild, wie er zugeben musste, auch wenn das Stahlgebilde immer wieder spektakuläre Weihnachtsbeleuchtung trug.

Und da sah er, was sich gerade über ihrem Kopf abspielte: Ein schwarz gekleideter Mann stand auf einem Geländer. Das Gesicht ließ sich nicht erkennen.

Aus meinem Team? Wer könnte das sein?

Philippa drehte den Ton lauter, und tatsächlich war da etwas hinter dem Brummen der Rotoren, das sich wie eine menschliche Stimme anhörte.

»Das gerade ist Hoch-Valyrisch.«

»Hoch-Valyrisch?«

»Kennen Sie Game of Thrones? Es gibt auch jemanden, der sagt, dass Klingonisch dabei war.«

»Klingonisch?«, fragte McLeary ungläubig. »So wie aus Star Trek?«

Die Mädchen grinsten. »Sie kennen sich ja doch nicht so schlecht aus.«

Star Trek kannte er. Den ersten Film mit William Shatner hatte er einmal sehr gemocht. Er verstand aber nicht, was das eine mit dem anderen zu tun hatte.

»Und was ruft er?«, wollte McLeary wissen.

Darauf wussten die Mädchen keine Antwort. Bedrückt und voller dunkler Vorahnungen kehrte McLeary zu Gardener zurück, die inzwischen mit dem Einsatzteam fertig geworden zu sein schien. Sie hatten sich jedenfalls wieder zurückgezogen und ihre Waffen gesichert.

»Können wir rein?«, fragte McLeary.

»Gleich. Noch etwas anderes, wir konnten es verifizieren. Der Mann stammt tatsächlich aus Ihrer Abteilung. Sein Name ist Hazeem Light.«

Als McLeary den Namen hörte, zuckte er zusammen. Er hätte von selbst darauf kommen müssen. Es war, als hätte ein Teil von ihm das Offensichtliche nicht wahrhaben wollen.

»Sie müssen mit ihm reden«, sagte sie.

»Ich bin bereit«, sagte er, obwohl dem nicht so war.

*

McLeary spürte den kalten Luftzug, als er ins Freie trat. Er befand sich im 75. Stock, am höchsten Punkt der Aussichtsplattform. Über ihm war nur noch ein Turm aus Stahl, der von hier oben viel größer wirkte als aus der Ferne. Als er hochblickte und dort Wolken vor der Scheibe des Vollmonds vorbeiziehen sah, überkam ihn ein kurzer Schwindel.

Und nun hörte er auch den Mann. Seine schrille Stimme war leise durch den Wind zu vernehmen.

Das Einsatzteam war mit nach oben gekommen, hielt sich nun aber im verglasten Bereich der Aussichtsplattform auf, um den Lebensmüden nicht zu irritieren. Bis jetzt hatte sich ihm noch niemand genähert.

McLeary fröstelte. Das war nicht nur der Wind, er war nervöser als sonst. Er dachte daran, dass er alt geworden war. Zu gerne hätte er jemand anderen geschickt, aber er konnte sich Gardener gegenüber keine Blöße geben. Das hier musste er selbst lösen. Vielleicht konnte er so Schlimmeres verhindern. Er stieg eine weiße Metalltreppe hoch und entfernte sich von dem massiven Mauerwerk des Turms. Die Luft pfiff durch das Gestänge. Die Stadt lag im Halbdunkel unter ihm, alles sah klein und eben aus, wie Spielzeug. Das letzte Abendrot war inzwischen verschwunden.

Und da sah er ihn. Er hatte ihm den Rücken zugewandt und stand auf einem Geländer. Trotzdem erkannte McLeary ihn sofort. Es gab keinen Zweifel, Gardener hatte recht gehabt.

Light hatte inzwischen bemerkt, dass jemand hinter ihm stand, und aufgehört, seine Sprüche in den Wind zu schreien. Er blickte sich umständlich um und umklammerte den Stahlträger neben sich dabei mit beiden Händen.

»Light, was tun Sie hier?«, fragte McLeary. Er senkte in einem unbedachten Moment den Blick, und sofort war ihm, als würde sich alles um ihn zu drehen beginnen. Er musste kurz die Augen schließen, bis er sich wieder im Griff hatte.

»Erkennen Sie mich? Ich bin's, McLeary.«

Light nickte nach einer Pause.

»Kommen Sie doch runter, damit wir uns unterhalten können. Okay?«

Doch Light bewegte sich nicht. McLeary konnte sehen, dass er zitterte.

»Was immer es ist, wir können darüber reden. Ich bin hier, um Ihnen zu helfen.« McLeary legte all seine Überzeugungskraft in diese Worte.

»Es muss aufhören«, sagte Light plötzlich.

McLeary stutzte. »Was muss aufhören?«, fragte er dann. Doch er sah Light an, dass dieser nicht vorhatte, sich zu erklären. Light wandte den Blick wieder hinaus in die Stadt. »Wir können über alles reden. Kommen Sie zuerst herunter.«

McLeary machte einen Schritt auf Light zu, der sich wieder zu ihm umwandte und den Pfeiler noch verzweifelter umklammerte.

»Sie wollen aussteigen? In Ordnung. Kein Problem, ich verstehe das.«

»Es muss aufhören!«, wiederholte Light.

»Was? Hat es mit unserer Arbeit zu tun?« McLeary zögerte. »Aber Sie verstehen doch, dass wir Menschen Gutes damit tun.«

Es war ihm herausgerutscht. McLeary sah sofort, dass es ein

Fehler gewesen war. Light sah nach unten, als prüfte er, wie sich der Sturz wohl anfühlen würde.

»Okay, okay. Wir hören auf. Wenn Sie das wollen, hören wir auf. Sie müssen nur von diesem Geländer heruntersteigen.«

McLeary spürte die Präsenz von Personen hinter sich, wagte aber nicht, sich umzublicken.

Bleibt verdammt noch mal, wo ihr seid!

Doch Light wirkte plötzlich ruhiger als zuvor. »Alles wird gut«, sagte McLeary. »Wir kriegen das hin.«

»Es wird aufhören«, sagte Light, und es klang nun nicht mehr wie eine Bitte.

Er löste eine Hand vom Träger und fasste in seine Tasche. Der Geheimdienstler in McLeary dachte an eine Waffe, und trat einen Schritt zurück. Er brauchte einen Moment, bis er seinen Fehler einsah. Light hatte etwas in seiner Hand, das die Größe eines Mobiltelefons hatte, und plötzlich gingen die Lichter aus.

Dunkelheit umgab McLeary, die so durchdringend war, dass er unwillkürlich blinzelte, um sicherzugehen, dass er nicht sein Augenlicht verloren hatte. Einige Sekunden lang war es totenstill, dann begannen die Sirenen zu heulen. Aus der Stadt war plötzlich vereinzeltes Krachen zu hören. Jemand hupte.

McLeary versuchte vergeblich, im Dunkeln Light zu erkennen. Hinter sich hörte er Stiefelgeräusche, die sich näherten. Er musste eine Entscheidung treffen.

McLeary tastete sich eilig zum Geländer vor, doch aus der Nähe konnte er erkennen, dass Light nicht mehr da war. Aus der Tiefe hörte er Schreie. Und da erkannte McLeary, dass mit der Stadt etwas nicht stimmte.

Erst als er am Geländer stand, konnte McLeary das ganze Ausmaß der Veränderung erkennen. London lag in vollständiger Dunkelheit.

*

Pawel Peskin, ein Mann, den die meisten Leute nur als den »Händler« kannten, saß in seiner zu großen Hotelsuite im Zentrum der nigerianischen Metropole Lagos neben seinen ungeöffneten Koffern und konnte sich nicht beruhigen. Die Suite war klimatisiert wie ein Eisschrank, und er fror in seinem durchgeschwitzten Anzug, der für die Temperaturen in den Straßen dieser Stadt viel zu warm gewesen war. Hier in diesem Haus schien man eine überdimensionierte Klimaanlage als Statussymbol zu betrachten. Große Teile von Lagos lebten in Armut, doch es gab hier, wie in jeder Stadt, auch märchenhaften Luxus. In der Tiefgarage hatte er mehrere Lamborghinis und einen McLaren gesehen, in der Lobby war vorhin eine Influencerin mit eigenem Beleuchter-Team dabei gewesen, ein Video zu drehen.

Pawel hätte bei der Rezeption anrufen und eine Szene machen können, doch er war zu gefesselt von den Fernsehbildern aus London. Er musste an das Gespräch denken, das er zuvor auf der Fahrt hierher in einer Limousine des Hotels mit einem Mitarbeiter des GCHQ geführt hatte. Er hatte zum wiederholten Mal verlangt, zu jemandem aus der Führungsebene durchgestellt zu werden, doch man hatte ihn abblitzen lassen. Ein weiteres gescheitertes Verkaufsgespräch. Sie konnten den Wert der Ware, die er ihnen anbot, einfach nicht verstehen. Und das, was in London passierte, zeigte ihm, dass seine Zeit knapp wurde.

Er war es nicht gewohnt, abgewiesen zu werden. Als er sich vor drei Jahren nach einer missglückten Karriere als professioneller Schachspieler selbstständig gemacht hatte, waren Gespräche wie dieses öfter vorgekommen. Doch er war hartnäckig geblieben, hatte geduldig viele Hundert Stunden auf versteckten Marktplätzen im Netz verbracht, dubiosen Plattformen, die man nur auf Empfehlung hin betreten durfte und wo man alles nur Erdenkliche kaufen konnte, was in der analogen Welt durch Gesetze oder andere Hindernisse unverkäuflich war. Dinge, die Pawel manchmal mit Abscheu erfüllten, mit denen er aber dennoch handelte, um Kontakte zu knüpfen und sich Glaubwürdigkeit zu erarbeiten.

Seine Bemühungen hatten gefruchtet, und er war immer öfter den einen Schritt schneller als die anderen gewesen. Er hatte sich Ware gesichert, die mit Gold aufzuwiegen gewesen wäre, wenn sie denn ein Gewicht gehabt hätte. In gewissem Sinn handelte es sich um nichts, für das er in dem einen Fall dreißigtausend Euro und im anderen das Zehnfache bezahlt hatte: um Lücken. Er dealte mit Softwarefehlern – Sicherheitslücken in Betriebssystemen von Computern und Handys oder Software von Industrieanlagen oder beliebten Apps. Meist ging es um *Zero Day Exploits*. Das *Zero* stand für die Zeit seit dem Bekanntwerden. Ein Zero Day war eine Sicherheitslücke, von der noch niemand wusste. Das bedeutete, dass sie noch keine offizielle CVE-Nummer zugewiesen bekommen hatte und niemand an ihrer Korrektur arbeitete. Das Wort »Exploit« stand streng genommen für eine kriminelle Methode zur Ausnutzung dieser Sicherheitslücke.

Das machte den Wert dieser Ware aus, denn Sicherheitslücken hatten eine für Kriminelle und Nachrichtendienste enorm nützliche Eigenschaft: Mit ihrer Hilfe ließen sich Tools entwickeln, die es erlaubten, elektronische Geräte unter Kontrolle zu bekommen, allen voran Mobiltelefone. Sie lieferten Kamerabild, Ton, Standort und die gesamte Kommunikation einer Person. Alles, was man brauchte, um jemanden zu überwachen. Diese Methode war inzwischen international Standard und so effektiv, dass kaum noch jemand Ziele auf klassische Art und Weise beschatten musste. Die Krux dabei: Um ein solches Tool zu programmieren, benötigte man nicht nur eine, sondern eine ganze Kette von Zero-Day-Exploits.

Für Sicherheitslücken gab es folglich einen volatilen Markt, der zum Großteil im sogenannten Darknet angesiedelt war – ein Modeausdruck, den nur Ahnungslose verwendeten. Die Interessenten waren einerseits Kriminelle, kommerzielle Anbieter von Überwachungssoftware, aber auch staatliche Dienste. Dass immer öfter Beamte mit Betrügern um die Wette boten, entbehrte nicht der Ironie. Seit mehr und mehr Leute ihre Nachrichten verschlüsselten, waren Sicherheitslücken noch wertvoller geworden. Genau genommen hatte er eine Art geografisches Wissen gekauft, die Positionen von Brüchen und Verwerfungen im Mantel, durch die man in die Tiefe steigen konnte.

Pawel ließ den Blick vom Fernseher los und betrachtete das Schachbrett vor ihm. Es handelte sich um ein afrikanisches Brett aus hellem und dunklem Holz, Letzteres vermutlich afrikanisches Teak. Die Figuren waren von Hand gemacht und sahen aus wie afrikanische Gottheiten. Sie waren zu einem komplizierten Bild arrangiert, das er bis jetzt nicht zur Gänze zu durchschauen vermocht hatte.

Er hatte extra vorab betont, dass er ein Schachbrett auf seinem Zimmer haben wollte, doch als er das Zimmer bezogen hatte, hatte das Brett gefehlt. Nachdem er sich beim Management darüber beschwert hatte, schien jemand auf einem lokalen Markt das erstbeste Brett erstanden zu haben.

Bald wollte er über seinen nächsten Zug entscheiden, doch noch war er sich nicht ganz sicher, welcher der richtige war. Sein Gegenspieler in den USA wartete bestimmt schon seit Tagen auf seine Mail. Die Fernschach-Partie, die sie führten, zog sich bereits über zwei Monate.

Im Grunde war es so, wie Kasparow es in seinem Buch behauptete: Das Leben imitiert Schach. Wer taktisch denken kann und hartnäckig ist, findet für alles eine Lösung.

Sein neues Geschäft hatte sich gut entwickelt, bis Pawel vor etwas mehr als einem Jahr einen Tipp bekommen hatte, nur ein Gerücht, dem er aber nachgegangen war. Von einer Sicherheitslücke, größer als alle, mit denen er bisher zu tun gehabt hatte. Erst nach und nach hatte er herausgefunden, dass es sich nicht um einen Softwarebug handelte, sondern um etwas völlig anderes. Er hatte sofort die Bedeutung für sein Geschäftsfeld verstanden. Und er hatte verstanden, dass er nicht viel Zeit hatte. Wenn es nicht bereits zu spät war.

Eigentlich hätte er zufrieden sein können, er hatte genug Geld auf der Seite, um bis ans Ende seiner Tage ein Leben zu führen, das andere als luxuriös wahrnehmen würden. Pawels Problem war, dass er sich inzwischen an seinen neuen Lebensstil gewöhnt hatte. Das Geld von dem letzten großen Deal schmolz erschreckend schnell dahin.

Pawel war nicht der Typ, der so etwas auf sich sitzen lassen konnte. Er ahnte, wenn er jetzt nachgab, würde er wieder dort landen, wo er hergekommen war. Nicht sofort zwar, doch mit der Zeit. Und was dann? War es nicht klüger, in Bewegung zu bleiben?

Er musste an seinen Vater denken. Wie sie mit ihm umgegangen waren. Sein Vater hatte sich immer viel zu viel gefallen lassen. Pawel hatte sich damals bei der Beerdigung, als sie seinen Sarg in ein einfaches Grab weitab seiner Heimat hinabgelassen hatten, geschworen, es selbst nie so weit kommen zu lassen. In Wahrheit war er auf das Gelingen dieses Deals mehr angewiesen, als ihm lieb war. Es musste eine Möglichkeit geben, Bewegung in diese Sache zu bringen. Viele glaubten nicht an das Gerücht, aber Pawel wusste schon seit Längerem, dass etwas dran war. Das Zweifeln der anderen war ein Vorteil, den er für sich nutzen konnte, wenn es ihm nur gelang, mehr in Erfahrung zu bringen.

Diesen Vorsprung büßte er gerade ein, das bewiesen ihm die Bilder aus dem Fernsehen. Jemand hatte offenbar die Sicherheitssysteme der Stromversorgung Londons geknackt. Wie das gelungen war, darüber rätselte man in Medien ebenso wie in den geschlossenen Foren des Netzes. Doch Pawel verstand, womit er es zu tun hatte: Sein anvisierter Deal würde platzen. Die Sicherheitslücken, die er feilbot, würde bald niemand mehr benötigen. Es war nur eine Frage von Stunden, bis jemand da draußen den Zusammenhang herstellen würde.

Die Wahrheit lautete: Die Ware, die er dem GCHQ und anderen angeboten hatte, befand sich noch nicht in seinem Besitz.

Im selben Moment brummte sein Mobiltelefon.

Wir haben gefunden, wonach Sie suchen, stand dort. *Es ist der Wahrsager, wie wir vermutet haben.*

*

»Ein Virus?«, wiederholte McLeary. »Das ergibt doch keinen Sinn!«

Er befand sich mit Gardener in der Beddington Substation, einem der großen Umspannwerke Londons. Bei der Herfahrt hatten sie ein schier unendliches Netz von Stromleitungen und futuristisch aussehenden Spulen gesehen. Von hier hatte das Unglück seinen Ausgang genommen.

Es war inzwischen fast Mitternacht. Die letzten Stunden hatten Gardeners Leute den Abtransport der Leiche in die Wege geleitet, während er nur hilflos hatte zusehen können. Sie hatte einige Fäden bei den Londoner Behörden gezogen, die hoffentlich halfen, den Ball möglichst flach zu halten. Ob es etwas nützte, ließ sich noch nicht sagen.

Ein Mitarbeiter hatte ihnen auf seinem Rechner ein paar Codezeilen gezeigt, nun standen sie vor einem großen Steuerungsgerät, das im Wesentlichen die Funktion eines Leistungsschutzschalters hatte, der das Netz vor Überlastung schützen sollte. Im Normalbetrieb durfte der natürlich nicht aktiviert werden. Seiner Überzeugung nach musste jemand ins System eingedrungen sein und den Schadcode injiziert haben. Das Wort »Schadcode« wäre McLeary deutlich lieber gewesen, es klang technisch, wie etwas, womit sich normale Leute nicht beschäftigen mussten. Er ahnte aber schon jetzt, dass die Medien die Diktion vom »Virus« nur allzu bereitwillig aufgreifen würden.

Wie der Schadcode dorthin gelangt war, ließ sich allerdings nicht schlüssig erklären. Das Gerät sei mit einer 256-Bit-Verschlüsselung geschützt, erklärte der Mann. McLeary wusste, dass das der Standard war, mit dem das Königreich auch seine Staatsgeheimnisse schützte.

Den Mitarbeiter hatten sie inzwischen fortgeschickt. Nun starrten sie das Steuerungsgerät an, als ob es ihnen irgendetwas Wichtiges sagen würde, wenn sie nur lange genug warteten.

»Es gibt bestimmt eine andere Erklärung«, sagte McLeary. »Sie wissen, womit wir uns beschäftigen. Er hatte weder das Know-how noch die Möglichkeiten.«

»Es muss Light gewesen sein«, beharrte Gardener.

»Aber wie? Sie haben den Mann gehört.«

»Der Zeitpunkt des Stromausfalls passt genau. Sagten Sie nicht, er hatte etwas in der Hand, bevor er sprang? Das Virus hatte den Zweck, eine Hintertür zu installieren, die auf Knopfdruck einen Fehler im System generiert, der für eine Überlastung sorgt.«

Wenn sie recht hatte, dann hatte Light das alles mit langer Hand geplant. McLeary versuchte zu begreifen, was das bedeutete. Wie war es Light gelungen, das System zu knacken?

Es muss aufhören.

»Wie viele Leute wissen von Light?«, fragte Gardener. »Dass er für Sie arbeitete?«

Er erschrak, als sie ihn so offen darauf ansprach. Sie hatte es leise gesagt, aber McLeary hatte trotzdem Angst, dass jemand mitgehört haben könnte.

»Ich kann Ihnen die Namen geben. Light hat dieselbe Verschwiegenheitserklärung unterschrieben wie alle anderen in meinem Team. Meines Wissens hat er sich daran gehalten.«

Gardeners Schweigen zeigte ihm, dass das nicht genügte. Dass Light sich schon eine ganze Weile nicht mehr an die Regeln gehalten hatte, war inzwischen offenkundig.

»Wie steht es mit den Medien?«, wollte er wissen. »Was schreiben sie?«

»Noch tappen sie im Dunkeln. Sie haben das, was offiziell bekannt ist, und rätseln rum, was es mit den Sprachen auf sich hat. Das Klingonische verwirrt sie.«

Zumindest etwas. Sie kannten Light nicht, die Art, wie er dachte.

»Jemand wird dahinterkommen, dass Light etwas damit zu tun hat«, beharrte sie.

»Nicht, wenn wir schnell und richtig handeln.«

»Es gibt da noch etwas, McLeary. Noch hat niemand es bemerkt, aber das wird sich bald ändern. Light hat eine Nachricht hinterlassen.«

24. MÄRZ

Stromausfall terroristischer Akt?

London. Nach dem größten Stromausfall in der britischen Hauptstadt seit dem Zweiten Weltkrieg und der Wiederherstellung der Elektrizitätsversorgung läuft die Suche nach dem Auslöser auf Hochtouren. Auch wenn eine offizielle Bestätigung noch aussteht, verdichten sich die Anzeichen darauf, dass es sich nicht um einen technischen Defekt, sondern um einen Sabotageakt handelt. Medienberichten zufolge, die sich auf ungenannte Insiderquellen stützen, wurde in der Steuerungselektronik von mehreren Umspannwerken der Hauptstadt Schadcode gefunden. Sogar von einem Virus ist die Rede. Behörden wollen einen Terrorakt noch nicht bestätigen, zudem hat sich bislang niemand zu der Tat bekannt. Allerdings ist der Zeitpunkt des Selbstmordes eines jungen Mannes auffällig, der sich vor wenigen Stunden vom Shard stürzte, dem höchsten Hochhaus der Londoner Skyline. Berichten zufolge soll es sich um einen 26-jährigen Autisten namens Hazeem Light handeln. Die Behörden halten sich diesbezüglich nach wie vor bedeckt. Ob er hinter dem Stromausfall steckt und es sich in Wirklichkeit um einen terroristischen Akt handelt, lässt sich derzeit nicht bestätigen, zumal bislang kein Abschiedsbrief bekannt ist, der genaueren Aufschluss geben könnte. (red)

*

Magnus Konrad, Chefredakteur der Tageszeitung »Weltblick«, betrat den Besprechungsraum und fand sein Team bereits zur Morgenbesprechung versammelt. Die Leute sahen müde aus, doch Konrad war gut gelaunt. Sie hatten gestern wegen der Ereignisse in London kurzfristig noch die Titelseite umgebaut und dafür sogar die Druckerpresse ein paar Minuten angehalten. Doch auf diese Weise hatten sie heute als eines der wenigen heimischen Medien die Geschichte des sonderbaren Stromausfalls druckfrisch im Blatt. Konrad war also guter Dinge.

»Schönen Morgen allerseits«, begrüßte er seine Leute und setzte sich. »Ein Update, bitte. Marc.«

Marc war vom Team für Aktuelles und hatte auf allen möglichen digitalen und analogen Kanälen versucht, sich einen Überblick über die Lage zu verschaffen. Er war ein junger, energischer Typ mit Hornbrille und schwarzem T-Shirt, der wie so viele beim Weltblick von Natur aus von ständiger Unruhe erfüllt war.

»Nach wie vor scheint es sich auf London zu konzentrieren«, begann Marc. »Meldungen aus anderen Städten ließen sich nicht bestätigen. In London war auch ein Fußballspiel von Chelsea betroffen.«

»Die Armen«, sagte jemand. »Das war doch ein Europacupspiel, nicht wahr?«

»Die Londoner Innenstadt scheint das Epizentrum zu sein«, sagte Marc, ohne auf die Frage einzugehen.

»*Epizentrum*«, wiederholte Konrad, »merken, das ist gut. Hat schon jemand unseren Korrespondenten erreicht? Wissen wir schon etwas über diesen Selbstmörder?«

Sie alle hatten die Geschichte des Mannes gehört, der vom Shard gesprungen war, und die Spekulationen, er könnte etwas mit dem Stromausfall zu tun haben.

Ralf Thielemann räusperte sich und reckte seine große Gestalt. Er war einer der langgedienten Journalisten im Haus, ein griesgrämiger, in letzter Zeit oft müde wirkender Innenpolitikschreiber, der ab und zu auch Theaterkritiken zum Besten gab. Sein ständiger Begleiter war ein Seidenschal, den er über dem Sakko trug.

»Noch nicht, aber ich habe mit einem Freund telefoniert«, sagte er und seufzte, als wäre das besonders schwierig gewesen. »Dort weiß auch noch niemand etwas Konkretes.«

Thielemann gab Marc ein Zeichen, der daraufhin die Meldung einer englischen Zeitung auf den Bildschirm projizierte.

»Klingonisch …«, murmelte jemand kopfschüttelnd.

»Ein einzelner Mann? Wie kommen die darauf?«, fragte Konrad, dem die Sache entschieden zu spekulativ war.

»Die englischen Medien zitieren irgendwelche anonymen Insider. Und es sieht so aus, als wäre der Strom ziemlich genau in dem Moment ausgefallen, als er sprang.«

Konrads Puls beschleunigte sich. Er hatte sich nicht getäuscht, das war eine Geschichte.

»Weiß sonst jemand etwas darüber? Irgendwelche Ideen?«

Alle wichen seinem Blick aus, nur die Berlinerin Line Berg tat so, als würde sie alles nichts angehen. Sie trug den unvermeidlichen Rollkragenpullover, der an ihr aber so elegant wirkte, dass sie gut und gern mit Thielemann in die Oper hätte gehen können. Ihre Aufmerksamkeit galt ihrem Handy. Sie wirkte noch gelangweilter als sonst.

»Line, irgendwelche Anmerkungen? Du hast doch auch in London gearbeitet.«

Ihr Blick blieb auf das Mobiltelefon fixiert. Er konnte nicht sagen, ob sie ihn überhaupt gehört hatte.

»Komm schon, streng dich ein wenig an!«, forderte er.

Sie seufzte hörbar und ließ das Handy sinken. »Es ist noch zu früh«, sagte sie.

»Zu früh für was?« Er spürte, dass da noch mehr war. »Raus damit, ich will es hören.«

»Da war diese Mail«, sagte sie. »Habt ihr die gesehen?«

Niemand schien zu wissen, wovon sie sprach.

»Sie ging kurz vor dem Stromausfall in London ein, an die Redaktionsadresse.«

»Ich weiß nichts von einer Mail«, sagte Konrad. »Was hat es damit auf sich?«

»Sie enthält keinen Text, nur irgendwelche Zahlen. Ich dachte, ihr wisst vielleicht etwas.«

»Glaubst du, das ist wichtig?«

»Lässt sich schwer sagen. Ist noch zu früh, wenn du mich fragst.«

Line lächelte ihn an und legte kokett den Kopf schief. *Du bist der Chef*, sagte dieses Lächeln. Thielemann kicherte hörbar. Er machte kein Geheimnis daraus, was er von Line Berg hielt. Ihre Respektlosigkeit betrachtete er als Zeichen für mangelnde Professionalität, was natürlich Unsinn war.

Konrad schluckte den Ärger über ihre unverschämte Art hinunter. Er konnte sich nicht jedes Mal über sie aufregen, aber wusste auch nicht, was er mit ihr anfangen sollte. Seit dem Skandal, den sie verursacht hatte, schien sie überhaupt nichts mehr zu interessieren. Nicht, dass er kein Verständnis hatte. Andere hätten den Job nach einem derartigen Fauxpas vermutlich an den Nagel gehängt.

»Ich will, dass jemand unseren Korrespondenten erreicht. Ralf, sag deinem Freund, er soll ihn aus dem Bett holen, wenn nötig. Ich will wissen, warum er es getan hat. Und ich will, dass die Leute es bei uns zuerst lesen.«

*

McLeary wies den Fahrer an, zur Zentrale des GCHQ zu fahren. Noch in der Nacht war er zurück nach Cheltenham gebracht worden, diesmal ohne Hubschrauber, sondern mit einem Wagen inklusive Chauffeur, den Gardener ihm zur Verfügung gestellt hatte – ›bis diese Sache erledigt ist‹, so ihre Worte.

Sie hatte ihn extra noch mal zur Eile gedrängt. Gardener hatte sich vor dem Premier verantworten müssen und war außer sich. Auch die höchste politische Ebene des Landes war aufgrund der kursierenden Gerüchte nervös. Inzwischen hatten sie erfahren, dass Light per E-Mail eine Art Bekennerbrief verschickt hatte, der aber nur Zahlen enthielt, die niemand verstand. Typisch Hazeem. Auch wenn noch niemand etwas damit anfangen konnte, war nicht auszuschließen, dass sich darin ein Hinweis versteckte, der McLeary oder seinen Arbeitgeber in Bedrängnis bringen könnte.

Gerade war er in Lights Wohnung gewesen, für die es beim GCHQ einen Zweitschlüssel für Notfälle gab. Die Wohnung wurde ihm zur Verfügung gestellt und war eigentlich zu groß für eine einzelne Person. Sie war kahl, bis auf das Schlafzimmer, dessen Einrichtung etwas von einem Kinderzimmer hatte. Es wirkte, als wäre eine Familie ausgezogen und hätte nur das Kind mit seinen Sachen zurückgelassen. McLeary hatte nur einen kurzen Blick hineingeworfen und dann ein Spezialistenteam an die Arbeit gelassen.

Der Wagen hielt vor dem Eingang der Zentrale, die etwa 7000 Angestellte des GCHQ beherbergte, dem berühmten »Donut«. Das Gebäude war kreisrund, mit einem Garten in der Mitte. Damit ähnelte es anderen Gebäuden, die auf Geheimhaltung bedacht waren, darunter das Pentagon der US-Regierung oder die Apple-Zentrale im kalifornischen Silicon Valley. Alle bemühten sich, ein sicheres Inneres zu schaffen, mit möglichst wenig Angriffsfläche nach außen. Die runde Form war eine Konsequenz davon, einzellige Lebewesen folgten derselben Logik.

Beim Eintreten bemerkte er, wie die anderen Mitarbeiter ihren Blick abwandten, sobald sie ihn erkannten. Jeder schien von seinen Problemen zu wissen, und niemand schien scharf auf ein Gespräch mit ihm. McLeary war das nur recht.

Er hielt direkt auf die Abteilung zu, der er vorstand. Man konnte sie nicht verfehlen: Vor dem Eingang stand eine riesige gelbe Statue aus Stahl. Sie stellte Bumblebee dar, einen der Charaktere aus Transformers, bekannt durch die Filme aus den Nullerjahren und den Zeichentrickfilm von 1986 mit Orson Welles in seiner letzten Rolle als Sprecher. McLeary wollte diesmal darauf verzichten, sich über die Statue aufzuregen. Er hatte dem Team mehrmals verboten, sie draußen aufzustellen. Das erzeugte nur unnötig Aufmerksamkeit.

Doch die Statue hätte drinnen keinen Platz gehabt. Vor ihr stand ein Aufsteller mit einem Werbebanner des ersten Star-Wars-Films. Seine Leute hatten das Teil im Internet auf Kosten des GCHQ ersteigert. Er musste seine nicht mehr ganz schlanke Figur vorsichtig an einem mannshohen Stapel alter VHS-Kassetten vorbeischieben, um ins Innere des Büros zu gelangen, das etwas aufgeräumter aussah. Hier konnte man tatsächlich den Eindruck bekommen, dass auch gearbeitet wurde, selbst wenn die Stapel mit Gesellschaftsspielen und Rätselbüchern einen Außenstehenden hätten verwirren können. Derzeit schien Schach wieder das Spiel der Stunde zu sein, wie ein Brett mit laufender Partie auf einem der Schreibtische bewies. McLeary kannte sich mit Schach nicht so gut aus, aber es sah ein wenig so aus, als ob Weiß auf der Gewinnerstraße wäre.

Die Leute hier waren keine klassischen Geheimdienstmitarbeiter. Einer war Angestellter in einer IT-Sicherheitsfirma gewesen und hatte sich dabei erwischen lassen, wie er aus Langeweile die Kunden ausspionierte, einer hatte Videospiele programmiert. Und dann war da noch Light gewesen.

Der Fokus der Abteilung, der McLeary vorstand, war eigentlich ganz einfach. Er lautete: Wettbewerbe. Wettkämpfe aller Art spielten seit vielen Jahren eine Schlüsselrolle beim Recruiting der Nachrichtendienste in aller Welt. Agenten liefen nicht mehr mit Hut und Trenchcoat durch regnerische Gassen. Inzwischen drehte sich alles um Daten, Computer und manchmal auch schlicht um Mathematik. Seitdem ein Team aus Mathematikern um Alan Turing mitentscheidend dazu beigetragen hatte, dass die Alliierten im Zweiten Weltkrieg den Sieg davontrugen, dank der Weitsicht von

Winston Churchill, der ihnen unbegrenzte Mittel zur Verfügung gestellt hatte, hatten Teams aus Nerds und Sonderlingen immer größere Bedeutung in der Welt der Nachrichtendienste erlangt.

Und solche Leute sprach man nicht mit klassischen Stellenanzeigen an – *sicheres Gehalt … verantwortungsvolle Position … Dienst am Vaterland.* Diese Leute tickten anders, sie waren daran gewöhnt, von der Welt missverstanden zu werden, und schlossen sich zu Communitys zusammen, in denen sie unter ihresgleichen waren und wo sie ihre Fähigkeiten weiterentwickeln konnten.

Diese Fähigkeiten waren der Schlüssel. Manche dieser Leute nahmen spaßeshalber an Rätselwettbewerben teil. Deshalb schrieben Geheimdienste wie der GCHQ Wettbewerbe aus oder verschafften sich Zugang zu bestehenden. Im Zweiten Weltkrieg waren es noch Kreuzworträtsel gewesen, die darüber entschieden, wer Teil der später kriegsentscheidenden Forschungsgruppe rund um Turing werden sollte. Heute veröffentlichte der GCHQ in Form der von McLeary geführten Abteilung immer wieder Rätsel. Inzwischen war es Tradition, dass der GCHQ regelmäßig Aufgaben publizierte, unter anderem auf Twitter. Es gab sogar zwei offizielle Rätselbücher, in denen die Aufgaben gesammelt herausgegeben wurden und die zu Bestsellern geworden waren.

Die Führung des GCHQ spielte die Aktivitäten von McLearys Abteilung herunter. Die Bücher seien eine PR-Aktion, eher dazu da, Sympathien zu werben, als wirklich Rekruten aufzuspüren. Die kreativen Köpfe hinter den Rätseln machten das im Übrigen allesamt ehrenamtlich, und ihre Namen mussten bedauerlicherweise geheim bleiben.

Dass McLearys Abteilung innerhalb des GCHQ nur geringe Wertschätzung erfuhr, wäre also eine gehörige Untertreibung gewesen.

McLeary kümmerte das nicht weiter. Es stimmte, dass die Rätselbücher nur wenige mögliche Bewerber hervorbrachten. Doch neben dem Erstellen der offiziellen Rätsel hatte McLeary außerdem bei verschiedenen Mathematikolympiaden sowie Programmier- und Codeknacker-Wettbewerben seine Finger im Spiel. Und dabei war schon eine ganze Reihe interessanter Köpfe herausgefiltert worden, von denen manche dann auch eine Karriere beim GCHQ gestartet hatten.

Seit fünfzehn Jahren stand McLeary dieser Abteilung nun schon vor. Begonnen hatte alles mit einem Zufall. Er war von einem Einsatz in Hongkong zurückgekehrt, bei dem nichts so funktioniert hatte wie geplant. McLeary war schon zuvor ausgebrannt gewesen, das Hongkong-Desaster mit mehreren Toten, bei dem er selbst nur knapp dem Sensenmann entronnen war, ließ ihn zusammenbrechen. Einige Monate verbrachte er in einer Rehabilitationsklinik, ohne dass sich sein Zustand sichtbar besserte. Er war am Ende, es gab bereits Gespräche, wie man ihn mit einer Invalidenrente in den Ruhestand schicken konnte.

Zum Zeitvertreib begann McLeary bei seiner Reha, Kreuzworträtsel zu lösen. Seine Affinität für Rätsel sprach sich herum. Und so schlug man ihm eine neue Aufgabe vor, da bei einer kleinen Abteilung eine Leitungsposition frei geworden war. Es war eine Beschäftigung abseits des Rampenlichts, ohne Risiko. Eine Zwischenlösung, bis er wieder bei Kräften war.

Aus der Übergangslösung war eine Langzeitanstellung geworden. McLeary hatte sich erholt, doch als man ihm anbot, zurück in den Außendienst zu gehen, hatte er kurz mit seiner Frau gesprochen und dann abgelehnt. Er war gerade fünfzig geworden und trauerte seinem alten Job nicht nach. Die Nerds in seiner Abteilung waren ihm fremd geblieben, aber er hatte einen Riecher für die guten Köpfe, und einige der Leute, die er direkt aus Wettbewerben angeworben hatte, besetzten heute wichtige Positionen beim GCHQ.

Doch nun schien er sich verschätzt zu haben.

McLeary ging zum Arbeitsplatz von Light. Er hatte den Büros seines Teams in letzter Zeit wenig Beachtung geschenkt, sondern sie einfach ihr Ding machen lassen. Auf den ersten Blick war auch an Lights Arbeitsplatz nichts Auffälliges, er sah zwei benutzte Kaffeetassen, eine leere Chipspackung. Post-its an einem der Monitore, auf denen allerdings keine Passwörter standen, wie McLeary schnell nachprüfte.

»Zeigen Sie mir, woran er gearbeitet hat«, befahl McLeary Lights Kollegen Robin Myers, der gerade den Raum betreten hatte und sich verhielt, als wäre er bei etwas Verbotenem ertappt worden. Der Typ war Mitte zwanzig, hatte lange, dunkle Locken und war dicker, als es seinem alten Judas-Priest-T-Shirt guttat. McLeary, der seine Jugend mit Training und Büffeln auf einer Eliteschule verbracht hatte, konnte immer noch nicht verstehen, warum manche Leute sich derart gehen ließen. Er hatte früher geglaubt, dass so jemand auch in anderen Bereichen keine Leistung bringen konnte, doch die Jahre hatten ihn gelehrt, dass sich Menschen nicht so einfach kategorisieren ließen. Das galt auch für Robin hier, der trotz seines legeren Auftretens und seiner kindischen Vorlieben, die nicht zuletzt mit seinem früheren Job als Programmierer für Spezialeffekte von Filmen zu tun hatte, sein bester Mann war.

Nun wirkte Robin etwas verloren. »Ich befürchte, das kann ich nicht, Sir«, erklärte er.

»Warum nicht?«

»Ich zeige es Ihnen«, sagte er und setzte sich an Lights Rechner.

Die Finger flogen über die Tasten, und McLeary konnte sehen, dass er nervös war.

»Hier«, sagte Robin.

McLeary starrte auf einen leeren Bildschirm. Verschwommen schimmerte der Desktophintergrund durch, der ein Tier zeigte. »Was soll das sein? Wo ist seine Arbeit?«

»Das ist es ja gerade«, sagte Robin. »Sie ist nicht da.«

»Okay, aber es gibt doch ein Back-up.«

»Natürlich gibt es das. Aber sehen Sie her.« Zwei Tastendrucke später erschien wieder ein leerer Bildschirm. »Das Back-up ist nicht da.«

»Wie?«

»Er muss es gelöscht haben.«

»Er hatte dazu doch gar keine Berechtigung.«

»Nein.«

»Und? Wie kam er dann rein?«

Robin zuckte mit den Schultern.

»Strengen Sie sich ein bisschen an!«, fuhr McLeary ihn ver-ärgert an. »Hazeem ist in streng gesicherte Bereiche der Stromver-sorgung eingedrungen und hat unsere eigenen Sicherheitssysteme ausgetrickst. Er hat die Verschlüsselung ausgehebelt. Wie hat er das gemacht?«

»Wir wissen es nicht«, gestand Robin.

McLeary ließ sich das Gehörte durch den Kopf gehen. Auch wenn es ihm nicht gefiel, es passte ins Bild. Light war in Bereiche eingedrungen, zu denen er keinen Zutritt hatte.

»Es gibt also keine Aufzeichnungen über das, womit Light sich beschäftigt hat?«

Robin schüttelte seine schwarzen Locken. Er schloss das Fens-ter auf dem Schirm, und das dahinter liegende Katzenbild blickte McLeary hintergründig an.

»Wissen Sie, ob es stimmt?«, begann Robin. »Dass er Klingo-nisch gesprochen hat?«

McLeary zögerte. »Wieso, sprechen Sie etwa Klingonisch?«

Robin sah aus, als fühlte er sich ertappt. »Ein bisschen.«

McLeary starrte ihn an, um zu eruieren, ob er einen Scherz machte. Das schien nicht der Fall zu sein.

»Hazeem konnte es besser als ich«, erklärte Robin. »Ich denke, dass ihm alle Sprachen ein wenig wie Klingonisch vorkamen. Sie bestanden aus Regeln, die er nicht verstand, sondern auswendig lernte.«

»Man sollte es nicht zu ernst nehmen«, sagte McLeary. »Wir wissen alle von Hazeems Problemen.«

»Er soll ›*Es muss aufhören*‹ gesagt haben.«

McLeary schluckte. »Das habe ich auch gehört«, brachte er hervor.

Robin schien damit nicht zufrieden zu sein.

»Was noch?«, fragte McLeary etwas zu schroff.

»Ich frage mich, ob das etwas mit dem zu tun hat, was im Bletchley Park passiert ist«, sagte Robin leise. »Der Afrikaner ...«

»Warum sollte das etwas damit zu tun haben?«

McLeary hätte die sonderbare Episode nur zu gern vergessen. Sein Team hatte in den Museumsräumen des Bletchley Parks an einer nicht genehmigten Geheimparty teilgenommen und dort einen Toten gefunden. Sie hatten dessen Identität bis jetzt nicht klären können, nur, dass es sich um einen afrikanischen Flüchtling handelte, der vermutlich übers Mittelmeer gekommen war und es unter dem Radar bis nach Großbritannien geschafft hatte. Was er gewollt hatte, wusste niemand.

Robin starrte auf den Boden und rang sichtlich um Fassung. Er hatte soeben aus dem Fernsehen erfahren, dass sein Kollege tot war.

McLeary legte ihm die Hand auf die Schulter, doch es fühlte sich schrecklich unehrlich an. »Es tut mir leid, was mit ihm passiert ist. Ich melde mich bei Ihnen, wenn ich mehr weiß, okay? Bitte sagen Sie, wenn Sie etwas brauchen.«

*

Pawel war hinausgegangen, als es laut geworden war. Die Leute, mit denen er zusammenarbeitete, waren Söldner eines chinesischen Sicherheitsunternehmens namens Water Dragon. China war hier omnipräsent, chinesische Firmen bauten Straßen, Bahnhöfe und Flughäfen. Pawel hatte auch überlegt, eines der hier aktiven russischen Söldnerunternehmen zu engagieren, sich dann aber für die Chinesen entschieden. Bisher hatte er es nicht bereut, sie arbeiteten schnell und effektiv.

Doch die Kälte, mit der sie sich um den Wahrsager und seine

Familie gekümmert hatten, nachdem die Gegenwehr überraschend heftig ausgefallen war, war selbst ihm unangenehm geworden. Pawel fragte sich, ob es verrückt war, bei so etwas wie Folter die Menschlichkeit zu vermissen, aber genau dieses Gefühl hatte er. Wie die Maschinen hatten sie ein Familienmitglied nach dem anderen in die Mangel genommen und dabei alle Tricks aus dem Lehrbuch ausgepackt. Keiner aus dem Einsatzteam hatte mit der Wimper gezuckt. Normalerweise war immer zumindest einer dabei, der derlei Einsatz auf eine absurde Weise genoss, irgendein Psychopath, der gern Menschen wehtat, doch dieses Mal nicht. Professionelle Pflichtschuldigkeit war alles, was die vier Chinesen an den Tag legten.

Pawel stand vor der Tür des Wellblechgebäudes und hielt sich den Ärmel vor die Nase. Das Haus stand auf Stelzen, über eine Wasserfläche gebaut, aus der ein bestialischer Gestank aufstieg. Er war hart im Nehmen, wenn es ums Geschäft ging, genau deshalb war er so erfolgreich. Nur wenige kannten seinen wunden Punkt. Wenn die Erinnerungen an die Vergangenheit hochkochten, legte das bei ihm zuweilen einen Schalter um. Er war dann wie gelähmt, bekam kaum noch Luft und wurde hilflos wie ein Kind. Die Auslöser waren immer Kleinigkeiten, keine realen Belastungen wie diese hier. Das machte sie so unangenehm, weil sie sich nie vorhersehen ließen. Das letzte Mal war es vor einigen Monaten geschehen, als er in England einen Mann verfolgt hatte. Zum Glück passierte es immer seltener. Vielleicht konnte er so die Geschichte seines Vaters endlich hinter sich lassen.

Niemand war zu sehen, doch Pawel glaubte, dass sich das schnell ändern konnte. Die erstickten Schreie aus dem Inneren würden früher oder später jemanden aufscheuchen.

Deshalb war Pawel erleichtert, als der Chef der Chinesen, ein groß gewachsener Typ mit breitem Gesicht, der Si hieß, zu ihm ins Freie trat und eine mit Blut besprizte Schutzbrille von der Nase nahm.

»Niemand von ihnen weiß etwas. Und ich bin überzeugt, dass keiner von ihnen der ist, den Sie suchen.«

Das war eine schlechte Nachricht. Er war überzeugt gewesen, die Quelle gefunden zu haben. Ein Mann, der die Zukunft vorhersagen konnte. Die IP-Adresse passte auch. Er musste es einfach sein.

»Seid ihr ganz sicher?«

Der Mann zögerte. »Es scheint noch jemand in dem Haus gelebt zu haben«, gab er schließlich zu. »Sie könnte im Besitz der Quelle sein.«

»*Sie*?«, fragte Pawel.

»Sie«, sagte der Mann. »Es ist eine Frau.«

»Das muss sie sein«, sagte Pawel bestimmt. »Findet sie.«

*

Line Berg saß an ihrem Rechner und scrollte durch die Meldungen. Sie hatte gehört, dass der Korrespondent in London auf Granit biss. Ein Software-Ausfall beim Betreiber des Stromnetzes sollte dafür verantwortlich sein, mehr hatte er nicht in Erfahrung bringen können. Die Behörden gaben sich ungewöhnlich wortkarg, was vermutlich bedeutete, dass mehr dahintersteckte.

Die anderen Kollegen waren verständlicherweise in Aufruhr. Sie selbst wusste noch nicht recht, was sie davon halten sollte. Sie fand die Geschichte hauptsächlich verwirrend. Es war zu früh, Genaueres darüber zu schreiben, wenn es nach ihr ging – eine Meinung, die sie sich in der Konferenz verkniffen hatte. Es hätte den nächsten Streit mit Konrad provoziert. Denn natürlich musste der Weltblick von der Sache berichten, die Menschen wollten alles darüber erfahren. Was allerdings nichts daran änderte, dass Lines journalistischer Sinn für Geschichten weiterhin Winterschlaf hielt und auf bessere Zeiten wartete.

Vermutlich hatte Konrad recht mit dem, was er bei ihrem letzten Streit gesagt hatte. Line war nicht mehr dieselbe wie vor ein paar Jahren. Sie konnte nicht einfach dort weitermachen, wo sie damals aufgehört hatte. Doch was sie dagegen tun sollte, wusste sie auch nicht.

Sie war wie immer zugleich müde und aufgekratzt, als hätte sie zu wenig geschlafen und zu viel Kaffee getrunken. Dabei trank sie vergleichsweise wenig Kaffee für ihre Begriffe, nur etwa fünf bis zehn Tassen pro Tag. Dass sie wenig schlief, stimmte aber. Das Problem verfolgte sie, seit sie den Job hier angetreten hatte – sie hatte einen ruhigeren Job gesucht, der ihr helfen sollte, die Dinge wieder auf die Reihe zu kriegen. Doch ihr Körper gab keine Ruhe und hielt sie zur Strafe nachts wach. Line hatte sich inzwischen daran gewöhnt. Sie ging in den schlaflosen Nächten gut mit sich um, sah sich Netflixserien an und trank Tee. Sie hatte nicht vor, sich von so etwas die Laune verderben zu lassen.

Aus Langeweile öffnete sie einige Artikel zu dem Mann, der in den Tod gestürzt war. Hazeem Light, Mitte zwanzig, Autist, letzte bekannte Anstellung in einem Supermarkt. Doch inzwischen war einigen Medien aufgefallen, dass verschiedene Angaben zu seiner Vita nicht stimmten. Bis vor vier Jahren war Light in einer betreuten Wohneinrichtung gewesen, doch dann war er dort ausgezogen. Über die Zeit danach konnte niemand etwas in Erfahrung bringen. Niemand wusste, wo er wohnte. Der Betreiber des Supermarktes, bei dem er zuvor gearbeitet hatte, war zu keiner Stellungnahme bereit. Hazeem Light schien nicht zu existieren. Sehr sonderbar das Ganze.

Sie wandte sich einem anderen Artikel zu, auf den sie gestoßen war, als sie nach vergleichbaren terroristischen Aktionen der Vergangenheit gesucht hatte. Er handelte von Ted Kaczynski, dem Unabomber.

Der Fall des Unabombers war aus mehreren Gründen außergewöhnlich. Es war nicht nur seine Vergangenheit als Mathematik-Genie – Kaczynski hatte einen IQ von 167 und mehrere Klassen übersprungen, bevor er mit sechzehn nach Harvard ging – oder

der lange Zeitraum seiner Aktivität, die sich gegenüber anderen Terroristen abhob. Viel befremdlicher fand Line seine Agenda, die pauschal vor den Gefahren von Technologien aller Art warnte. Nach seiner akademischen Karriere lebte er als Aussteiger und Selbstversorger in einer winzigen Hütte im Wald. Er predigte die Rückkehr zur Natur, ein Anliegen, dem er mithilfe von Sprengstoffanschlägen auf Technologie-Einrichtungen Nachdruck verlieh. Drei Menschen kosteten seine Bomben das Leben. Seine Gründe legte er in einem langen Essay dar, der in den 1990er-Jahren mit den darin gezeichneten Horrorszenarien des Verlusts menschlicher Freiheit durch Technologie befremdlich anmutete. Doch seit sich Elon Musk und hohe US-Politiker auf Kaczynskis Aussagen beriefen und immer mehr Forscher vor den Gefahren von Technologien wie künstlicher Intelligenz warnten, erschien Kaczynskis Vision in einem anderen Licht.

Es muss aufhören ...

War es das, was er gemeint hatte? Hatte er deshalb den Strom ausfallen lassen?

Line öffnete noch mal die E-Mail. Sie war ihr einziger Hinweis. Doch was half es, wenn man den Inhalt nicht lesen konnte? Es musste irgendein Code sein. Die Nerds vom Tech-Ressort versuchten gerade ihr Glück, doch noch gab es keine Neuigkeiten.

Line widmete sich stattdessen der Liste der Empfänger. Die Mail war nicht als Blindkopie verschickt worden, alle Empfänger standen einfach in CC, sodass jeder sehen konnte, an wen die Mail gegangen war. Es waren Hunderte.

Es gab einen Gedanken, der sie nicht losließ.

Was, wenn es sich um einen Bekennerbrief handelt und wir ihn nicht lesen können?

Line scrollte durch die Adressen von Nachrichtenredaktionen auf der ganzen Welt, als sie einen Anruf erhielt, mit dem sie absolut nicht gerechnet hatte.

*

McLeary stieg aus dem Lift, und kühle, feuchte Luft schlug ihm entgegen. Er war zurück in London, auf Gardeners Befehl hin, die ihn vor Ort haben wollte, hatte sich bei seiner Ankunft aber nicht sofort bei ihr gemeldet. Zuvor wollte er noch etwas erledigen.

Nun befand er sich in den Tunneln unter dem Londoner Regierungsbezirk in Whitehall. Sie zogen sich von der U-Bahn-Station Trafalgar Square im Norden bis nach Westminster und verbanden verschiedene Bunker, die im Zweiten Weltkrieg angelegt worden waren. Von hier aus hatte Winston Churchill zu verhindern versucht, dass Hitler den Krieg gewann. Einige Teile der Anlage waren heute Museen und wurden von Touristen überrannt. Doch natürlich hatte man nach dem Krieg nicht alle Gänge und Kavernen öffentlich gemacht. Die Regierung hatte sich wesentliche Abschnitte gesichert und sie modernisiert. Hier befand sich neben einem Rechenzentrum, in dem ein großer Teil des europäischen und afrikanischen Internetverkehrs nach interessanten Informationen gefiltert wurde, noch eine ganze Reihe weiterer Orte, über die man in der Öffentlichkeit nicht gern sprach.

Und zu einem davon war er unterwegs.

An einer Abzweigung war McLeary unschlüssig: Diese niedrigen, rund betonierten Weltkriegstunnel mit ihren an der Decke verlaufenden Kabeln und Rohren sahen überall gleich aus. McLeary entschied sich spontan für einen Gang und wurde belohnt.

Die Schlüsselkarte, die er unter einem Vorwand beim GCHQ organisiert hatte, öffnete ihm die Tür, die Teil einer Luftschleuse war. Im Inneren war die Luft angenehm temperiert, weiße Wände und Ambient Light täuschten indirektes Sonnenlicht vor, das aus dem Nichts zu kommen schien und das es hier natürlich gar nicht geben konnte.

Nur eine Handvoll Leute hatte hier Zutritt, und McLeary hatte gehört, dass es unter ihnen welche geben sollte, die diesen Bereich nie verließen. Tatsächlich enthielt die Abteilung auch komfortable Unterkünfte.

McLeary fand eine Küche und eine Art Gemeinschaftsraum, an dessen Wänden Star-Trek-Poster hingen. Doch alles lag verlassen da. Auf einer der Türen befand sich ein Warnzeichen für den Einsatz von Lasern, doch diese Tür war abgeschlossen. McLeary wollte gerade rufen, als er durch eine der Türen Musik hörte. Er klopfte, und als sich nichts rührte, öffnete er.

Der Raum dahinter erinnerte ihn an Lights Zimmer, er hätte einem Teenager gehören können, wenn er nicht so groß gewesen wäre. Auf dem Boden lag Wäsche verstreut, auf einem Tisch stapelten sich irgendwelche Magazine, daneben lagen die Controller einer Spielkonsole. Das riesige Sofa stand vor einem noch riesigeren Fernseher. Neben ihm waren Boxen, aus denen Disco-Musik schallte. Doch das Leben schien sich auf den Schreibtisch zu konzentrieren, wo ein Mädchen in einem zu weiten T-Shirt saß, das kein Teenager mehr war und bei näherer Betrachtung auch kein Mädchen mehr, sondern eine Frau. Sie drehte sich um und sah McLeary erschrocken an.

»Himmel, haben Sie mich erschreckt! Was tun Sie hier?«

McLeary hatte keine Lust, sich zu entschuldigen. »Hallo, Mikaela. Lange nicht gesehen. Ich muss mit Ihnen reden.«

»Weiß irgendjemand, dass Sie hier sind?«

»Gardener weiß Bescheid.«

Sonst niemand. Das verriet ihr der unausgesprochene Nachsatz. Es schien ihr zu genügen. »Einen Moment, gehen Sie schon mal vor in die Küche.«

Wenig später folgte sie ihm, trug nun aber ein anderes T-Shirt, das ebenso zerknittert aussah wie das vorherige. Mikaela Bell war die Siegerin eines Wettbewerbs gewesen, den McLearys Team ausgeschrieben hatte. Es war um Algorithmen für Quantencomputer gegangen. Einige Tausend Pfund Preisgeld waren gut investiert gewesen. Mikaela war weltweit eine der Besten in diesem Bereich, und er war stolz, Anteil an dieser Karriere zu haben.

»Wo sind die anderen?«, fragte er.

»Haben frei.«

McLeary ersparte sich die Frage, wann sie zuletzt das Tageslicht gesehen hatte, sondern wollte stattdessen wissen: »Wie geht es dem Projekt? Eure *Bombe*?«

Er wusste, dass die Leute hier ihren experimentellen Quantencomputer so nannten. Es war eine Hommage an Alan Turing, der seine Riesenmaschinen zum Knacken des deutschen Enigma-Codes so genannt hatte. Dass etwa zur selben Zeit in den USA in der Wüste von Los Alamos ein ganz ähnliches Team von Nerds tatsächlich an einer Bombe von nie da gewesener Sprengkraft arbeitete, wusste er nicht. Sonst hätte Turing sein Gerät womöglich anders benannt, auch wenn er dem englischen Wort »bomb« zur Unterscheidung ein »e« angehängt hatte.

»Gut. Wir machen Fortschritte, aber es hakt immer noch an der Fehlerkorrektur.«

»Das bedeutet, die Maschine ist noch nicht einsatzbereit?«, fragte McLeary.

»Davon hätten Sie erfahren.«

»Da bin ich mir nicht so sicher«, antwortete McLeary ehrlich. »Wie lange brauchen Sie noch?«

»Schwer zu sagen, zwei, drei Jahre«, antwortete sie ohne eine Spur Verlegenheit.

»Sagten Sie das nicht schon vor zwei Jahren?«

»Möglich.« Sie stand auf. »Jedenfalls schön, dass Sie mich besuchen. Möchten Sie Kaffee?«

»Nein danke.«

»Wir können auch gleich ins Labor gehen, wenn Sie wollen.«

»Lieber würde ich noch einen Moment hierbleiben.«

Mikaela zuckte mit den Schultern, ging zu einer teuer aussehenden Espressomaschine und bereitete sich gekonnt eine Tasse zu. McLeary bemühte sich, sich seine Ungeduld nicht anmerken zu lassen.

»Könnte jemand schneller sein als Sie?«, fragte er.

Sie hielt inne. »Möglich«, sagte sie dann und ließ den Kaffee in eine kleine, dickwandige Espressotasse laufen. »Sind Sie sicher, dass Sie keinen wollen?«

McLeary winkte verärgert ab.

»Ganz ehrlich, warum fragen Sie mich das?«, wollte Mikaela wissen.

McLeary sah sich aus einem Reflex heraus erneut um, ob sie auch wirklich allein waren.

»Hazeem Light. Sie haben gehört, was passiert ist.«

Mikaela nickte.

»Wir versuchen herauszufinden, wie es ihm gelungen ist, sich in die sensible Strom-Infrastruktur zu hacken. Auch in meiner eigenen Abteilung hat er sich Zugang zu stark gesicherten Bereichen verschafft. Wir fragen uns, wie er die Verschlüsselung geknackt hat.«

»Sie glauben, er könnte Zugang zu einem Quantencomputer gehabt haben?«

Für Mikaela war diese Idee naheliegend. Einer der Gründe, warum so intensiv an Quantencomputern geforscht wurde – Computern, die nicht nur mit null und eins, sondern mit Zwischenstufen davon rechnen konnten und deshalb in der Theorie viel mächtiger waren als jeder konventionelle Computer –, war ihre hervorragende Eignung zum Knacken komplizierter Codes. Längst bereiteten sich Fachleute für Verschlüsselung auf die *Post-Quantum*-Ära vor und versuchten Verschlüsselungsverfahren zu entwickeln, die Angriffen mit Quantencomputern widerstanden.

Das war der Grund, warum der GCHQ wie viele andere Geheimdienste eigene Forschungen zu dem Thema finanzierte.

»Könnte das eine Erklärung sein?«, fragte McLeary.

Doch Mikaela schüttelte den Kopf. »Wie die Stromversorgung gesichert ist, kann ich nicht sicher sagen. Aber soweit ich weiß, sind die Verschlüsselungsverfahren beim GCHQ Post-Quantum. Und abgesehen davon: Bisher gibt es keine eindeutigen Informationen, dass irgendein Land tatsächlich bereits Codes mit einem Quantencomputer knackt. Die machen das alle noch mit herkömmlichen Supercomputern. Außerdem gibt es in neunzig Prozent der Fälle eine einfachere Lösung: Social Engineering. Sie überlisten jemanden, der ihnen einfach das Passwort verrät.«

McLeary war enttäuscht, auch wenn er mit dieser Antwort gerechnet hatte. Er sah, dass er es anders angehen musste. »Haben Sie das hier schon gesehen?«, fragte er und legte ihr einige Blätter mit den Zahlen aus Hazeem Lights Mail auf den Tisch.

Ein Blick genügte, und ihre Augen wurden groß. »Ich habe davon gehört. Ist das das Original?«

McLeary nickte. »Was halten Sie davon?«

Mikaela antwortete ihm nicht. Sie nahm ein Mobiltelefon aus der Tasche und machte davon ein Foto.

»Ich kann Ihnen die Datei auch schicken«, sagte McLeary.

»Nicht nötig. Weiß man schon, was es mit den Zahlen auf sich hat?«

»Nein, deshalb bin ich hier. Ich hoffte, Sie können mir mehr darüber sagen.«

»Sie glauben, dass es ein Code ist?«, sagte Mikaela, ohne von ihrem Telefon aufzusehen.

»Ich wüsste nicht, was es sonst sein soll.«

Sie nickte. »Ich lasse einmal unsere Analysetools drüberlaufen. Vielleicht finden wir etwas.«

Deshalb war McLeary hier. Er kannte die Methoden nicht im Detail, aber er wusste, dass es Möglichkeiten gab, etwas über Codes zu erfahren, selbst wenn man sie nicht entschlüsseln konnte. Manche besaßen versteckte Regelmäßigkeiten, die sich mittels Computer aufspüren ließen.

»Etwas ist seltsam«, sagte sie. »Sehen Sie her.« Sie zeigte auf eine Stelle auf den Papieren.

Nun erst erkannte McLeary, dass da eine kleine Lücke war, die genau die Breite einer Ziffer hatte. »Ein Druckfehler?«, mutmaßte McLeary.

»Das bezweifle ich. Und hier« – sie zeigte auf eine andere Stelle – »sehen Sie? Da ist es noch einmal.« Sie legte die Zettel zurück. »Ich denke, Sie haben recht, das ist definitiv ein Code.«

»Können Sie ihn knacken?«

Sie zuckte mit den Schultern. »Erwarten Sie nicht zu viel.«

McLeary beließ es dabei. Mikaela versprach nie etwas, aber sie gab immer absolut ehrliche Einschätzungen ab. Das schätzte er an ihr.

Als McLeary wenig später wieder durch einen unscheinbaren Hauseingang an die Erdoberfläche trat, klingelte sein Telefon mehrmals. Er hatte mehrere verpasste Anrufe von Gardener.

»Ich bin jetzt hier«, sagte er, als sie abhob. »Ist etwas passiert?«

»Da sind Sie ja endlich. Haben Sie inzwischen etwas Neues erfahren?«

»Vielleicht«, wich McLeary aus.

»Ich hoffe es für Sie. Sie haben nämlich einen Termin. Die Regierung trifft sich gerade zu einer Krisensitzung.«

*

»Schön, deine Stimme zu hören, Line«, sagte Mercedes.

»Ich freue mich auch, dich zu hören«, erwiderte Line, die das Handy etwas fester ans Ohr drückte als notwendig.

Sie meinte es ernst. Es war das erste Mal seit Monaten, dass sie miteinander sprachen. Line hatte nicht gewusst, wie es werden würde. Vor ihr auf dem Bildschirm ihres Rechners prangte ein Bild aus besseren Zeiten, als sie beide nach einer erfolgreichen Recherche mit Drinks in Liegestühlen gesessen hatten, breitkrempige Sonnenhüte auf den Köpfen. Im Hintergrund war zwischen Palmen der Strand zu erahnen.

Mercedes gehörte zu einem Netzwerk von Investigativ-Journalisten, das sich »Forbidden Stories« nannte. Es war vor einigen Jahren nach mehreren kaltblütigen Morden an Journalisten gegründet worden. Die Lage für Reporter wurde weltweit immer prekärer, sie wurden zunehmend überwacht, eingeschüchtert oder ermordet, wenn eine ihrer Geschichten eine Gefahr zu werden drohte. Forbidden Stories hatte es sich zum Ziel gesetzt, die Geschichten ermordeter Journalistenkollegen zu Ende zu bringen, als Warnung an alle, die kritischen Journalismus mundtot machen wollten: Ihr könnt zwar den Boten umbringen, aber nicht die Botschaft.

Line war Teil des Netzwerks gewesen, als sie noch in Berlin gelebt hatte, bis ihr einige verhängnisvolle Fehler passiert waren. Die Arbeit von Forbidden Stories war gefährlich, Patzer konnte man sich nicht erlauben. Deshalb war Line wieder ausgeschieden und hatte sich eine Stelle bei einer Zeitungsredaktion gesucht. Sie war zum Schluss gekommen, dass sie nicht das Zeug zum investigativen Journalismus hatte. Es war die richtige Entscheidung gewesen, und sie hatte sie bisher nicht bereut. Das hatte sie auch gegenüber den Kollegen von Forbidden Stories klargestellt, als sie das letzte Mal Kontakt hatten.

Deshalb wunderte sie sich über den Anruf von Mercedes.

»Was gibt es?«, wollte sie von ihr wissen.

»Du hast gehört, was in London passiert ist?«, fragte Mercedes frei heraus.

»Es ist Thema bei uns im Haus. Warum?«

Sie hätte ahnen können, dass es um London ging, aber es war ihr zu unwahrscheinlich erschienen. Das passte eigentlich nicht ins Beuteschema von Forbidden Stories.

»Es gibt da etwas, bei dem wir vielleicht Unterstützung brauchen. Wir suchen jemanden in Wien, dem wir vertrauen können.«

»Kannst du mir mehr sagen?«, fragte Line.

»Leider nicht.«

Das war wenig überraschend. Forbidden Stories war äußerst verschwiegen, wenn es um ihre Recherchen ging. Die Organisation nutzte Sicherheitsvorkehrungen, die man sonst nur aus Agentenfilmen kannte. Es war die einzige Möglichkeit, wirklich große Skandale aufzudecken und ans Tageslicht zu bringen.

Line zögerte. »Du weißt, dass ich raus bin. Ich mache das nicht mehr.«

»Ich weiß. Es geht nur um diese eine Sache. Jemand will mit dir reden.«

»Ich muss kurz darüber nachdenken.«

»Bitte, Line«, insistierte Mercedes. »Wir haben sonst niemanden, dem wir vertrauen.«

Line lachte humorlos. »Mir zu trauen ist keine so gute Idee.«

»Du weißt, dass das nicht stimmt«, widersprach Mercedes.

Line war zu müde, um Mercedes' Hartnäckigkeit auf Dauer zu widerstehen. Sie seufzte schwer. »Von mir aus. Ich mache es. Dieses eine Mal. Worum geht es?«

»Es wird dich gleich jemand anrufen. Bitte hör dir an, was sie zu sagen hat, und sag mir, was du darüber denkst.«

»Okay«, sagte Line, die nun doch irgendwie neugierig geworden war.

»Tausend Dank, Line. Wir sind dir etwas schuldig.«

»Jaja, schon gut.«

Mercedes zögerte.

»Ist noch etwas?«, wollte Line wissen.

»Du weißt, die Tür bei uns steht für dich offen. Wenn du wieder einsteigen willst.«

»Keine Chance, Mercedes. Ich denke, ich habe das deutlich genug gemacht.«

*

Bekennerbrief von London-Terrorist?

London. Nach dem großflächigen Stromausfall in der britischen Hauptstadt scheinen sich nun die Hinweise auf einen Terrorakt zu verdichten. Behörden bestätigten inzwischen, dass ein hoch entwickeltes Virus für das Versagen der Steuerungselektronik in mehreren Umspannwerken Londons verantwortlich war. Zu einer möglichen Urheberschaft Hazeem Lights äußert man sich bislang nicht, das sei Gegenstand von Untersuchungen, heißt es.

Derweil kursiert ein anderes Gerücht, das schon bald mehr Klarheit verspricht. Demnach soll ein Bekennerschreiben aufgetaucht sein. Bislang ist nichts Weiteres darüber bekannt, doch Fachleute schließen sowohl links- als auch rechtsextreme oder islamistische Hintergründe aus. (red)

*

McLeary hatte weiche Knie, als er auf das Haus in der Downing Street Nummer 10 zuhielt. Zwar war er bereits früher hier gewesen, doch das war noch unter einem anderen Premier und während einer nicht so angespannten Lage gewesen.

Der Premier hatte sich ans GCHQ gewandt und Aufklärung gefordert. Und Gardener hatte den Ball an ihn weitergespielt. Ganz abwegig war das nicht, denn immerhin war Light sein Mitarbeiter gewesen. Dennoch konnte er wenig Verwertbares bieten.

Lieber hätte er in einem Gerichtssaal vor einer Jury ausgesagt als hier. Er fand es bizarr, dass der mächtigste Mann des Landes hier in einem Privathaus in der Londoner Innenstadt von seinem Wohnzimmer aus Politik betrieb. Wie ein Mitarbeiter im Homeoffice, eine Unart, die seit der Corona-Pandemie um sich gegriffen hatte und Menschen dazu veranlasste, in Pyjamahosen mit unfrisiertem Haar in Onlinemeetings zu gehen, während Katzen durch das Kamerabild liefen. McLeary kannte außerdem die Kosten, die zur Sicherung dieses für seinen Zweck völlig ungeeigneten Gebäudes aufgewendet werden mussten. Etliche seiner Kollegen waren dieser Aufgabe zugeteilt und rund um die Uhr damit beschäftigt.

Passend dazu mutete die Szenerie dann auch wie eine Familienfeier an. Der Premierminister war von Beraterinnen und Beratern umgeben wie ein alterndes Familienoberhaupt, die einander über die Jahre zu vertraut geworden waren, um noch professionelle Distanz zu wahren. Wahrscheinlich trieben sie es in den Pausen in irgendwelchen Gästezimmern miteinander.

Doch McLeary hatte keine Zeit, sich mit der Ironie des Ganzen zu befassen. Heute bedeutete die sonst beinahe komische Situation für ihn bitteren Ernst.

»Danke, dass Sie kommen konnten«, eröffnete der Premier, der in einem Sessel im veraltet eingerichteten Raum saß. McLeary musste plötzlich an ein altes Foto mit Margret Thatcher denken, die sich hier von Journalisten hatte ablichten lassen.

Ihm entging nicht die Andeutung von Ironie in der scheinbar freundlichen Begrüßung. McLeary hatte den Premier und seinen Beraterstab eine ganze Weile hingehalten; nun saß er auf einem Stuhl, den man aus dem Esszimmer gebracht hatte. Das Beraterteam hatte sich in die restlichen Sofas gekuschelt.

»Ich bin ganz schön erschrocken, als hier beim Abendessen das Licht ausging«, erklärte der Premier, bevor er zur Deckenlampe deutete. »Und man hat mir gesagt, dass es den Fans von Chelsea ähnlich ging. Aber zum Glück haben wir ja wieder Strom. Ihre Chefin hat mich informiert, dass das Problem eingegrenzt ist. Über die Natur dieses Problems wollte sie nicht viel sagen. Sie meinte, Sie wüssten da mehr.«

»Sir, ich bin mir nicht sicher, aber ich werde Ihnen alles sagen, was ich weiß.«

»Ich habe mir sagen lassen, dass ein Virus dafür verantwortlich war.«

»Das ist richtig, Sir.«

»Ein Virus, das unsere Infrastruktur an einer empfindlichen Stelle getroffen hat. Infrastruktur, die so sensibel ist, dass sie eigentlich geschützt sein sollte. So gut, dass keine ausländische Macht in der Lage wäre, uns anzugreifen. Doch wie ich hörte, kam der Angriff nicht aus dem Ausland.« Der Premier tauschte einen Blick mit einer seiner Beraterinnen. »Ich höre, dass es jemand von unseren eigenen Leuten war, der dafür verantwortlich ist«, fuhr der Premier fort. »Einer von Ihren Leuten, um genau zu sein.«

McLeary räusperte sich. »Diese Vermutung besteht, Sir.«

»Hazeem Light, Sir. Sechsundzwanzig Jahre alt«, las der Premier von einer Notiz vor ihm ab.

»Richtig.«

Der Premier legte die Notiz wieder zurück. »Es gibt da etwas, das mich verwirrt. Vielleicht können Sie mich aufklären. Es geht um Lights Arbeitsbereich in Ihrer Abteilung. Womit hat er sich noch mal beschäftigt?«

McLeary hatte gehofft, dass die Sprache nicht auf dieses Thema kam. »Er beschäftigte sich mit Rätseln, Sir.«

»Rätsel?«

»Das ist es, was meine Abteilung tut, Sir. Wir kreieren und veröffentlichen Rätselspiele.«

Der Premier wandte sich mit erstauntem Blick an seine Berater, dann lachte er und griff wieder zu seiner Notiz.

»Ich habe mir heute die Zahlen noch mal angesehen. Der GCHQ hat ein Budget von fast vier Milliarden Pfund. Ich habe mich immer gefragt, was Sie mit so viel Geld machen. Und jetzt höre ich, Sie entwerfen Rätselspiele?«

McLeary fühlte, dass die Stimmung kippte. Er musste etwas tun. »Dazu muss ich etwas ausholen, Sir.«

»Bitte«, sagte der Premier großzügig und sah in die Runde seiner Berater. »Wir haben Zeit, nicht wahr?«

»Der GCHQ ging aus der Gouvernment Code and Cypher School hervor, die Ihnen bestimmt ein Begriff ist.«

Niemand im Raum reagierte.

»Das war die Abteilung, die für die Briten den Zweiten Weltkrieg gewonnen hat.«

»Eine Schule, sagen Sie? Ich dachte, die britischen Soldaten hätten diesen Krieg gewonnen«, warf jemand ein.

McLeary spielte seinen Trumpf aus. »Der Name Gouvernment

Code and Cypher School war natürlich ein Deckname. In Wirklichkeit war das die Abteilung, der es gelang, die deutsche Codiermaschine Enigma zu knacken und so verschlüsselte Funksprüche zu entziffern. Der Krieg wurde damit zumindest um einige Jahre verkürzt, allerdings erst, nachdem Churchill die nötigen Mittel freigab. Mit dabei war der Erfinder des Computers, den Sie sicher alle kennen.«

Zwei der Berater sahen sich fragend an.

»Alan Turing. Er war eigentlich ein Mathematiker von Weltrang, setzte aber seine Fähigkeiten zum Wohl der Nation und der Welt ein. Zum Dank wurde er später wegen seiner Homosexualität verfolgt und zwangsbehandelt, woraufhin er sich das Leben nahm.«

»Tragisch«, sagte der Premier. »Aber kommen Sie bitte zum Punkt.«

»Als das Team Verstärkung suchte, griff es zu ungewöhnlichen Methoden. Es galt schließlich, Menschen mit ganz bestimmten Fähigkeiten anzuwerben. Um herauszufinden, wer geeignet ist und wer nicht, ließ man die Bewerber Rätsel lösen.«

»Rätsel?«, sagte jemand. »Das ist ein Scherz.«

»Kreuzworträtsel, um genau zu sein. So konnte sich das Team entscheidend verstärken.«

»Und das tun Sie auch«, warf der Premier ein. »Ist es das, was Sie sagen wollen? Sie geben möglichen Bewerbern Rätsel auf?«

»Wir entwerfen Rätsel, die regelmäßig veröffentlicht werden. Und natürlich sehen wir uns die Leute, die besonders erfolgreich oder besonders schnell sind, genauer an.«

»Erfolgreich?«

»Unsere Rätsel sind in der Bevölkerung sehr beliebt. Wir haben sogar zwei Bücher herausgegeben. Das *GCHQ Puzzle Book* ist ein Bestseller.«

Die Berater des Premiers starrten ihn an wie einen Geist.

»Und natürlich haben wir auch einige interessante Leute dadurch entdeckt.«

»Danke für diese Ausführung«, lästerte der Premier. »Hazeem Light dachte sich also Rätsel aus. Kann es sein, dass er sich mir nichts dir nichts in unser Stromnetz gehackt hat? Hat er etwa geglaubt, dass es sich um ein nettes kleines Rätsel handelt? Können Sie sich das erklären?«

McLeary zögerte. Wie viel sollte er erzählen? Noch war er in relativer Sicherheit. Niemand sah bis jetzt das ganze Bild, wie groß die Probleme waren, in denen er steckte. Er hatte noch Gardeners Worte im Ohr. Sie hatte ihn gewarnt, wie schlecht die Stimmung sein würde.

Tun Sie mir einen Gefallen, sagen Sie gleich die Wahrheit. Das ist Ihre einzige Chance.

»Ich persönlich gehe davon aus, dass er es war.«

Der Premier nickte seiner Beraterin zu, und McLeary hatte das Gefühl, den richtigen Schachzug gemacht zu haben. Seine Glaubwürdigkeit war erst einmal gesichert. Doch er war natürlich nicht aus dem Schneider.

»Wie ist das möglich?«, platzte es aus dem Premier heraus. »Wie kann ein einzelner Mann, noch dazu jemand mit einer geistigen Einschränkung, in Bereiche eindringen, die nicht einmal für einen konkurrierenden Nachrichtendienst zu knacken sind? Zumindest ist es das, was Sie mir immer erzählen.«

McLeary holte tief Luft. »Noch wissen wir es nicht mit Sicherheit.«

Kurz war es totenstill im Raum, dann lachte der Premier.

»Sie wissen es nicht. Sie wissen also auch nicht, was er mit den Worten ›*Es muss aufhören*‹ meinte? Dabei hat er doch selbst einen Hinweis geliefert, nicht wahr? Ich höre, es soll ein Bekennerschreiben geben. Können Sie mir dazu schon mehr sagen?«

McLeary hatte gehofft, diesen Teil noch hinauszögern zu können. Doch er schien keine Wahl zu haben. »Das ist richtig, Sir.« Er fasste in seine Tasche und förderte mehrere dünne Mappen mit Ausdrucken der Mail zutage. »Wir konnten inzwischen bestätigen, dass Hazeem Light das hier an Nachrichtenredaktionen in aller Welt geschickt hat, bevor er seinen Anschlag ausführte.«

Der Premier nahm eine der Mappen entgegen. »Na endlich. Warum erfahren wir erst jetzt davon?«

McLeary wich seinem Blick aus. »Dieses Bekennerschreiben ist vielleicht nicht ganz das, was Sie erwarten«, sagte er.

Der Premier öffnete die Mappe, und als er die Zahlen sah, bekam er große Augen.

*

Nachdem Line das Gespräch beendet hatte, rief sie nicht sofort Mercedes zurück. Sie brauchte einen Moment Zeit, um das zu verarbeiten, was sie gerade gehört hatte.

Die Frau hatte mit Londoner Dialekt gesprochen und sich als Sanaya Light, Mutter des jungen Selbstmörders, vorgestellt. Line war einen Moment sprachlos gewesen, bevor es ihr gelungen war, ihr Beileid zu bekunden. Schließlich hatte sie sich aufs Zuhören beschränkt. Doch was sie da gehört hatte, hatte für sie keinen Sinn ergeben.

Sanaya Light hatte ihr, nachdem sie sich Lines Verschwiegenheit versichert hatte, eine unglaubliche Geschichte aufgetischt. Ihr Sohn sei gar nicht arbeitslos gewesen, sondern vom britischen Geheimdienst angeworben worden. »Die sind an allem schuld«, sagte sie. »Hazeem hätte so etwas nie getan.«

Line fragte nach, was der Grund für seine Verzweiflungstat gewesen sein könnte. Sanaya Light sagte, dass das nur der Geheimdienst wissen könne und man ihn zwingen müsste, die ganze Wahrheit zu erzählen.

»Ich rufe an, weil ich etwas über meinen Sohn wissen muss, und man hat mir gesagt, dass Sie mir helfen können«, begann Sanaya Light. »Ich habe erfahren, dass er nach Wien reisen wollte.«

Das überraschte Line tatsächlich. In ihrem Inneren regte sich etwas, ihr journalistischer Spürsinn wachte aus dem Winterschlaf auf und schien zu überlegen, ob es angebracht war, einen Blick aus der Höhle zu werfen.

»Was hatte er hier vor?«, fragte Line.

»Er wollte jemanden treffen. Und ich glaube, ich weiß auch wen. Es ist kein Zufall, dass diese Mail, die er verschickt hat, voller Zahlen ist.«

»Nur versteht niemand, was sie bedeuten«, gab Line zu bedenken.

»Haben Sie sich die Adressaten genauer angesehen?«

»Ja, das sind alles große Medienhäuser aus aller Welt.«

»Nicht nur. Darunter ist auch die Adresse eines Mannes namens Weismann, ein emeritierter Professor für Mathematik. Ich glaube, dass er es war, den mein Sohn in Wien treffen wollte.«

»Haben Sie schon Kontakt zu ihm aufgenommen?«

»Ich habe es versucht, aber ich bin nicht durchgedrungen. Deshalb kontaktiere ich Sie.«

Die Frau ließ nicht locker, bis Line ihr versprach, sich darum zu kümmern. Am Ende konnte Line nicht anders, als Sanaya Light das zu fragen, was sie am meisten interessierte. »Haben Sie wirklich keine Idee, warum er es getan haben könnte?«

»Ich weiß, dass alle meinen Sohn einen Terroristen nennen«, sagte die Frau. »Aber das ist er nicht. Sie halten ihn für behindert, zurückgeblieben. Einen Autisten. Doch mein Sohn war hochbegabt. Er interessierte sich für Mathematik, und ich bin mir sicher, dass er noch eine große Karriere vor sich gehabt hätte.«

Ein hochbegabter Mathematiker also? Da war sie, die Parallele zum Unabomber. Sie hatte es sich verkniffen, Ted Kaczynski zur Sprache zu bringen. Den Hinweis auf seine Hochbegabung fand sie nicht eben beruhigend. Das Gespräch ließ Line ratlos zurück.

Eine Überprüfung der Liste bestätigte jedenfalls, was Mrs. Light behauptet hatte. Eine der Adressen hatte die Endung der Universität Wien und gehörte Josef Weismann, der Line ein Begriff war, obwohl sie das im Telefonat nicht zugegeben hatte.

Sie stand auf, holte sich einen Kaffee, dann endlich rief Line Mercedes an, die sofort abhob.

»Was denkst du?«, fragte ihre Exkollegin.

»Sehr wirr, das Ganze. Hast du irgendwelche Möglichkeiten zu überprüfen, ob etwas Wahres an der Geschichte dran ist?«

Mercedes zögerte. »Darüber kann ich nicht reden.«

Line war nicht beleidigt. Die Leute bei Forbidden Stories mussten äußerst vorsichtig sein, besonders wenn es um Geheimdienste ging, was nicht das erste Mal gewesen wäre. Sie legten sich mit jedem an, der es verdient hatte.

»Und Weismann? Glaubst du wirklich, dass Light ihn in Wien treffen wollte?«, fragte Line stattdessen.

»Wir hätten gern, dass du das überprüfst«, sagte Mercedes.

Line wehrte sich, doch Mercedes ließ nicht locker, bis Line versprach, der Sache nachzugehen. Wohl war ihr dabei nicht. Dass Lights Mutter nicht durchgedrungen war, wunderte Line nämlich nicht. Weismann war für seine Exzentrik berüchtigt und galt zumindest beim Weltblick als der schwierigste Interviewpartner überhaupt.

*

Josef Weismann betrachtete die Nobelpreismedaille in seinem Bücherregal und versuchte, das Klopfen an seiner Tür zu ignorieren.

Er saß in seiner Wohnung in der Wiener Herrengasse, hohe Altbauräume mit Stuckdecke, deren Wände zu großen Teilen mit Bücherregalen verdeckt waren. Die Bücher standen dort in Reihen, manche lagen auch quer, weil sonst kein Platz für sie war. Die aus der Slowakei stammende Frau, die bei ihm sauber machte, schimpfte mit ihm, er solle sich endlich mal ein neues Regal anschaffen, sie würde die Bücher dort sogar einsortieren, doch er verbot ihr, seine Bücher anzurühren. Früher war es seine Frau gewesen, die immer wieder etwas Ordnung in die Bibliothek gebracht hatte. Weil es einfach lächerlich aussah, wenn ihr Teil der Regale geordnet war und sich in seinem das Chaos ausbreitete. Seit sie nicht mehr bei ihm lebte, hatte das Chaos die ganze Bibliothek erfasst.

Sie war es auch gewesen, die seine Medaille aus der samtgepolsterten Schatulle genommen und sie offen sichtbar im Regal genau vor seinem Lesesessel drapiert hatte, damit er sie immer sah. Ob sie gehofft hatte, er werde die öffentliche Anerkennung irgendwann akzeptieren, oder sie ihn für seine Undankbarkeit quälen wollte, hatte er bis jetzt nicht herausgefunden. Die Aktion mit der Medaille war die letzte Spur, die sie in der Wohnung hinterließ. Schon zwei Tage später passierte der Unfall. Sie wurde auf dem Nachhauseweg von der Universität, wo sie Didaktik für Mathematik unterrichtete, von einem Auto angefahren.

Ein ganzes Jahr war inzwischen vergangen. Seither hatte er es nicht gewagt, die Medaille anzurühren. Immer wieder überlegte er, sie wegzupacken. Doch er befürchtete, dass er etwas Unüberlegtes tun würde, wenn er sie erst in die Hand nahm. Die Toilette hier im Haus hatte einen großzügigen Abfluss, es könnte sich ausgehen. Doch inzwischen hatte er gelernt wegzusehen.

Das Klopfen an der Tür wurde stärker. Die Klingel hatte er vor Wochen abgestellt, normalerweise wurde er seither in Ruhe gelassen. Doch heute wollte jemand unbedingt mit ihm sprechen.

Das war ein großer Nachteil des Nobelpreises, neben dem Unverständnis und den immer gleichen Fragen der Leute. Nachdem sich Jahrzehnte lang niemand für ihn und seine Arbeit interessiert hatte, wollten plötzlich alle etwas von ihm.

»Nobelpreisträger für Mathematik« wurde er genannt, das schmerzte am meisten. Einen Nobelpreis für Mathematik gab es nicht, Alfred Nobel hatte sich nicht besonders für Mathematik interessiert und ihre Ergebnisse nicht für sehr wertvoll für die Menschheit erachtet. Die höchste und wichtigste Auszeichnung in der Mathematik war die Fields-Medaille, die er natürlich nie bekommen hatte. Er hatte sich eigentlich nie etwas aus Preisen gemacht, doch der Gedanke daran hatte sich in seinen Geist geschlichen und sich dort festgesetzt.

Inzwischen war Weismann überzeugt, die Welt da draußen hätte ihnen die Preise aufgehalst, um sie zu zwingen, die nicht-akademischen Spielchen rund um Macht und Anerkennung mitzuspielen. Als wollten die Leute da draußen Neid und Intrigen in eine Welt tragen, die derlei eigentlich nicht kannte.

Der Nobelpreis war völlig überraschend gekommen – allerdings für Wirtschaft. Weismann, dessen Gebiet Zahlentheorie war, hatte natürlich mitbekommen, dass ein kleines Ergebnis aus dem Gebiet der Spieltheorie, das er als junger Forscher als Spielerei publiziert hatte, für die Berechnung von Aktienkursen Anwendung gefunden hatte. Doch das Ausmaß der Theorie, die zwei Wirtschaftswissenschaftler daraus entwickelt hatten, hatte er unterschätzt.

Er hatte geahnt, dass seine Arbeit einmal irgendwo Anwendung finden würde. Zwar hatte er anwendungsorientierte Forschung, besonders in Mathematik, immer verabscheut. Aber natürlich ließ sich bei etwas, das so allgemein wie Mathematik war, die Anwendbarkeit nie vermeiden. Das bewiesen die aktuellen Verschlüsselungsmethoden, die inzwischen praktisch jeden Informationsaustausch im Internet begleiteten, die aber im Kern pure Zahlentheorie waren. Seine zahlentheoretischen Arbeiten hatten, im Gegensatz zu der lässlichen Jugendsünde im Gebiet der Spieltheorie, bisher ebenso wenig Anwendung wie Verbreitung gefunden. Ihn hatte zudem noch der bekannte Effekt ereilt, der andere Nobelpreisträger ihre aktive Karriere gekostet hatte: Ein Nobelpreis wirkte sich äußerst negativ auf die wissenschaftliche Arbeit aus. Man war praktisch den ganzen Tag mit Pressearbeit und Repräsentation beschäftigt, für die eigentliche Forschung blieb kaum noch Zeit. Was – Gott behüte – nicht bedeutete, dass Weismann Presseanfragen beantwortet hätte.

Wenn es wenigstens ein Nobelpreis für Physik gewesen wäre. Die Physik hatte ihre Schwächen, doch sie hatte auch mathematische Methoden hervorgebracht, deren Ästhetik sich nicht leugnen ließ. Die Anerkennung von Physikern hätte er akzeptiert. Doch Wirtschaft? Es handelte sich nicht einmal um einen »echten« Nobelpreis, immerhin war der Preis erst nach Nobels Tod ins Leben gerufen worden. Als Weismann seine erste Stelle als Assistenzprofessor antrat, galt seine größte Erleichterung der Tatsache, dass er sich nie wieder mit wirtschaftlichen Fragestellungen beschäftigen musste.

Tatsächlich hatte er ursprünglich vor, den Preis zurückzuweisen. Doch je länger er darüber nachdachte, desto mehr lockte ihn das Geld. Sie konnten sich damit gemeinsam einen schönen Lebensabend machen, so der Gedanke. Als seine Frau ins Krankenhaus musste und sich abzeichnete, dass sie nicht zurückkommen würde, schämte er sich dafür, sie als Ausrede benutzt zu haben.

Das Klopfen an der Tür wurde noch heftiger und riss ihn aus seinen Gedanken. Ihm wurde bewusst, dass er die im Licht aus dem Fenster glänzende Medaille so intensiv angestarrt hatte, dass für kurze Zeit ein dunkler Fleck auf seiner Netzhaut zurückblieb.

Vielleicht würde es helfen, die Polizei zu rufen. Immerhin wurde er hier in seiner Ruhe gestört. Er vermutete, dass es sich um die Frau handelte, die gestern schon einmal hier gewesen war: eine Mathematiklehrerin, die ihn in ihren Unterricht einladen wollte. Er hatte den Fehler gemacht, ihr zu öffnen, das würde ihm kein zweites Mal passieren.

»Es würde Ihnen guttun. Ihre Frau würde das auch wollen.«

Weismann erhob sich aus seinem Sessel, von dem er zunehmend Nackenschmerzen bekam, und ging zum Regal. Unter dem Lärm des Klopfens nahm er die Medaille in die Hand und hob sie hoch, im Begriff, sie auf den Dielenboden zu werfen. Doch im letzten Moment schwand die Wut, und seine Feigheit trug den Sieg davon.

Als das Klopfen noch heftiger wurde, legte er die Medaille zurück.

»Himmel, ich komme ja schon!«

Weismann blickte durch den Türgucker und sah, dass es sich gar nicht um die Lehrerin handelte. Dort stand eine Frau mit langen blonden Haaren, die einen Rollkragenpullover und eine eng geschnittene Lederjacke trug. Für eine Studentin war sie zu alt – manchmal behelligten ihn Leute von der Universität mit ihren Anliegen, die er alle abwies. Aber sie passte nicht in dieses Schema. Mit einem Seufzen öffnete er, ließ aber die Kette vorgehängt.

»Herr Weismann?«, fragte die Dame.

»Wer will das wissen?«

»Line Berg. Ich schreibe für den Weltblick.«

»Sie sind Journalistin?«

Weismann bereute schon, geöffnet zu haben.

»Darf ich reinkommen? Ich würde Ihnen gern ein paar Fragen stellen.«

»Zu welchem Thema?«

»Das möchte ich nur ungern hier draußen erklären.«

Sie lächelte ihn ohne eine Spur Verlegenheit an. Weismann wusste kurz nicht, was er sagen sollte. Ihm fiel keinerlei bissige Bemerkung ein, also gab er sich geschlagen und öffnete die Tür.

Die Journalistin trat ein und zog ihre Jacke aus, um sie sofort auf Weismanns nur von einem alten Mantel belegte Garderobe zu hängen.

»Bitte, hier entlang«, bat er sie in die Bibliothek, weil er Sorge hatte, sie könnte beginnen, sich in seiner Wohnung umzusehen. In der Bibliothek fühlte er sich sicherer.

Das hatte den Effekt, dass Berg genau das tat, nachdem sie den Raum betreten hatte. Sie ließ ihren Blick interessiert über seine Sammlung von Mathematikbüchern schweifen, als er an einem schmalen Band hängen blieb.

»Das habe ich gelesen«, sagte sie.

Weismann sah, dass es sich um ein populärwissenschaftliches Büchlein für Kinder handelte, in dem Zahlen als Früchte erklärt wurden. Drei Äpfel sind das Gleiche wie drei Birnen. Es gehörte seiner Frau, Weismann hatte gar nicht mehr gewusst, dass es noch existierte. Er konsultierte seine Bibliothek nur noch selten.

Weismann wies ihr einen Sessel nicht zu nahe an seinem Lehnstuhl zu und setzte sich.

»Ich hatte schon lange niemanden mehr von der Presse hier«, stellte er fest, ohne hinzuzufügen, dass er eigentlich Interviews seit Jahren ablehnte und Journalisten aus dem Weg ging. »Bitte machen Sie schnell, ich habe nicht viel Zeit«, fügte er hinzu.

Sie fasste in ihre Tasche, schaltete ein kleines Aufnahmegerät ein, ohne ihn um Erlaubnis gefragt zu haben, und nahm einige Bögen Papier in die Hand.

»Sie wissen, was das ist?«, begann sie.

Weismann rührte sich nicht, er ließ sie aufstehen, um ihm die Zettel vor die Nase zu halten.

»Das ist zu klein, ich kann es nicht lesen.«

Line Berg sah sich um, offenbar in der Überzeugung, hier müsste irgendwo eine Lesebrille liegen. Weismann hatte natürlich eine, doch sie lag neben seinem Bett, wo er ab und zu Zeitung las, wenn er nicht schlafen konnte.

»Herr Weismann, haben Sie in den letzten zwei Tagen Ihre E-Mails gelesen?«

*

McLeary hatte Mühe gehabt, die Berater des Premiers zu beruhigen. Sie standen unter großer Anspannung und sehnten sich nach nichts mehr als nach Klarheit. Doch McLeary hatte etwas zu berichten. Vor dem Treffen hatte Mikaela ihn angerufen und ihm mitgeteilt, dass sie eine Erklärung für die Zahlen aus der Mail hatte. Noch wusste niemand außer ihnen davon.

»Was aussieht wie eine durchgehende Zahlenreihe, besteht eigentlich aus mehreren Teilen«, erklärte McLeary. »Die erste Zahl geht bis hier« – er deutete auf eine kleine Lücke, die man leicht übersehen konnte.

»Das ist eine einzige Zahl?«, fragte der Premier.

»Ja. Mit 617 Stellen. Es folgen zwei weitere Zahlen, die in etwa halb so lang sind.«

»Genau halb so lang?«

»Richtig.«

»Und das bedeutet – was?«, fragte der Premier.

»Die erste Zahl ist das Produkt der beiden folgenden«, sagte McLeary.

Beim Wort Produkt stutzte der Premier. *Inwiefern ein Produkt?* Doch dann schien er sich daran zu erinnern, dass der Begriff in der Mathematik anders verwendet wurde.

»Sie meinen, wenn man die beiden kleineren Zahlen multipliziert, bekommt man die größere?«

»Genau. Die 617-stellige Zahl ist ein Produkt der beiden 308-stelligen.«

Die Gesichter des Beraterstabes waren unergründlich. McLeary wusste, dass sie sich fragten, warum die größere Zahl genau doppelt so groß war wie die beiden, aus denen sie entstanden war. McLeary hatte es sich vorhin selbst von Mikaela nochmals erklären lassen müssen. Er musste daran denken, wie einer von seinen Kryptologen einmal gesagt hatte, dass die Mathematik die Summe von lauter Selbstverständlichkeiten war.

»Und Sie sagten, Sie haben diese Zahlen schon einmal gesehen?«

Das war es, was Mikaela herausgefunden hatte: *»Ich könnte mich ohrfeigen, dass ich es nicht gleich gesehen habe«*, hatte sie angemerkt.

McLeary fand diese Bemerkung absurd. Niemand sah eine 617-stellige Zahl an und erkannte auf Anhieb irgendeine Verbindung. Doch als sie ihm erklärt hatte, worum es ging, hatte er ihre

Aufregung verstanden. Und er hatte zugeben müssen, dass er die Lösung auch selbst hätte finden können.

»Die erste Zahl ist allgemein bekannt«, erklärte er. »Sie stammt aus einem Wettbewerb.«

Alle sahen ihn fassungslos an, selbst die bisher so versteinerte Beraterin.

»Noch ein Wettbewerb?«

»Keiner unserer eigenen. Sir, bitte lassen Sie mich erklären.«

»Tun Sie sich keinen Zwang an«, sagte der Premier.

»Wettbewerbe sind in der Kryptografie etwas ganz Normales. Es geht darum, die besten Methoden zu finden. Wir nutzen Sie, um Personal zu rekrutieren, wie ich Ihnen bereits vorhin erklärt habe. Den Wettbewerb, von dem hier die Rede ist, schrieb ein US-Sicherheitsunternehmen namens RSA-Security 2001 aus, das war vor meiner Zeit.«

McLeary sah in den Gesichtern, dass alle in ihrer Erinnerung gruben, wo sie dieses Kürzel schon einmal gehört hatten. »RSA. So wie das Verschlüsselungsverfahren …«, fuhr er fort.

Der Premier winkte ab. »Keine Details, kommen Sie bitte zum Punkt.«

McLeary ersparte dem Premier den Hinweis, dass der Wettbewerb von den Erfindern des Verschlüsselungsverfahrens stammte, auf dem in den letzten Jahrzehnten fast die gesamte sichere Kommunikation des Planeten basierte: Ron Rivest, Adi Shamir und Leonard Adelman. Und dass die Methode eigentlich zuerst im GCHQ entwickelt worden war. Der junge Mann mit der brillanten Idee hieß Clifford Cocks. Niemand hatte das Potenzial erkannt. McLeary verschwieg dem Premier diese Information, die sich unter anderen Umständen gut als Argument für mehr Fördermittel hätte verwenden lassen, doch heute war nicht der Tag dafür. Er beschloss, sich auf Dinge zu beschränken, die alle in diesem Raum verstanden.

»Das Preisgeld betrug 200 000 Dollar.«

»200000 Dollar? Für eine Rechenübung?«

»Eine 600-stellige Zahl zu faktorisieren ist extrem schwierig«, sagte McLeary.

»Scheint ja gar nicht so schwierig zu sein.« Der Premier deutete abfällig auf den Ausdruck der Mail.

»Light kannte die Lösung. Das will er uns wissen lassen. Genau darum geht es ihm.«

»Warum?«

»Wir sind immer noch dabei, das herauszufinden.«

»Aber ich verstehe es nicht«, beschwerte sich der Premier. »Warum springt der Junge vor aller Augen in den Tod? Wenn er diesen Wettbewerb gewonnen hat, warum holt er sich nicht einfach sein Preisgeld ab?«

»Sir, den Wettbewerb gibt es nicht mehr.«

»Nein?«

»Seit sechzehn Jahren nicht mehr, um genau zu sein«, gab McLeary das wieder, was seine eigenen Leute ihm vorhin erklärt hatten. »Er bestand aus mehreren unterschiedlich großen Zahlen, für die es unterschiedlich viel Geld gab. Zwei der kleineren Zahlen konnten faktorisiert werden.«

»Ah, es geht also doch. Wie?«

»Mithilfe von großen Computern. Es gibt Algorithmen, die genau für diesen Zweck optimiert sind. Aber es gelang wie gesagt nur mit zwei der Zahlen.«

»Die anderen nicht?«, fragte der Premier zunehmend ungehalten. »Warum wurde der Wettbewerb eingestellt, wenn noch nicht alle Rätsel gelöst waren?«

»Weil man glaubte, dass es aussichtslos ist, Sir.«

Stille erfüllte das Wohnzimmer. Der Premier starrte auf die Zahlenreihen. »Aussichtslos, wie?«, sagte er mehr zu sich selbst.

»Was Sie hier vor sich haben, wäre der Hauptpreis gewesen«, erklärte McLeary. »Dafür hätten Sie sich 200000 Dollar sichern können. Bis 2007, wie gesagt. Dazu muss gesagt werden, dass manche Leute weiter versuchten, die größeren Zahlen des Wettbewerbs zu faktorisieren. Bei einigen gelang das, bei anderen nicht.«

»Bis heute?«

»Bis heute«, bestätigte McLeary. »Und wenn Sie es genau wissen wollen, selbst unsere Supercomputer könnten diesen Code nicht knacken. Zumindest nicht in den nächsten Jahren. Übrigens nicht nur diesen, auch die meisten anderen dieses Wettbewerbs nicht.«

»Um das zusammenzufassen: Sie sagen, wir wären nicht in der Lage, diese Zahl zu faktorisieren, auch nicht mit unseren tollen Computern, in die wir viele Millionen jedes Jahr investieren – Millionen, die in anderen wichtigen Bereichen eingespart werden müssen. Und dieser Light kennt das Ergebnis der Rechnung? Und schickt das an alle Medien?«

McLeary biss die Zähne zusammen. »So sieht es aus, Sir.«

»Und woher kannte er die Lösung?«

»Wir wissen es nicht, Sir.«

Der Premier lehnte sich zurück und tippte mit der Spitze seines Schuhs auf den Boden. Kurz kam McLeary der Gedanke, dass es unglaublich öde sein musste, in seinem eigenen Haus keine Hausschuhe tragen zu dürfen. Der Premier war gekleidet, als würde er gleich ins Parlament gehen.

»Okay, das ist alles sehr beeindruckend«, sagte der Premier. »Aber es geht immer noch um Zahlen. Dieser Junge hat sich doch nicht wegen ein paar Zahlen in den Tod gestürzt?«

Das war der unangenehmste Teil. McLeary musste all seinen Mut zusammenfassen. »Es sind nicht irgendwelche Zahlen, Sir. Es sind Primzahlen.«

McLeary ahnte, dass viele im Raum auf die Schnelle nicht wussten, was das bedeutete.

»Das sind Zahlen, die sich nicht in gleiche Teile teilen lassen, so wie die Drei oder die Fünf«, sagte er und reproduzierte eine Erklärung, die er einmal gehört und einleuchtend gefunden hatte, auch wenn Mikaela ihn gescholten hatte, dass sie nicht sauber war.

Primzahlen seien nämlich nur durch sich selbst und durch eins teilbar, doch McLeary hatte sich immer gewundert, warum in der Mathematik ganz selbstverständlich mit der Idee hantiert wurde, irgendjemand würde freiwillig irgendetwas in *einen* Teil teilen. Wie konnte man so etwas »teilen« nennen? Kein Wunder, dass Mathematik unbeliebt war.

Der Premier schien keine Ausnahme zu sein, was Letzteres anging. »Was tut das zur Sache?«, verlangte er zu erfahren.

»Sie wissen, dass Primzahlen die Basis fast aller Verschlüsselungsverfahren der Welt sind?«

Stille im Raum. Er konnte sehen, dass die meisten von ihnen schon davon gehört hatten. Doch sie hatten den Zusammenhang bisher nicht herstellen können.

»Codeknacken und Faktorisierung ist im Grunde das Gleiche, Sir«, wiederholte McLeary geduldig. »Wenn Sie das eine können, können Sie auch das andere. RSA-Codes nutzen große Zahlen, die durch Multiplikation von Primzahlen entstehen. Wenn Sie die Ursprungszahlen herausfinden, haben Sie den Code geknackt.«

Der Premier blickte auf die Zahlen. »Er will uns zeigen, dass er in der Lage war, Codes zu knacken? Ist es das?«

McLeary nickte. *Und er wollte genügend Aufmerksamkeit erregen, um sicher zu sein, dass über kurz oder lang jemand hier bei Ihnen sitzt und auch die höchste staatliche Ebene sich damit befasst.*

Der Widerwille stand dem Premier ins Gesicht geschrieben, aber langsam schien er das Ausmaß des Problems zu erfassen. »Dann steckt der GCHQ tatsächlich in Schwierigkeiten. Die Medien spekulieren bereits, Light könnte ein Mitarbeiter des britischen Geheimdienstes gewesen sein. Die Leute rätseln über seine Nachricht, manche sehen einen Hinweis auf die jüdische Weltverschwörung, andere einen Code für Aliens. Das ist der reinste Volkssport. Über kurz oder lang werden sie herausfinden, worum es sich bei diesen Zahlen handelt.« Der Minister fixierte ihn unerbittlich. »Mich irritiert diese Sache zutiefst. Nicht nur, wie leicht es offenbar ist, kritische Infrastruktur zu sabotieren, sondern die Umstände. *Es muss aufhören* – was muss aufhören? Was ist eigentlich seine Forderung?«

»Worte waren noch nie seine Stärke«, rutschte es McLeary heraus.

Der Beraterstab blickte ihn entgeistert an.

»Es gibt da ein Gerücht«, meldete sich die Beraterin des Premiers zu Wort. Sie sprach mit der Vorsicht einer Katze, die gerade abwägt, ob sie noch eine Weile mit ihrer Beute spielen will. »Vielleicht können Sie mir dazu mehr sagen. Bestimmte Leute bei Ihnen am GCHQ scheinen eine Erklärung dafür zu haben, was Light sagen wollte.«

»Ma'am, ich weiß nicht, worauf Sie anspielen.«

»Ich denke schon, dass Sie das wissen. Es ist die Rede von Techniken, die es erlauben, in die Zukunft zu blicken«, präzisierte sie.

McLearys Hals wurde eng. »Das sind Gerüchte, Ma'am. Nichts, was man ernst nehmen müsste.«

»Bestimmt?«, setzte die Frau nach. »Es mag unwahrscheinlich klingen, aber ich sehe hier diese Zahlen, die ich nicht verstehe. Und ich stelle mir vor, unsere Feinde würden in den Besitz einer solchen Technik gelangen. Was würde dann Ihrer Meinung nach passieren? Ist das nicht ein Risiko, dem wir nachgehen sollten?«

»Mit Verlaub, Ma'am, wir reden hier vom Knacken von Codes. Die Zukunft hat damit nichts zu tun.«

»Nein? Vielleicht gibt es in der Zukunft ja überlegene Computer, für die unsere heutigen Codes ein Kinderspiel sind?«

»Ich kann Ihnen versichern, dass kein derartiges Risiko besteht«, sagte McLeary. »Aber ich verspreche Ihnen, dass wir auch dieser Spur nachgehen.«

»Solange wir nicht wissen, was er sagen wollte, ist die Gefahr präsent«, übernahm der Premier. »Ich werde gleich eine Pressekonferenz geben und mich hinter Sie stellen, vorerst. Bringen Sie das in Ordnung.«

»Danke, Sir.«

»Nur noch eine Frage. Das Problem ist derzeit auf London beschränkt. Aber können wir ausschließen, dass andere Teile des Landes betroffen sind? Andere Teile der Welt? Jemand, der so einfach unsere Sicherheitsbarrieren aushebelt, kann das vermutlich auch woanders tun, oder etwa nicht?«

»Derzeit sieht es ganz danach aus, dass Light allein gehandelt hat, Sir. Und dass er sich rein auf London konzentrierte.«

Damit war McLeary entlassen. Er verließ zitternd den Sitz des Premiers, froh, dass keine weiteren Fragen gestellt worden waren.

*

Gardener tippte wie eine Verrückte in ihre Tastatur. Die letzten Stunden war sie fast rund um die Uhr damit beschäftigt gewesen, Nachrichten zu beantworten. Sie ahnte bereits, dass es heute wieder spät werden würde. Sie musste noch ihrer Ehefrau für heute Abend absagen. Sie hatten einen Tisch reserviert, es wäre das erste Mal seit Wochen gewesen. Diese private Zeit ware ihr heilig.

Manchmal, nach einem besonders langen Tag, streifte Gardener, zu Hause angekommen, ihren pinken Jogginganzug über, bevor sie sich mit einem Gin Tonic zu Jennifer auf die Couch setzte. Sie kuschelten sich dann aneinander, sahen irgendeine Sitcom an und besprachen in aller Sachlichkeit, wer es wem zuerst besorgen würde.

Zumindest hatte sie es geschafft, den Termin beim Premier auf McLeary abzuwälzen. Er hatte es nicht gewagt, sich davor zu drücken.

Sie war gerade dabei, einem Mitglied des Unterhauses höflich mitzuteilen, dass sie ihm seine Fragen nicht beantworten konnte und er auf das offizielle Briefing warten musste, als sie einen Anruf von ihrer Sekretärin bekam. Da war jemand für sie in der anderen Leitung. Gardener ließ durchstellen.

Der Mann am Telefon hieß Chuck und arbeitete für die US-Regierung. Sie führten immer wieder vermeintlich zwanglose Gespräche, die natürlich von äußerster Vorsicht geprägt waren. Informationsaustausch mit den Partnerdiensten war hier im Haus streng geregelt. Doch natürlich schoben sie einander hin und wieder auch Tipps zu, in Form von Andeutungen. Gardener mochte seinen texanischen Akzent und seine grobe Herzlichkeit. Nach Austausch von Höflichkeiten und den üblichen Scherzen kam Chuck diesmal schnell zur Sache.

»Du kannst dir vorstellen, dass die Sache bei uns auch auf einiges Interesse stößt«, begann Chuck.

»Kann ich mir vorstellen.«

»Es ist zu hören, dass ihr es offenbar im Griff habt.«

»Ja«, gab Gardener unverbindlich zurück.

»Wir haben die Mail gesehen. Unsere Medien haben sie auch bekommen. Und natürlich fragen wir uns, wie euer Mann auf die Lösung gekommen ist.«

»Daran arbeiten wir noch«, antwortete Gardener wahrheitsgemäß.

Eine Pause entstand.

»Wir haben natürlich auch die verschiedenen Varianten durchgespielt«, sagte Chuck. »Quantencomputer oder Leak. Wir glauben derzeit, dass er irgendwie an die Lösung des Rätsels gekommen sein muss, die meines Wissens in einem Safe verwahrt wird. Auch wenn unsere Leute selbstverständlich Rivest, Shamir und Adelman kontaktiert haben, die uns aber hoch und heilig versichert haben, dass es kein Leak gibt. Und trotz der Tatsache, dass ein Leak nicht erklärt, wie sich euer Mann in die Systeme hacken konnte.«

»Dafür gibt es verschiedene Möglichkeiten. Wir sind dran.«

»Gut«, sagte Chuck. »Dann ist alles gut. Wenn es nämlich so wäre, dass ihr keine Lösung findet, gäbe es noch eine andere Erklärung.«

»Eine andere Erklärung?«

»Dafür, wie Light in der Lage war, die Dinge zu tun, die er tat. Du weißt, wovon ich rede.«

»Weiß ich das?«

Chuck wurde ungeduldig. »Spiel mir nichts vor. Du denkst jede Sekunde darüber nach, ob es möglich ist. Du fragst dich, ob es das sein kann, worauf Light aufmerksam machen wollte. Wir alle fragen uns das.«

Darauf gab Gardener keine Antwort. Sie wusste, dass das nicht nötig war.

»Ich möchte nur sicher sein, dass ihr uns rechtzeitig Bescheid gebt, falls ihr etwas in diese Richtung hört.«

»Du wirst von uns hören, falls wir etwas erfahren«, sagte sie.

Er bedankte sich und legte auf.

Sie mussten wirklich nervös sein auf der anderen Seite des Atlantiks, wahrscheinlich ein Hinweis darauf, dass dieser Pawel Peskin auch mit ihnen in Kontakt getreten war und ihnen sein Märchen aufgetischt hatte. Natürlich würden sie ihre Freunde in den USA kontaktieren, falls die Geschichte, die Peskin ihnen erzählt hatte, mehr als nur ein Märchen war. In diesem Fall würden sie alle Hilfe brauchen, die sie bekommen konnten, um sich auf die Umwälzungen vorzubereiten.

*

»Nein, ich kann mir nicht erklären, woher er meine Mailadresse hat«, sagte Weismann. »Und ich kann Ihnen versichern, dass ich keinen Besuch empfange. Auch nicht aus London.«

Er konnte sehen, dass seine Antwort sie enttäuschte. Sie hatte ihm erklärt, dass in London ein junger Mann von einem Hochhaus gesprungen war. Die Mail stammte angeblich von ihm. Doch Weismann wusste nicht, was das mit ihm zu tun haben sollte.

»Ich lese grundsätzlich keine Mails von jemandem, den ich nicht kenne«, gab er zurück.

»Warum nicht?«

»Ich bekomme seit Jahrzehnten immer wieder Zusendungen von Amateuren, Sie haben keine Vorstellung. Vor allem nach dem Nobelpreis. Jeder will meine Aufmerksamkeit, alle haben sie irgendwelche großen wissenschaftlichen Probleme gelöst. Allesamt ohne die entsprechende Ausbildung. Wie kommt man auf diese Idee?«

Die Journalistin hob die Brauen, als ob sie darauf wartete, dass er seine Frage selbst beantwortete. Auf ihrem Schoß hatte sie einen in Leder gebundenen Notizblock, auf dem sie wie ein Schulmädchen irgendwas hinkritzelte, wenn er etwas sagte.

»Hazeem Light. Sie kennen ihn also nicht? Sechsundzwanzig Jahre alt, pakistanischer Abstammung.«

»Ich sagte doch, ich kenne ihn nicht.«

Line Berg nickte und notierte etwas auf ihrem Block.

»Was ist mit den Zahlen, die er ihnen geschickt hat?«

»Was soll damit sein?«

»Wissen Sie, was sie bedeuten könnten?«

Weismann biss die Zähne zusammen. Es fiel ihm immer schwerer, Ruhe zu bewahren. »Darum geht es Ihnen? Um diesen Light? Mehr ist da nicht?«

Langsam schien ihr unwohl zu werden. Ihre Hände waren ganz weiß, und sie rieb sie, als ob ihr kalt wäre.

»Ich sagte Ihnen schon«, entgegnete sie ungerührt, »ich glaube, dass diese Mail von Light ist. Er hat sie einer Reihe von internationalen Medien geschickt. Ihre Adresse war darunter. Und er plante, nach Wien zu kommen. Ich würde gern wissen, warum.«

»Dann finden Sie es heraus! Ich kann Ihnen leider nicht helfen.«

Einen Moment lang schien sie durch ihn hindurchzusehen. »Sie müssen doch irgendetwas wissen«, sagte sie mehr zu sich selbst als zu ihm. »Sind Sie sicher, dass Sie nie mit ihm in Kontakt waren? War er vielleicht einer ihrer Studierenden?«

»Ich habe seit vielen Jahren keine Studenten mehr. Und ich würde mich an den Namen Hazeem Light erinnern.«

»Sie haben die Mail also nicht gelesen?«

»Nein. Das sagte ich Ihnen doch schon.«

»Darf ich Sie Ihnen zeigen?«

Weismann antwortete nicht, woraufhin sie ihm erneut die Papierbögen hinhielt. Er stand widerwillig auf, um seine Lesebrille zu holen. Als er die Seiten entzifferte, schien er enttäuscht.

»Sagt mir gar nichts«, erklärte Weismann.

»Sind Sie ganz sicher?«

»Warum? Glauben Sie etwa, ich könnte Zahlen lesen? So wie ein Musiker Musik vom Blatt abliest?«

Sie nahm die Blätter wieder an sich. »Ich dachte …«, begann sie.

»Sie dachten, ich bin vielleicht ein Buchhalter? Weil ich gut mit Zahlen umgehen kann? Tut mir leid, da sind Sie bei mir falsch. Vielleicht schauen Sie ins Telefonbuch, da finden Sie bestimmt einen.«

Line Bergs Freundlichkeit hatte sich erschöpft. Sie sah ihn nachdenklich an, fast bedauernd.

»Ich kann Sie also vermutlich nicht überreden, mit einer verzweifelten Mutter zu sprechen, die gerade ihren Sohn verloren hat und mit Ihnen Kontakt aufnehmen will?«

»Ich empfange niemanden. Das habe ich doch bereits gesagt.«

»Dann tut es mir leid. Ich bin mir sicher, diese Zahlen sind der Grund, warum sich der junge Mann das Leben genommen hat. Er wollte auf etwas aufmerksam machen. Aber Sie sagten, Sie hätten etwas Wichtiges zu tun, da will ich Sie nicht weiter stören.«

*

Als Hope den Ausgang des Universitätsviertels von Lagos erreichte, war sie zufrieden. Sie warf einen Blick auf ihre Tochter, die in einem Tragetuch an ihrem Rücken schlief, dann legte sie eine Hand auf die Tasche, in der sie ihre Beute verwahrte. Es war ein herrlicher Tag in der nigerianischen Metropole, leichter Wind sorgte für milde Temperaturen und trug die Abgase der vorbeifahrenden

Autos und Motorräder davon. An solchen Tagen wirkte Lagos mit seinen zig Millionen Einwohnern – die genaue Zahl kannte niemand – mehr denn je wie ein riesiger, lebender und atmender Organismus. Ein Wesen, das herrlich oder bedrohlich sein konnte, voller Energie, die sich allerdings nie auf eine Sache konzentrierte, sondern im eigenen Gewebe aufging. Ein Sportler, der seine Muskeln trainiert, ohne zu wissen, wofür er sie einmal benutzen will.

Hope kam gerade von der Arbeit und hatte noch einen Abstecher zur Uni gemacht. Sie arbeitete für ein Start-up eines weißen Südafrikaners, der Trainingsdaten für KI-Programme erzeugte. KI-Applikationen waren nur so gut wie die Daten, mit denen sie trainierten. Das hatten einige Anbieter von Sprachsoftware vor einigen Jahren schmerzhaft herausfinden müssen, als ihre KI plötzlich sexistische und rassistische Erwiderungen ausspuckte. Das Programm hatte einfach kopiert, was es im Internet vorgefunden hatte. Um Ähnliches in Zukunft zu vermeiden, brauchte es bessere Trainingsdaten, die von Menschen auf ihre Korrektheit kontrolliert worden waren. »Ground Truth« nannte man das Konzept. Sonderbar, dass Computer derart auf menschliche Wahrheit angewiesen waren.

Firmen wie die, bei der sie arbeitete, entstanden vorwiegend in Ländern mit niedrigen Personalkosten und immer mehr von ihnen hier in Afrika. Monatelang hatte Hope Bilder von Nummernschildern in annähernd quadratische und querformatige sortiert, bis irgendjemandem aufgefallen war, dass sie zur Universität ging. Von da an hatte man ihr zunehmend Programmieraufgaben zugeschanzt – bei gleichbleibendem Gehalt, verstand sich.

Auch viele ihrer Kommilitonen arbeiteten dort. Eine Gruppe hatte sie vorhin vor dem Institutsgebäude getroffen. Sie hatten sie eingeladen, gemeinsam etwas trinken zu gehen, doch Hope hatte abgelehnt und sie auf ein andermal vertröstet.

»Hope! Hope?«, hörte sie eine bekannte Stimme. Sie tat so, als würde sie den Sprecher nicht bemerken, doch es half nichts, denn er kam auf sie zu.

»Wie geht es dir?«, sagte John betont lässig. »Was für ein Zufall, dass wir uns treffen. Was machst du hier?«

Hope schenkte ihm ein Lächeln. »Hallo, John. Dasselbe könnte ich dich fragen.«

John und sie kannten sich schon seit ihrer Kindheit. Er hatte sich immer ausgemalt, mit ihr gemeinsam zu studieren, doch dazu war es nie gekommen. Seither redete er davon, nach Deutschland zu gehen und sie mitzunehmen.

»Ach, ich mache nur eine kurze Pause. Eigentlich habe ich wahnsinnig viel zu tun.«

Hope nickte verständnisvoll. »Ich dachte ja, du bist schon weg. Hattest du nicht ein Flugticket?«

Davon hatte er das letzte Mal gesprochen, als sie sich sahen. Er hatte sie überreden wollen, mit ihm zu kommen. Ein Freund von ihm hatte es geschafft, sich bis nach Deutschland durchzuschlagen. Er war mit Geld zurückgekommen und hatte abends in seiner Stammkneipe mehrere Runden spendiert. Hope hatte von einem gehört, der Charles hieß. Er konnte die Reise nach Norden organisieren, wenn man Geld hatte. Sie kannte die Geschichten, und sie wusste, dass die Sache oft nicht so rosig war, wie die Rückkehrer sie darstellten. Wenn der Kontakt nicht überhaupt abbrach. Hope wusste besser als irgendjemand sonst, wie gefährlich die Reise sein konnte. John beeindruckte das nicht, er war unerschütterlich. Wenn sie ehrlich war, mochte sie das an ihm, auch wenn sie ihn und seine Begeisterung nicht ernst nehmen konnte.

»Ich habe einen neuen Plan«, erklärte er. »Ein Mann, den ich bei einem Job getroffen habe. Er kann mich rüberbringen, sagt er. Aber ich weiß nicht mehr, ob ich das will.«

»Nein?«

»Ich überlege hierzubleiben«, erklärte er zu ihrer Überraschung.

»Das sieht dir nicht ähnlich. Ist irgendwas passiert?«

Er zuckte mit den Schultern und lächelte gequält. »Was habe ich davon, nach Europa zu gehen, wenn du nicht mitkommst?«

Sie schlug kokett die Augen nieder. »Es gibt andere Frauen in Europa.«

Er schüttelte den Kopf. »Überleg es dir! Ganz allein, mit dem Kind? Das ist doch nichts. Ich könnte für sie sorgen.«

Hope drehte sich unwillkürlich ein Stück weg, damit er das Gesicht des Kindes nicht sah, das noch immer schlief. John blieb ihre Ablehnung nicht verborgen, doch er insistierte nicht.

Er bemerkte ihre Hand, die immer noch schützend auf der Tasche lag. »Was hast du da?«

»Das ist nichts«, sagte sie und zog die Hand zurück.

»Komm schon, zeig es mir.«

»Ein andermal, ich muss jetzt los.«

»Du hast mir noch gar nicht gesagt, wie das Wetter morgen wird!«, rief er beleidigt aus.

Sie drückte ihm einen flüchtigen Kuss auf die Wange. Das würde ihn gerade so lange beschäftigen, dass er nicht auf die Idee kam, ihr zu folgen.

Die Verlockung, jemandem von ihrem Projekt zu erzählen, stieg mit jedem Tag, auch wenn John es vermutlich nicht verstanden hätte. Aber noch musste sie sich zurückhalten und durfte die Aufregung nicht an sich heranlassen. Sie wollte ganz sicher sein. Der Umschlag in ihrer Tasche enthielt die Ergebnisse des nächsten Wettbewerbs. Sie hatte nur sichergestellt, dass sie gewonnen hatte. Die Details würde sie sich zu Hause ansehen.

Sie folgte der Straße, die zum nur eine halbe Stunde Fußweg von der Universität entfernten Makoko führte, den Slum auf dem Wasser, wo sie bei ihrem Vater lebte. Zuvor hielt sie noch bei einem an der Straße gelegenen Gemüsestand, wo sie Yam und Okraschoten kaufte, mit denen sie später für ihre Familie kochen würde.

Nichts deutete darauf hin, dass etwas nicht in Ordnung sein könnte.

*

Hope hatte ein Boot gefunden, das sie ins Zentrum von Makoko brachte. Der vertraute Geruch des trüben Wassers begrüßte sie. Schon von Weitem zeichnete sich die Autobahnbrücke ab, die sich über den vergessenen Bezirk von Lagos spannte. Sie nannten Makoko einen Slum, doch für dessen Bewohner hier war es einfach nur ihre Heimat. Mehrere Hunderttausend Menschen lebten hier in Wellblechbaracken auf Pfählen in der Lagune vor Lagos. Straßen gab es keine, nur Kanäle, in denen die typischen, länglichen Boote fuhren. Motoren waren eigentlich nicht nötig und angesichts des schwimmenden Plastikmülls auch unpraktisch. Das Wasser war seicht genug, um sich mit langen Stäben vom Boden abzustoßen, wie es auch der vielleicht zwölfjährige Junge machte, der ihr für die Fahrt fünfhundert Naira abgeknöpft hatte. Sie hätte sich Zeit nehmen und ein anderes Boot suchen können, doch sie war müde und wollte nach Hause. Immerhin hatte sie nun das Boot für sich und wurde tiefer ins Herz von Makoko gebracht. Der Junge legte sich für sein Geld immerhin ordentlich ins Zeug.

Jedes Mal, wenn sie nach Makoko zurückkehrte, wo sie aufgewachsen war, begleiteten Hope gemischte Gefühle. Der Gestank der Kanäle, die allen Abfall und alles Abwasser aufnahmen, war schmerzhaft vertraut und gleichermaßen abstoßend wie anziehend. Männer riefen ihr auf Französisch, Yoruba oder Egun etwas zu, versuchten von ihren über dem Wasser schwebenden Terrassen einen Flirt, doch sie gab vor, sie nicht zu verstehen.

Ihr Ziel lag unter der Autobahnbrücke, gleich neben einem der wenigen alten Gebäude, die noch aus der Zeit stammten, als Makoko ein Fischerdorf gewesen war. Hier wohnte der Mann, der als eine Art Bürgermeister fungierte, ein ehemaliger Soldat, der sich eine Zeit lang als Warlord verdingt hatte, bevor er auf seine spezielle Art altersmilde geworden war. Mittlerweile ließ er die Menschen im Wesentlichen in Ruhe und sorgte für das Befüllen der öffentlichen Wasserkanister. Und dennoch war er ein Faktor, den es zu berücksichtigen galt.

Hopes Familie lebte nebenan in einem Haus, das aus dem Zusammenschluss mehrerer Baracken entstanden war. Wie das Bürgermeisterhaus verfügte auch ihres über Elektrizität und sogar einige Solarpaneele auf dem Dach, die bei den regelmäßig auftretenden Stromausfällen zum Einsatz kamen. Jede Nacht musste einer ihrer Brüder mit der Waffe in der Hand Wache schieben, damit sie nicht gestohlen wurden. Doch so konnte ihre Familie hier die Handys laden und fernsehen, was das Haus zu einem Anziehungspunkt für die ganze Umgebung machte.

Als Hope sich dem Zentrum Makokos und dem Familiensitz näherte, war ihr, als würde eine riesige Hand nach ihr greifen. Niemand lebte freiwillig in Makoko, wer hier war, wollte weg. Hope hatte diese Möglichkeit und spielte immer wieder mit dem Gedanken, die Chance zu nutzen, solange sie sich bot. Doch hier war ihre Familie, sie konnte nicht einfach so gehen, nicht ohne einen besonderen Grund. Noch war die Zeit nicht reif.

Das änderte nichts daran, dass jeden Abend, wenn sie hierher zurückkam, ein Teil von ihr glaubte, Makoko würde sie nicht wieder gehen lassen. Manchmal hatte sie das Bedürfnis, sich ihrem Schicksal einfach zu ergeben, vom Boot aus den Fuß auf den Landesteg zu setzen und für immer zu bleiben.

Doch als sie sich dieses Mal dem Steg näherte, hörte sie schon von Weitem, dass etwas anders war. Frauen weinten, Männer riefen aufgeregt durcheinander. Jemand wurde von zwei Leuten aus dem Haus getragen, jemand, der nach Art der Tiv, zu denen ihre Familie gehörte, gestreifte Kleider trug, die rot gefleckt waren.

Hope wies den Jungen an, das Boot anzuhalten. Einige Minuten sah sie zu, was geschah. Als ein weiterer Körper in gestreiftem Gewand hinausgetragen und auf den Steg gelegt wurde und dann noch einer, ließ sie das Boot wenden.

Während ihre Gefühle ein undurchdringlicher Wirrwarr waren, war ihr Verstand klar wie immer und erfasste die Situation sofort. Sie wusste, es würde lange dauern, bis sie wirklich realisiert hatte, was all das für sie bedeutete. Doch ihr Verstand sagte ihr, dass das Leben von Hope, die in Makoko aufgewachsen war und den größten Teil ihres Daseins hier verbracht hatte, vorbei war.

*

Gruppenleiter Shaun aß gerade in der Feuerwehrzentrale seine zweite Portion Pommes, als der Alarm losging. Shaun verfluchte sich selbst und die ganze Welt.

Auf dem Handy hatte er sich gerade einen Stream eines Europacupspiels von letzter Nacht angesehen. Gestern hätte Chelsea im eigenen Stadion gegen Arsenal antreten sollen, ein Londoner Stadtduell, das zeitgleich mit anderen Viertelfinalspielen stattfand. Er hatte extra einen Tisch im Pub reserviert, um sich die Spiele in Konferenzschaltung mit Freunden anzusehen. Doch dann war der Strom ausgefallen, und er hatte Dienst schieben müssen. Obwohl sich schnell herausgestellt hatte, dass sie ohnehin nicht viel tun konnten. Der Auslöser war offenbar ein Softwareproblem gewesen. Ihre Aufgabe hatte hauptsächlich darin bestanden, Menschen aus Aufzügen zu retten.

Deshalb hatte er versucht, sich möglichst nicht spoilern zu lassen und die ausgetragenen Partien schnell nachzustreamen. Bei ihm zu Hause war strikte Nachrichtensperre verhängt worden, er hatte keine Nachrichten und keine Zeitungen angesehen. So war es ihm gelungen, durch den Tag zu kommen, ohne das Ergebnis zu erfahren. Nun hatte er es bereits bis zum Ende der ersten Halbzeit geschafft und sich extra eine zweite Portion Pommes geholt. Arsenal schien drauf und dran, das Führungstor zu erzielen, und Shaun war versöhnt.

Doch der Alarm riss ihn aus dem Idyll. Um ihn herum sprangen Leute auf.

»Was ist los?«, fragte einer. »Kommst du nicht?«

»Ich komme ja.«

Sein Kollege sah das eingefrorene Bild des Fußballspiels auf Shauns Handy. »Das zahlt sich ohnehin nicht aus«, bemerkte er. »Das Spiel endet null zu null.«

Shaun ließ die Pommes, die er gerade in der Hand hielt, zurück auf den Teller fallen, dann schaltete er träge sein Handy aus. Fünf Minuten später saß er in einem Löschfahrzeug.

»Wo fahren wir überhaupt hin?«, fragte er, als sie aus der Garage fuhren.

Die Antwort hörte er nicht, so gebannt war er von den sechs schwarzen Rauchsäulen, die über der Innenstadt in den Himmel stiegen.

*

Mehrere Hochhausbrände in Londoner City gemeldet

London. In der britischen Hauptstadt brachen heute um 16 Uhr fast zeitgleich in mehreren Wolkenkratzern Brände aus. Neben dem Shard sollen auch der ikonische Scalpel und der Gherkin betroffen sein. Die Feuerwehr führte einen Großeinsatz durch und hatte die meisten Feuer schnell unter Kontrolle. Im Gherkin dauern die Löscharbeiten aber an. Die Stadt ist im Schockzustand, der fatale Brand des Greenfell Towers im Jahr 2017 mit siebzig Toten ist der Bevölkerung noch in schmerzhafter Erinnerung. Über den Auslöser der Feuer gibt es noch keine Angaben seitens der Behörden. In einem Fall soll es sich um einen defekten smarten Kühlschrank gehandelt haben. Ein Zufall erscheint angesichts der zeitgleichen Ausbrüche allerdings unwahrscheinlich. Gerüchte über einen Zusammenhang mit dem großflächigen Stromausfall (wir berichteten) können derzeit nicht bestätigt werden. (red)

*

Weismann hatte ein Taxi zum Pflegeheim genommen. Ihm wurde bewusst, dass er seit über einem Monat nicht mehr hier gewesen war, und sofort meldete sich sein schlechtes Gewissen wie ein Stachel in seinem Fleisch.

Ich habe dich allein gelassen. Es tut mir leid.

Die Schwester, die für die Betreuung seiner Frau zuständig war – eine große, eindrucksvolle Person namens Gabriela Kammerhofer –, begrüßte ihn wie immer mit einer Wärme, als handelte es sich bei ihm um ein Familienmitglied. Weismann ließ es sich gefallen, obwohl die Nähe zu viel für ihn war. Aber das Heim kostete eine Stange Geld, etwas anderes als die beste Betreuung wäre für ihn nicht infrage gekommen. Nur wäre ihm lieber gewesen, die Leute hier würden ihre ganze Energie ihrer Bewohnerin widmen und nicht ihm.

Weismann lächelte also höflichkeitshalber und hoffte, dass es nicht vollkommen schrecklich aussah.

»Bleiben Sie ruhig sitzen«, sagte er und ging zum Lift, der ihn in den ersten Stock brachte.

Der Gang lag dunkel vor ihm da. Er schaltete das Licht nicht ein.

Als er ohne Anklopfen durch die Tür trat und sich ans Bett seiner Frau setzte, verschwand das Gefühl. In dem dunklen Zimmer erzeugte ihr Geruch ein Gefühl der Präsenz, das Weismann kurz die Tränen in die Augen trieb. Auch das kannte er bereits.

»Hallo Maggie. Wenn du wüsstest, wie sehr du mir fehlst.«

*

Line starrte gebannt auf ihren Bildschirm, während sie ihren achten Kaffee des Tages trank. Verwackelte Close-ups brennender Gebäudefassaden wechselten sich mit vorbeirasenden Einsatzfahrzeugen ab. Im Haus fand gerade die nächste Konferenz statt. Thielemann war wütend gewesen, als er gehört hatte, dass sie alleine losgezogen war. Die Stimmung war ungemütlich geworden, also hatte sie sich ausgeklinkt. Seit ihrer Zeit bei Forbidden Stories riss ihr bei solchen Dingen schnell der Geduldsfaden.

In immer höherem Tempo klickte sie sich durch alle Nachrichten zu den Bränden. So ging es ihr seit Jahren, sie wurde immer schneller. Die Bibliothek Weismanns hatte sie daran erinnert, dass sie seit längerer Zeit kein Buch mehr zur Gänze gelesen hatte. Ihre Aufmerksamkeitsspanne gab das nicht mehr her. Wenn sie Bücher in der Hand hatte, scannte sie sie nur nach relevanten Informationen. Daran musste sie unbedingt etwas ändern, wenn sie die Muße dazu hatte.

Line konnte sich ohrfeigen, dass sie bei Weismann nicht entschlossener vorgegangen war. Der Stromausfall, die Brände, die Mail. All das gehörte zusammen. Doch sie hatte nichts in der Hand, das sie Lights Mutter oder Mercedes anbieten konnte. Die Zahlen in der Mail hatten etwas zu bedeuten, davon war sie überzeugt. Sie hatte das Gefühl gehabt, als hätte Weismann gelogen, als er ihr gesagt hatte, dass er die Zahlen nicht verstünde.

Auch wenn es ihr nicht passte, diese Sache war noch nicht ausgestanden.

*

Weismann saß an einem Tisch eines traditionellen Restaurants, in dem er früher oft essen gewesen war, das die Betreiber aber inzwischen umgebaut hatten und das nun modern wirken wollte. Thielemann sah er schon von Weitem kommen. Nach dem Besuch bei Maggie hatte Weismann beschlossen, über seinen Schatten zu springen, und ihn kontaktiert. Er trug wie immer Sakko und Schal, dazu Schuhe aus Krokodil- oder Schlangenleder. Thielemann war einer der renommiertesten Journalisten der Stadt und trug seinen Anspruch auch nach außen. Ihre Blicke trafen sich, und Thielemann kam auf ihn zu.

»Herr Weismann«, sagte der Journalist, schüttelte ihm die Hand und setzte sich.

Er bestellte bei einem schnell herbeigeeilten Ober eine Melange und wandte sich Weismann zu.

»Was verschafft mir die Ehre?«

Weismann entschied sich für die Wahrheit. »Ich kann mich nicht immerzu verstecken. Meine Frau hätte das nicht gewollt. Sie hat immer darauf geachtet, dass ich am Leben teilnehme.«

Thielemann nickte gnädig lächelnd. »Ich bin froh, dass Sie Ihre Meinung geändert haben. Und ich möchte mich entschuldigen.«

»Wofür?«

»Ich hätte es niemals zulassen dürfen, dass Line Berg Sie belästigt. Ich weiß, wie viel Wert Sie auf eine respektvolle Behandlung legen.«

»Am Respekt hat es nicht gelegen«, sagte Weismann.

»Das ist freundlich von Ihnen. Aber, mit Verlaub, ich kenne die Art von Frau Berg. Ich habe täglich damit zu tun. Sie haben etwas Besseres verdient.«

Weismann schwieg.

»Darf ich fragen, was sie von Ihnen wissen wollte?«, hakte Thielemann nach.

Weismann war von der Frage überrascht. »Sie hat nach einem Namen gefragt.«

»Hazeem Light?«

»Das war der Name«, bestätigte Weismann.

»Und?«

»Nein, er ist mir unbekannt. Das habe ich Frau Berg auch gesagt.«

Thielemann nickte verständnisvoll. »Natürlich.«

»Sie sagte, dass er mir eine Mail geschrieben hatte. Aber wissen Sie, wie viele Mails ich bekomme? Ich kann sie unmöglich alle lesen!«

»Völlig verständlich. Ich tue das auch nicht.«

Thielemanns Kaffee wurde serviert. Er riss die beigelegte Packung Zucker auf und schüttete sie hinein. Weismann erschauderte, als Thielemann noch eine zweite Ladung Zucker in die Melange kippte und dann mit dem Löffel kurz umrührte.

»Glauben Sie, es hat etwas zu bedeuten?«, fragte Weismann nach einer Weile.

»Ich weiß nicht, was glauben Sie?« Thielemann nippte am Kaffee und verzog das Gesicht. Er stellte ihn ab und sah sich nach dem Kellner um, der aber gerade nirgends zu sehen war.

»Frau Berg hat etwas angedeutet, aber ich muss gestehen, ich habe mich nicht informiert. Ich habe keine Zeit für solche Dinge.«

»Natürlich nicht.«

»Sie schreiben also etwas darüber?«, fragte Weismann.

»Die Chefredaktion hält das für eine große Sache, also vermutlich ja.«

»Aber Sie nicht?«

Thielemann seufzte. »Ich glaube, das wird hochgespielt. Wir wissen beide, wie ablehnend die Öffentlichkeit meist reagiert, wenn es um Wissenschaft geht, speziell um Mathematik. Es interessiert in Wirklichkeit niemanden. Und nun auf einmal berichten alle darüber? Sie ergötzen sich am Tod eines jungen Mannes, der vermutlich einfach Liebeskummer hatte. Das Thema ist in zwei Tagen wieder vom Tisch und wird vom nächsten Drama abgelöst.«

»Er ist tot?«, vergewisserte sich Weismann.

»Ja. Er hat sich von einem Wolkenkratzer gestürzt. Hat sie Ihnen das nicht gesagt?«

Tatsächlich erinnerte sich Weismann nun, dass sie etwas Derartiges erwähnt hatte. Aber er war unkonzentriert gewesen und überfordert von ihrem unangekündigten Besuch.

»Und zuvor hat er E-Mails verschickt?«

»Offenbar, ja.«

Weismann dachte nach. Das waren die Papiere gewesen, die diese Berg ihm gezeigt hatte. »Haben Sie die Mail gerade zur Hand?«

»Leider nicht. Aber das bringt ohnehin nichts.« Thielemann

wandte sich wieder nach dem Kellner um, und diesmal erspähte er ihn und winkte ihm zu.

»Warum nicht?«, wollte Weismann wissen.

»Da waren nur lange Zahlenreihen darauf.«

Der Ober, ein junger, drahtiger und etwas steifer Kerl, erreichte den Tisch. »Der Herr?«

»Was soll das sein?«, fragte Thielemann kühl.

»Wie meinen, der Herr?«

Thielemann deutete auf die Kaffeetasse. »Nennen Sie das eine Melange?«

Der Kellner beugte sich über die Tasse. »Habe ich Ihnen das Falsche gebracht? Das tut mir sehr leid.«

»Was Sie mir da gebracht haben, weiß ich nicht. Aber eine Melange ist es jedenfalls nicht.«

Der Kellner wartete auf eine weitere Erklärung. »Es tut mir sehr leid, ich bringe Ihnen sofort eine neue Tasse.«

»Das können Sie sich sparen«, sagte Thielemann. »Wir sind hier in Wien. Lernen Sie, wie man eine Melange zubereitet. In der Zwischenzeit werde ich woanders meinen Kaffee trinken.«

Der Kellner war sichtlich verwirrt und nahm schließlich ohne weiteren Kommentar die Tasse mit. Weismann betrachtete alles staunend.

Thielemann wischte sich die Hände sorgfältig an der Serviette ab, als müsste er Schmutz entfernen. »Was unsere Geschichte angeht, so werde ich meinem Chefredakteur sagen, dass Sie für eine so schnelllebige Sensationsmeldung nicht zur Verfügung stehen, aber dass er einen seriösen Text über Ihre Arbeit haben kann. Es wurde schon viel zu lange nicht mehr über Sie berichtet. Sie haben doch bald Geburtstag, nicht wahr? Es wird Zeit, Sie für Ihre Leistungen angemessen zu würdigen.«

Weismann fühlte sich zunehmend unwohl. Etwas an Thielemanns Schmeicheleien befremdete ihn.

»Ich weiß, Sie machen sich nichts aus solchen Dingen. Deshalb sind Sie ein wichtiger Wissenschaftler. Sie interessieren sich für Ihr Fach und für nichts sonst. Genau so soll es sein. Man muss voll und ganz in eine Sache eintauchen, um sie zu beherrschen. Und auch wenn Sie das nicht gern hören, das Nobelpreiskomitee hat genau das gewürdigt.«

»Sie haben gewürdigt, dass ich dem Aktienmarkt einen Dienst erwiesen habe«, bemerkte Weismann.

Thielemann lächelte, und irgendwie wirkte es herablassend. »Ich weiß, Sie hätten lieber die Fields-Medaille erhalten, aber wer kennt die schon? Sie sollten stolz sein, Weismann. Und ich verstehe ehrlich gesagt nicht, warum Sie sich so wehren.«

Weismann musste unwillkürlich an Maggie denken. Was sie davon gehalten hätte. Auch sie hatte ihn ermutigt, den Nobelpreis als Wertschätzung zu akzeptieren. Doch bei ihr hatte es ganz anders geklungen.

»Ich glaube, ich will keinen neuen Text über mein Leben. Aber vielen Dank für das Angebot.«

»Seien Sie nicht kindisch.«

»Kindisch?« Thielemann verschränkte die Arme.

»Ich würde gern noch mal auf diesen jungen Mann zurückkommen«, sagte Weismann. »Hazeem Light. Sie haben keine Idee, was diese Zahlen bedeuten?«

Thielemann schien beleidigt zu sein. »Nein. Und ehrlich gesagt interessiert es mich auch nicht. Es sind nur irgendwelche Zahlen. Das bedeutet gar nichts.« Er hob die linke Hand und sah auf die Uhr.

»Dann sind wir hier fertig, oder?«, fragte Weismann.

Thielemann wurde im Gesicht langsam rot. »Es stimmt, was gesagt wird«, begann der Journalist. »Seit Ihre Frau den Unfall hatte, haben Sie sich verändert.«

»Was wollen Sie damit sagen?«

»Nichts«, sagte Thielemann und stand auf. »Wenn Sie noch zur Besinnung kommen, rufen Sie mich an. Vielleicht kann ich eine kleine Geschichte über Sie anlässlich Ihres Geburtstages in der Wochenendausgabe unterbringen. Aber ich kann nichts versprechen.«

Damit stand Thielemann auf und stürmte mit wehendem Schal aus dem Lokal.

Zurück in seiner Wohnung, startete Weismann seinen alten Rechner und musste zwanzig Minuten warten, bis alle Updates installiert waren. Er checkte einige Nachrichtenseiten und sah schnell, was der Grund für die Aufregung war.

In der folgenden Stunde versuchte er, sich abzulenken. Er nahm wahllos Bücher aus dem Regal, die er alle schon einmal gelesen hatte, nur um sie eines nach dem anderen wieder wegzulegen. Er konnte sich keine zwei Zeilen lang konzentrieren.

Der Gedanke, dass Thielemann unrecht hatte, ließ ihm keine Ruhe. Die Zahlen bedeuteten etwas.

*

»Sagen Sie mir, dass es keine Verbindung zum Stromausfall gibt«, bat McLeary.

Gardener kam gerade von einer Onlinebesprechung mit Entscheidungsträgern, darunter der Londoner Polizeichef, der Chef des MI5 und der Innenminister. Topic waren die Brände, und es wurde versucht, das Ausmaß der Bedrohung abzuschätzen. Auch sie war um eine Einschätzung gebeten worden, hatte aber nur Unverbindliches von sich gegeben. Zumindest schien es diesmal keine Todesopfer zu geben, nur einige Fälle von Rauchgasvergiftung. Die Feuerwehr hatte schnell reagiert, und nach dem schrecklichen Hochhausbrand vor einigen Jahren waren die Sicherheitsvorkehrungen massiv verbessert worden. Dass es trotzdem überhaupt zu Bränden in diesem Ausmaß kam, war umso beunruhigender.

»Das ist leider unwahrscheinlich, Jeff. Die Feuer sind auf defekte Elektrogeräte zurückzuführen. Allesamt smarte Geräte mit Internetverbindung. Wir untersuchen sie gerade auf Schadcode.«

»Dann kann es nicht Light gewesen sein«, sagte McLeary. »Light ist tot.«

»Vielleicht hatte er Komplizen. Und Sie wissen so gut wie ich, dass er es vorbereitet haben könnte.«

»Wird das denn nie aufhören?«, fragte McLeary in den Raum hinein.

Gardener lachte verächtlich. »Je schneller Sie arbeiten, desto schneller haben wir alles unter Kontrolle.« In ihrer Tasche brummte etwas, und sie griff zu ihrem Handy. »Das Büro des Premiers. Er fragt, ob Sie schon etwas Neues wissen. Was soll ich ihm sagen?«

»Sagen Sie ihm, ich arbeite daran.«

*

Schwester Gabriela Kammerhofer musste an den alten Mathematiker und seine Frau denken, dass tragische Situationen manchmal besonders romantisch waren, als eine junge Pflegerin namens Lena hereinkam.

»Ja?«

»Frau Kammerhofer, es geht um Frau Weismann.«

»Was ist mit ihr?«

»Könnten Sie vielleicht mitkommen?«

»Warum denn?«

»Das ist schwer zu erklären«, gestand die Pflegerin.

»Gibt es ein Problem?«

»Das nicht.«

Kammerhofer stand auf, und gemeinsam gingen sie zu Frau Weismann. Sie war im Trakt mit den besseren Zimmern untergebracht, ihr Mann ließ sich das einiges kosten. Sicher hätten ihm manche zu einer einfacheren Lösung geraten, immerhin gab es keinerlei Anzeichen, dass sie ihre Umgebung überhaupt wahrnahm.

Doch diese Logik war fehlerhaft. Die menschliche Wahrnehmung war ein Rätsel, auch bei Wachkoma-Patienten. Wie viel sie mitbekamen, war von Fall zu Fall unterschiedlich, zweifelsfrei feststellen ließ sich das nur schwer. Und immerhin ging es auch um die Angehörigen. Für eine Patientin wie Margaret Weismann war ihr Zimmer hier der Ort, an dem sie den Rest ihres Lebens verbringen würde. Es war für die Angehörigen eine Erleichterung zu wissen, dass sie so gut wie möglich versorgt wurden. In Geld ließ sich so etwas kaum messen.

Im Zimmer brannte Licht, Lena hatte es brennen lassen. Kammerhofer sah auf den ersten Blick, dass alles normal zu sein schien, und war erleichtert.

»Worum geht es?«, fragte Kammerhofer.

»Sehen Sie, hier.«

Lena führte sie um das Bett herum, wo die Hand der Frau lag. Am Zeigefinger hing ein Pulsoximeter, das über ein Kabel mit einem Diagnosegerät verbunden war. Zuerst entdeckte Kammerhofer, dass das Kabel wackelte. Doch sie realisierte schnell, dass die Bewegung nicht vom Kabel selbst stammen konnte.

*

Weismann war wie vom Donner gerührt, als er seine Frau in dem Zimmer liegen sah. Schwester Gabriela Kammerhofer hatte die Jalousien geöffnet und den Raum gelüftet. Weiße Vorhänge wehten im warmen Luftzug. Normalerweise hatte Weismann es lieber, wenn der Raum dunkel war. Das eingefallene Gesicht von Maggie zu sehen schmerzte ihn. Er musste Kammerhofer gegenüber einmal etwas Derartiges erwähnt haben, denn wenn er zu Besuch kam, waren die Jalousien sonst immer geschlossen. Doch heute lag seine Frau im grellen Tageslicht vor ihm, in all ihrer Zerbrechlichkeit. Mehr denn je wurde ihm bewusst, dass sie nicht mehr an seiner Seite war. Die Erkenntnis war fast nicht zu ertragen.

Doch er beschwerte sich nicht. Sein Blick war gefesselt von

Maggies Finger, durch den ein rhythmisches Zucken nach unregelmäßigem Muster ging. Nichts Besonderes, für sich genommen. Doch es war ihre erste körperliche Reaktion seit Monaten.

Weismann räusperte sich. »Wann hat das begonnen?«, fragte er mit brüchiger Stimme.

»Genau weiß ich es nicht. Wir haben es, eine Stunde nachdem Sie gegangen waren, entdeckt.«

Das konnte kein Zufall sein. Sein Gespräch mit ihr hatte diese Reaktion ausgelöst.

Sie bewegte sich wieder, sie würde Fortschritte machen, und alles würde wieder werden wie früher.

Doch er ermahnte sich, sich an die Worte der Ärzte zu erinnern, die ihn gewarnt hatten, die Wahrscheinlichkeit, dass sie je wieder zurückkommen würde, sei angesichts der Hirnschäden sehr gering.

»Was bedeutet das?«, wollte er wissen.

»Wachkoma ist der Medizin immer noch ein Rätsel«, sagte Kammerhofer. »Wir können nicht wirklich in ihren Kopf hineinsehen. Es handelt sich vermutlich schlicht um einen Muskelreflex.«

Weismann nickte schnell. »Natürlich.«

Kammerhofer bemerkte seine Erschütterung. »Aber es ist ein Fortschritt. Ich bin überzeugt, dass ihr Ihre Besuche guttun. Das ist ein deutliches Zeichen.«

Er dachte daran, dass sie das nicht wissen konnte, und dennoch sog er diesen kleinen Hoffnungsschimmer, den sie ihm gab, gierig auf.

»Ich werde Sie beide allein lassen.« Kammerhofer lächelte. »Sie rufen nach mir, wenn Sie mich brauchen, ja?«

Weismann nickte. Doch dann war ihm, als ob die Schwester noch etwas sagen wollte.

»Darf ich fragen: Worüber haben Sie mit ihr gesprochen? Das letzte Mal?«

»Ich weiß es nicht mehr«, sagte Weismann schnell.

Das war natürlich gelogen, er wusste es noch sehr genau. Und deshalb war etwas in ihm auch überzeugt, dass Schwester Kammerhofers Einschätzung falsch war. Es handelte sich nicht nur um einen Muskelreflex.

*

Zurück in seiner Wohnung, ging Weismann ins Badezimmer, um nachzusehen, ob das Medikament noch da war, das er einmal zur Akutbehandlung von plötzlich auftretenden Herzrhythmusstörungen bekommen hatte. Doch mit seinem Herzen schien alles in Ordnung zu sein. Sein Puls ging regelmäßig mit achtzig Schlägen pro Minute. Davon hatte er sich mittels eines kleinen Pulsoximeters überzeugt, den er damals ebenfalls bekommen hatte.

Als er so dagesessen hatte, mit dem Pulsoxi an der Spitze seines Mittelfingers, ganz ähnlich wie Maggie nur einige Kilometer von ihm entfernt, hatte er alle Mühe, die Tränen zurückzuhalten.

Er musste an die Zeit denken, bevor sie ein Paar gewesen waren. Wie das überhaupt geschehen konnte, war ihm heute unerklärlich. Er war ganz und gar von Ehrgeiz getrieben gewesen, ein nicht mehr ganz junger Mann, der sich von der Welt betrogen fühlte. Während des Studiums hatte er als vielversprechendes Talent gegolten – eifrig, kreativ, voller Leidenschaft. Niemand hatte Zweifel gehabt, dass Weismann eine glänzende Karriere bevorstand. Alle warteten nur, welche Richtung sie nehmen würde.

Das war letztlich auch das Problem: Weismann hatte zu viele Interessen, konnte sich nicht entscheiden. Und als er es dann doch einmal tat, hielt das Schicksal eine Überraschung für ihn bereit. Er hatte nach langem Hin und Her beschlossen, sich des prominentesten ungelösten Problems der Zahlentheorie anzunehmen, eines mehrere Hundert Jahre alten Satzes, an dem sich bereits Generationen von Mathematikern versucht hatten. Das Risiko zu scheitern hatte er in Kauf genommen: Er wusste, dass er eine Chance hatte, und das genügte ihm. Und auf dem Weg zur Lösung würde er so wie alle seine Vorgänger interessante Nebenergebnisse finden.

Doch dann kam alles anders: Als Weismann gerade Jahre damit verbracht hatte, sich einzuarbeiten, und langsam eine Idee bekam, wie er die Sache angehen sollte, publizierte ein englischer Mathematiker den Beweis des Satzes. Mittlerweile war die Geschichte von Andrew Wiles und seinem Beweis der berühmten Fermat-Vermutung weltbekannt. Weismann hingegen stand wieder ganz am Anfang.

Und plötzlich hatte er ein neues Problem: Er war bereits über dreißig, ein Alter, in dem die meisten großen Wissenschaftler ihre bahnbrechenden Arbeiten bereits geleistet hatten. In der Wissenschaft – die Mathematik eingeschlossen – war es ähnlich wie in der Musik: Die Besten hatten mit siebenundzwanzig alles erreicht, was es zu erreichen gibt, siehe Kurt Cobain, Jimi Hendrix, Janis Joplin. Mozart bildete mit seinen fünfunddreißig Jahren eine Ausnahme. Die wissenschaftliche Torschlusspanik überfiel Weismann so plötzlich, dass er absolut nicht vorbereitet war. Wie besessen stürzte er sich in die Arbeit, holte all die kühnen Ideen der letzten fünfzehn Jahre ans Licht und versuchte zu beurteilen, welche die größten Chancen bot, möglichst schnell zu Weltruhm zu gelangen. Der Nobelpreis war damals noch weit weg, auch wenn er die Arbeit, die ihm später zu der Auszeichnung verhelfen sollte, längst publiziert hatte.

Seine Anstellung an der Universität Wien verlangte zudem einige Stunden Lehrtätigkeit, die er voller Ungeduld und schlecht gelaunt absolvierte. In einer seiner Vorlesungen lernte er Maggie kennen. Die Ironie bestand darin, dass sie keine seiner Studentinnen war, wie er zuerst geglaubt hatte. Sie war vom Rektorat in seine Vorlesung geschickt worden, weil es Beschwerden gegeben hatte, er würde Studierende respektlos behandeln. Sie tarnte sich als Zuhörerin und berichtete dem Rektor, dass alles in Ordnung sei. Als er sich über sie erkundigte, erfuhr er, dass sie selbst Mathematikerin war, allerdings mit einem Schwerpunkt in Didaktik. Ein paar Wochen darauf trafen sie sich wieder und gingen zusammen essen.

Was sie damals an ihm fand, konnte er sich bis heute nicht erklären. Er war mittlerweile der Meinung, dass alles, was man an ihm als positiv festmachen konnte, von ihr stammte. Er hatte sich in ihrer Gesellschaft durch geduldige Arbeit von einem unausstehlichen Ekel in einen Menschen verwandelt, mit dem man es zur Not aushalten konnte. Als er gerade geglaubt hatte, Ruhe finden und all den Frust einer in seinen Augen missglückten Karriere hinter sich lassen zu können, hatte sie den Unfall gehabt. Und seither wusste er nicht, ob er die mühsam erworbene Selbstkontrolle aufrechterhalten konnte – er suchte noch nach einem Grund, das zu tun. Und genau in dieser Phase geschahen plötzlich Dinge, auf die er nicht vorbereitet war.

Weismann blinzelte den Tränenfilm weg, der sich in seinen Augen angesammelt hatte, und setzte die Lesebrille auf. Dann nahm er die Aufzeichnungen des Pulsoximeters an Maggies Finger in Augenschein. Die Ausschläge von der Bewegung des Fingers waren gut zu erkennen. Die Schwester hatte gemeint, dass es vermutlich nur unbewusste Zuckungen waren. Weismann importierte die Zahlenreihe mit ein paar Handgriffen in Matlab und unterzog sie einer Fourieranalyse, wie man es mit einem außerirdischen Funksignal tun würde. Als der Computer seine Ergebnisse ausspuckte, wurde Weismann erneut von seinen Gefühlen übermannt.

Warum hatte er ihr damals nicht zugehört, als sie ihm einige Wochen vor ihrem Unfall diese Nachricht hatte zeigen wollen, die sie bekommen hatte? Von jemandem, der offenbar Fortschritte beim Problem der Faktorisierung gemacht hatte?

Nun sprach Maggie erneut zu ihm, davon war er überzeugt. Das Ergebnis der Fourieranalyse war aus seiner Sicht eindeutig, das Signal war zu regelmäßig, um zufällig zu sein. Doch Weismanns alter Geist scheiterte daran, seinen Sinn zu verstehen.

25. MÄRZ

Der Kerl, der Pawel gegenüberstand, zitterte am ganzen Körper. Das Ambiente des Hotelzimmers im Zentrum von Lagos schien den Mann einzuschüchtern. Vielleicht hätte er doch ein einfacheres Hotel nehmen sollen, doch hier hatte man ihm Diskretion versprochen, und das Management hatte Bitcoin als Bezahlung akzeptiert.

Der Mann trug die schwarz-weiße Tracht, die Pawel schon bei seinem virtuellen Rundgang im Haus des Wahrsagers gesehen hatte. Sie hatten ihn direkt aus Mokako hierhergeholt.

»Möchten Sie vielleicht etwas trinken? Ich lasse Ihnen etwas bringen«, sagte Pawel auf Französisch. Er beherrschte die Sprache nicht gut, aber er wollte dem Mann so gut es ging entgegenkommen.

»*Merci*«, sagte der Mann und schüttelte den Kopf. Er wollte einfach nur weg von hier. Offenbar hielt er Pawel für gefährlich, was objektiv betrachtet vielleicht sogar stimmte. Doch von ihm wollte er nur ein paar Antworten. Warum wollte das nicht in dessen Kopf? Was sollte er noch tun?

»Du sagst also, er war ein Wahrsager? Du bist zu ihm gegangen, wenn du die Zukunft kennen wolltest?«

Es war ihm unangenehm, darauf zu antworten. Er scannte den Raum, als wollte er sichergehen, dass sonst niemand zuhörte. Vielleicht glaubte er, damit ein Sakrileg zu begehen. »Wenn wir Geld hatten, sind wir gegangen. Er war teuer. Aber er hatte immer recht.«

»Womit zum Beispiel?«

»Er konnte sagen, ob es regnet.«

Pawel durchfuhr es heiß, und er bekam feuchte Handflächen, obwohl der Raum klimatisiert war.

»Du bist ganz sicher? Geschah das nur einmal? Oder öfter?«

»Öfter. Immer.«

Pawel überlegte. Die Geschichte klang verrückt, deckte sich aber mit dem, was er von anderer Seite gehört hatte. Es könnte ein Hinweis sein, dass er hier tatsächlich richtig war. Dass der alte Mann Kontakt zur Quelle gehabt hatte. Zu dumm, dass er nun tot war. Aber Pawel spürte, dass er der Quelle nun ganz nah war.

»Weißt du, wie viele Leute in dem Haus wohnten?«, fragte Pawel.

»Fünf«, sagte der Mann.

»Fünf?«

»Ja. Ich weiß das, weil ich ihnen einmal vier Udara gebracht habe. Er hat mich zurückgeschickt.«

»Udara?«

»Ihr Fremden nennt sie *Tropical Cherry*. Sie wollten fünf. Egal, was man mitbrachte, es mussten fünf davon sein. Eines für jeden von ihnen.«

An der Logik des Mannes gab es nichts auszusetzen, fand Pawel. Er versuchte sich zu erinnern, wie viele Menschen seine Leute in dem Haus gezählt hatten. Der Alte war Witwer gewesen und hatte mit seinen Kindern gelebt. Aber mit wie vielen?

»Wissen Sie, wer den Wahrsager getötet hat?«, fragte der Mann nach einigem Zögern.

Pawel war von der Frage überrascht, fing sich aber schnell wieder. »Hast du eine Idee, warum ihn jemand umbringen wollte?«, fragte er zurück, und die Antwort überraschte ihn.

»Die Geister sind wütend geworden. Sie haben ihn um seinen Kontakt zu Aondo beneidet. Aondo hat ihm geholfen, in den Sternen die Zukunft zu lesen. Darum musste er sterben.«

»Die Geister also?«, wiederholte Pawel. Ihm kam das nicht ungelegen.

»Sie stellen die Ordnung der Dinge wieder her. Menschen sollen die Zukunft nicht kennen, es ist nicht richtig.«

Pawel verkniff sich die Frage, warum sein Gegenüber schließlich auch zum Alten gegangen war, um die Zukunft zu erfahren. Obwohl er das Gefühl gehabt hatte, dass es falsch war. Nicht, dass er ihm deshalb einen Vorwurf gemacht hätte. Dinge zu tun, die nicht richtig waren, war Teil der menschlichen Natur. Je früher man das einsah, desto eher fand man Zufriedenheit.

Pawel bedankte sich bei dem Mann und steckte ihm ein paar Dollar zu. Als er das Leuchten in dessen Augen sah, wusste er, dass es zu viel gewesen war. Er hatte noch kein rechtes Gefühl für diese Stadt.

Er entließ den Mann und scharte sein Team um sich.

Das Wetter vorhersagen.

Das klang mehr als vage. Es konnte sich auch um Geschichten handeln. Kein Beweis, dass er wirklich die Quelle gefunden hatte. Das setzte ihn unter Druck, in Mokako wurden die Morde inzwischen untersucht. Zwar gab es im Slum keine Polizei in dem Sinn, aber die Banden, die alles kontrollierten, hatten doch so etwas wie eine Verwaltung aufgebaut. Und der Wahrsager war nicht nur ein wichtiger Mann, sondern auch ein Wirtschaftsfaktor gewesen. Nicht umsonst hatte er unmittelbar neben dem Mann gewohnt, der in dem Bezirk das Sagen hatte. Man würde wissen wollen, wer dafür verantwortlich war. Wie wahrscheinlich es war, dass sie ihm auf die Spur kamen, vermochte er schwer abzuschätzen, aber er wollte kein Risiko eingehen und nicht länger als unbedingt nötig hierbleiben. Er agierte am liebsten im Hintergrund, und so sollte es auch bleiben.

*

»Sie wollten mich sprechen?«, sagte Line Berg, als Weismann ihr die Tür öffnete.

»Ja. Kommen Sie rein.«

Line hatte nicht mehr damit gerechnet, so schnell die Chance eines weiteren Gesprächs mit Weismann zu bekommen. Sie hatte sich schließlich dazu durchgerungen, doch mit Lights Mutter Kontakt aufzunehmen und ihr ein Update zu geben. Es war unverantwortlich, die trauernde Frau warten zu lassen. Allerdings war sie nicht ans Telefon gegangen. Dann war plötzlich eine Mail von Weismann aufgeploppt.

Der Mathematiker führte sie wieder in die Bibliothek, wo er diesmal ein Glas Wasser vorbereitet hatte. Sie spürte die Überwindung, die ihn das kostete, und folgte ihm misstrauisch. Als er ihr einen Platz anbot, zögerte sie.

»Machen Sie bitte nicht so ein Gesicht«, sagte er. »Sie wollen doch mit mir sprechen, oder etwa nicht?«

Line setzte sich.

»Eines muss ich klarstellen«, sagte Weismann. »Bilden Sie sich nichts darauf ein. Ich habe Sie kontaktiert, weil ich sonst niemanden kenne.«

»Sie kennen meinen Kollegen Thielemann«, gab Line Berg zu bedenken.

»Darüber will ich nicht reden.« Er atmete einmal tief durch. »Es gibt etwas, von dem Sie erfahren sollten. Ich habe noch niemandem davon erzählt, und ich weiß auch nicht, ob es wirklich eine gute Idee ist. Aber ich kann nicht länger schweigen. Ich tue das für meine Frau. Ich weiß möglicherweise, was diese Zahlen in der Mail bedeuten«, erklärte Weismann gestelzt. Er machte eine theatralische Pause. »Ich muss Sie informieren, dass nicht auszuschließen ist, dass allem Anschein nach ein Durchbruch bei der Primfaktorenzerlegung erzielt wurde. Darüber sollten Sie in Ihrem Medium berichten.«

Stille im Raum. Line Berg wartete darauf, dass er weitersprach, aber er tat es nicht.

»Was bedeutet das?«, wollte sie schließlich wissen.

Weismann starrte sie einen Augenblick lang verblüfft an. »Sie meinen Primfaktorenzerlegung? Ich habe nicht die Zeit, Ihnen das zu erklären. Das ist Lehrstoff in der Schule, suchen Sie sich jemanden, der es Ihnen erläutert.«

Die Journalistin ignorierte seinen Kommentar und machte sich eine Notiz in ihrem Block. »Durchbruch bei Primzerlegung«, wiederholte sie laut.

»Prim*faktoren*zerlegung.«

Line Berg nickte, strich das Wort durch und notierte es neu. Den Kugelschreiber noch auf dem Papier, sah sie Weismann erwartungsvoll an. »Und?«

Weismann schien irritiert über ihre Schwerfälligkeit.

»Wollen Sie mir nicht erzählen, was das bedeutet?«, drängte sie.

»Das … Es ist kolossal«, betonte er. »Die Auswirkungen sind tiefgreifend.«

»Tiefgreifend …«, notierte Line.

Weismann seufzte. »Schreiben Sie das in Ihrer Zeitung«, sagte er.

Line klappte ihren Block zu. »Das genügt nicht, Herr Weismann. Es sagt doch, wenn ich richtig verstehe, nur das, was wir bereits wissen. Dass jemand in der Lage ist, große Zahlen in ihre … Faktoren zu zerlegen. Darum dreht sich doch die ganze Aufregung um die Zahlenreihen in der E-Mail, die auch Sie erhalten haben.«

Dagegen wusste er nichts einzuwenden.

Als er danach zu sprechen begann, verwandelte er sich in den Professor, der er einmal gewesen war. Der seinen Studierenden geduldig komplexe Dinge erklärte.

»Ich habe eine Mail wie diese schon einmal gesehen«, begann er. »Meine Frau wurde vor etwas mehr als einem Jahr von jemandem kontaktiert, der ihr etwas Ähnliches geschickt hat. Sie hat mir damals die Mail gezeigt, aber ich habe sie daraufhin vergessen.«

*

Als Weismann seine Erzählung beendet hatte, versuchte Line, das Gehörte in Gedanken zu ordnen.

»Er hat Ihnen also Zahlen geschickt?«, vergewisserte sie sich.

»Nicht mir, sondern meiner Frau. Primzahlen, mehrere Hundert Ziffern lang.«

»Ähnlich wie die Zahlen aus der Mail von gestern?«

»Ich war skeptisch«, gab Weismann zu. »Unsereins wird ständig von Amateuren kontaktiert, die behaupten, auf irgendetwas gestoßen zu sein. Je bekannter man ist, desto öfter. Meist geht es um Physik, aber manchmal auch um Mathematik. Das Muster ist fast immer gleich. Besonders oft drehen sich diese Behauptungen um die Relativitätstheorie. Die Autoren sind Männer aus technischen Berufen, manchmal pensioniert, aber meist aktiv. Sie sind der Meinung, eine äußerst wichtige Idee zu haben, die sie allen mitteilen müssen, allein, es hört ihnen niemand zu.«

»Klingt irgendwie tragisch«, bemerkte Line.

»Ist es auch. Es handelt sich um ein globales Phänomen. Diese Leute werden manchmal auch ausfällig, und das kann einem durchaus Angst machen.«

Line Berg machte Notizen, während Weismann weitersprach.

»Ein Kollege von mir, Gerard 't Hooft, Nobelpreisträger für Physik, hat seine eigene Lösung für das Problem gefunden. Er hat die wichtigsten Dinge, die man über Physik wissen muss, auf einer Website gesammelt und als eine Art Onlinekurs für Theoretische Physik zusammengestellt. Dort ermuntert er Amateure ausdrücklich, sich auf eigene Faust mit offenen Fragen der Physik auseinanderzusetzen.«

»Er ermuntert sie?«

Weismann nickte. »Jeder kann sich selbst zum Wissenschaftler ausbilden. Das Wissen dazu ist längst online vorhanden.«

»Glauben Sie das wirklich?«

»Durchaus, zumindest für Physik. Der Kurs ist gut gemacht, er enthält alles, was man wissen muss.«

»Aber die Materie ist doch sicher schwierig«, gab Line zu bedenken.

»Natürlich ist sie das, aber das ist an der Universität nicht anders. Er gibt Menschen eine Chance, die aus irgendeinem Grund nicht auf eine Universität gehen wollen oder können. Das ist in Ordnung, sagt er, aber er stellt eben auch klar, dass man das wissenschaftliche Gebiet kennen muss, in dem man sich bewegt.«

Line schmunzelte. »Das werden die Universitäten nicht gern hören.«

Weismann machte eine theatralische Geste. »Bei anderen Wissensgebieten mag das anders sein. In Geisteswissenschaften gibt es manchmal subtile Zwischentöne, die einen direkten Austausch verlangen, aber mein Gebiet ist anders.«

»Das, was Ihr Kollege 't Hooft gemacht hat, hat also funktioniert?«, wollte Line wissen. »Haben Menschen seinen Kurs erfolgreich absolviert?«

Weismann schüttelte den Kopf. »Nicht, dass ich wüsste. Ich habe vor einigen Jahren mit ihm gesprochen. Er wird immer noch von denselben Leuten kontaktiert wie vorher.«

Line nickte und tippte mit ihrem Kugelschreiber auf ihren Block. »Warum erzählen Sie mir das? Hier geht es ja nicht um Relativitätstheorie, oder?«

»Nein. Aber meine Frau hat etwas Ähnliches für die moderne Mathematik gemacht. Ich bekam nach meinem Nobelpreis so viele Anfragen von Amateuren wie nie zuvor. Ich war fest entschlossen, sie zu ignorieren. Diese Leute können ziemlich unangenehm werden, wenn man ihnen nicht sagt, was sie hören wollen. Maggie sah das anders. Sie begann, einige der Anfragen zu beantworten. Im Gegensatz zu mir hat sie sich immer für Didaktik interessiert. Sie ging an Schulen, organisierte internationale Austauschprojekte, war in mehreren Gremien, die Stipendien an Begabte aus Entwicklungsländern vergeben. Der Gedanke ließ sie nicht los. Sie zeigte mir Prognosen, dass die Weltbevölkerung immer weiter wuchs und dass immer mehr Menschen künftig Internetzugang haben würden. Sie stellte sich vor, was es bedeuten würde, all diesen Menschen den Zugang zur Mathematik zu ermöglichen, so wie 't Hooft allen Menschen Zugang zu Theoretischer Physik gegeben hatte.«

»Was würde passieren?«, wollte Line wissen.

»Sie war überzeugt, dass es sich um eine riesige Chance handelte. Mathematik ist reines Wissen, sie kennt keine kulturellen Schranken. Jeder Mensch kann Mathematik betreiben, unabhängig von Herkunft und Status. Sie brauchen nur eine Internetverbindung.«

»Die nicht jeder hat.«

»Zugegeben«, sagte Weismann. »Aber der Ausbau schreitet rasant voran. Und bedenken Sie: Um sich über Mathematik zu informieren, brauchen Sie keine großen Bandbreiten. Wir sprechen hier von einer Handvoll Megabyte. Maggie hat also selbst so eine Seite gebaut. Eine Art Onlinekurs für moderne Mathematik.«

Line war nachdenklich geworden. Weismann schien ihr Zeit zu lassen, das Gehörte zu verarbeiten, auch wenn sie merkte, dass er müde wurde. Seine Geduld ließ nach.

»Und dann bekam Ihre Frau eine Mail«, führte Line das Gespräch wieder zum Ausgangspunkt zurück. »Von jemandem, der ihren Onlinekurs absolviert hat?«

»Es sieht so aus, ja.«

»Haben Sie diese Mail noch?«

»Das ist das Problem«, sagte Weismann. »Ich kann sie nicht finden. Als hätte sie sie gelöscht, wobei ich mir nicht erklären kann, warum sie das hätte tun sollen.«

Line zögerte, die offensichtliche Frage zu stellen. »Glauben Sie, dass es sich bei dem Absender um Hazeem Light gehandelt haben könnte?«

»Das herauszufinden ist Ihre Aufgabe. Aber ich habe noch etwas für Sie.«

Weismann ging in ein Nebenzimmer und kam mit einem Blatt Papier zurück.

»Was ist das?«

»Das ist die Mailadresse. An sie erinnere ich mich gut, wegen des ungewöhnlichen Absenders.«

thereishope@web4africa.ng, las Line. Sie verstand sofort, was er meinte.

Weismann machte keine Anstalten, sich wieder hinzusetzen. »Ich habe Ihnen alles erklärt, das muss genügen. Schreiben Sie in Ihrer Zeitung darüber.«

Doch Line blieb sitzen. Sie schien ganz in sich versunken.

»Das kann aber nicht stimmen«, sagte sie dann. »Das Domainkürzel steht für Nigeria.«

Weismann nickte.

»Das passt nicht«, beharrte Line. »Hazeem Light lebte in London.«

»Das muss nichts bedeuten.«

Line nahm ihr Handy heraus und suchte dort etwas. »Schon«, sagte sie. »Aber das ist eindeutig ein afrikanischer Mailservice. Warum sollte er eine afrikanische Mailadresse verwenden?«

»Ich behaupte nicht, dass es die gleiche Person ist«, sagte Weismann ungehalten. »Ich sage Ihnen nur, dass dieser Durchbruch bei der Faktorisierung nicht aus dem Nichts kommt. Berichten Sie darüber. Dann können sich andere Leute damit befassen und die Wahrheit herausfinden.«

Weismann hielt das Gespräch für beendet, doch Line war noch nicht so weit.

»Diese Person hatte Kontakt mit Ihrer Frau. Wir könnten ihr schreiben.«

Weismann verzog das Gesicht, als hätte er Bauchkrämpfe. »Unmöglich. Der Kontakt zu dieser Person liegt mehr als ein Jahr zurück.«

»Was tut das zur Sache?«, fragte Line Berg ungerührt.

»Das wäre unhöflich!«, ereiferte sich Weismann.

»Nicht, wenn Sie die Mail höflich formulieren.«

Darauf wusste Weismann nichts zu sagen, doch er hörte nicht auf, den Kopf zu schütteln.

»Ich helfe Ihnen, wenn Sie möchten.«

»Bestimmt nicht!«

»Wir könnten noch die Mail weiterschicken, die Sie bekommen haben«, dachte Line laut. »Die mit den Zahlen.«

»Was sollte das bringen?«, fragte Weismann verblüfft.

»Weil es ja eigentlich darum geht. Wir wollen wissen, was es mit dieser Mail auf sich hat«, gab Line zu bedenken. Sie holte ihren Laptop hervor und begann zu tippen.

»Wir sollten uns das noch einmal gründlich überlegen«, sagte Weismann.

Line sah ihm in die Augen und zögerte einen Moment, bevor sie auf »Senden« drückte. »Zu spät.«

Weismann lehnte sich ächzend zurück, als hätte er gerade etwas Schweres gehoben. Line hingegen war zur Abwechslung zufrieden mit sich.

*

»Danke, dass Sie Zeit für mich haben«, sagte Pawel.

»Nur kurz, bitte«, sagte der Professor, während er die Tafel löschte, auf der mathematische Formeln standen.

Pawel befand sich in einem riesigen Universitätscampus an der Küste. Der Kontrast zum unmittelbar südlich gelegenen Mokako konnte augenscheinlicher nicht sein. Die jungen Leute, die hier verkehrten, gehörten zur Mittel- oder Oberschicht des Landes. Die sauberen Gebäude erweckten die Illusion, er befände sich in Kapstadt.

»Kennen Sie diese Person?«, fragte er und zeigte ihm das Foto auf seinem Handy.

»Ja, das ist eine Studentin von mir.«

»Sind Sie ganz sicher?«

Der Professor, ein schlanker Mann mit zerfurchtem Gesicht und einem weißen, kurz getrimmten Bart, dessen unaussprechlichen Namen sich Pawel nicht gemerkt hatte, warf noch einmal einen genaueren Blick auf das Bild und nickte.

»Ganz sicher. Warum?«, antwortete er in schwer verständlichem Englisch.

»Erzählen Sie mir über sie«, bat Pawel.

»Sie studiert hier im Rahmen eines Stipendiums. Ihr Interesse gilt Zahlentheorie. Sie schreibt gerade an ihrer Masterarbeit. Wenn sie dafür Zeit hat.«

»Wie darf ich das verstehen?«, fragte Pawel.

Der Professor musterte ihn mit kaum verhohlener Skepsis. Er schien abzuwägen, wer dieser Mann war, der sich als Unternehmer im IT-Bereich ausgab.

»Hope ist vor nicht zu langer Zeit Mutter geworden. Sie pendelt zwischen ihrem Wohnort und der Universität hin und her und zieht zugleich ein Kind groß. Währenddessen muss sie Geld verdienen. Das ist nicht einfach.«

»Kann ich mir vorstellen.«

»Das bezweifle ich«, entgegnete der Professor trocken. »Hope ist eine außergewöhnliche Frau. Sie wuchs keine fünf Kilometer von hier auf, ihre Eltern konnten es sich aber nicht leisten, sie auf die Uni zu schicken. Sie versuchte als Jugendliche mehrmals, auf das Gelände zu schleichen, wurde aber immer geschnappt und vor die Tür gesetzt. Doch sie ließ nicht locker. Ein Stipendium einer europäisch-afrikanischen Stiftung zur Förderung der afrikanischen Mathematik öffnete ihr die Tür, sie bekam finanzielle Mittel zugesprochen. Der Betrag ist mickrig, aber irgendwie reicht es. Offenbar hat sich die finanzielle Situation ihrer Familie verbessert. Seither hört sie bei mir Vorlesungen.«

»Also ein Genie«, fasste Pawel zusammen.

»Nennen Sie es, wie Sie wollen.«

Pawel glaubte ihm kein Wort. Die junge Frau war zweifelsohne die Tochter des Wahrsagers. Und ihre außergewöhnlichen Leistungen bedeuteten nichts anderes, als dass sie im Besitz der Quelle war.

»Warum interessiert Sie das?«, wollte der Professor wissen.

»Ich habe vielleicht einen Job für sie«, log Pawel. »Aber ich brauche jemanden, der sich mit Statistik auskennt.«

Kurz schien der Professor in weite Ferne zu blicken, dann wischte er sich die Hände an einem Tuch ab. »Tut mir leid. Ihr Fachgebiet ist Zahlentheorie. Damit kennt sie sich aus. Außerdem hat sie einen Job.«

»Ach ja?«

»Ja. Sie ist in einem Unternehmen, das Trainingsdaten für Anwendungen erzeugt, die mit KI arbeiten. Sie kennen das sicher: Zum Trainieren müssen Sie Algorithmen ständig testen. Enthält dieses Bild eine Blume – ja oder nein? Solche Dinge. Dazu brauchen Sie Unmengen Bilder, über die Sie die Wahrheit kennen – Blume oder nicht Blume. Man löst das Problem mit Manpower. In armen Ländern wie Nigeria, wo eine Arbeitsstunde fast nichts kostet, kann man besonders günstig Leute wie Hope anwerben, die verlässlich Blumen- und Nicht-Blumen-Bilder sortieren.« Der Professor breitete die Arme aus. »Wenn ich glauben würde, dass Hope für Sie geeignet ist, würde ich sie gern vermitteln. Aber so hat es keinen Sinn.«

»Sie wissen nicht, wie ich sie erreichen kann, falls ich selbst mit ihr reden möchte?«

»Leider nein.«

Pawel nickte. »Danke, Herr Professor«, sagte er und wandte sich zum Gehen.

Draußen gab er seinen Leuten ein Zeichen. Eine schnell auf das Fenster gerichtete Actioncam, die eigentlich für sportliche Aktivitäten entwickelt wurde, spielte auf Pawels Handy ein Bild des Professors, wie er gerade zum Telefon griff. Pawel nickte zufrieden. Er winkte zwei seiner Leute zu sich und ging wieder hinein.

Der Professor hatte gerade das Handy am Ohr, als sie ihn überraschten.

»Ich habe die Vermutung, dass Sie mir noch nicht alles erzählt haben«, begann Pawel. »Deshalb habe ich Unterstützung mitgebracht. Diesmal werden Sie reden.«

Eine halbe Stunde später wusste Pawel, wo er die Tochter des Wahrsagers finden würde.

*

Hope beobachtete die Menschen auf dem Campus der Universität Lagos, der von Bungalows und dazwischen stehenden Palmen beherrscht war. Wie jede Uni war sie ein Ort voller Leben, die Luft geschwängert mit jugendlichem Übermut und Träumen. Alles schien hier möglich, jeder konnte sein Potenzial realisieren. Dass die meisten der gut ausgebildeten jungen Leute später in Nigeria keinen Job finden würden und nicht wenige sich auf die gefährliche Reise nach Europa machten, dieser Gedanke war hier weit weg.

Niemand schien Hope zu beachten, deren Kind im Tragetuch schlief. Ihre Tochter hatte ihre Unruhe gespürt und geweint, doch es hatte genügt, sie zu stillen, um sie zu beruhigen. Sie fühlte sich seltsam alleingelassen. Das Kind hatte absolutes Vertrauen, ein Urvertrauen, von dem sie weniger denn je wusste, ob sie ihm gerecht werden konnte.

Was sie hier vorhatte, war ziemlich riskant, das war Hope bewusst. Nicht nur für sie selbst. Sie hatte gesehen, wozu die Leute fähig waren, die hinter ihr her waren. Doch sie konnte das nicht allein tun, sie hatte auch Verantwortung für ihr Kind. Sosehr es ihr widerstrebte, sie musste sich Hilfe suchen.

Deshalb wagte sie sich unter die Menschen hier am Campus. Es wäre sicherer gewesen, in Mokako zu bleiben. Dort gab es Orte, an denen man sich verstecken konnte, selbst vor üblen Menschen

113

wie denen, die hinter ihr her waren. Doch was dann? Die Situation würde sich nicht von allein bessern. Eher würde alles noch schlimmer werden.

Als Hope einigermaßen sicher war, nicht beobachtet zu werden, hielt sie auf den Eingang zur Mathematik-Fakultät der Uni Lagos zu. Sie wusste noch nicht, wie sie dem Professor alles erklären sollte. Doch das war Grundsatz hinter dem Vertrauensbegriff, dass man sich über solche Dinge keine Gedanken machte. Sie würde ihm einfach die Wahrheit sagen.

Sein Büro befand sich hinter einer Tür aus dunklem Tropenholz und sah aus, als wäre darin seit Jahrzehnten nichts verändert worden. Sie klopfte, ohne eine Antwort zu bekommen. Das machte nichts, der Professor war keiner, der auf so etwas Wert legte. Sein Büro konnte man auch betreten, ohne anzuklopfen.

Was nicht hieß, dass er nicht antworten würde. Vermutlich war er gerade nicht da. Sie drückte die Klinke nach unten, in der Erwartung, die Tür verschlossen vorzufinden. Doch zu ihrer Überraschung schwang sie auf.

Und als sie den Professor auf dem Boden liegen sah, wurde ihr zum ersten Mal klar, wie sehr sie die Situation unterschätzt hatte. Man veränderte nicht ungestraft die Regeln der Welt. In ihrer Naivität hatte sie geglaubt, wenn sie nur vorsichtig genug wäre und mit den richtigen Leuten in Kontakt träte, würde alles gut werden. Ihre Ergebnisse würden geprüft werden und man würde sie vielleicht sinnvoll einsetzen. Man würde das Wetter vorhersagen, Materialien erforschen, bessere Medikamente entwickeln. Man würde damit KI in nie da gewesener Qualität realisieren und sie zum Diener der Menschen machen.

Hope hatte einen Plan gehabt, doch jemand war ihr zuvorgekommen. Sie hatte geglaubt, die Sache in die Hand nehmen zu müssen, weil das, was sie gefunden hatte, mit der Zeit auch andere Leute herausfinden würden. Und bevor das passierte, hatte sie die einmalige Chance sicherzustellen, dass ihre Entdeckung allen Menschen zugutekam. Auch jenen in den vielen Mokakos der Welt. Doch sie hatte sich verkalkuliert, und nun drohte alles viel schlimmer zu werden, als sie es sich jemals vorgestellt hatte.

Hinten im Tragetuch begann ihre Tochter zu schreien, und Hope sah ein, dass sie von hier wegmusste. Sie widerstand der Versuchung, dem Professor, der in seinem Blut auf dem Boden lag, zum Abschied über seine mit Hämatomen versehene Wange zu streichen, sondern verließ das Büro und schloss sorgfältig die Tür. Mit langsamen Schritten entfernte sie sich vom Campus der Uni und kämpfte gegen die Versuchung an, sich umzusehen, ob sie beobachtet wurde.

Sie brauchte dringend Schutz, für ihr Kind. Und ihr fiel nur eine Person ein, an die sie sich wenden konnte.

*

Hazel O'Reilly blickte sorgenvoll in Richtung Osten, wo die Themse ins Meer mündete. Der Himmel war bedeckt, und das Wasser hatte eine schmutzig graue Farbe angenommen. Die Flut rollte gerade herein und näherte sich ihrem Höhepunkt. Es war Vollmond, es wurde einer der höchsten Tidenstände des Jahres erwartet.

Genau dafür war die Thames Barrier errichtet worden. Das 1982 in Betrieb genommene Schleusensystem überspannte die Themse auf einer Breite von fünfhundertzwanzig Metern. Hazel stand am Geländer, den Schutzhelm auf dem Kopf, und versuchte das ungute Gefühl loszuwerden, das sie seit dem Stromausfall hatte.

Bis zu fünfzig Mal im Jahr schlossen sich die Schleusen, um London vor Hochwasser zu schützen. Bei Springfluten hielt die Barriere das vom Meer hereinströmende Wasser ab. 2021 hatte auch das nicht geholfen, die Regenmassen waren zu viel gewesen. Der Klimawandel machte sich auch im sonst so milden britischen Klima bemerkbar.

Diesmal war kein Schließen der Schleusen geplant. Die zu erwartende Tide blieb im Rahmen, und die Themse führte nicht so viel Wasser, dass die Notwendigkeit dazu bestand.

Doch es gab ein anderes Problem: Der Stromausfall hatte die weiter westlich gelegene Schleuse in Mitleidenschaft gezogen. Der Teddington Lock im Westen Londons war beim Ausfall halb geschlossen gewesen, und seither war es nicht mehr gelungen, ihn zu öffnen. Grundsätzlich war das kein Problem, die Wassermenge in der Themse war dadurch sogar niedriger. Dennoch wollte Hazels ungutes Bauchgefühl nicht weichen.

Die Sache lag nicht in ihrer Verantwortung. Sie war dafür zuständig, dass die Schleusen reibungslos funktionierten. Die Steuerung selbst, wann die Schleusen sich öffneten und schlossen, lag hingegen nicht in ihrem Zuständigkeitsbereich. Doch nach zwanzig Jahren im Dienst kam man nicht umhin, sich darüber Gedanken zu machen.

Hazel wollte gerade wieder in den Kontrollraum gehen, wo ihre Kollegen die Bilder der Überwachungskameras vierundzwanzig Stunden im Blick hatten, als sie eine Erschütterung spürte.

Zuerst glaubte sie, dass es sich um eine Täuschung handeln musste, hervorgerufen von ihren überreizten Nerven. Doch als sie sich über das Geländer beugte, sah sie, dass es keine Täuschung war. Die Schleusen hatten sich in Bewegung gesetzt. Zugleich klingelte ihr Telefon.

Hazel ignorierte das Klingeln und machte sich mit eiligen Schritten auf den Weg zum Zimmer des Supervisors. Ihr fiel keine schlüssige Erklärung dafür ein, warum man gerade jetzt die Schleusen schließen sollte, schließlich war der Großteil des Tidenwassers bereits ins Stadtgebiet geflossen. Um es abzuhalten, hätte man die Schleusen früher schließen sollen. Ihr Kollege wusste sicher mehr.

Doch als sie den Raum betrat, hing er auch gerade am Telefon und wimmelte sie ab. Hazel warf einen Blick auf die Monitore, die nichts Auffälliges zeigten, nur das ordnungsgemäße Schließen der Schleusen.

Sie stellte fest, dass ihr eigenes Telefon immer noch klingelte. Der Name ihres Chefs stand auf dem Display.

Bitte sagt mir, dass ihr dafür einen guten Grund habt.

Doch ihre Hoffnungen zerschlugen sich. Und sie fand die schlimmsten ihrer Vorahnungen bestätigt. Im Nachhinein sollte sich herausstellen, dass die Remote Terminal Unit oder kurz RTU genannt – ein Tool zur Fernsteuerung, das eigentlich die richtige Funktion überwachen und nur im Notfall aktiv werden sollte – eine Fehlfunktion gehabt hatte. Hazel vermutete gleich, dass es am RTU lag. Sie hatte von den Fehlfunktionen in den Umspannwerken gehört und seither ein ungutes Gefühl gehabt, die Gedanken aber nicht zulassen wollen, weil es einfach nicht sein durfte.

Die Stromausfälle, die Brände. Um der Stadt zu schaden, gibt es auch noch einen anderen Weg.

Daran dachte sie, als ihr Chef ihr am Telefon erklärte, dass sich soeben die Schleusen von Teddington Lock geöffnet hatten und das ganze aufgestaute Wasser nun auf dem Weg zu ihnen war.

*

John hatte große Augen gemacht, als Hope bei ihm aufgetaucht war. Er hatte sie bereits mehrmals gefragt, doch bisher hatte sie seine Einladungen immer ausgeschlagen.

»Ich brauche deine Hilfe«, hatte sie nur gesagt, und John hatte sofort verstanden.

In dem kleinen Haus lebten sieben Menschen auf engem Raum zusammen. Fünf davon befanden sich in der Wohnküche, eine Frau, drei Kinder und John. Trotz der Enge war das Haus gemütlich, kein Vergleich zu den Baracken in Mokako. Johns Vater hatte einen Job in der Verwaltung, der genügte, um die Familie durchzubringen.

John managte die Situation mit einer Ruhe, die sie ihm nicht zugetraut hatte. Er hatte nur kurz mit seiner Mutter gesprochen und sie dann in ein winziges Zimmer geführt, das ihm zu gehören schien und in dem gerade Platz für ein Bett war. John war der älteste der Geschwister und der einzige Sohn, deshalb das Zimmer. Seine Schwestern schliefen gemeinsam in einem Raum mit den Eltern.

Er ließ sie einige Minuten allein, wofür Hope sehr dankbar war. Sie versuchte, die Dinge sacken zu lassen, die gerade passiert waren. Doch die Bilder der letzten Stunden drängten sich immer wieder in ihr Bewusstsein. Sie musste die Situation analysieren, um entscheiden zu können, was sie als Nächstes tun sollte, konnte sich aber nicht konzentrieren. Nur ein Gedanke kam immer wieder und ließ sich nicht abschütteln.

Ich bin schuld.

Tränen stiegen ihr in die Augen, und auch ihre Tochter schien die Unruhe zu spüren und begann zu weinen. Das rief John wieder auf den Plan, der in dem Moment hereinkam und ihr etwas zu essen sowie nasse Tücher für das Kind brachte.

Nachdem sie ihre Tochter sauber gemacht hatte und zum Stillen an die Brust nahm, wurde sie mit einem Mal unendlich müde. Die letzten Stunden forderten ihren Tribut.

Beim Gedanken an ihr Zuhause in Mokako drohte die Trauer sie zu übermannen, doch sie schob die Erinnerung zur Seite, weil sie Angst hatte, dass die Kraft sie verlassen könnte. Sie wusste, dass sie auch hier nicht sicher war. Ihre Situation war ungelöst, und was mit ihrer Familie passiert war, musste sie als Warnung verstehen. Sie durfte hier nicht bleiben. Derzeit war niemand, der ihr möglicherweise helfen konnte, vor den Häschern sicher.

Hope nahm ihr Smartphone aus der Tasche und stellte erleichtert fest, dass sie Empfang und noch etwas Guthaben hatte. Sie hatte in den letzten Wochen viele Kontakte geknüpft, als sie die Daten bei Wettbewerben eingereicht hatte. Die Ausschreibungen hatten sich um Meteorologie gedreht, wo es um Klimamodelle gegangen war, um das Knacken von Codes und um Näherungsformeln für Differenzialgleichungen. Doch die Menschen, mit denen sie kommuniziert hatte, saßen allesamt in den USA, in Europa und in Japan. Und niemand von ihnen kannte ihre Identität. Dafür hatte sie gesorgt. Doch welche andere Möglichkeit hatte sie?

Als sie ihren Posteingang öffnete, wartete eine Überraschung auf sie. Jemand hatte sie angeschrieben.

Hope war gerade dabei, die kurze Mail zu lesen, die von einer Adresse aus Europa stammte, genauer gesagt aus einem kleinen Land namens Österreich, als John plötzlich im Raum stand.

»Sorry, aber da ist jemand an der Tür und fragt nach dir. Was soll ich ihm sagen?«

Hope versuchte noch, irgendetwas Sinnvolles zu antworten, doch sie brachte kein Wort über die Lippen, während sie die Stimmen von Männern mit chinesischem Akzent im Nebenraum hörte.

*

Erst aus dem Hubschrauber war das ganze Ausmaß der Zerstörung sichtbar. Die Überflutungen erstreckten sich über den gesamten Süden Londons, von Fulham bis nach Greenwich. Die Aussicht war nur ein unbeabsichtigter Nebeneffekt, er hatte den Helikopter nehmen müssen, weil der Straßenverkehr in der City zum Erliegen gekommen war. Gardener bestand inzwischen darauf, dass er auf jegliche Mittel zurückgriff, die ihm halfen, sein Ziel zu erreichen. Auf einen Blick der Schäden, die die Fluten angerichtet hatten, hätte er verzichten können.

Sie werden dich dafür verantwortlich machen. Und streng genommen haben sie damit recht.

McLeary hatte das Headset mit der Lärmfilterfunktion abgenommen. Das Dröhnen der Turbinen war ohrenbetäubend, beinahe schmerzhaft, und er genoss das Gefühl auf eine seltsame Art und Weise, als wäre es eine verdiente Strafe für sein Versagen.

Die Probleme schnell in den Griff bekommen, das war seine einzige Chance gewesen. Je länger die Krise dauerte, desto mehr Fragen würden die Leute stellen. Genau darauf hatte Light es angelegt. McLeary war inzwischen überzeugt, dass es nur noch eine Frage von Stunden war, bis man ihn suspendieren würde.

Doch das Bittere war: Das war nicht sein größtes Problem.

Sie hatten es immer noch nicht geschafft, irgendetwas über Lights Vorbereitungen herauszufinden. Inzwischen waren Gardener und er zum Schluss gekommen, dass er die Daten zerstört hatte. Zwei erstklassige Datenforensik-Teams arbeiteten mittlerweile durchgehend an den elektronischen Geräten, die Light benutzt hatte. Diese Leute waren in der Lage, jeden gelöschten Datensatz wiederherzustellen. Sie scannten Teile zerstörter Festplatten mit Elektronenmikroskopen, wenn es nötig war, und setzten sie virtuell wieder zusammen. Doch auf keinem der Geräte fand sich etwas Ungewöhnliches. Es musste noch einen Rechner gegeben haben, von dem der GCHQ nichts wusste. Ein Rechner, der unauffindbar war und dessen Einzelteile wahrscheinlich längst zu Staub zerrieben irgendwo auf dem Grund der Themse lagen.

Es blieb also dabei: Sie wussten nicht, wie er es getan hatte.

McLeary hörte, wie sich die Drehzahl der Turbinen veränderte, und blickte überrascht zu den Piloten. Einer der beiden bedeutete ihm, den Kopfhörer aufzusetzen.

»Sir, wir müssen landen. Befehl von oben. Beziehungsweise unten.«

*

»Ich bin's wieder«, sagte Line, als sie Mercedes in der Leitung hatte. »Ich habe vielleicht etwas.«

Line verstand, dass sie nicht viel Zeit hatte. Die Information, worum es sich bei dem Inhalt der Mail handelte, war inzwischen an die Öffentlichkeit gedrungen. Noch rätselten sie, welchen Sinn die

Primzahlen haben könnten. Die Zeit drängte, bald würden andere sich für Weismann zu interessieren beginnen.

Sie erklärte Mercedes, was sie von Weismann erfahren hatte, und nannte ihr die Mailadresse, die der Mathematiker ihr gegeben hatte.

»Das ist es!«, sagte Mercedes, die auf einmal sehr aufgeregt schien.

»Was ist was?«, wollte Line wissen.

»Du musst diese Person finden.«

Darauf wusste Line nichts zu sagen. Sie fand diese Angelegenheit zunehmend verwirrend, und das Verhalten von Mercedes machte es nicht unbedingt besser.

»Flieg hin«, forderte Mercedes sie auf.

Line war vor den Kopf gestoßen. »Hast du nicht gehört, was ich gesagt habe? Ich bin raus aus dem Geschäft! Ich bin jetzt beim Weltblick angestellt.«

»Pure Zeitverschwendung. Das hier ist zu wichtig.«

»Nein«, sagte Line. »So geht das nicht. Du musst mir mehr erzählen. Sag mir, was du weißt, und ich überlege es mir.«

Nun schien Mercedes genervt. »Verstehst du nicht? Wie auch immer Hazeem Light sich ins Londoner Stromnetz gehackt hat, nichts deutet darauf hin, dass er das allein geschafft hat. Er hat keine Vergangenheit als Hacker. Die Methoden, die er dafür verwendet hat, hat er von irgendwo bekommen.«

»Die Person hinter der afrikanischen Adresse.«

»Noch sieht niemand, wie groß diese Sache ist. Aber das wird sich schnell ändern. Dann werden alle Jagd auf ihn machen. Du musst mir vertrauen, das hier ist wichtig. Wichtiger als alles andere, was wir bisher gemacht haben.«

»Warum machst du es dann nicht selbst?«

Mercedes zögerte. »Weil du einen Startvorteil hast. Du hast Kontakt zu Weismann, das wird nötig sein. Du solltest ihn mitnehmen.«

»Ich denke nicht im Traum daran.«

»Die Wahrheit ist: Es gibt niemanden außer dir, dem ich das zutraue.«

Dann war es still in der Leitung. Line wollte diese Schmeichelei nicht an sich heranlassen und kämpfte dagegen an. Doch letztlich versprach sie Mercedes, es sich zu überlegen.

»Aber du musst mir erzählen, was du weißt.«

*

Als der Hubschrauber über dem Hyde Park niederging, war er nervös. Er spielte verschiedene Erklärungen für den plötzlichen Kurswechsel durch, doch keine davon beruhigte ihn. Er hatte sein Handwerk im Kalten Krieg gelernt. Damals waren die Zeiten rauer gewesen. Es war des Öfteren vorgekommen, dass ein Mann in ein Auto oder ein Flugzeug einstieg, aber nicht am Zielort ankam.

Als die Rotorblätter langsamer wurden, entdeckte McLeary eine Limousine, die auf einem der Fußgängerwege geparkt war. Sein Puls beschleunigte sich. Er stieg aus dem Heli und sah, wie auf der Beifahrerseite des Autos ein Mann vom Typus Leibwächter ausstieg und ihn zu sich winkte. McLeary riss sich zusammen, reckte die Schultern und ging auf das Auto zu. Man hielt ihm die Tür zum Fond auf. Dort saß der Premierminister und begrüßte ihn mit einem Lächeln.

»Setzen Sie sich, McLeary.«

Der Premier gab seinem Chauffeur ein Zeichen, und das Fahrzeug setzte sich in Bewegung.

Eine Weile glitt der Wagen dahin. Aus dem Fenster sah McLeary schmutziges Wasser. Auch der Park war von den Überflutungen nicht verschont geblieben, daher hatte man ihn aus Sicherheitsgründen gesperrt.

»Sie kriegen es nicht in den Griff, oder?«, sagte der Premier.

»Nein, sieht ganz danach aus«, gab McLeary zu.

Leugnen hatte keinen Zweck mehr.

»Wie konnte das passieren?«

»Ich habe gehört, dass die Schleusen ...«

Der Premier unterbrach ihn mit einer Geste. »Ich weiß, dass es die Schleusen waren. Eine öffnet sich, eine schließt sich. Man hat mir alles erklärt. Sie wissen, was ich meine: War das auch Lights Werk?«

»Es sieht danach aus, Sir.«

»Hazeem Light, ein kleiner Mitarbeiter von Ihnen. Sie haben ihn unterschätzt.«

»Habe ich nicht, Sir. Ich wusste, was er kann. Aber ich habe ihn für steuerbar gehalten, das war ein Fehler.«

Der Premier blickte nachdenklich aus dem Fenster. »Meine Leute raten mir, Sie in den vorzeitigen Ruhestand zu schicken. Vielleicht wäre es das Beste.«

»Geben Sie mir noch eine Chance, Sir. Ich bin dran.«

Das stimmte zwar nicht, aber McLeary hatte die Hoffnung nicht aufgegeben, dass sie eine Lösung finden konnten. Er wollte das jetzt nicht aus der Hand geben, nicht solange er eine Chance hatte, seinen Fehler zu beheben.

»Ich kann Ihnen helfen, McLeary. Aber wenn ich das tun soll, müssen Sie mir die ganze Wahrheit sagen.«

»Natürlich, Sir.«

Als McLeary zu erzählen begann, empfand er sofort eine gewisse Erleichterung. »Ich selbst habe Hazeem Light zum GCHQ geholt«, erklärte er, »und ihn über einen Wettbewerb für Kryptografie entdeckt.«

»So einen wie den, von dem Sie mir zuletzt erzählten?«

»Etwas Ähnliches, Sir. Wir schreiben zwar Wettbewerbe aus, aber das läuft über irgendeine Universität oder ein Forschungsinstitut. Doch in Wirklichkeit stecken wir dahinter. Das ist unsere Arbeit. Der Sinn ist herauszufinden, wie sicher unsere Codes sind.

Außerdem ist es eine Möglichkeit, interessante Köpfe ausfindig zu machen.«

»Köpfe?«

»Einzelgänger. Nerds, die ihre Freizeit mit mathematischen Rätseln verbringen. Davon gibt es mehr, als Sie glauben würden. Manche werden zu Hackern und dringen spaßhalber in gesicherte Netzwerke ein. Andere finden ein Betätigungsfeld in der Forschung. Für sie ist so ein Wettbewerb eine gute Challenge.«

»Light hat an einem dieser Wettbewerbe teilgenommen?«

McLeary nickte. »So wurden wir auf ihn aufmerksam. Er war zwar nicht der Sieger, aber es war sofort sichtbar, dass er über besondere Fähigkeiten verfügte. Doch als wir seine private Situation recherchierten, wurde schnell klar, dass er für den GCHQ nicht infrage kam. Er lebte in einer betreuten Wohneinrichtung, ein Mensch, der ohne Hilfe nicht mit seinem Leben klarkam. So sah es damals zumindest aus.«

»Sie haben ihn dennoch verpflichtet?«

»Das habe ich, Sir. An den offiziellen Kanälen vorbei. Schließlich arbeiten meine Leute nicht im operativen Betrieb. Light arbeitete zu diesem Zeitpunkt in einem Supermarkt. Wir legten die Tätigkeit auf Eis und bezahlten den Chef der Filiale dafür, keine Fragen zu stellen. Aus der Wohngemeinschaft nahmen wir ihn heraus, er bekam eine persönliche Pflegerin zur Seite gestellt. Ich sah etwas in ihm, und ich täuschte mich nicht. Das Überraschende war, die Arbeit schien ihm gutzutun. Er sog alles Material, das wir ihm gaben, förmlich auf. Bald ersetzten wir die Pflegerin durch jemanden, der sauber machte. Kontakt zu anderen baute Light nicht auf, aber er schien das Zahlenmaterial zu lieben, das wir ihm gaben.«

»Zahlenmaterial?«

»Codes in aller Form. Und die Algorithmen, wie man sie knackt. Die Welt der Kryptografie ist derzeit in Bewegung, alles bereitet sich auf die ersten Quantencomputer vor. Man stellt die Verschlüsselungsverfahren auf quantenfitte Alternativen um. Kürzlich hat der Nachrichtenservice Signal sein Verschlüsselungsverfahren dahingehend adaptiert.«

»Weil Quantencomputer so leistungsfähig sind?«

»Und weil sie besonders gut darin sind, unsere derzeit bekannten Codes zu knacken. Doch es gibt Alternativen.«

Der Premier nickte nachdenklich. »Light verfügte also über Mittel, Codes zu knacken?«

»Das ist richtig, Sir. Aber es ist noch keine Erklärung für die Terroranschläge.«

»Warum nicht?«

»Weil die Methoden, zu denen er Zugang hatte, nicht ausreichen würden, um sich Zugang zur kritischen Infrastruktur zu verschaffen.«

Der Premier schien zu verstehen. »Sprechen Sie weiter.«

»Es gibt vielleicht noch eine andere Erklärung. Dafür, was er gemeint hat. Und dafür, wie er die Sicherungseinrichtungen umgangen hat. Aber ich muss sie warnen, es geht um Mathematik.«

»Schießen Sie los«, sagte der Premier.

*

Line hatte zurück in ihre Wohnung gehen müssen, um ein Gerät zu suchen, das sie irgendwo in einer Kiste liegen hatte, in der Überzeugung, es nie wieder anzurühren. Bei ihrer Arbeit für Forbidden Stories hatten sie immer wieder mit Informationen zu tun gehabt, die so sensibel waren, dass sie darüber nicht am Handy reden wollten. Zumindest nicht über herkömmliche Handys.

Forbidden Stories besaß eigene, speziell präparierte Geräte, die über eine stärkere Verschlüsselung verfügten als normale Telefone. Das hatte ihnen beim Aufdecken des Skandals um die Spionagesoftware Pegasus, die von autoritären Regimes zur Unterdrückung von Journalisten und Oppositionellen genutzt wurde, wichtige

Dienste erwiesen. Und nun bestand Mercedes darauf, nur über eine so gesicherte Leitung mit ihr zu sprechen.

Nachdem der Verbindungsaufbau gelungen war, begrüßten sich Line und Mercedes.

»Ich erzähle dir das alles nur, weil du es bist«, sagte Mercedes.

»Schon klar, ich kenne das alles. Schieß los.«

»Wir haben die Mailadresse zurückverfolgt, die du uns gegeben hast. Und wir glauben, dass wir die Adresse gefunden haben, an der diese Person wohnt. Sie befindet sich tatsächlich in Lagos.«

»Wisst ihr, wer es ist?«

»Nein. Nur, dass sich der Ort in einem der lokalen Slums befindet.«

Line war verwirrt. »Was hat das zu bedeuten? Ich dachte, wir suchen einen Mathematiker.«

»Mehr konnten wir nicht erfahren. Aber wir sind überzeugt, dass die Adresse richtig ist.«

»Und was wollt ihr tun?«

»Wir dürfen keine Zeit verlieren. Wir glauben, dass diese Person in Gefahr ist.«

Line stutzte. »Wie kommt ihr darauf?«

»Wenn es stimmt, was Josef Weismann zu dir gesagt hat, dann ist diese Person womöglich in der Lage, genau wie Hazeem Light Primfaktorenzerlegung schneller als je zuvor durchzuführen. Du weißt, was das heißt?«

»Was heißt es?«

»So jemand kann Codes knacken, und zwar schneller als die Geheimdienste. Nicht einmal diese Leitung, über die wir hier sprechen, wäre mehr sicher.«

Line begann zu verstehen, worauf sie hinauswollte.

»Du musst das tun, Line. Weismann ist der Einzige, der einen Kontakt hat. Er steckt tiefer in dieser Sache drin, als ihm bewusst ist. Binde ihn ein. Er wird verstehen, wie wichtig das ist.«

»Du willst, dass ich ihn mitnehme«, stellte Line fest.

»Das wäre das Beste.«

»Unmöglich. Er wird ablehnen.«

»Er hat immerhin die Bedeutung der Mail verstanden. Ich bin überzeugt, dass er sieht, wie groß diese Sache ist.«

»Einverstanden«, gab sich Line geschlagen. »Ich frage ihn.«

*

»Seit einigen Monaten geht die Erfolgsquote bei Wettbewerben für Mathematik, Kryptografie und komplexen physikalischen Systemen nach oben«, sagte McLeary. »Zuerst schien es ein Ausreißer zu sein, doch mit der Zeit festigte sich der Trend. Die Leute schienen besser darin geworden zu sein, Codes zu knacken oder beispielsweise das Wetter zu simulieren.«

Der Premier hörte nun aufmerksam zu. Es tat McLeary gut. Endlich hatte er das Gefühl, verstanden zu werden.

»Die Wettbewerbe waren von ganz unterschiedlicher Art. Einmal ging es um die Faktorisierung von Primzahlen, einmal um simple mathematische Rätsel, einmal um die Entzifferung alter Sprachen.«

»Alte Sprachen?«

»Die Methoden sind ähnlich wie in der Kryptografie, Sir. In beiden Fällen versuchen Sie, eine unleserliche Nachricht zu rekonstruieren. Es gibt mathematische Tools dafür. In den Kryptografie-Teams des GCHQ arbeiten mehrere Leute, die früher mit antiken Schriften und Sprachen gearbeitet haben. Zuerst fiel es uns bei unseren eigenen Ausschreibungen auf. Später stellten wir fest, dass sich das Phänomen nicht nur auf die von uns ausgeschriebenen Rätsel beschränkte. Auch bei internationalen Wettbewerben zu Verschlüsselung und Mathematik häuften sich die erfolgreichen Einreichungen. Die Wettbewerbe waren ganz unterschiedlich. Deshalb erkannten wir auch die dahinterliegende Wahrheit nicht.«

»Welche Wahrheit?«

McLeary sah dem Premier in die Augen. »Es war nicht einfach eine zufällige Anhäufung guter Ergebnisse. Sie haben einen gemeinsamen Ursprung.«

Der Premier war nun ehrlich verblüfft.

»Wir erkannten es, als wir einen der Gewinner kontaktieren wollten, um den Hauptpreis zu überreichen. Wir fanden heraus, dass die einreichende Person gar nicht existierte. Es handelte sich um eine gefälschte Identität. Als wir darauf bestanden, den Preis persönlich zu übergeben, brach der Kontakt ab. Nach und nach filterten wir mehrere gefälschte Teilnehmerprofile heraus. Nicht immer waren diese Teilnehmer siegreich gewesen, aber immer waren ihre Leistungen weit über dem Durchschnitt. In sieben Bewerbern identifizierten wir schließlich sieben unterschiedliche gefälschte Profile. Sie stammen von einer Person oder Organisation, die bei uns inzwischen die *Quelle* genannt wird.«

»Und Light suchte nach dieser Quelle?«

»Ich beauftragte ihn damit, der Sache nachzugehen. Dazu müssen Sie wissen, dass sich die Sache derweil herumsprach. Auch andere hatten den Trend in den Wettbewerbsergebnissen entdeckt. Irgendjemand in einem Forum im Darknet hat von einer ›Quelle‹ gesprochen, seither ist das der Name, den alle verwenden. Vor Kurzem bot jemand namens Pawel Peskin, ein Händler für Sicherheitslücken von Software, eine Information an. Wir sind überzeugt, dass er auf die Quelle anspielte. Wir glauben, dass Peskin seine Information auch anderen Nachrichtendiensten angeboten hat. Ob er wirklich etwas Relevantes wusste, lässt sich nicht mit Sicherheit sagen, der Kontakt ist abgebrochen, wir kennen seinen Aufenthaltsort nicht. Doch es zeigte uns, wie sehr die Zeit drängt. Ich erhöhte den Druck auf Light. Er musste uns helfen, die Quelle aufzuspüren, bevor es jemand anderes tat.«

»Und dann hat er Sie hintergangen«, resümierte der Premier.

»So ist es, Sir. Es war ein Fehler.«

Doch der Premier ging nicht darauf ein. Er schien nachzudenken. »Sie glauben also, dass Light diese Quelle gefunden haben könnte? Und dass sie in der Lage ist, all diese schwierigen Mathematikrätsel zu lösen? Und zugleich die Sicherheitssysteme unserer kritischen Infrastruktur zu knacken?«

»Das ist die Vermutung.«

»Aber wie? Wer ist diese Quelle? Eine Person? Eine Organisation? Ein Computermodell?«

»Das wissen wir nicht, Sir. Wir wissen nur, dass sie Light in die Lage versetzte, extrem große Zahlen zu faktorisieren.«

»Was ein Problem ist, weil er Codes knacken und so unsere Stadt lahmlegen kann.«

»Exakt.«

»Und zugleich sagt er, dass es aufhören müsse – was will er damit sagen?«

McLeary stieß geräuschvoll seinen Atem aus. »Dass wir aufhören sollen, nach der Quelle zu suchen. Dass er dieses Wissen für zu gefährlich hält.«

Das war der Inhalt des Streits gewesen, den McLeary mit Light geführt hatte. Es war in Wirklichkeit ihr letztes persönliches Gespräch gewesen. Light hatte versucht, die richtigen Worte zu finden, doch McLeary hatte das ganze Ausmaß der Bedenken seines Mitarbeiters nicht verstanden. Und da hatte Light keinen anderen Ausweg gewusst.

»Und diese Zeitreisendenparty hat nichts damit zu tun?«, fragte der Premier.

McLearys Herzschlag setzte für einen Moment aus, und er bemühte sich, ruhig zu atmen. Er hatte nicht damit gerechnet, dass der Premier auch von dieser leidigen Episode erfahren hatte.

»Da soll ja ein Mann aufgetaucht sein, der von dem Treffen wusste. Ein Afrikaner.«

»Ja, wir haben jemanden mit einer Schussverletzung gefunden. Wir glauben allerdings, dass es keinen Zusammenhang zu den aktuellen Vorgängen gibt.«

Der Premier schien damit zufrieden zu sein und war plötzlich ganz ruhig. Er sah aus dem Fenster. Dort lag ein umgefallener Baum, den er nicht wahrzunehmen schien.

»Und werden Sie aufhören?«, fragte er.

Die Frage überraschte McLeary.

»Natürlich nicht«, antwortete er. »Wir können nicht.«

»Warum?«

McLeary wählte seine Worte mit Bedacht. »Weil wir davon ausgehen müssen, dass auch andere Zugang zu diesem Wissen haben oder erlangen können, das es Light erlaubte, diese Schäden anzurichten. Wir dürfen um keinen Preis ins Hintertreffen geraten.«

Zum Abschluss nahm ihm der Premier das Versprechen ab, alles Neue direkt ihm zu berichten.

Was niemand außer einem kleinen Kreis um McLeary wusste: Es war Light selbst gewesen, dem die Anomalie in den Wettbewerben als Erstes aufgefallen war. Die Quelle war eine Entdeckung Hazeem Lights. McLeary hatte gelogen, als er behauptet hatte, die Zeitreiseparty sei bedeutungslos. Es stimmte, dass es immer noch keine Erklärung gab, wie der ungebetene Besucher an die Adresse gekommen war. Vielleicht war es wirklich ein seltsamer Zufall. Doch McLeary hielt inzwischen etwas anderes für wahrscheinlich: Hazeem Light wollte gefunden werden. Er wollte den Afrikaner treffen, weil dieser etwas über die Quelle wusste.

*

Magnus Konrad hatte insgeheim schon auf Lines Anruf gewartet.

»Danke, dass du dich meldest. Wir müssen reden. So kann es nicht weitergehen.« Konrad atmete tief durch. »Line, du bist eine der besten Journalistinnen, die ich kenne. Aber wenn ich dich so sehe, tut mir das Herz weh. Du starrst in die Luft, spielst mit deinem Handy … früher warst du so voller Energie, dass man dich kaum bremsen konnte. Und jetzt sieh dich an! Es ist nicht deine

Arbeit hier bei uns, da ist alles in Ordnung. Deinen Texten fehlt nichts. Aber ich weiß, was du eigentlich kannst. Ich habe gehofft, dass du hier bei uns deinen Platz findest. Wo du deine Fähigkeiten richtig einsetzt. Aber ich habe nicht den Eindruck, als ob dir das gelingt. Weißt du, wie man das nennt, was du tust? *Silent Quitting.* Du lässt dich gehen. Und ich kann nicht länger zusehen.«

»Okay«, sagte Line.

Er war überrascht, dass sie das so schnell akzeptierte. Ein weiterer Beweis dafür, wie weit es mit ihr gekommen war.

»Wir sollten uns überlegen, wie deine Zukunft aussehen soll. Hier im Haus bei uns versauerst du. Du musst raus. Warum nimmst du nicht wieder mit Forbidden Stories Kontakt auf? Ich wäre sehr interessiert an einer neuen Enthüllungsgeschichte. Es muss ja nicht gleich etwas Hochbrisantes sein. Fang klein an.«

»Danke, Magnus. Ich weiß das zu schätzen. Und du hast völlig recht, deshalb rufe ich ja an. Ich muss nach Lagos fliegen.«

»Lagos? Was willst du in Portugal?«

»Nicht Portugal, Nigeria.«

Konrad blieb die Luft weg. »Nach Afrika? Jetzt? Ich schicke gerade zwei Leute nach London. Hast du eine Idee, was mich das kostet?«

»Ich weiß. Ich bin auch bald wieder zurück. Ich brauche nur die Freigabe für zwei Tickets nach Lagos und wieder retour.«

Konrad war kurz verstummt. »*Zwei* Tickets? Sagst du mir wenigstens, worum es geht?«

»Nein, das würde zu lange dauern.«

»Nein, Line!«, wurde Konrad laut. »Du fliegst jetzt sicher nicht nach Afrika.«

»Keine Zeit. Ich strecke das Geld vor und stelle es dir danach in Rechnung.«

Konrad wollte noch etwas sagen, doch sie hatte bereits aufgelegt.

*

Weismanns Reaktion war wie erwartet.

»Für Nigeria gibt es doch eine Reisewarnung!«, sagte er, nachdem er wieder Luft bekam.

»Das Risiko ist gering. Wir versuchen, ein Treffen bei der deutschen Botschaft zu organisieren, und fahren direkt dorthin.«

Sie erklärte ihm, dass es die deutsche Botschaft sein musste, weil Österreich keine Vertretung in Lagos hatte, sondern nur in der nigerianischen Hauptstadt Abuja. Dass die Person in einem Slum lebte, verschwieg sie ihm. Doch auch so sah Line an seinem Gesichtsausdruck, dass ihre Chancen schwanden. Weismann schaltete auf stur. Er schüttelte den Kopf, immer wieder. Wie er so vor ihr saß, sah er plötzlich aus, als wäre er hundert Jahre alt und viel zu gebrechlich, um überhaupt noch aus dem Haus zu gehen.

»Ich brauche Sie«, probierte sie es noch einmal. »Ihre Frau hatte Kontakt zu ihm. Wir müssen herausfinden, ob er etwas über die Vorgänge in London weiß. Ob er die Mail erklären kann. Das schaffe ich nicht ohne Sie. Und ich habe schon die Tickets. Das Visum können wir uns bei der Ankunft besorgen.«

Sie hatte sich tatsächlich schon nach Tickets erkundigt. Es war ein Glück, dass sie tatsächlich einen Flug von Wien gefunden hatte, mit nur einer Zwischenlandung in Johannesburg. Die meisten gingen über Frankfurt.

»Ich weigere mich«, sagte er.

Line sah, dass sie verloren hatte, und stand auf. »Wie Sie wollen. Ich muss mich bereit machen. Können wir wenigstens in Kontakt bleiben? Schreiben Sie mir, wenn Sie mehr herausfinden?«

Weismann schien vollkommen erschöpft zu sein. Es brauchte eine Ewigkeit, bis er sich zu einem Nicken durchrang. Line seufzte. Als sie ihn so sah, bedauerte sie ihn.

»Es tut mir leid, ich wollte Sie nicht drängen. Aber ich glaube, dass da jemand unsere Hilfe braucht.«

Vielleicht kommen wir ohnehin zu spät. Wenn es stimmt, was Mercedes sagt.

»Ich muss los, mich reisefertig machen.«

Weismann reagierte nicht mehr. Kein »Gute Reise«, kein »Passen Sie auf sich auf«. Sie hatte ihn gebrochen.

Bevor sie ging, konnte sie ihm noch das Versprechen abringen, Maggies Computer an einen Experten von Forbidden Stories zu schicken, damit er untersucht werden konnte. Als sie später mit leichtem Gepäck an der Straße vor ihrer Wohnung stand, zögerte sie. Mehrere Taxis fuhren vorbei, und sie winkte sie nicht zu sich.

Magnus hat recht. Ich muss weg. Es ist, wie ich gesagt habe. Ein paar Tage Lagos, sehen, ob ich etwas herausfinden kann, und dann wieder zurück. Ganz einfach, ohne Risiko.

Und dennoch ließ sie ein Taxi nach dem anderen vorbeifahren. Den Ausschlag gab schließlich eine Fahrerin, die sie so dort stehen sah und anhielt. Ohne weiteren Kommentar lud Line ihr Gepäck in den Kofferraum und gab Anweisung, sie zum Flughafen zu bringen.

*

McLeary war wieder zurück in seinem Büro. Vorhin hatte er kurz mit seiner Frau telefoniert. Er hatte ihr gesagt, dass alles recht stressig war, aber dass es ihm gut ging. Sie hatte ihm von dem Bild erzählt, dass es sich gut machte.

Es war ein nichtssagendes Gespräch, von dem er wusste, dass es von irgendjemandem irgendwo abgehört wurde, höchstwahrscheinlich von jemandem im eigenen Haus. Das bekümmerte ihn nicht im Geringsten, im Gegenteil, er erwartete es sogar. Es sprach für die Qualität des Nachrichtendienstes, bei dem er arbeitete.

Doch Nancy und er kannten sich lange genug. Sein Ton sagte ihr, dass es Probleme gegeben hatte. Das hatte sie angesichts der Bilder, die durch die Nachrichten gingen, natürlich gewusst. Aber indem er sie anrief, signalisierte er, dass er die Dinge im Griff hatte. Wäre es nicht so gewesen, hätte er einen anderen Ton angeschlagen, den sie ebenfalls herausgehört hätte.

Er hatte am Abgrund gestanden und war noch einmal davongekommen, das wusste er. Er hatte mehr Zeit bekommen, um die Unordnung in den Griff zu kriegen, die Light verursacht hatte. Seine Leute durchkämmten derzeit die Software der gesamten kritischen Infrastruktur des Landes nach dem Schadcode. Es war eine Sisyphus-Aufgabe, doch sie mussten irgendwo anfangen. Zuvorderst standen die kritischsten Punkte. Verteidigungssysteme, Kernkraftwerke, Trinkwasserversorgung. McLeary hatte ursprünglich geglaubt, dass Light nur ein Zeichen setzen wollte, doch die Überschwemmung hatte ihn eines Besseren belehrt. Die Schleuse flussabwärts war inzwischen wieder geöffnet, und das Wasser floss gemeinsam mit der sich zurückziehenden Flut ab. Doch die Feuerwehr würde noch Tage damit beschäftigt sein, die Keller auszupumpen. Von Todesopfern war bislang nicht die Rede, aber sie warteten noch auf seriöse Schätzungen für die Schäden. Es war bereits von Milliarden die Rede.

Der Premier schien derweil Wort zu halten.

»Das ist jetzt eine Sache zwischen Ihnen und mir. Sie berichten alles, was die Quelle betrifft, direkt an mich.«

McLearys Name kam in den Medien nicht vor. Noch war nicht durchgedrungen, dass Light für den GCHQ gearbeitet hatte. Das schier Unmögliche – dass Hazeem Lights wahre Rolle geheim blieb – schien tatsächlich möglich.

Doch irgendwann würde er dem Premier etwas bieten müssen. Er ging im Geist noch einmal die Telefonnummer durch, die der Politiker auf einen Zettel geschrieben hatte.

»Sie berichten direkt an mich.«

McLeary hatte Angst vor dem, was als Nächstes kam. Stromausfall, Brände, dann Überschwemmungen – was hatte er sich noch einfallen lassen? Er bezweifelte, dass sie sich mehr als eine Atempause verschafft hatten.

Als die Tür aufging, wurde er aus seinen Gedanken gerissen. Gardener hatte nicht einmal angeklopft.

»Himmel, haben Sie mich erschreckt.«

»Das tut mir sehr leid, Jeff«, sagte sie. »Aber Sie sollten dem Himmel danken.«

»Wieso?«

»Ich habe Ihnen erzählt, dass wir den Mathematiker überwachen, an den Light seine Mail mit den Zahlen geschickt hat.«

»Und?«

»Er hat vor Kurzem Besuch bekommen.«

26. MÄRZ

Line saß in einem Taxi, das sie zur deutschen Botschaft in Lagos brachte. Der Flug war wenig ereignisreich gewesen, auf dem Flughafen Johannesburg hatte sie etwas Stress gehabt, den Anschlussflug zu erreichen, und einem Flughafenmitarbeiter dreißig Dollar zugesteckt, um schneller durch die Sicherheitskontrolle zu kommen. Nichts, was sie nicht schon früher getan hatte. Als sie noch im investigativen Bereich gearbeitet hatte, waren Flüge für sie so selbstverständlich wie Busfahrten geworden. Nur der Geruch beim Aussteigen und die warme Luft erinnerten sie an die Entfernung, die sie zurückgelegt hatte. Jeder Kontinent roch ein wenig anders.

Line hatte eine weitere Anfrage an die Mailadresse in Lagos geschrieben. Sie hatte darin ein Treffen bei der Botschaft vorgeschlagen, doch bislang keine Antwort erhalten. Dennoch hatte sie vor, es zuerst dort zu versuchen.

Das Ziel war nicht allein ein Treffen. Sie hatte vor, diese Person in Sicherheit zu bringen.

Weismann war in Wien geblieben. Die Leute von Forbidden Stories waren inzwischen an Maggies Rechner dran. Mercedes hatte gemeint, es sei nicht auszuschließen, dass sich der Mailverkehr zwischen Maggie und der afrikanischen Adresse rekonstruieren ließ.

Die Fahrt vom Flughafen dauerte etwa eine halbe Stunde und führte sie erst nach Westen und an die Küste auf den Expressway, der die Stadt auf einer über der Lagune gelegenen Trasse umfuhr. Line glaubte gehört zu haben, dass sich unter der Straße mehr oder weniger unsichtbar riesige Slums verbargen, teils auf dem Wasser erbaut.

Das Taxi fuhr vom Expressway ab und dann wieder nach Westen. Die Lagune verzweigte sich hier zu einem komplizierten Netz aus breiten Kanälen, die letztlich ins offene Meer mündeten.

Auf einer Brücke überquerte Line einen dieser Kanäle, wobei sie zu ihrer Rechten einige Segelboote sah, die auf dem Trockenen lagen. Auf einem Straßenschild war eine der Universitäten der Stadt angeschrieben. Line hatte sie zuvor gegoogelt, verwechselte sie aber immer noch.

Doch bevor sie die Uni erreichten, bog das Taxi nach links zum Botschaftsviertel ab und hielt wieder auf einen Teil der Lagune zu. Eine weitere Linkskurve führte sie die Küste entlang, wo ein Hochhauskomplex stand, der wie ein Hotel aussah und von hohen Zäunen geschützt wurde. Links gegenüber entdeckte sie die indische Botschaft.

Die schmale Straße war von niedrigen, mit Stacheldraht bewehrten Mauern umgeben, die etwas Beengendes hatten. Kleine schwarze Schilder verkündeten, dass hier Parken verboten war. Dazwischen tauchten weiße Häuschen mit der Aufschrift »Police« auf, in denen streng dreinblickende Männer mit Barett saßen. Das Taxi bog links ab, passierte mehrere Einfahrten, darunter jene der Botschaft Italiens und der des Libanon. Das Parken schien hier wieder erlaubt zu sein, rechts stand ein großer Tanklaster, dahinter ein alter VW-Bus. Schließlich hielt das Taxi vor einem Gebäude auf der linken Seite, das sie als die deutsche Botschaft erkannte. Es hatte eine Satellitenschüssel auf dem Dach und Überwachungskameras an der Fassade.

Das Gespräch mit der Botschaftsmitarbeiterin war wenig ermutigend. Line wurde höflich empfangen. Sie stellte sich vor und erklärte, dass sie angerufen hatte. Man schien sofort zu wissen, wer sie war, und führte sie in ein Hinterzimmer. Die Frau, die dort geduldig auf ihre Fragen antwortete, hieß Heike Lehmann, war älter als sie und so europäisch, wie jemand in Nigeria es nur sein konnte. Line fragte sich, ob sie je aus dem Fenster sah, wenn sie von ihrer

Wohnung zu ihrem Arbeitsplatz hier in der Botschaft und zurück fuhr. Vielleicht wohnte sie auch hier.

Die Frau nannte ihr einige Möglichkeiten, wie jemand in Nigeria um politisches Asyl ersuchen konnte. Manches davon hatte sie im Flugzeug bereits selbst recherchiert, diese Varianten aber alle verworfen, weil sie Vorlaufzeiten von Wochen oder Monaten beinhalteten. Das half ihr nicht weiter, sie brauchte eine Möglichkeit, der Person sofortigen Schutz zu bieten. Jemanden von der Straße direkt auf dieses gesicherte Gelände zu führen, um sich dann in geschütztem Rahmen unterhalten zu können.

Schließlich hatte Line versucht, Geld anzubieten, was darin endete, dass man sie freundlich, aber bestimmt des Gebäudes verwies.

Als sie die klimatisierten Räumlichkeiten verließ und die Hitze der Millionenstadt sie wieder umhüllte, war sie mutlos. Sie sah sich um – noch immer keine Spur von der Person hinter der Mailadresse. Sie überlegte, was jetzt zu tun sei, und ihr blieb im Prinzip nur eine Möglichkeit: Sie musste sich zu der Adresse durchschlagen. Keine Kleinigkeit, eine weiße Frau mitten in dieser Stadt, die als eine der gefährlichsten der Welt galt. In Gedanken verfluchte sie Mercedes.

Aber in Wirklichkeit war nicht Mercedes schuld. Hatte nicht ihre eigene Intuition ihr befohlen, der Sache nachzugehen? Sie war auf die Mail aufmerksam geworden, bevor irgendjemand sonst dieser Spur gefolgt war.

Line kam zum Schluss, dass gelegentliche Fehltritte unvermeidliche Kollateralschäden waren. Sie musste ein Scheitern in Kauf nehmen, ohne sich dadurch verunsichern zu lassen. Als sie sich das erst einmal vorgenommen hatte, ging es ihr gleich besser. Sie richtete sich auf und sog gierig die fremd duftende Luft ein.

Sie beschloss, sich die Koordinaten, die Mercedes ihr gegeben hatte, genauer anzusehen.

*

Die Reise ins Innere des Slums kostete sie fast eine Stunde. Dieses Anti-Venedig hätte, mit genügend Zeit und ausreichender Vorbereitung, vielleicht sogar so etwas wie Faszination in ihr wecken können. In der seichten Lagune von Lagos hatten Menschen begonnen, Haus um Haus über das offene Wasser zu errichten. Wer den Gestank und den schlechten Zustand der Baracken ausblendete, sah einen enorm bunten Ort, der von überbordendem Leben erfüllt war.

Doch mit dem Schlafmangel und angesichts der diffusen Warnungen von Mercedes war Mokako mehr, als sie ertragen konnte. Lagos als Stadt war schon kaum zu bändigen. Zu lebendig war alles hier, um sich in starre Regeln pressen zu lassen. Was geschah, wenn man es nicht einmal versuchte, zeigte sich hier in Mokako. Wie sie inzwischen erfahren hatte, gab es hier keine offizielle Verwaltung, keine Müllabfuhr und kein Abwassermanagement. Nur Trinkwasser wurde zur Verfügung gestellt. Vor einigen Jahren hatten die Behörden den Plan gefasst, Mokako auszulöschen, hatte ihr der Fahrer des Motorbootes erzählt. Sie hatten begonnen, Haus um Haus abzureißen, den Plan dann aber wieder aufgegeben.

Die »Adresse«, bei der es sich weniger um eine Hausnummer, sondern um einen Punkt auf Google Maps handelte, hielt jedoch eine Enttäuschung bereit. Sie fand dort nur ein großes Haus vor, das von besserer Bauart zu sein schien als die anderen – mit echten Wänden statt Wellblech. Allerdings stand es leer. Sie rief einer Frau, die mit einem Motorboot vorbeifuhr, eine Frage zu, die aber nicht reagierte.

Als einige Boote mit skeptisch dreinblickenden Männern ihr Boot passiert hatten, wurde ihr unwohl und sie befahl dem Fahrer, sie zurückzubringen. Doch er zögerte. Schließlich deutete er auf das Haus.

»Der Mann, der da gewohnt hat«, begann er. »Ich kann dir sagen, wer es war.«

Line horchte auf. Jemand hatte bis vor Kurzem hier gewohnt,

vielleicht war sie doch richtig. Sie wartete darauf, dass er weitersprach, bis sie verstand. Sie holte zehn Dollar aus ihrer Tasche. Doch er reagierte nicht. Es war das alte Spiel, er würde sie so lange ignorieren, bis das Angebot hoch genug war. Für jemanden aus Europa konnte es so aussehen, als wäre Afrika durch und durch korrupt. Doch das war nur die Wahrnehmung von Menschen mit weißer Hautfarbe. Die Einheimischen gingen davon aus, dass sie reich waren, was in fast allen Fällen auch stimmte – für afrikanische Verhältnisse stimmte es in jedem Fall. Wer konnte es ihnen verdenken, dass sie versuchten, sie um dieses Geld zu erleichtern? Line legte fünf Dollar drauf, immer noch ohne Erfolg.

»Weißt du was? Bring mich einfach zurück.«

Sie war im Begriff, das Geld wieder einzustecken, als er danach griff.

»Er kannte die Zukunft. Er hat mit Aondo gesprochen. Alle gingen zu ihm.«

»Die Zukunft, wie?«, entgegnete Line.

»Es ist die Wahrheit!«, ereiferte sich der Mann. »Er konnte die Sterne lesen. Was er sagte, stimmte immer!«

Er ließ sich diese Idee nicht ausreden und war zunehmend beleidigt, als er bemerkte, dass sie sich nicht überzeugen ließ. Als er sie später am Ufer absetzte und Line erleichtert war, wieder festen Boden unter den Füßen zu haben, gab er ihr einen Namen. Sie solle sich an diese Person wenden, wenn sie ihm nicht glaube.

*

Line stieg aus einem Taxi, das für die schlechte Straße am Rand von Lagos eindeutig das falsche Fahrzeug gewesen war. Der Fahrer war trotz des klimatisierten Innenraums schweißgebadet, nachdem Line ihn überzeugt hatte, der Straße bis zu ihrem Ende zu folgen.

Sie war froh, das Fahrzeug verlassen zu können. In ihrer Kleidung hing immer noch der intensive Geruch von Mokako.

Sie befand sich am Stadtrand von Lagos, und unter ihren Schuhsohlen war nur mehr lockere Erde. Hier gab es kleine, unregelmäßig angelegte Felder. Sie hatte beschlossen, dem Tipp des Bootsfahrers nachzugehen, und wollte die Person treffen.

Die Frau grüßte sie schon von Weitem. Sie trug ein luftiges T-Shirt, einen breitkrempigen Sonnenhut und eine Sonnenbrille. Sie stellte sich als Luna Hüther vor. Hüther war Entwicklungshelferin mit deutschen Wurzeln und laut Lines Informationen fünfundvierzig Jahre alt. Ihr Händedruck war fest.

»Wir haben telefoniert«, erklärte Line.

Sie nickte. »Kommen Sie mit«, sagte Hüther, »es ist gleich hier.«

Die Frau stellte keine Fragen. Das machte Line neugierig. Als sie von einem Sterndeuter gesprochen hatte, der die Zukunft vorhersagen konnte, schien Hüther sofort gewusst zu haben, was sie meinte, und hatte sie eingeladen vorbeizukommen.

Sie liefen einige Hundert Meter einen Feldweg entlang, bevor Hüther stehen blieb.

»Fällt Ihnen etwas auf?«, fragte sie.

Line blickte über die Felder. Der Boden war hier immer noch so rot und trocken wie zuvor, die Pflanzen wirkten dürr.

Sie blickte Hüther fragend an.

»Sehen Sie genau hin!«

Sie zeigte in Richtung der Felder vor ihnen, und da erkannte Line, was sie meinte.

Sie hatte vorhin schon bemerkt, dass sich die Felder zu ihrer Linken von denen zu ihrer Rechten unterschieden. Sie hatte geglaubt, dass es sich um unterschiedliche Pflanzen handelte. Rechts stand etwas, das wie ein Gras aussah, mit dicken, gekrümmten Garben in einer Form, die Line nicht kannte. Die Pflanzen waren grün, die Garben hingegen braun.

Links waren niedrigere, gelbliche Pflanzen. Doch bei genauerer Betrachtung sah Line, dass sich die Garben ähnelten, auch wenn sie kleiner und weniger zahlreich waren.

»Was ist das?«, fragte Line.

»Hirse. Eines der wichtigsten Nahrungsmittel hier. Früher wurde der Anbau von Mais forciert. Der ist zwar unter Idealbedingungen ertragreicher, ist aber auch empfindlicher und braucht mehr Wasser. Von den hochwertigen Nährstoffen in Hirse ganz abgesehen.«

Line nickte. Sie wusste, dass die Bevölkerung Afrikas schnell wuchs, und einen Ballungsraum wie den von Lagos zu ernähren war eine Mammutaufgabe. Afrika importierte einen großen Teil seiner Lebensmittel aus Europa, und wie sich der Markt in Zukunft entwickelte, hatte auch für den Kontinent nicht unerhebliche finanzielle Auswirkungen.

»Meine Organisation stärkt kleinbäuerliche Strukturen wie diese hier«, sagte sie und machte eine ausladende Geste. »Wir ermuntern die Bauern, wieder Hirse anzubauen und die traditionelle Landwirtschaft neu zu erlernen. Der Ertrag ist zwar geringer, aber die einheimischen Pflanzen sind weniger auf Dünger und Pestizide angewiesen und vertragen das lokale Wetter besser.«

Line blickte in Richtung des verdorrten Feldes. »Nicht alle, offensichtlich.«

Hüther grinste schief. »Traditionelle landwirtschaftliche Methoden sind eine schöne Sache. Aber was, wenn es das traditionelle Wetter nicht mehr gibt? Der Klimawandel ist auch hier spürbar. Weiter im Norden herrscht seit drei Jahren Dürre. Hier ist es weniger schlimm, aber auch bei meinen Bauern ist die Unsicherheit groß. Ich bin deshalb in Kontakt mit verschiedenen meteorologischen Instituten, um meinen Bauern sagen zu können, wann sie säen sollen, wann sie ihre Felder bewässern. Diese Informationen entscheiden über den Erfolg der Ernte. Das sehen Sie ja hier sehr gut.«

»Der Unterschied zwischen beiden ist nur der Wetterbericht?«

Hüther nickte. »Ich habe auf die Expertise der Meteorologen zurückgegriffen, weil meine Leute nach der Umstellung auf Hirse mehrere Missernten hatten. Sie begannen, das Vertrauen in mich zu verlieren.«

Line blickte auf das grüne Feld. »Scheint ja ganz gut funktioniert zu haben.«

»Lassen Sie mich weitererzählen. Ich konnte nicht alle Bauern überzeugen. Manche hörten auf mich und ließen sich von meinen Experten beraten. Andere entzogen mir das Vertrauen.«

Langsam sickerte die Erkenntnis zu Line durch. »Ihre Felder sind gar nicht die auf der rechten Seite?«

Sie bestätigte Lines Verdacht. »Die Wettermodelle meiner Experten erwiesen sich als falsch. Es gab einen nicht vorhergesagten Starkregen zu einem äußerst ungünstigen Zeitpunkt, den meine Experten nicht prognostiziert haben. Die Aussaat musste wiederholt werden. Was Sie hier sehen, ist die nächste Missernte.«

»Und die anderen?«

»Sie erwischten exakt den richtigen Zeitpunkt für die Aussaat. Nach dem Starkregen.«

»Wonach richteten sie sich?«

»Das wollte ich auch wissen. Ich fragte nach, doch niemand wollte mir etwas sagen. Sie redeten nur von den ›Geistern‹, die ihnen gnädig gewesen waren. Es war einer meiner eigenen Bauern, der herausfand, dass sie tatsächlich einen Wahrsager kontaktiert hatten. Sie haben sich exakt an seine Empfehlungen gehalten. Das Ergebnis sehen Sie hier.«

Line dachte nach. »Könnte es jemand mit Erfahrung in der lokalen Landwirtschaft gewesen sein?«, fragte sie. »Jemand, der das Wetter hier besser kennt als Ihre Experten?«

»Ich sagte Ihnen schon, das Wetter hat sich total verändert. Solchen Starkregen gab es früher nicht. Das ist ein vom Klimawandel induziertes Ereignis. Meine Experten sagten mir, dass es entfernt mit dem Wetterphänomen El Niño in Zusammenhang steht. Wer immer sie beraten hat, kannte nicht das Wetter der Vergangenheit, sondern das Wetter der Zukunft.«

»Es könnte Glück gewesen sein«, gab Line zu bedenken.

Doch sie glaubte das nicht wirklich. Die Felder, die Line hier vor sich sah, bestätigten, dass etwas Seltsames vor sich ging. Der Mann, dessen Haus sie in Mokako gesehen hatte, war in der Lage gewesen, das lokale Wetter in Lagos vorherzusagen. Und zwar genauer, als es die Meteorologen vermochten.

»Glück oder nicht, ich hoffe, dass es anhält. Mir sind nämlich inzwischen auch die letzten Bauern abgesprungen. Ich bin gerade dabei, weiter im Norden ein neues Programm aufzubauen. Auf das, was hier passiert, habe ich in Zukunft keinen Einfluss mehr.« Sie blickte versonnen über die Felder. »In Afrika zu helfen ist eine undankbare Aufgabe«, fuhr sie fort. »Als ich noch in Europa gelebt habe, glaubte ich immer, Afrika sei karg und biete keine Möglichkeiten. Das Gegenteil ist der Fall: Es gibt fruchtbare Flächen, riesige Bodenschätze und eine junge Bevölkerung mit unglaublichem Potenzial. Der Großteil der Bevölkerung Nigerias sind Teenager, eine Armee aus jungen, hormongesteuerten Kraftpaketen voller Ideen. Doch Afrika muss riesige Mengen an Lebensmitteln und Waren importieren, die Bodenschätze gehen an internationale Unternehmen, die sich im Ausland mit ihrer Veredelung eine goldene Nase verdienen, während die Infrastruktur hier von chinesischen Unternehmen aufgebaut wird, mit chinesischen Arbeitern. Was ich bis heute nicht verstehe: Sind wir Europäer schuld an der Misere? Sie wissen vielleicht, dass Afrika später kolonialisiert wurde als jeder andere Kontinent. Das Fehlen großer, schiffbarer Flüsse und die verbreiteten Tropenkrankheiten haben lange Zeit alle Versuche verhindert. Ich frage mich manchmal, was passiert wäre, wenn sich ein Kontinent wirksamer gegen die Kolonialisierung gewehrt hätte. Wenn die Chinesen mit dem von ihnen erfundenen Schießpulver Gewehre statt Feuerwerksraketen entwickelt und die Briten zurückgeschlagen hätten. Ist der Kolonialismus der Grund für die Misere Afrikas? Hätten wir die Menschen in Afrika besser anleiten müssen, statt sie auszubeuten? Oder ist das typisch europäisches Überheblichkeitsdenken? Steht es uns überhaupt zu, von einer Misere zu sprechen? Wir in Europa halten uns für so schlau, dass wir zu wissen glauben, was gut und was schlecht ist. Doch wir unterschätzen, wie komplex Afrika ist. Unsere einfache, europäische Zivilisation durchschauen wir mittlerweile halbwegs, aber es ist vermessen zu glauben, dass wir Afrika gewachsen wären.«

Nachdem Hüther geendet hatte, standen sie schweigend da.

»Tut mir leid, jetzt habe ich Sie vollgetextet«, sagte die Entwicklungshelferin.

»Kein Problem, was Sie sagen, ist sehr interessant«, entgegnete Line schnell. »Im Normalfall hätte ich daraus eine Story gemacht. Aber ich habe gerade andere Sorgen.«

Sie gingen zurück zum Taxi.

»Das neue Projekt«, begann Hüther, »ich könnte dabei Unterstützung gebrauchen. Sie wollen nicht zufällig einsteigen?«

Line sah sie fragend an. »Was springt für mich dabei heraus?«, fragte sie scherzhaft.

Hüther lachte. »Nichts. Außer dem Gefühl, etwas von Bedeutung getan zu haben. Kennen Sie das?«

»Kenne ich. Das letzte Mal, als ich das Gefühl hatte, habe ich mir ziemlich die Finger verbrannt. Danke für die Auskunft«, sagte Line und stieg in das Taxi, wo die kühle, klimatisierte Luft sie begrüßte.

*

Line war ratlos, als sie zur Botschaft zurückkehrte. Sie wusste nicht, was sie von den Erzählungen Hüthers halten sollte, und wünschte sich, sie hätte Weismann dabei. Der Mathematiker hätte bestimmt eine kleine Szene gemacht, aber sie war überzeugt, dass er eine Idee gehabt hätte, wie plötzlich so genaue Vorhersagen des Wetters möglich sein sollten.

Nicht nur das Wetter. Der Mann war ein Wahrsager. Er sagte die Zukunft vorher.

Konnte man, wenn man die Zukunft kannte, auch mathematische Gleichungen lösen, und umgekehrt?

Line schob die Gedanken beiseite. Sie stand nun also wieder vor dem Botschaftsgebäude. Vorhin hatte sie eine neue Mail mit der Bitte um ein Treffen abgesetzt, ohne sich allerdings davon allzu viel zu versprechen. Stattdessen hatte sie vor, die Leute hier nach einer verdächtigen Person zu fragen, mit einem Bündel Dollars in ihrer Tasche sollte hier doch etwas zu erreichen sein.

Sie wollte gerade nach gelangweilten Sicherheitsleuten Ausschau halten, mit denen sie sich unterhalten konnte, als sie plötzlich eine Gänsehaut bekam, ohne zu wissen, warum.

Etwas in ihrer Umgebung stimmte nicht. Es war nur eine Ahnung, wie das sprichwörtliche Gefühl, beobachtet zu werden, das natürlich nicht wirklich existierte. Line glaubte nicht an einen verborgenen sechsten Sinn des Menschen, nur an den Verstand und seine manchmal unergründlichen Tiefen. Das, was sie da spürte, war real. Sie wusste nur noch nicht, worum es sich handelte.

Ein Polizist kam plötzlich auf sie zu. Sie sah ihn aus dem Augenwinkel, wollte sich aber nicht von ihm ablenken lassen. Dass er sie beobachtete, war ihr schon vor einigen Minuten aufgefallen. Es schien ihm nicht zu passen, dass jemand hier einfach so rumstand. Das Botschaftsviertel war zwar nicht durch Schranken gesichert, die Zufahrtsstraße schien öffentlich zu sein, an den Straßenrändern parkten Autos, die tendenziell teurer und größer waren als die Wagen, die sie sonst in Lagos gesehen hatte. Dennoch hatte es durch die Enge und die auf beiden Seiten aufragenden Mauern etwas Festungsartiges. Und diese Festung wurde von einem ansehnlichen Polizeiaufgebot gesichert.

»*Madam, you can not stay here*«, sagte er.

Während er weitersprach, erkannte Line den Grund für ihre Unruhe: Jemand hatte sie angestarrt. Eine junge Afrikanerin mit kurzen Haaren und einem mattroten, traditionellen Gewand stand etwa hundert Meter entfernt an eine Mauer gelehnt und hatte gerade zu ihr hingesehen. Nun hatte sie sich wieder abgewandt und widmete sich ihrem Baby, das sie in einem Tuch an ihrem Rücken trug.

Das ist nichts, Line. Nur eine Mutter mit ihrem Kind.

Doch warum hatte sie hergesehen? Da – wieder ruhte ihr Blick auf Line. Wer war sie? Line beschloss, es herauszufinden. Sie bedeutete dem Polizisten, der immer noch auf sie einredete, dass sie gehen wollte, und winkte der Frau zu, während sie mit großen Schritten auf sie zuhielt.

Das erwies sich als Fehler, denn sofort zuckte die junge Frau zusammen und zog sich blitzschnell zurück. Line wollte sie nicht aus den Augen verlieren, musste sich aber kurz mit dem Polizisten befassen, dessen Stimme eine unangenehme Tonlage angenommen hatte, was wiederum seine Kollegen alarmierte.

»I am leaving, don't worry.«

So schnell ließ er sich aber nicht beruhigen. Ihn schien rasend zu machen, dass sie ihm keine Aufmerksamkeit schenkte. Das kannte sie von früheren Besuchen in Afrika. Viel drehte sich um Autorität, die anerkannt oder nicht anerkannt wurde. Jemand, der nicht ernst oder wahrgenommen wurde, dessen Job war vielleicht entbehrlich. Diese Angst begleitete viele Menschen hier.

Line sah also zu, dass sie möglichst schnell auf Distanz zu dem Polizisten ging.

Währenddessen hielt sie Ausschau nach der Frau, die plötzlich nirgends mehr zu sehen war.

Stattdessen entdeckte Line mehrere Männer, die definitiv keine Afrikaner waren und fast zeitgleich aus parkenden Autos ausstiegen. Es schien sich um identische Autos zu handeln, so groß und schwer, dass Line unwillkürlich an gepanzerte Fahrzeuge wie für Politiker auf Staatsbesuchen denken musste. Des Weiteren fiel ihr auf, dass die Männer zwar hellhäutig waren, aber die Augen und das dunkle Haar von Asiaten hatten. Einer war einen Kopf größer als alle anderen und hatte einen Körperbau wie ein Basketballspieler. Überhaupt bewegten sie sich alle mit einer Anmut, die etwas Bedrohliches an sich hatte. Sie zeugte von einer Konzentration, die keinen ersichtlichen Grund hatte. Und da erkannte Line, dass es nicht die Afrikanerin war, die vorhin ihre Alarmglocken hatte schrillen lassen, sondern diese Männer in ihren SUVs.

Die Männer interessierten sich nicht für sie, wohl aber für die junge Mutter.

Line verfluchte sich selbst. Etwas geschah hier vor ihren Augen, und weil sie so quälend lange brauchte, den Überblick zu gewinnen, lief sie Gefahr, das Wesentliche zu verpassen. Was auch immer dieses Schauspiel bedeutete, es konnte kein Zufall sein. Ihre Mail mit dem Treffpunkt hatte Wirkung gezeigt.

Und plötzlich traf sie die Erkenntnis mit einer Wucht, dass sie beinah das Gleichgewicht verloren hätte: Konnte die gesuchte Person eine Frau sein?

Der Gedanke verwirrte sie, aber sie hatte keine Zeit, darüber nachzudenken. Nur eines wusste sie: Sie musste unbedingt Kontakt aufnehmen, bevor es die Männer in den Autos taten.

Doch ihre Chancen standen schlecht. Zwei der Männer rannten gerade die Straße entlang in Richtung der Stelle, wo Line die Frau mit dem Kind zuletzt gesehen hatte, während die anderen etwas murmelten und plötzlich zurück zu zwei der Autos gingen. Line vermutete, dass sie mittels Sprechfunk verbunden waren. Nichts davon beruhigte sie.

Line wusste, dass sie die Aufmerksamkeit dieser Leute auf sich ziehen würde, wenn sie jetzt ebenfalls losrannte, doch sie sah keine andere Möglichkeit.

Ein kurzer Blick zur Seite zeigte ihr, dass auch die Polizisten inzwischen mitbekommen hatten, dass etwas Sonderbares vor sich ging. Sie waren stehen geblieben und verfolgten gebannt das Geschehen.

Line kümmerte sich nicht um sie. Sie sah nur zu, dass sie die beiden Asiaten nicht aus den Augen verlor. In diesem Moment entdeckte sie auch wieder die junge Frau, die noch ein Stück weiter vorne die Straße entlangrannte. Es konnte nicht lange dauern, bis die Männer sie eingeholt hatten.

Derweil heulten hinter ihr Motoren auf, Reifen drehten durch, bevor sich die Autos näherten. Line trat schnell zur Seite, als die Wagen auch schon bei ihr vorbeirauschten. Wäre sie nicht ausgewichen, hätten die Typen sie womöglich überfahren.

Sie erlaubte sich keine Pause, sondern rannte den Wagen nach und erkannte, dass die beiden Männer, die zu Fuß unterwegs waren, ihre Verfolgung verlangsamt hatten. Ihre Kollegen in den Autos hatten sie inzwischen erreicht, und auch Line schloss schnell auf.

Die Szene vor ihr schien erstarrt zu sein. Die beiden Männer und die zwei Autos bildeten eine Art Spalier. Dahinter war die verfolgte Frau stehen geblieben. Hinter ihr war die Straße frei, aber es hätte keinen Unterschied gemacht, wenn dort eine Betonwand aus dem Boden aufragen würde. Sie war in die Enge getrieben, weiterzulaufen hatte keinen Sinn.

Die Frau hatte die Schultern eingezogen und tastete mit der rechten Hand nach ihrem Kind. Ihr Blick wechselte zwischen den Männern hin und her und fand schließlich auch Lines. Etwas Flehendes war darin.

»*Leave her alone!*«, rief Line.

Einer der Männer sah zu ihr herüber, konzentrierte sich aber sofort wieder auf die Frau.

In einem der Autos rief jemand etwas, es begann zu wackeln. Die beiden auf der Straße stehenden Männer drehten sich irritiert um und ließen sogar einen Moment lang die Frau aus den Augen. Line konnte sehen, dass die Warnblinkanlage der beiden Autos angegangen war. Beide Fahrzeuge begannen plötzlich rhythmisch zu hupen, jemand musste die Alarmanlage aktiviert haben.

Line wartete darauf, dass die Frau die Chance nutzte und davonlief, doch sie blieb einfach stehen, als genieße sie das Schauspiel.

Mit einem Mal machten die beiden Autos zugleich einen Ruck. Sie setzten sich in Bewegung, die Motoren heulten auf, und die SUVs rasten genau auf die Stelle zu, wo die beiden Männer standen. Zum Ausweichen war es zu spät. Die Autos krachten in einem 45-Grad-Winkel aufeinander, und einer der beiden Männer wurde zwischen den wuchtigen Kühlergrills eingeklemmt. Er sackte zusammen, und sie war überzeugt, dass er sofort tot war.

Als der Lärm verklungen war, begannen um sie herum Leute zu rufen. Polizisten rannten auf die Stelle zu, wo der Zusammenstoß passiert war.

Die junge Frau stand immer noch an der gleichen Stelle, gefesselt von der Szene vor ihr. Line glaubte zu sehen, dass sie etwas Schwarzes in ihrer Hand hielt. Dann wandte sie sich ab und rannte los.

Line reagierte mit einigen Sekunden Verspätung, so gebannt war sie von dem, was gerade passiert war.

»*Wait!*«, rief sie.

Sie rannte erneut los, machte einen Bogen um die beiden Autos, doch die junge Frau war verblüffend schnell.

»*I just wanna help you!*«, probierte es Line.

In dem Moment krachten plötzlich hinter ihr zwei Schüsse.

*

Josef Weismann konnte sich nicht erinnern, wann er das letzte Mal so aufgewühlt gewesen war. Es musste irgendwann im Rahmen seiner Hochzeit gewesen sein. Die Nobelpreisvergabe war ein Witz dagegen gewesen. Dort war er auch aufgeregt gewesen, aber der Unmut über die Journalistenfragen hatte überwogen.

Zuerst hatte er in der Wohnung bleiben und die Sache ignorieren wollen. Sollte diese Frau Berg doch nach Afrika fliegen, mitten in die berüchtigte Metropole Nigerias, über die er bisher nur extreme Geschichten gehört hatte. Er war nie in Afrika gewesen und hatte auch nicht vor, das zu ändern. Heutzutage konnten Menschen elektronisch mit der ganzen Welt kommunizieren, und es sollte sich doch verdammt noch mal langsam die Idee durchsetzen, dass man nicht wegen jeder Kleinigkeit um den halben Planeten fliegen musste. Nicht, dass er ein Freund elektronischer Medien gewesen wäre – er kam mit seiner Bibliothek auch ganz gut allein zurecht.

Afrika. Um nichts in der Welt würde er dorthin reisen.

Doch er konnte nicht aufhören, an Line Berg zu denken. Das war sonderbar, weil sie ihm ja eigentlich vollkommen egal war. Und doch fragte er sich, wie es ihr ergehen würde. Sie würde sich doch hoffentlich nicht in Gefahr begeben unter all diesen fremden Menschen? Die Selbstverständlichkeit, mit der sie sich das zutraute, beschäftigte ihn.

Deshalb war er schließlich nach draußen gegangen und hatte ein Taxi herbeigewunken, das ihn zu Maggie ins Pflegeheim brachte. Ihr Finger mit dem Pulsoximeter lag regungslos neben ihr auf der Matratze. Bei ihrem Anblick beruhigte er sich ein wenig. Er nahm sich einen Stuhl und setzte sich zu ihr. Nach einer Weile begann er zu erzählen. Er erklärte ihr, warum er nicht hatte mitkommen können. Dass er keine Erfahrung mit diesen Dingen hatte, dass er alt war, dass er ein Mann der Theorie war, der sich unter Gleichgesinnten am wohlsten fühlte, wenn er sich über mathematische Probleme unterhalten konnte. Er erinnerte sie an eine Episode, als er sich auf dem Weg zur Wohnung verlaufen und beinahe nicht mehr nach Hause gefunden hatte. Von einer Telefonzelle aus hatte er sie angerufen, mit seinem letzten Kleingeld, und sie hatte ihm den Weg erklärt. Er erinnerte sie, wie sie gemeinsam gelacht hatten, und musste plötzlich auch lachen.

Noch einmal sprach er es aus: dass er nicht in der Lage war, einfach so eine Reise anzutreten, ohne Vorbereitung, von einem Moment auf den nächsten, schon gar nicht nach Afrika, wo er noch nie gewesen war. Es tat gut, den Klang der Worte zu hören. Ein wenig ließ die Unruhe nach.

Dann schwieg er eine Weile.

»Was hättest du wohl getan?«, fragte er schließlich laut in den Raum. Sie hätte die Geschichte des Absenders gekannt und bestimmt helfen können. Ohne Hals über Kopf in ein Flugzeug zu steigen.

Doch je öfter er es wiederholte, desto mehr nutzte sich die Idee ab. Natürlich war er sich nicht sicher, ob er das Richtige getan hatte. Und er hatte den Verdacht, dass Maggie es viel schneller erkannt hätte. So wie sie alles, was ihn betraf, viel schneller verstanden hatte als er. Nicht im Geringsten überrascht war sie gewesen, als er ihr damals den Antrag gemacht hatte. Glücklich, das schon, aber nicht überrascht.

Er starrte auf ihren Finger, der sich immer noch nicht bewegte.

Als die Stille unerträglich wurde, sprang er schließlich auf, gab Maggie einen Kuss auf die Stirn und verließ das Heim.

Er fuhr mit der Überzeugung zurück in die Wohnung, dass er etwas tun musste. Als er nach Hause kam, suchte er die Fernbedienung seines Fernsehers, den er schon Monate nicht mehr angeschaltet hatte, und schaltete ihn ein. Er hatte vor, sich einen Überblick über die Lage zu verschaffen. Dazu musste er genau wissen, was in London los war.

Doch als er CNN fand, war dort kein Bericht über London, sondern einer über Lagos. Vor der deutschen Botschaft hatte es eine Schießerei gegeben, und unter den Opfern sei eine Journalistin aus Wien.

*

Die Wurzel von zehn ist ...

Hope saß in einem Bus, der rumpelnd durch die Stadt fuhr. Der Bus war voll, zwei Frauen vor ihr unterhielten sich lautstark, ein Mann trug eine weiße Kunststoffwanne mit rohem Fleisch auf seiner Schulter und hielt sich mit der freien Hand an einer Haltestange fest. Niemand beachtete sie. Sie stillte ihre Tochter, die sich im schaukelnden Bus wohlfühlte, während Hope ihren Geist mit simplen Matheübungen beruhigte.

... die Wurzel aus neun, also drei, plus der Differenz zwischen neun und zehn, also eins ...

Sie hatte diese Übungen als Mädchen gelernt. Schon in der Schule in Mokako, wo ein Hauslehrer in einer der Baracken hauptsächlich Geschichten erzählte, war ihre Begabung für Zahlen aufgefallen. Sie konnte addieren und multiplizieren, ohne dass es ihr jemand gezeigt hätte. Sie hatte sich diese Fähigkeiten von den Erwachsenen abgeschaut, wenn sie Geld zählten und die Ausgaben für den nächsten Monat durchrechneten. Bald war Hope in der Familie für alles zuständig, was mit Zahlen zu tun hatte.

... das zum Quadrat, dividiert durch ...

Das Berechnen von Wurzeln hatte sie aus einem Buch des Lehrers. Der Trick hieß Taylorreihenentwicklung. Um eine Wurzel aus einer Zahl zu bilden, suchte man zuerst die Wurzel einer Zahl in der Nähe, die man kannte. Von dort aus konnte man mit ein paar einfachen Schritten einen Näherungswert der ursprünglich gesuchten Wurzel finden. Die meisten Leute wären verblüfft, wenn sie verstanden, wie einfach das war. Wenn man kompliziertere Wurzeln berechnete, konnte man damit vorzüglich seinen rastlosen Geist beschäftigen.

Die Wurzel aus 257 ist die Wurzel aus 256, also 16, plus ...

Hope wurde mit der Zeit immer geschickter. Irgendwann begann sich die Familie zu fragen, ob die sonderbare Fähigkeit der kleinen Hope nicht eine Chance böte. Mokako war kein Ort, den man zum Leben selbst wählte. Wer eine Möglichkeit sah auszubrechen, der nutzte sie. Man brachte Hope zu einem Mann von der Universität. Während sie vor seinem Haus darauf warteten, dass er Zeit hatte, spielte Hope mit Steinen. Sie bildete aus ihnen mehrere, immer größer werdende Haufen. Als der Professor ins Freie kam, fasste Hopes Mutter sie am Arm und riss sie hoch. Sie wischte mit dem Fuß über die Steinhaufen, bevor sie Hope zum Professor brachte.

Er war sehr freundlich, stellte Hope ein paar Fragen, doch es zeigte sich schnell, dass keine große Hoffnung bestand. Natürlich gab es Stipendien, auch für Begabte. Aber dennoch brauchte man Geld, und zwar mehr, als die Familie entbehren konnte. Und selbst wenn man studiert hatte, war es schwierig, einen Job zu bekommen. Dazu noch Mathematik. Besser wäre es, gleich etwas Technisches zu studieren. Hopes Mutter redete auf ihn ein, während ihr Vater die Hoffnung längst aufgegeben zu haben schien. Der Professor hörte ohnehin nicht mehr richtig zu. Die Steinhaufen im Hintergrund hatten seine Aufmerksamkeit erregt, denn nicht alle hatte Hopes Mutter zerstören können. Er erkundigte sich, von wem die platzierten Steine stammten. Hopes Eltern leugneten zuerst, dass ihre Tochter dahintersteckte. Sie befürchteten eine Fangfrage und dass es Probleme geben könnte.

Doch der Professor blieb ganz freundlich, und als sie zugegeben hatten, dass Hope die Steine arrangiert hatte, erbat er sich einen Moment allein mit ihr.

Er hockte mit ihr bei den Steinen und unterhielt sich leise mit ihr, unter den wachsamen Augen der Eltern, die vergeblich versuchten, das Gesprochene zu verstehen. Der Professor ließ Hope die zerstörten Steinhaufen neu aufschichten. Der erste bestand aus zwei Steinen, der zweite aus drei, dann war einer mit fünf, einer mit sieben, einer mit elf Steinen. Es stellte sich heraus, dass Hope die Reihe der Primzahlen gebildet hatte. Der Professor fragte sie, woher sie von Primzahlen wusste. Sie erinnerte sich noch, dass sie darauf keine Antwort hatte geben können. Zum Sprechen war sie zu schüchtern, doch als er ihr eine Aufgabe stellte, bildete sie eifrig die Lösung aus Steinen.

»Sie ist sehr talentiert«, sagte der Professor später zu ihren Eltern. »Ich habe so jemanden noch nie getroffen. Sie versteht bereits Dinge, die man in diesem Alter unmöglich wissen kann.«

Ihre Eltern fragten, was das zu bedeuten habe. Was man damit anfangen könne. Der Professor dachte eine Weile nach. Anfangen könne man damit nichts, erklärte er schließlich. Hope hätte sicher die Fähigkeiten, bei ihm auf der Uni zu studieren. Doch dafür müsste die Familie Geld auftreiben. Und es würde ihr nicht helfen.

»Was wir lehren, ist eigentlich zu nicht viel nütze«, sagte er. »Nicht hier in Lagos zumindest.«

Er erzählte von zwei Studenten, die bei ihm ihren Abschluss gemacht hatten, um weiterhin die schlechten Jobs zu machen, mit denen sie schon ihr Studium finanziert hatten. Irgendwann hatten sie ihr Erspartes einem Mann gegeben, der versprach, sie nach Europa zu bringen. Seither hatte er nie wieder etwas von ihnen gehört.

Ob er nicht eine Ausnahme machen könne, fragten Hopes Eltern.

»Wir wissen alle, wie das läuft«, erklärte er. »Sie wird bald erwachsen sein. Und dann wird sie schwanger werden.«

Er könne nichts für sie tun, hatte er schließlich gesagt.

Sie hatte das Gespräch damals mit angehört, sich aber hartnäckig gezeigt, als ihre Eltern das Projekt Mathematik aufgegeben hatten. Der Professor, der sie erst abgewiesen hatte, empfahl ihr irgendwann eine Website, die Onlinekurse für Mathematik anbot. Eine Mathematikerin aus Europa hatte sie online gestellt. Sie stammte aus einem winzigen Land in Mitteleuropa, von dem sie noch nie gehört hatte. Es hieß Österreich, und seine gesamte Einwohnerzahl betrug nur etwa ein Drittel jener von Lagos. Doch die Leute dort betrieben schon seit mehr als tausend Jahren Mathematik. Der Gedanke wie auch die Fremdheit der alten Gebäude dort faszinierte Hope.

Also beschäftigte sie sich mit der Seite und brachte sich bei, was sie konnte. Als sie erst einmal die Sprache verstand, mit der sich die Leute über Mathematik unterhielten, begann sie, auch ihre eigenen Ideen aufzuschreiben. Eine davon schickte sie schließlich der Frau, Margarethe Weismann, ohne überhaupt zu wissen, was sie davon erwarten sollte. Und tatsächlich war die Antwort für Hope zwiespältig. Der Ton war freundlich und aufmunternd, doch schon an den Fragen erkannte Hope, dass die Frau ihre Ideen nicht verstanden hatte. Doch sie nannte Hope eine Adresse und riet ihr, sich an diese Stelle zu wenden, mit dem Versprechen, eine Empfehlung zu Hopes Gunsten auszusprechen, sollte es nötig sein. Es war eine Stiftung, die Stipendien für afrikanische Universitäten vergab. Die Idee war für Hope neu. Stipendien waren ihr ein Begriff, doch sie war immer davon ausgegangen, dass man dafür Beziehungen brauchte. Hope ging dennoch zu dem Professor, um ihm die Mail zu zeigen.

Zu ihrer Überraschung reagierte er erst einmal ungehalten. Erst später erfuhr sie, dass es ihm nicht passte, dass jemand aus Europa sich in den Universitätsbetrieb in Lagos einmischte. Nigeria war inzwischen die stärkste Wirtschaftsmacht Afrikas und sehr gut in der Lage, seine Universitäten selbst zu verwalten.

Doch der Professor ließ sich erweichen, und schließlich erhielt Hope ein kleines Stipendiat, das es ihr erlaubte, sich an der Universität einzuschreiben. Auch als sie tatsächlich schwanger wurde, wie er es prophezeit hatte – von einer Liebschaft, in der sie sich eine Weile selbst vergessen hatte –, ließ er sie weitermachen. Nur manchmal sah er sie traurig an.

»Wir haben hier keine Chancen«, sagte er einmal. »Wir machen das hier nur für uns.«

Nun war der Professor tot, und sie war daran schuld.

Die Hoffnung auf Hilfe von der Europäerin hatte sich zerstreut. Das Treffen bei der Botschaft war ein Desaster gewesen. Bestimmt hatten Überwachungskameras ihr Gesicht aufgefangen. Schon bald würde sie sich nicht mehr frei bewegen können.

Deshalb war es so wichtig, dass sie das, was sie vorhatte, schnell erledigte. Auch wenn sie sich fürchtete, einen Ort so vieler Erinnerungen aufzusuchen.

*

Pawel war mit seinem chinesischen Söldnerteam an den Stadtrand gefahren. Dort hatte er für einen lächerlichen Dollarbetrag eine Halle gemietet, in der sie ungestört waren. Im Vergleich zu dem Hotel erschien sie ihm entsetzlich schmutzig, doch er hatte nicht vor, lange hierzubleiben. Nach dem, was passiert war, mussten sie in Bewegung bleiben.

Doch vorerst brauchte er einen ruhigen Ort. Einen Ort, an dem er das Chaos aufräumen konnte, das entstanden war, als das Team bei der Botschaft den Zugriff vermasselt hatte.

Nachdem sie die Tochter des Wahrsagers nicht bei ihrem Freund John angetroffen hatten, wo sie sie offenbar nur knapp verpassten, war es ihnen gelungen, den E-Mail-Provider ausfindig zu machen, über den sie kommunizierte. Sich dort reinzuhacken, war nicht besonders schwierig gewesen. Dabei hatten sie den Mailverkehr abgesaugt und waren auf die Vereinbarung des Treffens bei der Botschaft gestoßen. Was es mit der Mailadresse auf sich hatte, mit der sie kommuniziert hatte, hatten sie so schnell nicht klären können. Wichtiger war gewesen, den Eingang zur deutschen Botschaft im Auge zu behalten.

Dort unauffällig das Gelände zu überwachen hatte sich als ernsthafte Herausforderung erwiesen. Die Polizeipräsenz im Botschaftsviertel war enorm hoch. Der einzige Vorteil war, dass die Botschaften größtenteils selbst für ihre Sicherheit sorgten und jeder sein eigenes Süppchen kochte. Ein ranghoher Polizist hatte sich bestechen lassen, im naiven Glauben, dass schon nichts Schlimmes passieren würde, und so hatten sie mit mehreren Fahrzeugen und fünf Mann vor Ort gewartet.

Damit hätten sie eigentlich einen entscheidenden Vorteil haben sollen, für den Fall, dass die Kleine dort auftauchte. Wirklich gerechnet hatten sie damit nicht, das hatte Pawel gleich bemerkt. Vielleicht war das Team deshalb so unkonzentriert gewesen. Denn Unkonzentriertheit musste es gewesen sein. Das, was die Leute ihm erzählten, waren Ausreden.

Die drei, die am nächsten dran gewesen waren, knieten mit auf dem Rücken gefesselten Händen mitten im Raum, während ihre Kollegen sie in Schach hielten. Der eine, der zwischen den Autos eingeklemmt worden war, war kurz nach dem Aufprall in ihren Armen verstorben. Er lag etwas abseits, mit einer weißen Plane zugedeckt.

Pawel überließ es Si, dem Chef des Teams, die Befragung durchzuführen. Bei dem Gedanken, sich mit Blut zu besudeln, wurde ihm schlecht. Doch das Schauspiel zog sich nun aber schon eine halbe Stunde lang hin. Und Pawel hatte immer noch nichts Neues erfahren. Die beiden Männer, die am Steuer der SUVs gesessen hatten, konnten sich nicht erklären, warum sie auf einmal losgefahren waren. Sie behaupteten beide, die Autos hätten es ohne ihr Zutun gemacht.

Das hatte Si ihm erklärt, nachdem er sich auf Chinesisch mit ihnen unterhalten hatte. Doch damit hatte Pawel sich nicht zufriedengeben wollen. Er verfluchte nun, die Befragung nicht selbst durchgeführt zu haben. Er war zwar kein Experte in diesen Dingen, aber es gab das eine oder andere, das er von seinem Vater gelernt hatte, wie zum Beispiel den Grundsatz, dass man Männer wie sie unabhängig voneinander befragen musste. Wie sollte man sonst wissen, ob nicht einer von beiden die Geschichte des anderen wiederholte? Nur wenn man sie getrennt befragte und ihnen keine Gelegenheit gab, sich abzusprechen, gelangte man an die Wahrheit. Dahinter steckte, wie bei so vielen anderen Dingen, ein mathematisches Prinzip.

Und das, was sie sagten, konnte unmöglich wahr sein. Dass sie plötzlich in ihren eigenen Autos eingeschlossen gewesen waren und keine Kontrolle mehr über sie gehabt hatten.

Pawel hörte ein Klatschen, als Si einem der Männer mit dem Handrücken eine Ohrfeige gab. Er sah Pawel an und zuckte hilflos mit den Schultern. Sie schienen bei ihrer Version zu bleiben, offenbar war nichts zu machen.

Pawel wurde langsam unruhig. Sie hatten eigentlich keine Zeit für solche Dinge, sondern mussten herausfinden, wo sich die Frau jetzt aufhielt. Zwar war ein Mann des Teams gerade dabei, sich Zugang zu so vielen Überwachungskameras wie möglich zu verschaffen, doch das dauerte, weil die meisten davon privat waren. Es glich der Suche nach der Nadel in einem Heuhaufen in dieser riesigen Stadt. Die Frau konnte Lagos außerdem längst verlassen haben.

Pawel eilte mit großen Schritten auf Si zu und griff nach der Pistole in dessen Halfter. Er lud durch und hielt dem nächstgelegenen der drei Knienden die Waffe an die Schläfe.

»*Stop lying!*«, schrie er.

Der Mann zuckte sichtbar zusammen, und während die anderen beiden Knienden erschrocken zu ihm hinsahen, ließ Sis Miene deutlich erkennen, was er davon hielt. Pawel verstand, dass er es nicht übertreiben durfte. Er war zwar der Kunde und in diesem Sinn ihr Chef, doch sie waren ein Team, das zusammenhielt, wenn es hart auf hart kam. Wenn er zu weit ging, würden sie sich gegen ihn stellen.

Er gab also die Pistole an Si zurück, der die Kugel aus dem Lauf repetierte und die Waffe dann wieder verstaute.

In diesem Moment kam ein weiterer Mann herein, der zu Sis Leuten gehörte. Er war schmächtiger als die anderen, und Pawel hatte schon bemerkt, dass er für alles verantwortlich war, was mit Computern zu tun hatte. Er hatte einen militärischen Laptop dabei, der in einem stoßfesten Koffer eingebaut war, und bedeutete Si und Pawel, dass er ihnen etwas zeigen wollte. Auf dem Schirm war ein Video einer Überwachungskamera zu sehen, und Pawel realisierte, dass es die Straße vor der deutschen Botschaft zeigte.

Es war totenstill im Raum, als sie gemeinsam das Überwachungsvideo ansahen. Darin war zu erkennen, wie die Tochter des Wahrsagers die Straße entlanglief und von Sis Männern verfolgt wurde. Dann kamen die beiden Autos ins Bild, und die Afrikanerin blieb stehen.

Einen Moment war das Bild wie eingefroren. Dann bewegte die Tochter des Wahrsagers fast unmerklich die Hand. Im nächsten Moment begannen beide Autos gleichzeitig verrücktzuspielen. Pawel konnte durch ein Fenster undeutlich erkennen, wie der Fahrer versuchte, sich aus dem Auto zu befreien, doch die Tür schien nicht aufzugehen. Dann setzten sich beide Fahrzeuge zugleich in Bewegung, und Pawel konnte zusehen, wie einer der Chinesen zwischen den Motorhauben zerquetscht wurde.

Si bedankte sich bei seinem Spezialisten, der den Laptop wieder wegpackte, und bedachte Pawel mit einem vernichtenden Blick, bevor er begann, die Fesseln der drei Männer zu lösen.

Pawels schlechte Laune hielt aber nur etwa eine halbe Stunde an, bevor es Sis Team gelang, die Identität der Personen festzustellen, mit denen das Ziel kommuniziert hatte: eine Journalistin und einen emeritierten Universitätsprofessor aus Wien. Warum die beiden sich gerade jetzt auf die Suche nach der Zielperson machten, war nicht sofort klar. Doch Pawel hatte eine Theorie.

*

Der Ort war geheim. Nur ihre Familie kannte ihn.

Die Höhle, die in einer kleinen Erhebung einige Kilometer von Lagos im Landesinneren lag, hatte sich früher auf einem freien Feld befunden. Nun grenzte sie an eine Mülldeponie, die alles mit einem Schleier aus durchdringendem Gestank überzog. Bald würde die Deponie sich auch über die Erhebung ausbreiten. Ihren Vater hatte dieser Gedanke immer belastet.

Der Abstecher hierher war nötig, seit sie all ihre Daten gelöscht hatte. Hope hatte meist remote auf einem Universitätsrechner gearbeitet. In Mokako einen guten Computer zu betreiben war keine gute Idee. Es genügte, sich von außen einzuloggen. Für die wichtigsten Aufgaben hatte sie einfache Scripts vorbereitet, die sie mit ihrem Handy aktivieren konnte, ohne längere Texte eintippen zu müssen.

Bisher war ihre Arbeit auf dem Rechner sicher genug gewesen. Zwei-Faktor-Authentifizierung und die Verschlüsselung der Festplatte waren ihr ausreichend erschienen. Doch ihre Einschätzung hatte sich geändert, jemand musste dahintergekommen sein, was sich auf diesem Rechner befand. Darauf konnte sie sich nicht mehr verlassen.

Hope legte die Hand auf ihre Umhängetasche, in der sich die Mikro-SD-Karte befand, die sie aus dem Inneren der Höhle geholt hatte und die ein Back-up ihrer Arbeit enthielt. Sie hatte darüber nachgedacht, auch den Datenträger zu zerstören. Womöglich wäre das die einfachere Lösung. Doch ihr Verstand sagte ihr, dass das keine wirkliche Option war. Dieses Programm war zwar der Ursprung all ihrer Probleme, doch es war auch die Lösung.

Das Depot in der Höhle hatte sie für einen nicht weiter spezifizierten Notfall angelegt. Wie genau er aussehen könnte, hatte sie damals nicht zu entscheiden gewusst. Aber sie war so umsichtig gewesen, neben der SD-Karte noch ein paar nützliche Utensilien und etwas Geld in den wasserdichten Beutel zu legen.

Sie sah zum Sternenhimmel auf, der heute klar über ihr stand, während die Kleine im Staub auf dem Bauch lag und Steine kostete. Gerade hatte sie sich mit Hopes Hilfe zwischen den Büschen erleichtert, nun war sie voller Energie und erkundete die Umgebung. Zu ihrer Linken verdeckte das Streulicht die schwächeren Sterne, doch rechts war die Dunkelheit umfassender, und Hope konnte die Pracht der Milchstraße erahnen, mit ihrem von dunklem Staub verdeckten Zentrum, das nur auf der Südhalbkugel zu sehen war.

Hier hatte ihr Vater die Sterne gedeutet. Er hatte dazu die traditionelle Methode verwendet: drei Stöcke, die in die Luft geworfen wurden und ein einfaches Muster bildeten, das einem der zwölf afrikanischen Sternzeichen entsprach. So hatten es bereits ihr Großvater und dessen Großvater gemacht.

Trotz der Modernisierung des Landes war das Bedürfnis nach Mystik weiterhin vorhanden und würde so schnell nicht nachlassen. Ihr Vater hatte so die Familie ernähren können. Es war nur logisch für Hope gewesen, ihn dabei zu unterstützen. Hier ein Hinweis auf das Wetter, dort ein Hinweis auf eine bevorstehende Teuerungswelle. Vater hatte nach und nach Vertrauen in ihre Einschätzung gewonnen. Er hatte sie irgendwann hierher mitgenommen und ihr seine Arbeit gezeigt. Mit großem Ernst hatte er die Stöcke geworfen und ihr die verschiedenen möglichen Bedeutungen erklärt.

Sie hatte spüren können, welche Ehre das war. Obwohl es nicht ausgesprochen wurde, kam es einem Auftrag gleich. Er nahm es auf sich, sie zu unterweisen. Irgendwann würde sie die Stöcke werfen und so die Familie ernähren. Immerhin schien sie eine Gabe zu haben, was die Vorhersage der Zukunft anging.

Ihre Tochter hatte derweil einige Stöckchen gefunden, die noch von ihrem Vater stammen mussten. Myfawny bemerkte, dass ihre Mutter sich für sie interessierte, und bot sie ihr an. Hope nahm sie entgegen, und als die Kleine sich ein paar Steinen zuwandte, warf sie die Stöcke in die Luft. Doch im Gegensatz zu ihrem Vater war sie ungeschickt. Die Hölzer lagen zu weit verstreut. Sie versuchte es noch einmal, doch wieder bildeten sie kein erkennbares Muster.

Und ganz plötzlich blieb Hope die Luft weg. Ihr Hals schnürte sich zusammen, bevor er sich für ein Schluchzen wieder öffnete und zugleich die Tränen freigab, die Hope während der vergangenen Stunden zurückgehalten hatte. Sie weinte ungehemmt, wobei ihr ganzer Körper durchgeschüttelt wurde. Eine Weile versiegte die sonst so ergiebige Quelle vernünftiger Gedanken, das Abwägen von Optionen nach rationalen Gesichtspunkten, das normalerweise unabhängig von ihrer Gefühlswelt wie ein Uhrwerk funktionierte. Hope verlor jedes Zeitgefühl, und für eine unbestimmte Dauer zog ihr Verstand sich zurück.

Er meldete sich mit dem Gedanken an Myfawny zurück. Hope brauchte eine Minute, bis es ihr gelang, das Schluchzen zu unterdrücken. Sie hielt schließlich die Luft an, bis sie Sterne sah. Als sie sich wieder unter Kontrolle hatte, wandte sie sich ihrem Kind zu, das ebenfalls weinte. Sie verstand, dass sie stärker sein musste, doch sie wusste nicht, wo sie die Kraft dafür hernehmen sollte.

Die heutige Nacht würde sie in der Höhle verbringen, dann musste sie zurück in die Zivilisation, schließlich konnte sie hier draußen auf Dauer nicht überleben. Die Stadt war voller Gefahren für sie, doch nur dort konnte sie ihre Fähigkeiten nutzen. Sie musste in die Offensive gehen, doch sie fürchtete sich vor diesem Schritt.

Und sie brauchte Hilfe. Auch wenn es ihr widerstrebte, sie musste mit Charles Kontakt aufnehmen, mit ihm einen Deal machen. Sie hätte das schon früher tun sollen, hatte sich aber davor gesträubt, weil ihr bewusst war, dass es dann kein Zurück mehr gab. Bevor sie das allerdings tat, brauchte sie Geld. Genügend Geld, dass Charles nicht auf dumme Gedanken kam. Dann konnte sie sich auf den Weg zu der Frau machen, der sie als Einziger vertraute. Sie würde verstehen und ihr helfen, niemand sonst war dazu in der Lage. Sie musste weg aus ihrer Heimat und sich auf eine gefährliche Reise begeben.

Hope warf einen letzten Blick zum Himmel hoch, bevor sie ins Innere der Höhle zurückkehrte und Myfawny erneut anlegte. Einige Minuten wehrte sie sich und schrie, doch dann begann sie zu trinken. Der neu gefundene Mut der Mutter schien sie doch noch beruhigt zu haben.

27. MÄRZ

»Hello? I need to talk to you!«

Line erhielt keine Antwort. Sie hatte die Nacht in einer Arrestzelle verbracht, ohne ihr Handy oder ihren Laptop. Vor dem vergitterten Fenster graute der Morgen. Sie hatte damit gerechnet, dass spätestens in der Früh jemand kommen würde, um sie hier herauszuholen, und ihr half, an Kaffee zu kommen, damit sie wieder klar denken konnte. Schließlich hatte sie mit der Sache nichts zu tun.

Doch nicht einmal vernommen hatte man sie. Das machte sie stutzig. Geschlafen hatte sie wie zu erwarten nicht, und die Stunden hatten sich schrecklich in die Länge gezogen. Doch inzwischen war es bereits wieder Tag, und noch immer schien sich niemand für sie zu interessieren. Das bereitete ihr zunehmend Sorge.

Seit fünf Minuten rief sie nun schon nach den Wachen, zwei gut gelaunten Männern in Uniform, die sie höflich in die Zelle geleitet hatten, wie Hirten es mit ihren Tieren taten.

Sie können doch Englisch, oder etwa nicht?

Line brauchte dringend ihr Handy, um Konrad anzurufen, der den Kontakt zur Rechtsabteilung der Zeitung und zur Botschaft herstellen würde. Doch angesichts der Tatsache, dass immer noch niemand bei ihr gewesen war, vermutete sie, dass die Kollegen in Wien noch nicht einmal von ihrer Verhaftung wussten.

Deshalb brüllte sie sich hier die Seele aus dem Leib. Es musste eine Möglichkeit geben, mit der Außenwelt Kontakt aufzunehmen.

Und tatsächlich hörte sie auf einmal Schritte. Vor der Gittertür tauchte einer der beiden Wärter vom Vortag auf und sah sie fragend an.

Line erklärte ihm, dass sie ihre Tasche brauche. Er lächelte nur, ohne zu zeigen, ob er sie verstanden hatte. Line bettelte, doch er machte Anstalten, wieder zurückzukehren. Sie wollte nicht glauben, was gerade geschah.

»*My money is in my bag!*«, rief sie ihm nach.

Ob er es gehört hatte, konnte sie nicht sagen.

*

Zehn Minuten später begleitete er sie hinaus auf die Straße. Es hatte sie alles Bargeld gekostet, das sie in ihrer Tasche gehabt hatte, immerhin fast tausend Dollar in verschieden großen Scheinen. Natürlich war es von Anfang an darum gegangen. Die typische Machtdemonstration des Wärters war Teil des Spiels. Sie musste dringend zu einer Bank, ohne Bargeld war man hier als europäische Frau verloren.

»Gott sei Dank, da sind Sie ja!«

Line drehte sich um und erkannte Frau Lehmann, die Botschaftsmitarbeiterin, die sie am Vortag getroffen hatte. Sie rannte zu ihr hin, und im ersten Moment glaubte Line, die Frau wollte sie umarmen. Doch schließlich griff sie nur nach ihrer Hand, wie um zu sehen, ob noch alles dran war.

»Ich dachte schon, ich bekomme sie nicht wieder raus. Wir haben Himmel und Hölle in Bewegung gesetzt, der Botschafter hat sogar mit dem Polizeichef telefoniert. Ich habe mir schon Sorgen gemacht. Zum Glück hat es doch noch funktioniert.«

Line ersparte sich den Hinweis, dass es ihr Geld gewesen war, das den Unterschied gemacht hatte. »Man hat nicht mit mir gesprochen«, erklärte Line.

»Mein Auto steht dort«, sagte Lehmann und deutete auf die andere Straßenseite.

»Wissen Sie, ob irgendjemand eine Anzeige gegen mich gestellt hat?«, erkundigte sich Line.

»Nach unseren Informationen bislang nicht, aber es ist nicht auszuschließen. Immerhin wurden zwei Polizisten bei dem Schusswechsel getötet, ein dritter liegt auf der Intensivstation. Es ist am besten, wenn wir es gar nicht so weit kommen lassen. Es ist alles vorbereitet, um Sie so schnell wie möglich außer Landes zu bringen.«

Line blieb stehen, und Lehmann drehte sich nach ihr um.

»Ich kann noch nicht weg«, erklärte Line.

Als die Botschaftsmitarbeiterin das hörte, schüttelte sie den Kopf. »Davon rate ich entschieden ab.«

»Bringen Sie mich zum Hotel«, entgegnete Line ungerührt.

Sie erreichten das Auto, und Lehmann hielt ihr die Beifahrertür auf.

»Zuerst müssen wir zur Botschaft.«

»Wieso?«

»Da ist jemand, der Sie sprechen will. Und danach kümmern wir uns um Ihren Rückflug.«

*

»Herr Weismann?«

Line traute ihren Augen nicht. Weismann trug einen hellen Anzug, der ihm zu weit und so zerknittert war, als hätte er darin geschlafen, sowie einen staubigen Filzhut, den er auch hier im Innenraum anbehielt. Er saß auf einer Stuhlreihe in einer Art Warteraum der Botschaft, links und rechts von ihm je ein lederner Koffer.

»Was tun Sie denn hier?«, fragte Line und ging zu ihm, um ihn zu begrüßen.

Weismann stand auf und blieb vor ihr stehen, ohne ihr die Hand zu geben. »Wie kommen Sie dazu, mich so zu erschrecken?«, klagte der Mathematiker.

»Sie sind mir doch nicht nachgeflogen?«

»Es war in den Medien!«, gab er zurück. »Es hieß, Sie seien angeschossen worden.«

Line hob die Hände, wie um zu prüfen, ob sie intakt waren. »Alles in Ordnung. Das war wohl eine Falschmeldung. Aber ich habe die Nacht im Gefängnis verbracht.«

In Weismanns Augen spiegelte sich ein Anflug von Schrecken und so etwas wie Schuld.

»Ich hätte Sie nicht fliegen lassen dürfen«, erklärte er. »Nicht allein.«

Line musterte ihn und konnte sich ein Grinsen nicht verkneifen. »Sie sind tatsächlich hergekommen.«

Weismann seufzte. »Es war schrecklich. Ich hätte beinahe meinen Anschlussflug verpasst. Ich musste zum Gate rennen, und man wollte mich fast nicht mehr in die Maschine lassen.«

»Haben Sie denn nicht um Hilfe gefragt?«

»Natürlich, aber mir wollte niemand helfen. Alle haben mich nur angegrinst!«

Line verstand. »Sie haben kein Geld angeboten?«

»Geld? Warum?«

»Für so einen Fall ist es immer gut, ein paar Dollar eingesteckt zu haben. Aber ohne Geldbörse, nur lose in der Hosentasche.«

Weismann schien nicht zu verstehen.

»Es ist besser, Sie bewegen sich hier in Lagos nicht allein durch die Stadt«, riet ihm Line.

Er sah sie von Kopf bis Fuß an. »Ihnen geht es wirklich gut?«

»Ich bin etwas erschöpft, um ehrlich zu sein, und habe kein Bargeld mehr. Sonst alles in Ordnung. Nun, wo Sie fragen: Hunger habe ich. Wir könnten uns mal erkundigen, wo man hier gutes einheimisches Essen bekommt.«

»Nicht nötig«, winkte Weismann schnell ab. »Frau Lehmann hat gesagt, sie kümmert sich um den Rückflug. Wir können am Flughafen etwas zu uns nehmen. Inzwischen lasse ich Sie nicht aus den Augen.«

»Dann müssen Sie aber mit in die Stadt kommen. Ich esse nämlich bestimmt nicht am Flughafen.«

Weismann riss die Augen auf. »Aber der Flug …«

»Ich fliege nicht. Das habe ich Lehmann auch schon gesagt.«

»Das können Sie nicht machen!«

Line sah sich um. Als sie sicher war, dass niemand es hören konnte, meinte sie: »Ich habe jemanden gesehen. An dem Treffpunkt. Eine junge Frau mit einem Kind.«

»Sie meinen …«, begann Weismann.

»Ich glaube, Ihre Mail hat Wirkung gezeigt.«

»Aber die Schießerei – wer steckt dahinter?«

Line kniff die Augen zusammen. »Ich habe Männer mit asiatischen Gesichtszügen gesehen, die versuchten, die Frau mit dem Kind zu kidnappen. Die waren nicht zufällig dort.«

»Wie meinen Sie das?«

»Jemand wusste von unserem Treffen.«

Weismann schüttelte den Kopf. »Das ist nicht möglich!«, erklärte er entschlossen. »Wer sollte von unserer Mail wissen?«

»Das will ich herausfinden. Kommen Sie, wir müssen sehen, ob in meinem Hotel noch ein Zimmer frei ist.«

Weismann erstarrte.

»Was? Sie wollen sich doch sicher von dem langen Flug erholen. Sie können unmöglich gleich wieder zurückfliegen, wo Sie schon einmal hier sind. Und ich kann ehrlich gesagt Ihre Hilfe gebrauchen.«

*

Als die Tür seines Büros an diesem Morgen aufging, glaubte McLeary, es sei um seine Karriere geschehen. Doch als Gardener eintrat, war sie kurz angebunden. »In fünf Minuten im Besprechungsraum.«

McLeary trank noch einen Schluck von seinem Tee, bevor er sich auf den Weg machte.

Im Besprechungsraum saßen Mikaela von der Quantencomputer-Abteilung und Robin aus McLearys eigener Wettbewerbs-abteilung. Und erst jetzt erinnerte er sich, dass Robin ihm letzte Nacht noch eine Mail geschrieben und um einen Termin gebeten hatte.

McLeary setzte sich, und Gardener ergriff das Wort. »Sie beide haben neue Erkenntnisse«, wandte sie sich an Mikaela. »Bitte geben Sie uns ein Update.«

Mikaela blickte sich um. Sie schien gehofft zu haben, dass Robin den Anfang machen würde. Schließlich wandte sie sich an McLeary.

»Ich möchte vorausschicken, dass ich gegen dieses Treffen war«, begann Mikaela. »Es ist noch zu früh, etwas Genaues zu sagen.«

»Ist notiert«, sagte Gardener. »Reden Sie.«

»Sie haben mich gebeten, mir mögliche Erklärungen zu den Hacks der Londoner Infrastruktur anzusehen. Mrs. Gardener hat mir Zugang zu den Daten gegeben, die der GCHQ dazu hat«, sagte sie mit einem Nicken in Richtung der Chefin des GCHQ. »Und ich habe eine Theorie. Ich kann nicht sagen, dass es die einzige Lösung ist, vielleicht nicht einmal die wahrscheinlichste. Aber es ist eine mögliche Erklärung.«

McLeary nickte. Er musste sich erst an den Gedanken gewöhnen, dass sein Tag nicht darin bestehen würde, seinen Schreibtisch zu räumen. Als er sah, dass sie zögerte, ermunterte er sie mit einem Nicken.

»Ich denke, ich hatte unrecht«, begann sie. »Als ich Ihnen sagte, dass unmöglich jemand die Lösung des Rätsels des RSA-Wettbewerbs herausfinden konnte. Ich glaube immer noch, dass es sehr unwahrscheinlich ist, aber ich will es nicht mehr ausschließen.«

»Und warum?«, erkundigte sich McLeary.

»Weil Light nicht nur diese eine Lösung kannte. Es stellte sich ja die Frage, wie es ihm gelingen konnte, mehrere Umspannwerke, die zwei wichtigsten Schleusen der Themse und noch eine ganze Reihe weiterer Teile der kritischen Infrastruktur Londons zu hacken und unter seine Kontrolle zu bekommen. Und das ohne Unterstützung und ohne das Wissen seiner Kollegen.«

Robin saß wie versteinert mit verschränkten Armen neben ihr.

»Die Antwort ist: Es war unmöglich für ihn. Genauso unmöglich wie die Lösung des RSA-Rätsels. Aber genau das könnte ein Hinweis sein.«

Gardener tippte mit dem Finger auf die Tischplatte. Sie schien ungeduldig zu werden, unterbrach aber nicht.

»Falls man das Unmögliche einmal ignoriert und annimmt, Light könnte tatsächlich die Fähigkeit besessen haben, sehr große Zahlen zu faktorisieren, wäre das eine Erklärung.«

»Sie meinen, wie er die Umspannwerke hacken konnte?«

»Es hätte ihm erlaubt, die Passwörter zu entschlüsseln. Das sollte wie gesagt nicht funktionieren, denn jede der von ihm gehackten Einrichtungen verwendete verschiedene Passwörter. Doch wer über eine effiziente Technik zur Faktorisierung verfügt, für den wäre es ein Kinderspiel.«

»Wie effizient?«, schaltete Gardener sich ein.

»Das ist das Problem«, sagte Mikaela. »Einen so effizienten Algorithmus gibt es eigentlich nicht.«

»Warum sollte Light dann über einen solchen verfügt haben?«, fragte Gardener scharf, aber berechtigterweise, fand McLeary.

Nun räusperte sich Robin. McLeary konnte sich nur grob ausmalen, wie schwierig das für ihn sein musste. Er fühlte sich vor seinem Rechner am wohlsten, wenn er nicht gerade mit seinen Freunden ins Kino ging, gern auch verkleidet.

»Wissen alle hier im Raum vom Mythos um die *Quelle*?«

Während Mikaela zu Boden starrte, irrte Gardeners Blick Hilfe suchend umher und fand McLeary.

»Nur ein Gerücht«, sagte er schnell. Er hätte die Sache lieber noch mit Robin und Mikaela allein besprochen, bevor seine Chefin davon erfuhr. Doch sie war neugierig geworden und ließ nicht locker.

Gardener wandte sich an Robin. »Klären Sie mich auf«, bat sie.

Robin sah McLeary an. »Sorry, wir müssen das jetzt erzählen.« Dann begann er in Richtung von Gardener zu sprechen: »Wir registrierten in den letzten Monaten eine Veränderung in der Statistik bei den Wettbewerben, die wir beobachten. Erst schien es, als hätten die Menschen von einem Tag auf den anderen einen deutlichen Fortschritt beim Lösen schwieriger mathematischer Probleme gemacht. Doch dann fanden wir heraus, dass es nur bestimmte Ergebnisse waren, die von unseren Statistiken abwichen. Die Theorie ist, dass diese Einreichungen auf eine einzige Person zurückgehen, die außergewöhnliche Fähigkeiten im Lösen von Rätseln hat. Diese Person nennen wir die Quelle.«

Gardeners Augen wurden schmal. »Das Lösen von Rätseln? Ich dachte, bei Ihnen geht es um Kreuzworträtsel?«

»Das auch«, sagte Robin.

»Kommen Sie zum Punkt. Was hat das mit unserem Problem zu tun?«

Robin blickte Hilfe suchend zu ihm, doch McLeary reagierte nicht, also fuhr er fort.

»Nehmen Sie, was Sie wollen. Kreuzworträtsel, Sudoku, Tetris.«

»Tetris?«, fragte Gardener.

»Das Computerspiel? Egal. Nehmen Sie von mir aus das Packen eines Rucksacks. All das ist eigentlich Mathematik. Sie können diese Probleme in eine mathematische Form bringen, die dann für Computer sozusagen behandelbar ist. Wenn die Theorie von der Quelle korrekt ist, dann muss diese Person über außergewöhnliche IT-Möglichkeiten verfügen. Sie kann eine Reihe komplizierter mathematischer Probleme sehr effizient lösen. Wir versuchen seit einer Weile, ihr auf die Schliche zu kommen, aber bisher ohne Erfolg.«

Gardener schien zu dämmern, worauf all das hinauslief. »Sie glauben, diese Quelle könnte Light geholfen haben, die Codes zu knacken?«

»Das ist die Theorie, die Mikaela entwickelt hat«, sagte Robin.

Mikaela sandte ihm einen scharfen Blick, als er ihren Namen ins Spiel brachte, widersprach aber nicht.

Gardeners Miene hellte sich auf. »Toll, das ist gute Arbeit«, sagte sie. »Ein guter Ansatzpunkt, den wir verfolgen können. Wir müssen also nur diese Quelle finden.«

»Ma'am, es ist nicht einmal sicher, ob sie überhaupt existiert«, gab Mikaela zu bedenken.

»Dann liefern Sie uns eine andere Erklärung!« Gardener wurde laut. Sie wandte sich an Robin: »Was wissen wir bisher über die Quelle?«

Robin wagte nicht, ihr in die Augen zu sehen. »Noch nichts. Sie verschleiert ihre Identität über verschiedene Anonymisierungstechniken, darunter TOR.«

»Zu TOR haben wir Zugang. Ich stelle die Verbindung zu unseren Spezialisten her«, sagte Gardener schnell.

»Da ist noch etwas«, schaltete Mikaela sich ein. »Robin hat recht, dass diese spekulative Idee von mir ist. Aber ehrlich gesagt habe ich inzwischen Zweifel, ob es so sein kann. Sie hat nämlich einen Haken. Ich habe mir die Wettbewerbe angesehen, an denen die gesuchte Person teilgenommen haben soll. Manche der Aufgaben waren der Faktorisierung nicht sehr ähnlich. Ich bin mir nicht sicher, wie eine Person in der Lage sein soll, diese Aufgaben zu lösen.«

»Indem sie nicht das Faktorisierungsproblem gelöst hat, sondern ein schwierigeres Problem«, erklärte Robin. »Eines, das darüber steht. Wenn man es löst, ist die Faktorisierung nur noch eine Kleinigkeit.«

»Das ist es ja, was ich meine«, sagte Mikaela.

»Nerds unter sich«, murmelte Gardener. »McLeary, wissen Sie, wovon die beiden reden?«

McLeary verzog das Gesicht, nickte dann aber.

»Sagen Sie ihnen, dass das nicht sein kann«, forderte Mikaela ihn auf. »Wenn das stimmen würde, was Robin sagt ... Die Auswirkungen wären kaum abzuschätzen. Das will man sich gar nicht vorstellen, es würde alles ändern. Sie können es ein neues Zeitalter nennen.«

Gardener wartete auf eine weitere Erklärung.

»Wir gehen der Sache nach«, versprach McLeary in Richtung von Gardener. »Wir finden die Quelle und bringen in Erfahrung, was sie weiß.«

»Sehr gut«, sagte Gardener. »Dabei kann ich Ihnen vielleicht sogar helfen. McLeary, ich hatte Ihnen ja von dem Mailverkehr des Mathematikers erzählt. Er kommunizierte mit einer unbekannten Person. Wir wissen außerdem, dass er sich mit einer Journalistin aus Wien zusammengetan hat, die für den Weltblick schreibt. Ihr Name ist Line Berg.«

»Und?«

»Die beiden befinden sich inzwischen in der nigerianischen Metropole Lagos. Es sieht aus, als wollten sie dort jemanden treffen.«

»Sie glauben, das könnte die Quelle sein?«, fragte Mikaela dazwischen.

»Sagen Sie es mir!«, gab Gardener zurück.

»Wir könnten jemanden nach Lagos schicken, um das zu klären«, sagte McLeary.

»Ist längst in die Wege geleitet«, sagte Gardener und stand auf. »Halten Sie mich auf dem Laufenden.«

Als sie den Raum verließ, atmeten die beiden Nerds auf. McLeary wandte sich an Mikaela. Er wollte wissen, was ihr vorhin solche Angst gemacht hatte.

*

Sie waren doch noch etwas essen gegangen, immerhin dazu hatte Line Weismann überreden können, die Idee mit dem Hotel lehnte er nach wie vor ab.

Sie hatten Rindfleisch bestellt. Line erinnerte sich noch, dass es auf diesem Kontinent ganz anders schmeckte als in Europa, als wäre die europäische Variante ein billiges Imitat, das hauptsächlich aus Wasser bestand.

Weismann hatte dasselbe bestellt wie sie und immerhin die Hälfte aufgegessen. Dazu trank er ein Glas Wein und dann noch eines. Der südafrikanische Merlot, den sie hier reichten, schien ihm vertrauter als das würzige Essen, und es war, als hielte er sich daran fest.

Line konnte nicht anders, als über die Frau mit dem Kleinkind nachzudenken. Sie hatte sie nur von Weitem gesehen, doch sie hatte etwas gespürt, das ihr keine Ruhe ließ. Sie war sichtbar verängstigt gewesen, hatte aber zugleich eine schwer definierbare Kraft ausgestrahlt. Es musste sie Überwindung gekostet haben, zum Treffpunkt zu erscheinen. Der Angriff der Leute mit den SUVs konnte unmöglich ein Zufall gewesen sein.

Und dennoch hatte sie teilweise Schwierigkeiten, die Puzzlestücke zusammenzusetzen. Sie hatte Weismann zuvor von ihrem Besuch in Mokako und von ihrem Gespräch mit der Entwicklungshelferin erzählt. Doch als sie von den genauen Wettervorhersagen des Wahrsagers berichtete, bemerkte sie, dass sie nicht damit zu ihm durchdrang. Weismann hatte entschieden in Abrede gestellt, dass so etwas möglich war.

»Ich verstehe es nicht«, begann Line. »Kann das überhaupt sein?«

Weismann erwachte wie aus einer Trance. Er lupfte seinen Hut und wischte sich mit dem Ärmel über die Stirn. »Wovon sprechen Sie?«

»Diese Frau, die ich gesehen habe. Ich habe Ihnen von ihr erzählt. Kann es sein, dass sie es war, die Ihre Frau angeschrieben hat?«

»Woher soll ich das wissen?«, gab Weismann ungehalten zurück.

»Sie sagten selbst, Sie glauben nicht, dass die Mail wirklich aus Afrika kommt. Kann jemand auf diesem Kontinent so ein schwieriges mathematisches Problem lösen? Mit den Möglichkeiten hier?« Und im Stillen fügte sie hinzu: *Kann so jemand das Wetter vorhersagen?*

»Welche Möglichkeiten? Wie meinen Sie das?«

»Ich weiß, Sie haben mir von dem Onlinekurs Ihrer Frau erzählt. Und es gibt ja auch einen Mathematik-Lehrstuhl hier in Lagos, wie ich herausgefunden habe. Aber ist es wirklich möglich, ganz alleine so etwas zu schaffen? Hier in Afrika, etwas, das in Europa niemand hinbekommt? Ich weiß, wie das klingt. Aber ich halte die Frage für berechtigt.«

Weismann seufzte. »Weil Sie es immer noch nicht verstehen. Sie verstehen nicht, was Mathematik eigentlich ist.«

Line war ihm nicht böse. Sie war zufrieden, dass es ihr gelang, ihn aus der Reserve zu locken.

»Was ist Mathematik eigentlich?«

»Etwas, das nichts mit der Welt zu tun hat, in der Sie offensichtlich leben. Sie denken in kulturellen Normen, die in unserem Feld keine Bedeutung haben.«

»Welche kulturellen Normen?«

»In der Mathematik gibt es keine Vorurteile. Nicht so wie im Rest der Welt. Sie sehen eine Person, die dick oder dünn, jung oder alt, selbstsicher oder verunsichert ist, und machen sich ein Bild. Sie trauen der Person dieses oder jenes zu. Und in unser aller Welt ist dieses Bild zum größten Teil entscheidend. Was die Person kann oder macht, ist sekundär. So ist es in der Politik, so ist es in der Kunst, so ist es auch oft in der Technik. Nur die Mathematik ist anders. Jeder Mensch kann einen schönen mathematischen Satz aufstellen, und seine Schönheit steht ganz allein für sich.«

»Und im Sport?« Line schmunzelte. »Ich dachte, auch im Sport geht es nur um das Ergebnis.«

»Sport ist mit Mathematik in keiner Weise zu vergleichen«, murmelte Weismann. »Dass Sie das überhaupt versuchen, zeigt, wie wenig Sie verstehen.«

»Okay«, sagte Line. »Mathematik kann jeder machen. Ist es das, was Sie sagen wollen?«

»Es ist mehr als das. Sie brauchen auch dieses *Umfeld* nicht, von dem Sie gesprochen haben. Sie kennen bestimmt die Geschichte des indischen Mathematikers Srinivasa Ramanujan.«

»Da klingelt irgendetwas«, bestätigte Line. »Das war doch dieser Amateur? Der sich selbst Mathematik beibrachte?«

Weismann nickte. »Er hatte Bücher, das genügte ihm. Er konnte auf eigene Faust auf höchstem Niveau Mathematik betreiben. Und als er erst einmal mit anderen Mathematikern in Europa in Kontakt kam, konnte er sich mit ihnen austauschen. Stellen Sie sich etwas Vergleichbares in einem anderen Wissensbereich vor: Es wäre unmöglich. Nur die Mathematik ist dazu fähig.«

Line glaubte zu verstehen, was er sagen wollte. »Herkunft und Kultur sind egal. Das ist es, was Sie sagen wollen.«

»Nicht nur, auch das Zeitalter. Es gibt mathematische Sätze aus dem antiken Griechenland, die sind heute genauso gültig wie damals. Und man versteht sie in China genauso wie in den USA.«

Line rekapitulierte: »Nur damit ich Sie richtig verstehe, Sie halten es also für möglich, dass die Mail wirklich hier aus Lagos stammt? Womöglich von der Frau, die ich gesehen habe?«

Weismann nestelte an seinem Kragen, ohne das Hemd aufzuknöpfen. »Das habe ich nicht gesagt.«

»Nein? Was Sie gesagt haben, gilt doch auch für alle Geschlechter und Ethnien, oder etwa nicht?«

Weismann wand sich. »Das ist etwas anderes.«

»Ist es das? Inwiefern?«

»Sie haben eine afrikanische Frau mit einem Kind gesehen.«

»Genau. Und?«

»Ein *Kind*. Verstehen Sie nicht? Mann oder Frau, das ist egal. Aber wie soll jemand mit einem Kind Zeit für Mathematik haben?«

So viel zum Fehlen von Vorurteilen in der Mathematik.

»Okay. Wir müssen herausfinden, wer sie war.«

Doch Weismann schien sie nicht zu hören. Er starrte einen Punkt hinter ihr an.

»Ist alles in Ordnung?«, fragte Line.

»Weiß ich nicht. Aber ich glaube, da ist jemand, der uns beobachtet. Wir sollten gehen.«

Line widerstand der Versuchung, sich nach der Person umzusehen.

»Gut, gehen wir«, sagte sie.

*

Das Geld aufzutreiben hatte sich als einfach erwiesen, nachdem sie erst einmal ihre Hemmungen überwunden hatte. Nun saß sie dem Mann gegenüber, der überall in Lagos nur Charles genannt wurde. Er war hager, hatte blutunterlaufene Augen, die etwas in der Ferne zu fixieren schienen, und trug einen traditionellen Kufi auf dem Kopf.

Sie hatte die Kontaktaufnahme mit ihm so lange wie möglich hinausgezögert.

Bei Charles konnte man verschiedenste Dienste kaufen, doch in erster Linie wurde er von Menschen frequentiert, die aus Lagos wegwollten. Charles hatte Kontakte, konnte Plätze auf Lastwagen, Schiffen oder bei guter Bezahlung sogar auf Flugzeugen beschaffen, inklusive Kontaktdaten zu Männern, an die man sich wenden konnte, wenn man die erste Etappe hinter sich hatte. Das Ziel war in den meisten Fällen das gleiche: Europa. Dass die Reise gefährlich war und es keine Garantie auf Erfolg gab, war bekannt, doch das hielt kaum jemanden davon ab, sein Glück in der Fremde zu versuchen.

Auch der Vater von Myfawny hatte dieses Risiko auf sich genommen. Peace hatte es nicht mehr ertragen, einer von vielen zu sein, sondern wollte ein Vorreiter sein, einer, der etwas Kühnes tut, Möglichkeiten sucht. Er wollte in die Welt hinaus. Sie hatte er mitnehmen wollen, mitsamt dem Kind in ihrem Bauch, doch sie hatte ihm erklärt, dass ihr Vater, ihre Familie auf sie angewiesen waren. Doch er hatte das nicht verstehen können, denn natürlich hatte sie ihm nicht die ganze Wahrheit über ihre Entdeckung erzählt. Er wäre nicht in der Lage gewesen, es zu begreifen.

Nun stand Hope selbst hier. Das Risiko war inzwischen nicht mehr ihr größtes Problem, das lag woanders. Normalerweise waren es Männer, die Charles auf die Reise schickte. Für Frauen gab es eine andere Option, wenn sie jung und schön waren. Auch sie konnten in diesem Fall in Europa ihr Glück versuchen. Und nicht wenige taten es.

Darin lag die Unsicherheit ihrer Unternehmung. Hope musste ihm klarmachen, dass diese Option nichts für sie war, und hoffte, dass das Geld ausreichte, ihn davon zu überzeugen, sie gesondert zu behandeln.

Doch nun, da sie dem sehnigen Mann gegenübersaß, eine seiner Frauen ihr Tee reichte und er Schwierigkeiten zu haben schien, seine geröteten Augen offen zu halten, war sie sich nicht so sicher, ob ihre Strategie aufging.

»Ich kann dir das geben, was du willst«, sagte er langsam. »Wenn du das unbedingt möchtest. Es ist nicht das, was ich tun würde, aber wir können es so machen. Aber es gibt ganz andere Möglichkeiten. Für jemanden wie dich. Ich könnte machen, dass du gut behandelt wirst. Dass du gutes Geld verdienst. Geld zu verdienen im Norden ist nicht so leicht, wie manche glauben.«

Sie war nun sicher, dass er auf etwas drauf war. Er musterte sie von Kopf bis Fuß, auf eine Weise, bei der ihr übel wurde, bis sein Blick an ihrem Kind hängen blieb und er woanders hinschaute.

»Ich würde auch dafür sorgen, dass es deinem Kind gut geht.«

Hope bekam kalte Hände. »Das, was ich gesagt habe. Ein Weg nach Norden, für mich und mein Kind. Was kostet es?«

Er schien enttäuscht zu sein. »Das kommt darauf an«, sagte er.

Diese Floskel kannte Hope. Nichts hatte hier einen genauen

Preis. Es kam immer darauf an, wer man war, wie viel man zu bieten hatte.

»Du sagst, du hast Geld.«

Nun kam der Moment, vor dem sie sich fürchtete. Hope nahm ein zusammengerolltes und mit einem Gummiring fixiertes Bündel Geldscheine hervor und hielt es hoch.

Sie wusste, dass es viel mehr war, als er normalerweise berechnete. Eine astronomische Summe, mehr, als sie selbst je zuvor gesehen hatte. Charles winkte der Frau zu, die den Tee gebracht hatte. Sie kam auf Hope zu, die den Arm mit dem Geld wieder an sich zog.

»Ich will einen Platz in einem Flugzeug«, sagte Hope.

Kurz schien da Überraschung in Charles' Augen zu sein.

»Hast du denn einen Pass?«, fragte er.

»Nein«, gestand sie. »Ich weiß, dass du das kannst«, fuhr Hope fort. John hatte ihr davon erzählt. Es war nur eine Frage des Geldes.

»Wir werden sehen«, sagte Charles.

»Das Geld reicht für ein Ticket«, erklärte sie.

Doch weder Charles noch die Frau rührten sich. Beide warteten. Hope begann mit zitternden Fingern, den Gummiring zu lösen. Aus dem Augenwinkel sah sie, wie Charles ein Zeichen mit seinem Kopf gab. Die Frau griff einfach nach der Geldrolle, und Hope war zu perplex, sich zu wehren.

Sie brachte das Geld zu Charles, der es gar nicht beachtete, sondern sie aus dem Raum schickte.

»Komm in zwei Stunden wieder her«, sagte er zu Hope.

Sie wollte nachhaken, wollte sein Wort, dass der Deal stand. Doch ihr wurde klar, dass sie keine Handhabe hatte. Charles hatte das Geld bekommen. Und sie hatte nichts in der Hand, um ihren Wunsch durchzusetzen.

»Zwei Stunden«, wiederholte er.

*

Line war inzwischen der Überzeugung, dass Weismann recht hatte und sie tatsächlich beobachtet wurden. Sie hatten einen belebten Markt durchquert, wo Berge von aromatisch riechendem Gemüse angeboten wurden. Natürlich zogen sie dort die Blicke auf sich, schließlich fielen sie als Weiße sofort auf.

Doch da war etwas anderes, das Line stutzig machte. Sie glaubte, hinter sich noch ein weiteres weißes Gesicht zu sehen, das von Zeit zu Zeit kurz auftauchte, um dann wieder in der Masse zu verschwinden.

Sie zog Weismann in einen Hauseingang.

»Was ist?«, wollte er wissen.

Doch sie bedeutete ihm zu schweigen und behielt die Straße im Auge, in der Hoffnung, den Verfolger auf diese Art überraschen zu können. Doch obwohl sie einige Minuten wartete, ließ er sich nicht blicken.

»Ich bilde mir schon ein, dass wir verfolgt werden«, sagte sie. »Sie haben mich ganz nervös gemacht.«

Line trat wieder auf die Straße hinaus, und während Weismann seine Koffer anhob, stand plötzlich ein weißer Mann vor Line.

Er war etwas kleiner als sie, schlank, und strahlte in einem dunklen Anzug eine schwer zu definierende Eleganz aus. Sein Alter schätzte sie auf knapp dreißig.

»Frau Berg«, sprach er sie in akzentfreiem Deutsch an, »Sie kennen mich nicht, aber es ist jetzt enorm wichtig, dass Sie genau tun, was ich sage. Sie werden verfolgt.«

Line versuchte in seiner Miene etwas zu lesen, scheiterte aber daran. »Verfolgt, ja, von Ihnen!«

»Ich bin nicht der Einzige. Das, was bei der Botschaft passiert ist, hat eine Menge Staub aufgewirbelt. Es ist wichtig, dass Sie verstehen, womit Sie es zu tun haben.«

»Ich bin ganz Ohr«, sagte Line.

»Nicht hier«, sagte er. »Erst müssen wir Sie in Sicherheit bringen. Hier entlang.«

Er ging voraus, mit der Selbstverständlichkeit eines Mannes, der wusste, dass er recht hatte. Weismann sah Line fragend an.

»Los, gehen wir ihm nach.«

Sie wartete nicht auf eine Antwort, sondern fasste Weismann am Arm und zerrte ihn mit sich, um den mysteriösen Mann nicht zu verlieren.

Wenige Minuten später betraten sie ein Hotel, dessen Eingangshalle mit rosafarbenem Marmor verkleidet war und das Line als außerhalb ihrer Preiskategorie einstufte. Der Mann nickte den Pagen zu, als er an ihnen vorbeiging. Man schien ihn hier bereits zu kennen.

Line blieb stehen. »Wohin gehen wir?«, fragte sie.

Der Mann blieb stehen. »Auf mein Zimmer, dort können wir uns unterhalten.«

»Wir können uns hier unterhalten. Wer sind Sie überhaupt?«, wollte sie wissen.

»Frederick.« Der Blick des Mannes ging zum Eingang, als hätte er Angst, dass dort jemand eintreten könnte. Die Fenster nach draußen waren mit Vorhängen verhüllt. »Wir können hier im Erdgeschoss bleiben, wenn Sie darauf bestehen.«

Kurz darauf saßen sie in einer Art Seminarraum, in dem ein gutes Dutzend Leute Platz gefunden hätte. Der Raum war unangenehm kühl klimatisiert. Weismann sah Line fragend an, und sie nickte ihm ermunternd zu.

Sie bemühte sich, nicht zu zeigen, dass sie sehr wohl nervös war. Bisher glaubte sie ihm kein Wort. Doch sie wollte unbedingt wissen, was er zu sagen hatte. Er wusste offensichtlich, dass Line bei der Schießerei vor der Botschaft vor Ort gewesen war. Sie musste herausfinden, woher er das wusste.

»Frederick also«, begann sie. »Ich nehme an, wir beide müssen uns nicht vorstellen?«

»Ich weiß, wer Sie sind«, bestätigte Frederick.

Als sie genau hinhörte, schien da doch ein Akzent zu sein, doch

Line konnte ihn nicht genau zuordnen. Der Name sprach für einen weißen Südafrikaner. Deren Akzent war schwer zu fassen, fand Line.

»Sie sprechen ziemlich gut Deutsch«, stellte sie fest.

»Wir haben nicht viel Zeit, also bitte lassen Sie mich gleich zur Sache kommen. Ich arbeite im Auftrag des britischen GCHQ.«

»Was Sie nicht sagen«, entgegnete Line.

Ihr war diese auf das Abhören von Nachrichten spezialisierte Einheit des britischen Geheimdienstes ein Begriff. Allerdings hatte sie bisher geglaubt, dass diese Leute keine Auslandseinsätze absolvierten, sondern sich hauptsächlich damit beschäftigten, Codes zu knacken.

»Der GCHQ weiß, dass Sie hier in Lagos sind, um eine bestimmte Person zu treffen. Und uns ist auch bekannt, dass diese Person der Grund für die Schießerei war.«

»Ich weiß nicht, wovon Sie sprechen«, sagte Line.

Doch sie ahnte, dass es keinen Sinn haben würde zu leugnen. Diese Leute hatten offenbar ihren E-Mail-Verkehr gelesen. Line hatte die Sache unterschätzt. Sie verfügte durchaus über Knowhow zum Schutz von Quellen aus ihrer investigativen Arbeit. Doch sie hatte nicht geglaubt, dass es dieses Mal nötig wäre. Eine Fehleinschätzung, wie sich nun herausstellte.

»Sie sind nicht die Einzigen, die hinter dieser Person her sind.«

»Die asiatischen Männer bei der Botschaft«, ergänzte Line.

»Es ist sehr wichtig, dass wir diese Person vorher finden«, erklärte Frederick.

»Wer waren diese Leute?«, wollte Line wissen.

»Sie gehören zu einem privaten Sicherheitsunternehmen namens Water Dragon. Chinesen, sind aber seit zehn Jahren in Nigeria aktiv.«

»Wer ist ihr Auftraggeber?«, fragte Line.

»Das versuchen wir noch herauszufinden.«

Line spürte, dass er log. Doch sie beschloss, nicht weiter zu insistieren, lehnte sich zurück und verschränkte die Arme. »Der

GCHQ ist also hinter ihr her. Warum sollte er sich für sie interessieren?«

Frederick schien die Frage unangenehm zu sein. »Wir glauben, dass sie in einem Zusammenhang mit den Vorgängen in London steht«, sagte Frederick schließlich.

»Inwiefern?«

»Sie wissen, dass in London kritische Infrastruktur unterwandert wurde?«

Line lachte. »Das ist wahrscheinlich die Untertreibung des Tages.«

»Es gibt bislang keine Erklärung, wie die Terroristen in diese gesicherten Systeme eingedrungen sind. Wir glauben, dass es eine Verbindung zu der Person gibt, mit der Sie sich treffen wollten.«

»Sie glauben, diese Person ist in der Lage, komplizierte Codes zu knacken?«

»So könnte man es ausdrücken«, bestätigte Frederick.

Line und Weismann tauschten einen wissenden Blick.

»Sie glauben also, dass diese Leute von Water Dragon hinter uns her sind«, sagte Line. »Warum helfen Sie uns?«

»Weil wir glauben, dass Sie uns helfen können, diese Person zu finden.«

»Welche Person? Von wem sprechen wir hier überhaupt?«

Frederick zögerte, gab sich jedoch geschlagen. »Unseren Informationen nach handelt es sich um Hope Gemade, dreiundzwanzig Jahre alt.«

»Hope«, wiederholte Line. Sie musste an die Mailadresse denken, die Weismann ihr gezeigt hatte, *thereishope@web4africa.ng*. Das konnte stimmen.

»Das ist laut unseren Informationen ihr Name«, fuhr Frederick fort. »Wir glauben, dass sie über Daten von großem Wert verfügt. Etwas, das überall die *Quelle* genannt wird.«

Line rutschte ungeduldig auf ihrem Sitz hin und her. »Inwiefern sollten wir in der Lage sein, Ihnen zu helfen?«

»Sie waren bereits in Kontakt mit dieser Person. Wir nehmen an, dass sie Ihnen vertrauen wird.«

Line musste daran denken, wie die junge Frau sie aus der Ferne angesehen hatte. Vor dem Vorfall bei der Botschaft mochte das gestimmt haben. Doch inzwischen war sie sich der Sache nicht mehr so sicher.

»Woher weiß ich, dass Sie mich nicht anlügen?«, wollte Line wissen.

Frederick zögerte. »Ich kann Ihnen meinen Ausweis zeigen, aber ich glaube nicht, dass Sie das überzeugen würde.«

»Versuchen wir es.«

Frederick seufzte und holte einen Ausweis in Form einer Scheckkarte hervor. *Frederick Blomkamp.* Sah alles echt aus. Allerdings hatte Line keinen Vergleich, sie hatte noch nie einen Ausweis des GCHQ gesehen.

Frederick steckte den Ausweis wieder ein. »Ich weiß, dass Sie die Männer von Water Dragon gesehen haben. Sie wissen, dass diese Männer gefährlich sind. Dass Sie trotzdem hiergeblieben sind, ist sehr mutig. Aber Sie brauchen Unterstützung.«

»Die Sie uns geben können, oder wie?«, sagte Line.

»Wir haben das gleiche Ziel.«

»Was will der GCHQ von Hope?«

»Wir wollen herausfinden, was sie weiß. Wie es in London einem Terroristen gelang, die Stadt lahmzulegen.«

»Sonst nichts?«

»Nein«, sagte Frederick.

Line dachte nach. »Lassen Sie uns allein«, sagte sie dann.

Zu ihrer Überraschung erfüllte Frederick ihr die Bitte ohne Umschweife.

*

Hope saß mit drei anderen Frauen in einem leeren Frachtcontainer am Hafen von Lagos. Ein ihr unbekannter Mann hatte sie alle mit einem Jeep abgeholt und hierhergebracht. Die anderen Frauen hatten verstohlen ihr Kind gemustert, auf eine Art, die Hope nicht unbedingt beruhigt hatte. Normalerweise lächelten die Menschen, wenn sie ihre Tochter sahen, diesmal nicht.

Während der Fahrt hatten sie eine schier endlose Schlange von LKW passiert. Der Hafen von Lagos war der größte Umschlagplatz für Waren in Nigeria, die Hälfte aller Importe des Landes wurde über ihn abgewickelt. Während ein internationales Unternehmen den Hafen straffer organisiert hatte, war die Zufahrtsstraße das Nadelöhr geblieben. Wochenlang warteten die Lastwagen hier manchmal, bis sie zu- oder abladen konnten. Nur wer zahlte, konnte die Zeit abkürzen.

Auch der Fahrer hatte auf dem Weg zwei Männern etwas zugesteckt, bis sie sich beim Containerterminal zwischen die schattigen Schluchten der Containertürme geschlichen hatten.

Nun saßen sie seit einiger Zeit in einem leeren Container, dessen Tür einen Spalt offen stand. Die Frauen kauerten jede für sich auf dem Boden, mit angezogenen Beinen. Hope hatte Angst, dass jemand von außen die Tür schließen könnte, ohne ihnen Bescheid zu geben. Ihrem Kind schien die Dunkelheit zu gefallen, die Autofahrt hatte ihre Tochter eingelullt, nun schlief sie.

»Hat Charles euch auch eine Passage versprochen?«, fragte Hope.

Die drei nickten mit einiger Verzögerung.

»Mit einem Flugzeug?«, fragte Hope.

Eine der drei lachte.

»Du solltest nicht hier sein«, sagte die ältere der drei. »Keine Kinder, hat er gesagt.«

»Wer hat das gesagt? Charles?«

»Sie werden es dir wegnehmen, wenn du hierbleibst.«

»Aber ich habe doch bezahlt!«, rechtfertigte sich Hope unnötigerweise.

Doch sie sah, dass es sinnlos war. Sie waren nicht zum Flughafen gefahren. Die Weiterreise würde auf einem Schiff erfolgen. Und diese Frauen hatten nicht für die Überfahrt bezahlt. Sie waren aus einem anderen Grund hier. Charles hatte sie übers Ohr gehauen. Er hatte das Geld genommen und wollte mit ihr das machen, was er mit allen Frauen machte, die sich an ihn wandten: Er würde sie verkaufen. Ihr Plan war gescheitert.

*

»Was denken Sie?«, fragte Line Weismann, der während Lines Gespräch mit Frederick erstaunlich ruhig gewesen war.

»Glauben Sie, er sagt die Wahrheit?«, wollte der Professor wissen.

»Ich bin mir nicht sicher. Klingt ganz schön abenteuerlich, finden Sie nicht?«

Weismann nickte. »Und doch ist er verblüffend gut informiert. Ich denke, er will uns wirklich helfen.«

Line musterte ihn, wie er dasaß mit seinen Koffern links und rechts von seinem Stuhl, den Hut auf dem Kopf. »Sie wollen immer noch nach Hause, habe ich recht?«

Weismann seufzte vernehmlich und nahm den Hut ab. »Diese Sache macht mir Angst«, gestand er. »Ich meine, Sie waren in einen Schusswechsel verwickelt, und ich glaube wirklich, dass wir nicht bleiben sollten. Das ist eine Sache für Geheimdienste.«

»Sie können zurückfliegen. Ich halte Sie nicht auf.«

»Sie würden bleiben?«, fragte er.

»Ich muss. Das ist mein Job.«

»Sie sind Journalistin.«

»Investigativjournalistin. Eigentlich. Bevor ich den Schwanz eingezogen habe.«

»Sie machen so etwas öfter?«, erkundigte er sich.

»Nicht genau so etwas, aber ja.«

»Sie haben gehört, was der Geheimdienstler gesagt hat. Glauben Sie, es kann sein? Dass diese Hope etwas mit den Ereignissen in London zu tun hat?«

»Ich halte das nicht für ausgeschlossen.«

Er nickte.

»Da ist etwas, das Sie mir nicht sagen«, stellte Line fest.

»Das, was hier passiert, ist keine Kleinigkeit«, sagte Weismann. »Ich habe nicht den Eindruck, dass dieser Frederick oder irgendjemand sonst in vollem Umfang versteht, was vor sich geht.«

»Und?«

»Zwei Tage«, sagte Weismann. »So lange bleibe ich bei Ihnen. Und dann fliegen Sie mit mir nach Hause.«

»Warum?«

»Weil ich Sie da hineingezogen habe. Und mir nie verzeihen könnte, wenn Ihnen etwas zustößt.«

Line konnte sich ein Lächeln nicht verkneifen. »Sie sind süß, wissen Sie das? Wenn, dann bin ich es, die Sie in etwas hineingezogen hat.«

»Sagen Sie nicht süß zu mir. Ich tue es nicht für Sie, sondern für meine Frau.«

»Ja? Was ist eigentlich mit Ihrer Frau? Erzählen Sie mir von ihr.«

Weismann schien bereits zu bereuen, etwas gesagt zu haben.

In diesem Moment kam Frederick wieder herein.

»Wir wollten eigentlich allein sein«, erinnerte Line ihn.

»Es tut mir leid«, sagte Frederick, »aber ich denke, das wird Sie interessieren.«

*

Der Typ, der sie durch den Containerterminal des Hafens von Lagos führte, hatte gerötete Augen, einen bunten Kaftan aus einem Stoff, der teuer aussah, und einen bestickten Kufi auf dem Kopf, die typische westafrikanische Kopfbedeckung.

Line und Weismann folgten dem Mann, einem Einheimischen, der sich als Charles vorgestellt hatte. Ein paar Schritte hinter ihnen ging Frederick, der offenbar mit ihm in Kontakt gewesen war. Als die beiden vorhin gesprochen hatten, war der Name Hope Gemade gefallen. Sie glaubte gesehen zu haben, wie Frederick dem Mann etwas zugesteckt hatte. Vermutlich Geld.

»Sie wollte weg aus Lagos«, erklärte Charles. »Ich habe gesagt, dass das gefährlich ist. So viele wollen weg, dabei kann man auch hier Business machen. Aber wer zu mir kommt, dem helfe ich.«

Line und Weismann tauschten einen Blick. Sie dachten beide das Gleiche. Sie machten sich Sorgen um die Frau mit dem Kind.

»Wo ist sie?«, fragte Line, die noch immer nicht verstanden hatte, was sie eigentlich hier am Containerterminal wollten.

»Dort drüben«, erklärte Charles.

Nach etwa hundert Metern blieb er stehen und sah sich um. Er las die Nummern der Container ab, während sich neben ihnen gerade der Greifer eines Krans auf einen Container herabsenkte. An Seilen hing ein gelber Rahmen, der genau die Größe eines Containers hatte und in der Lage war, den riesigen Behälter automatisch zu greifen.

Sie konnten sehen, dass Charles verwirrt war. Er schien Mühe zu haben, den richtigen Container zu finden.

»Es ist zu spät«, sagte er schließlich. »Sie sind schon weg.«

Frederick trat zu ihm. »Was soll das heißen? Sie sagten, Sie führen uns zu ihr.«

Die Augen von Charles unter den hängenden Lidern zeigten keine Reaktion. Neben ihnen wurde ein Container hochgehoben.

»Es ist zu spät«, sagte Charles. »Wir können ein anderes Geschäft machen.«

Der Kran hielt plötzlich mitten in der Bewegung inne. Sie hörten von oben jemanden rufen. Charles blickte nach oben und rief zurück. Es war der Kranfahrer, der sich offenbar über etwas beschwerte.

»Das klingt nicht gut«, stellte Weismann fest. »Es ist besser, wir gehen wieder.«

Line ignorierte ihn. »Was ist los?«, fragte sie Frederick.

»Er sagt, das Gelände ist für Unbefugte gesperrt.«

»Sie ist nicht hier, oder?«, fragte Line. »Wir sind tatsächlich zu spät.«

Doch Frederick war abgelenkt. Der Ton des Streits neben ihnen hatte sich verändert. Ein Mann mit einem Helm näherte sich. Es schien ein Vorarbeiter zu sein. Er hielt direkt auf Charles zu, und sie unterhielten sich eine Weile. Dann bedeutete der Mann mit dem Helm dem Kranfahrer mit einer spiralförmigen Bewegung des Zeigefingers, den Container wieder herunterzulassen.

»Was passiert jetzt?«, fragte Line, doch niemand antwortete ihr.

Als der Container wieder auf dem Boden stand, bedeutete Charles dem Arbeiter mit dem Helm zu verschwinden. Die Anweisung schien dem Mann nicht zu passen, doch Line konnte sehen, dass er Angst hatte zu widersprechen. Es war, als kannte er Charles. Schließlich verschwand er.

Charles trat an die Längsseite des Containers und mühte sich mit den Verschlüssen ab. Frederick musste ihm helfen, und gemeinsam gelang es ihnen, die Containertür zu öffnen.

Line war inzwischen zu ihnen getreten, um einen Blick ins Innere zu werfen. Zuerst glaubte sie, dass der Container leer war. doch dann sah sie Augenpaare in der Dunkelheit glänzen. Als die Tür weiter aufschwang, erkannte sie mehrere Frauen im Inneren. Sie hielt Ausschau, ob eine von ihnen ein Kind trug, fand aber keines. Sie waren zu dritt und blickten mit angstvollen Gesichtern zu ihnen.

»Die Frau, die wir suchen, ist nicht dabei«, sagte Frederick.

Charles sah ihn verblüfft an. Er deutete ins Innere. »Das sind die Frauen. Es ist eine von ihnen.«

»Die Person, die wir suchen, ist nicht hier.«

Charles verdrehte die Augen. Nun stand doch der Zorn in seinem bisher teilnahmslosen Gesicht. Er stieß einen unverständlichen Fluch aus. »Was ist mit denen?«, fragte er. »Ich mache Ihnen einen guten Preis.«

*

Hope hatte geweint, als sie vom Hafen weggerannt war. Es hatte nicht funktioniert.

Sie saß immer noch hier in Lagos fest und hatte eine große Menge Geld verloren. Ihr war klar, dass die Lage hier immer gefährlicher für sie und ihre Tochter wurde.

Inzwischen hatte sie sich beruhigt. Sie würde versuchen, die Stadt zu verlassen, und musste einen Bus finden, der sie nach Norden brachte, dann musste sie weitersehen. Sie hatte einmal Geld aufgetrieben und konnte es wieder tun. An das schlechte Gewissen, das sie dabei hatte, würde sie sich mit der Zeit gewöhnen.

Bei Apapa, in der Nähe des Hafens, gab es einen Busbahnhof. Dort wollte sie ihr Glück versuchen. Das wenige Bargeld, das sie eingesteckt hatte, sollte für eine Fahrt an den Stadtrand reichen. Es gab einen Bus, der von hier über den Lagos Badagry Expressway nach Norden fuhr.

Sie musste vorsichtig sein, auch wenn sie nicht glaubte, dass jemand ihr Fehlen bemerken würde. Charles hatte genügend Geld bekommen, er würde nicht nach ihr suchen. Doch für die anderen, die bei der Botschaft hinter ihr her gewesen waren, konnte sie das nicht sagen.

Hope suchte in der Menge von Reisenden, die hier auf die Busse warteten, nach der richtigen Verbindung und behielt zugleich die Umgebung im Auge.

Bei der Botschaft waren ihr die Verfolger ganz nahe gekommen. Hope war überrascht von der Brutalität, mit der sie vorgingen und mit der sie niemals gerechnet hätte. Die Möglichkeit, entdeckt zu werden, war ihr während der letzten Monate natürlich durch den Kopf gegangen. Doch sie war der Meinung gewesen, dass alles sehr schnell gehen würde, sollte man sie entdecken. Sie hatte sogar überlegt, in diesem Fall auf Gegenwehr zu verzichten. Sie wollte auf keinen Fall ihre Tochter gefährden.

Doch nachdem sie gesehen hatte, was diese Leute ihrer Familie angetan hatten, hatte sie es sich anders überlegt. Sie sah ein, dass sie auf keinen Fall entdeckt werden durfte. Sie hatte dafür einige Vorbereitungen getroffen, die nur für den äußersten Notfall angedacht waren und die ihr letztlich die Haut gerettet hatten. Ob das noch einmal so gelingen würde, war allerdings nicht sicher.

Hope fand die richtige Busstation. Der Bus würde erst in einer halben Stunde wieder fahren – eine schmerzhaft lange Zeit in ihrer Situation. Sie stellte sich an die Haltestelle, wartete und nutzte die Zeit, um zu überlegen, welche die nächsten Schritte waren. Diese Hilflosigkeit war gefährlich, sie musste unbedingt weitere Vorbereitungen treffen.

Bei diesen Gedanken war sie so abgelenkt, dass sie den dunklen Wagen erst bemerkte, als er unmittelbar vor ihr vorbeirollte. Es war einer der SUVs, die sie auch bei der Botschaft gesehen hatte.

*

»Irgendetwas Neues von unserem Mann vor Ort in Lagos?«, fragte McLeary, als Gardener die Tür hinter sich schloss.

Sie hatten sich wieder zu viert versammelt. Gardener hatte darauf bestanden, sie wollte jene Leute um sich haben, die Light am besten gekannt hatten.

»Noch nicht«, erklärte Gardener, die eine Aktenmappe und ein Tablet vor sich auf den Tisch legte. »Aber wir haben mehr über die Frau erfahren können, mit der Weismann in Kontakt stand.«

McLeary war erleichtert. Vielleicht ergab sich endlich eine konkrete Spur.

»Ob uns das viel weiterhilft, kann ich allerdings nicht sagen«, stellte Gardener fest. »Es handelt sich um eine dreiundzwanzigjährige Frau, die kürzlich Mutter wurde. Sie heißt Hope Gemade, hier ist ein Foto von ihr.«

Gardener wischte zweimal über das Tablet, und das Bild erschien auf einem großen Bildschirm an der Längsseite des Raumes: eine schwarze Frau mit kurzen Haaren in einem traditionellen Gewand, die sich gerade nach etwas umdrehte. Sie wirkte wachsam, dachte McLeary.

»Was ist das da auf ihrem Rücken?«, fragte Mikaela.

»Gut beobachtet«, sagte Gardener. »Das ist ein Tragetuch. Darin befindet sich unseren Informationen zufolge ein Kind. Ihr Kind, ein Jahr alt. Es ist ein Mädchen, ihr Name ist Myfawny.«

McLeary verstand gar nichts mehr. »Eine Mutter mit einem Kind? Was ist mit ihr?«

»Ihr gehört die Mailadresse, mit der Herr Weismann kommuniziert hat.«

Gardener holte die Mail auf den Schirm.

McLeary war enttäuscht. »Dann ist das eine Sackgasse. Das kann kein Hinweis auf die Quelle sein.«

Gardener wiegte den Kopf. »Das dachte ich auch. Aber dann ließ ich mir sagen, dass kürzlich ihre Familie unter ungeklärten Umständen ums Leben kam.«

Sie holte ein weiteres Bild auf den Schirm, und sofort wandten sich alle angewidert ab. Es zeigte mehrere verstümmelte Leichen in einer Art Wohnzimmer, überall war Blut.

»Tun Sie das weg, bitte«, sagte McLeary.

»Sehr gern«, sagte Gardener und ließ mit einem Wischen ein weiteres Bild erscheinen. Es zeigte eine junge Frau, die der auf dem Foto vorhin sehr ähnlich sah. Mit etwas Fantasie war auch das Tragetuch auf ihrem Rücken zu erkennen. Sie stand mitten auf einer schmalen Straße, vor ihr zwei SUVs und ein Mann.

»Ist das dieselbe Frau?«

»Wir vermuten es.«

McLeary starrte das Bild an. Etwas an der Szene stimmte nicht. »Was sind das für Autos?«, wollte er wissen.

»Wir versuchen es noch herauszufinden. Diese Bilder stammen von einer Überwachungskamera vor der deutschen Botschaft in Lagos, kurz bevor es dort zu einer Schießerei kam. Es waren unseren Informationen zufolge die Leute mit den SUVs, die das Feuer eröffnet haben. Daraufhin entstand ein Schusswechsel mit der Polizei, zumindest zwei Polizisten wurden tödlich getroffen, womöglich auch ein Angreifer.«

»Und diese Leute sind entkommen?«

»So sieht es aus«, bestätigte Gardener. »Aber wissen Sie, was wirklich seltsam ist?«

Sie ließ ein anderes Bild auf dem Schirm erscheinen. Es zeigte eine europäische Frau, die ihre Arme ausgebreitet hatte. Der Winkel der Kamera war etwas anders, aber es war offensichtlich, dass das Bild auf derselben Straße aufgenommen wurde.

»Erinnern Sie sich an die Journalistin, die ich unlängst erwähnte? Line Berg?«

»Das ist sie?«, fragte McLeary verblüfft.

»Sie war dort«, bestätigte Gardener. »Es ergibt auch Sinn, in Weismanns Mails wurde ja die deutsche Botschaft als Treffpunkt vorgeschlagen. Berg verbrachte die Nacht im Gefängnis und wurde heute Morgen freigelassen. Unser Mann versucht gerade, sie wieder zu lokalisieren.«

Gardener wischte noch einmal zur Seite, woraufhin eine Vergrößerung des Bildes der jungen Frau erschien, etwas verwaschen, was durch die Auflösung der Überwachungskamera bedingt war. Dann schob sie das Tablet von sich weg.

»Das ist alles, was wir derzeit wissen«, sagte sie. »Und jetzt erklären Sie mir, was es bedeutet.«

McLeary, Mikaela und Robin tauschten verstohlen Blicke aus.

»Wie meinen Sie das?«, fragte McLeary, nachdem die anderen keine Anstalten machten, etwas zu sagen.

»Hazeem Light schreibt unter anderem dem Mathematiker Weismann eine Mail. Kurz darauf sucht ihn eine Journalistin auf. Die beiden nehmen Kontakt mit einer Person in Lagos auf und fliegen dorthin, zuerst Berg, dann Weismann. Berg wird in eine Schießerei verwickelt. Alles deutet darauf hin, dass sie eine Person treffen wollte, eine Person, deren Familie von Unbekannten ermordet wurde.« Gardener sah sie einen nach dem anderen an. »Hazeem Light, ein junger Mann mit einer geistigen Beeinträchtigung, legt im Alleingang London lahm. Sie äußerten die Vermutung, dass er mit jemandem in Kontakt war, der ihm half, das durchzuziehen. Jemandem, den Sie die Quelle nannten.«

Robin stieß geräuschvoll Luft aus, während Mikaela den Kopf schüttelte.

»Das ist sehr konstruiert«, stellte McLeary fest. »Ich bin mir nicht sicher, ob es da einen Zusammenhang gibt.«

»Warum nicht?«

McLeary zeigte mit dem Finger auf das Bild. »Lagos!«, sagte er. »Warum sollte die Quelle gerade dort sein? Warum nicht, was weiß ich, im Silicon Valley?«

Gardener verschränkte die Arme. »Warum nicht?«

»Und diese Frau«, eiferte sich McLeary, der immer mehr in Rage geriet und allen Respekt vor seiner Vorgesetzten verlor. »Eine junge Mutter. Was soll sie damit zu tun haben? Es passt nicht zusammen.«

Gardener grinste ein böses Raubtiergrinsen. »Ach ja, ich vergaß zu erwähnen, dass diese junge Frau an der Fakultät für Mathematik der Universität Lagos eingeschrieben ist«, sagte sie und genoss die Überraschung, die sie mit ihrer letzten Bemerkung auslöste.

*

Hope war in einen anderen Bus gestiegen. Es ging nur darum, so schnell wie möglich vom Busbahnhof wegzukommen und Abstand zu dem dunklen Wagen zu gewinnen. Wer am Steuer gesessen hatte, hatte sie nicht erkennen können, doch sie konnte kein Risiko eingehen.

Hope umfasste das Handy in ihrer Tasche. Sie wusste, ein Mobiltelefon verriet laufend ihre Position. Zwar hatte sie ein alternatives Betriebssystem installiert, das keine Positionsdaten teilte, doch dass die Mobilfunkbetreiber immer wussten, mit welchen Funkmasten ihr Gerät verbunden war, konnte sie nicht vermeiden.

Deshalb hatte sie das Telefon ausgeschaltet und schaltete es nur alle paar Minuten ein, um zu sehen, ob John sich zurückgemeldet hatte. Vor wenigen Minuten hatte sie es erneut versucht, doch immer noch keine Nachricht von ihm.

Wie mächtig waren diese Leute wirklich? Hatten sie bereits Zugang zu den Mobilfunkunternehmen? Bisher hatte Hope keine eindeutigen Anzeichen dafür gefunden. Dass sie sich in der Nähe des Hafens aufhalten würde, war nicht schwer herauszufinden gewesen. Sie war überzeugt, dass Charles sehr wohl zugeben würde, eine Frau mit einem Kind gesehen zu haben, die auf der Flucht war, und dass er auch verraten würde, wo sie sich aufhielt, wenn man ihn dafür bezahlte oder unter Druck setzte.

Hope ließ ihr Handy wieder los. Sie durfte es nicht mehr einschalten. Wenn John auf ihren Hilferuf nicht reagierte, musste sie es allein schaffen.

Als sie gerade in diesem Moment aus dem Fenster sah, entdeckte sie dort den schwarzen SUV, der neben ihr herfuhr.

*

Frederick hatte sie in ein Lokal geführt, das Burger verkaufte, aber vom würzigen Duft afrikanischer Küche erfüllt war. Wieder einmal waren sie die einzigen Menschen mit heller Hautfarbe.

»Ich habe noch einmal mit diesem Charles gesprochen«, sagte Frederick, nachdem er eine Runde kühle Getränke bestellt hatte.

»Er konnte sie genau beschreiben. Eine junge Frau mit Kind, die ihm eine ganze Stange Geld bezahlt hat, um sie nach Norden zu bringen.«

»Nach Norden?«, fragte Line nach.

»Sie wollte einen Flug nach Europa.«

Line und Weismann sahen sich an.

»Sie hat ihm offenbar eine Menge Geld bezahlt. Er sagt, er wollte ihren Wunsch erfüllen.«

Line stieß ein bitteres Lachen aus. »Er wollte uns die anderen Frauen verkaufen. Wer weiß, was er mit ihr vorhatte.«

Frederick wischte ihre Bemerkung mit einer Geste zur Seite. »Entscheidend ist, sie war hier. Und sie ist auf der Flucht. Wir müssen uns beeilen, wenn wir sie finden wollen. Solange sie in Lagos ist, stehen unsere Chancen besser.«

Line überlegte und schüttelte dann den Kopf. »Woher weiß ich, dass Sie mir die Wahrheit sagen? Können Sie beweisen, dass Sie es gut mit ihr meinen?«

Frederick musterte sie kühl. »Ich bin kein Wohltäter, wenn Sie das meinen. Mein Interesse ist beruflicher Natur. Ich kann Ihnen nur eines versichern: Wir haben nicht vor, ihr etwas anzutun. Wir wollen die Wahrheit wissen, um Katastrophen wie die in London künftig zu vermeiden. Bei uns ist sie sicherer als auf der Straße. Das ist es, was ich Ihnen anbieten kann. Und es ist eine ganze Menge, finde ich, angesichts der Situation.«

Darauf wusste Line nichts zu erwidern. Sie sah Weismann an, der erstaunlich fit wirkte. Sein Hut lag neben ihm auf dem Tisch. Er schien entschlossen, ihr die versprochenen zwei Tage zur Seite zu stehen.

»Wenn wir Ihnen helfen sollen, müssen wir mehr wissen«, erklärte Line. »Wer ist sie? Und wie kann es sein, dass alle hinter ihr her sind?«

Frederick dachte nach. Er schien abzuwägen, wie viel er erzählen sollte.

»Sie stammt aus Mokako«, begann er dann. »Sagt Ihnen das etwas?«

»Bei dem Namen klingelt etwas«, sagte Line und ließ sich von ihm alles über Mokako erklären, ohne ihn wissen zu lassen, dass sie längst dort gewesen war. Schließlich kam die Rede auf Hopes Vater.

»Was wissen Sie über ihn?«, fragte Line.

»Er war ein Wahrsager. Er stand mit den Geistern in Verbindung, hieß es. Seine Kunst war die Astrologie. Es ist eine verbreitete Wahrsagetechnik in Nigeria. Sie nehmen einige kleine Stöckchen und werfen sie in die Luft. Je nachdem, welches Sternbild sie nachbilden, können Sie dieses oder jenes über die Zukunft sagen.«

Das war neu für Line, erklärte aber auch nicht, was Hüther ihr erzählt hatte.

»In den letzten Jahren passierte aber etwas Sonderbares. Der Mann machte einige ungewöhnlich genaue Vorhersagen.«

»Zum Beispiel für das Wetter?«, unterbrach ihn Line.

»Sie wissen davon?«, fragte er.

»Nur geraten«, sagte Line schnell und widerstand der Versuchung, Weismann einen Seitenblick zuzuwerfen. »Das können Zufälle sein. Oder wollen Sie etwas anderes andeuten?«

Frederick zögerte. »Ich bin kein Wissenschaftler, aber mir wurde gesagt, dass seine Vorhersagen mit normalen Mitteln nicht zu erklären sind. Es war, als könne er in die Zukunft sehen.«

Line nahm aus dem Augenwinkel wahr, dass Weismann die Arme verschränkt hatte.

»Was denken Sie?«, fragte sie ihn. »Kann man in die Zukunft sehen?«

»Natürlich nicht«, antwortete Weismann. »Das ist alles durch Psychologie erklärbar. Menschen merken sich Ereignisse, die mit den Vorhersagen übereinstimmen, und vergessen alles andere.«

»Meine Informationen sind anders«, sagte Frederick. »Meines Wissens handelte es sich wirklich um ein unerklärliches Phänomen.«

Line hatte auch diesen Eindruck. Mit Psychologie hatte all das nichts zu tun. »Sie wollen da etwas andeuten«, wandte sie sich an Frederick. »Raus mit der Sprache.«

»Ich sagte Ihnen, dass es da draußen jemanden mit überlegenen Fähigkeiten im Codeknacken gibt. Und dass diese Fähigkeiten in London zum Einsatz kamen. Diese Frau, hinter der wir her sind, scheint etwas darüber zu wissen. Aber die Geschichte ihres Vaters wirft noch eine ganz andere Frage auf.«

»Und welche?«, fragte Line ungeduldig.

»Codes zu knacken ist eine sehr spezielle Fähigkeit. In die Zukunft sehen zu können ist viel allgemeiner.«

Line lachte. »Sie meinen, wer in die Zukunft sehen kann, kann auch Codes knacken. Weil er das Ergebnis vorhersehen kann. Ist es das?«

»Wenn Sie so wollen«, gab Frederick zurück, auch wenn ihm der Klang von Lines Zusammenfassung nicht zu gefallen schien.

Weismann streckte sich. »Mythen und Märchen«, sagte er. »Und dafür habe ich den weiten Weg gemacht.«

»Sie haben gefragt«, gab Frederick verärgert zurück. »Das, was in London passierte, ist aber kein Märchen. Und auch nicht der Vorfall im Botschaftsviertel, bei dem Frau Berg hier anwesend war.«

Weismann sah Line an, von der er sich offenbar Bestätigung erhoffte. Doch sie war nachdenklich geworden.

»Ich würde sie das zu gern selbst fragen«, sagte sie dann. »Ich bin mir sicher, das würde vieles erklären. Und ich gebe Ihnen recht, dass wir sie so schnell wie möglich finden müssen.«

In diesem Moment erhielt Frederick einen Anruf. Line versuchte zu lauschen, worüber gesprochen wurde, doch es gelang ihr nicht, etwas zu verstehen. Sie glaubte nur, dass es sich bei der Sprache um Englisch handelte.

»Okay«, verabschiedete sich Frederick und beendete das Gespräch. An Line gewandt sagte er: »Es könnte sein, dass Ihr Wunsch nach einem Gespräch bald erfüllt wird. Wir haben sie in der Nähe des Tinubu-Platzes lokalisiert. Und es sieht aus, als wären wir nicht die Einzigen.«

*

Hope hatte den Fahrer des Busses gebeten anzuhalten. Erst hatte er nicht reagiert, doch als sie laut geworden war, war er rechts rangefahren. Nun versteckte sie sich seit einigen Minuten hinter einer Mauerecke und beobachtete die Straße. Der schwarze Wagen war nirgends zu sehen.

Hope sah nach ihrer Tochter. Sie hatte sie aus dem Tragetuch genommen und hielt sie nun im Arm. Der Kleinen schien es gut zu gehen, das war das Wichtigste. Sie ahnte nichts von den Schwierigkeiten und hatte volles Vertrauen in ihre Mutter. Hope wurde schlecht bei dem Gedanken, wie wenig das gerechtfertigt war. Sie hatte ihre Tochter durch ihre Blauäugigkeit in Gefahr gebracht und hatte keine Idee, wie sie sich aus der Situation befreien konnte.

Eines wusste sie: Myfawny war ihr das Wichtigste. Die Kleine hatte mit der Sache eigentlich nichts zu tun. Falls es hart auf hart kam, musste Hope zusehen, dass sie einen sicheren Ort für sie fand. Sie wusste nur zu genau, was das bedeutete. Falls sie diesen Schritt tat, war nicht sicher, ob sie ihre Tochter je wiedersah.

Doch was bedeutete das, wenn sie es konsequent zu Ende dachte? Wie viel schlimmer sollte es noch kommen? Hope war in Lebensgefahr, ihre Familie war tot, und auch andere Menschen waren wegen ihr gestorben. Gab es eine Ausrede, länger zu zögern?

Sie betrachtete Myfawny, wie sie an Hopes kleinem Finger saugte. Ein Kind, das noch nichts von der Welt wusste. Von den Schwierigkeiten, mit denen eine Frau wie Hope konfrontiert war. Irgendwann wurde das kindliche Grundvertrauen erschüttert, so war es immer. Dann lernte man, was für ein Ort diese Welt war. Was für ein Ort diese Stadt war. Was, wenn Myfawny diese Erfahrung nie machte? Wenn sie ihr Vertrauen behalten durfte? Der Gedanke war ihr irgendwann spontan gekommen und ließ sich seither nicht mehr abschütteln. Von diesem Moment an hatten sich Hopes Prioritäten geändert. Sie verstand, dass die Ideen, die sie bisher verfolgt hatte, zweitrangig waren. Sie würde sie nicht fallen lassen, sondern umdeuten, neu denken. Ihre Ideen konnten der Schlüssel zu ihrem neuen Ziel sein. Was sie tat, würde sie fortan für ihre Tochter tun.

Als Hope erneut einen Blick auf die Straße warf und gerade glaubte, endlich sicher zu sein, entdeckte sie einen Mann mit asiatischen Zügen, der sich suchend umblickte.

*

»Hier?«, fragte Line, als sie bei einem kleinen, sehr sauberen Platz aus dem Taxi stiegen.

Frederick sah sich um. Die Straße war nicht stark befahren, aber auch hier war ein Markt, überall waren kleine Stände, und Menschen tummelten sich dazwischen.

»Sie soll hier aus einem Bus gestiegen sein«, sagte Frederick.

Line erinnerte sich, dass sie von diesem Ort schon gehört hatte. »Der Tinubu-Platz, natürlich.«

Dieser kleine, umzäunte Park war eines der Wahrzeichen von Lagos und einer afrikanischen Aristokratin und Stammesführerin aus dem 19. Jahrhundert gewidmet. Sie wurde hier als Kämpferin gegen die britische Besatzung gefeiert, es gab sogar ein Denkmal. Line entdeckte es, als sie den Kopf reckte, eine dunkle Statue, die etwas in der Hand hielt, das wie eine Fackel aussah.

Line hatte sich gewundert, als sie davon gehört hatte. Madam Efunroye Tinubu war eine sehr aktive und erfolgreiche Sklavenhändlerin gewesen, die afrikanische Menschen nach Europa, aber auch nach Brasilien verkauft hatte, gegen eine Vereinbarung mit der britischen Kolonialmacht, die Sklavenhandel eigentlich ver-

201

bot. Madam Tinubu machte im Geheimen weiter und geriet mit den Briten in Konflikt, wofür sie als Befreiungskämpferin gefeiert wurde. Der bei der Statue stehende Text unterschlug ihres Wissens nach die »Handelstätigkeit« der emsigen Dame, sondern nannte sie sogar eine Kämpferin gegen den Sklavenhandel. Dieser Widerspruch stand nach Lines Erfahrung beispielhaft für die Lebenssituation vieler Menschen in Afrika.

»Wollen wir uns aufteilen?«, fragte Line Frederick, der neben ihr den Hals reckte und nach der Frau Ausschau hielt.

Bevor er antworten konnte, näherte sich das Geräusch eines mit hoher Drehzahl laufenden Motors, das sehr schnell lauter wurde. Leute traten zur Seite und gaben den Blick auf ein schwarzes SUV frei, das auf den Markt zuhielt. Line und ihre beiden Begleiter hatten gerade noch Zeit, zur Seite zu treten. Bei anderen Marktbesuchern half nur noch ein Sprung, als das Gefährt an ihnen vorbeischoss. Line sah die getönten Scheiben und war sicher, dass sie es kannte.

»Das Auto habe ich bei der Botschaft gesehen«, wandte sie sich an Frederick. »Es gehört zu Water Dragon!«

Frederick sah dem Fahrzeug nach, dann lief er los. Line warf einen Blick auf Weismann, der von der Situation überfordert zu sein schien, bevor sie ihn stehen ließ und hinterhereilte. Es gelang ihr, Frederick einzuholen, der offenbar nicht der Sportlichste war.

»Haben Sie gehört, was ich sagte?«, fragte Line, die irritiert war, dass er nicht antwortete.

Er deutete nur mit dem Finger nach vorne. Dort mündete die Straße in eine große, ampelgesteuerte Kreuzung. Das SUV war stehen geblieben, und Line erkannte noch zwei weitere Fahrzeuge. Ein Hupkonzert begann.

Als Line näher kam, hatten die drei Fahrer die Motoren ihrer Fahrzeuge abgestellt und waren ausgestiegen. Es war tatsächlich das chinesische Einsatzteam, das sie bereits bei der Botschaft gesehen hatte.

»Warten Sie«, forderte sie Frederick auf. »Wir können nicht noch näher ran, diese Leute sind gefährlich.«

Frederick sah sie an, er war wütend, doch er schien einzusehen, dass sie recht hatte, und blieb stehen. Die Querstraße war vielleicht noch hundert Meter von ihnen entfernt.

Jemand stand in der Mitte der Kreuzung. Die Person war von einem der Autos verdeckt. Doch als sie sich einmal um die eigene Achse drehte, erkannte Line, dass es sich um Hope handelte.

»Sie ist es, sehen Sie!«, rief sie Frederick zu.

Um im selben Moment zu erstarren, denn einer der Chinesen drehte sich zu ihnen um. Er schien aber zum Schluss zu kommen, dass von ihnen keine Gefahr ausging, und wandte sich wieder seinem Ziel zu. Er hatte Line nicht wiedererkannt, wofür sie ausgesprochen dankbar war.

Wie erstarrt stand Line auf der Straße neben Frederick, der sein Telefon herausnahm und einen Anruf tätigte. Sie wusste nicht, was sie tun sollte. Näher ran konnte sie nicht, ohne sich selbst in Gefahr zu begeben, doch wegzulaufen hieß, sich einzugestehen, dass sie machtlos war. So verfolgte sie nur ängstlich das Geschehen.

Inzwischen hatte auch Weismann zu ihnen aufgeschlossen. Er hatte beim Laufen seinen Hut in der Hand gehalten, damit er ihm nicht vom Kopf fiel.

»Bleiben Sie zurück«, befahl sie ihm.

Sie konnte es nicht verantworten, dass jemand in seinem Alter in das Geschehen verwickelt wurde. Wenn sie sich gezwungen sahen, schnell von hier zu verschwinden, war jemand wie Weismann ein echtes Problem.

»Aber wo soll ich hin?«

»Gehen Sie zum Park. Dort ist ein Tor, warten Sie drinnen.«

Weismann blickte geradeaus, um sich selbst einen Überblick über das Geschehen zu verschaffen.

»Ich kann sie sehen«, stellte er fest.

»Haben Sie nicht gehört, was ich sagte?«

»Ich gehe nur, wenn Sie mitkommen«, entgegnete er lapidar.

Damit warf er Lines Plan über den Haufen. Sie dachte daran, dass es unverantwortlich war hierzubleiben. Sie musste sich und Weismann in Sicherheit bringen. Das Feld Geheimdienstleuten wie Frederick überlassen, die dafür ausgebildet waren.

In diesem Moment war die Sirene eines Polizeiautos zu hören. Es kam von der rechten Seite, blieb aber im Stau der Autos stecken. Line erkannte, dass die Ampeln auf Rot standen, sonst wäre Hope wahrscheinlich längst überfahren worden. Die SUVs und die Autos der Einheimischen bildeten eine Art Arena, in deren Mitte sich Hope befand. Sie schien umzingelt. Line konnte sehen, wie sich ihr die Chinesen näherten.

Bitte nicht.

Zwar wusste sie nach wie vor nicht, wer ihre Auftraggeber waren, doch Line erinnerte sich, dass sie es gewesen waren, die bei der Botschaft das Feuer eröffnet hatten. Sicher war, dass es Leute waren, die vor nichts zurückschreckten.

»Sie müssen weg von hier«, sagte Frederick plötzlich. »Wir treffen uns bei meinem Hotel.«

»Was haben Sie vor?«, wollte Line wissen.

Doch er scheuchte sie nur mit einer Geste weg und hielt auf die Kreuzung zu.

Ist er wahnsinnig? Allein kann er doch nichts ausrichten!

Line hielt Ausschau, ob sich vielleicht seine Leute unbemerkt unter die Menschen gemischt hatten, doch sie konnte niemand Auffälligen entdecken. Sie sah nur den einen oder anderen Autofahrer, der ebenfalls ausgestiegen war und zu erkennen versuchte, was auf der Kreuzung gerade passierte.

Frederick hatte inzwischen den halben Weg zur Kreuzung zurückgelegt, um sich noch ein weiteres Mal umzudrehen. In seinen Augen war ein seltsamer Ausdruck, den sie nicht deuten konnte. Er wirkte plötzlich irgendwie verändert.

Als er sich wieder abwandte, hielt er genau auf einen der Chinesen zu, den größten von ihnen, gerade als dieser ihn entdeckte.

*

»Jeff? Ich meine, Sir?«, sagte Mikaela.

McLeary stand in der Kaffeeküche und starrte in eine leere Tasse. Er konnte nicht sagen, wie lang sie schon vor ihm gestanden hatte. Gardener hatte ihr befohlen, zu ihrer Verfügung zu bleiben, also hatte sie ihren Kollegen angerufen, der an ihrer statt ein Auge auf den Quantencomputer hatte, und ihm gesagt, dass er sie noch länger vertreten musste.

»Ja?«, entgegnete er so freundlich wie möglich. Es gelang ihm nicht einmal schlecht, fand er.

»Wollen Sie da auch Kaffee reintun?«, fragte sie.

Er wusste zuerst nicht, wovon sie sprach, bevor er die Tasse in seiner Hand bemerkte. »Nein, eigentlich habe ich schon genug.« Er stellte die Tasse ab. »Was gibt es?«

»Ich habe über etwas nachgedacht. Wollen wir uns kurz setzen?«

McLeary deutete auf eine Sitzbank neben den Kaffeetischen.

»Was wollen Sie mir erzählen?«, fragte er, nachdem sie sich niedergelassen hatten.

»Diese Geschichte über die Afrikanerin. Dass sie Mathematik studiert.«

»Ja.«

»Glauben Sie, das bedeutet etwas?«

McLeary musterte sie, um zu verstehen, wie sie die Frage meinte. Als er sich darüber nicht klar werden konnte, dachte er nach. »Um ehrlich zu sein, ich finde es schwierig, das zu beurteilen. Bis vor einer Stunde wusste ich nicht einmal, dass es eine Universität in Nigeria gibt.«

Mikaela legte den Kopf schief. »Kommen Sie. Natürlich gibt es in einer Großstadt wie Lagos eine Universität.«

McLeary passte ihr Ton nicht, doch dann erinnerte er sich, dass er nicht ihr Chef war. Sie arbeitete in einer anderen Abteilung. Und nur, weil er sie entdeckt hatte, bedeutete das nicht, dass sie ihm gegenüber irgendwelchen Respekt zeigen musste.

»Wir suchen nach der Quelle«, fuhr Mikaela fort. »Wir wissen nicht, ob es eine Person ist oder eine Organisation. Deshalb der Name.«

»Richtig.«

»Mir ist da, wie gesagt, etwas aufgefallen. Der Name Myfawny.«

McLeary verstand erst nicht, wovon sie sprach. Dann fiel es ihm ein. »Das war der Name der Tochter, nicht wahr?«

Mikaela nickte. »Hopes Tochter.«

»Was ist damit?«

»Es ist ein ungewöhnlicher Name. Und ich hatte den Eindruck, ihn schon einmal gehört zu haben. Ich habe ihn also gegoogelt, und erst habe ich nichts gefunden. Es ist ein sehr spezieller Name. Doch dann stieß ich auf etwas. Einen historischen Brief, um genau zu sein.«

McLeary war verwirrt. »Okay?«

»Einen Brief von Albert Einstein. Haben Sie davon gehört?«

»Nein. Erzählen Sie.«

»Im Jahr 1943, Einstein war nicht mehr der Jüngste, bekam der Physiker einen Brief von einer sechzehnjährigen Schülerin. Sie erzählte ihm, dass sie fasziniert von Astronomie war und die großen Wissenschaftler verehrte, über die sie in ihren Büchern gelesen hatte. Eines Tages, erzählte sie, fragte sie ihre Lehrerin, wo denn Albert Einstein begraben läge.«

»Und?«, fragte McLeary.

»Nirgends. Einstein lebte zu diesem Zeitpunkt noch. Also beschloss das Mädchen, ihm einen Brief zu schreiben. Sie schrieb ihm von ihrer Begeisterung und bat ihn um ein Autogramm. Ich weiß nicht, wie viel Sie über Einstein wissen, aber er war ein Mann mit ziemlich viel Humor. Er entschuldigte sich mehr oder weniger dafür, noch am Leben zu sein, und betonte, dass die Zeit dieses Problem lösen würde. Mit dem Antwortbrief bekam die Schülerin ihr Autogramm.«

»Darf ich raten? Ihr Name war Myfawny.«

»Sie haben recht.«

»Und weiter?«, drängte McLeary.

»Nun, in Einsteins Antwort war ein Fehler. Er sprach sie mit *Sir* an, weil er den fremden Namen nicht hatte zuordnen können und der Meinung gewesen war, es mit einem Jungen zu tun zu haben.«

McLeary lachte heiser. »Peinlich.«

»Genau. Myfawny schickte ihm also einen weiteren Brief, in dem sie sich dafür entschuldigte, ein Mädchen zu sein, und auf sein Verständnis hoffte.«

»Und antwortete Einstein?«

»Nicht nur das. Er bestärkte sie, sich weiter ihren Interessen zu widmen. Ihm mache es nichts aus, dass sie ein Mädchen sei, wichtiger sei aber, dass es ihr nichts ausmache.«

McLeary gefiel die Geschichte. »Nicht schlecht. Sie glauben, das ist der Grund, warum das Kind Myfawny heißt?«

Mikaela nickte. »Es kann unmöglich Zufall sein.«

Er sah sie an. »Nette Geschichte. Aber ich merke, dass da noch mehr ist. Sie wollen auf etwas hinaus.«

Die Wissenschaftlerin zögerte. »Wir gehen bisher davon aus, dass diese Frau eine Verbindung zur Quelle hat, richtig?«

McLeary nickte.

»Was, wenn es anders ist? Was, wenn sie die Quelle *ist*?«

Die Idee überraschte ihn. Er erinnerte sich nun, dass Gardener vorhin etwas Ähnliches angedeutet hatte, er sie aber nicht für voll genommen hatte. »Ich halte das immer noch für unwahrscheinlich.«

»Warum?«, wollte Mikaela wissen. »Weil sie eine Frau ist?«

»Nein, sondern weil sie eine afrikanische Frau mit einem Kind ist, die in einem Slum lebt.«

»Das ist irgendwie sexistisch«, sagte sie.

McLeary hob die Augenbrauen. »Es ist nur zu einem Teil sexistisch«, gab er zurück. »Ebenso sehr ist es rassistisch und auf andere Arten diskriminierend, wenn Sie es so lesen wollen.«

Mikaela amüsierte sich köstlich darüber, wie McLeary mit der Political Correctness zu kämpfen hatte.

»Nennen Sie es, wie Sie wollen. Ich bin nur realistisch. Das, was wir über die Quelle wissen, sagt uns, dass es sich um etwas handeln muss, das seinesgleichen sucht. Keine Hochschule der Welt ist dazu in der Lage, die Besten der Besten der Eliteuniversitäten. Alle Nobelpreisträger.«

»Nobelpreisträgerinnen.«

»Alle Nobelpreisträgerinnen. Niemand. Ich will einfach realistisch sein.«

Sie nickte. »Irgendwie haben Sie ja recht. Die Sache geht mir nur nicht aus dem Kopf. Auch weil die Absenderin aus Afrika stammte.«

»Wie bitte?«

»Hatte ich das vergessen?«, begann Mikaela. »Myfawny stammte aus Südafrika. Sie war nicht nur ein junges Mädchen, das sich für Astronomie interessierte, sie war ein *afrikanisches* junges Mädchen. Dem Einstein sehr wohl eine Karriere zutraute. Und das dann tatsächlich eine wissenschaftliche Karriere einschlug.«

*

»Was tut er da?«, wollte Weismann wissen.

Line war unfähig zu antworten. Sie sah zu, wie Frederick dem großen Chinesen etwas zurief, der daraufhin auf ihn zukam. Ihr Geist war einen Moment lang damit überfordert zu verstehen, was das bedeutete.

Dann erkannte sie, dass sie sich hatte täuschen lassen. Er arbeitete mit Water Dragon zusammen. Frederick war nicht wirklich Frederick, sondern offenbar jemand anders.

»Wir müssen von hier weg«, sagte sie.

»Aber die Frau«, entgegnete Weismann.

Wie zur Bestätigung dessen, was sie gesagt hatte, sahen Frederick und der große Chinese zu ihnen herüber. Und während die beiden anderen Chinesen die Mitte der Kreuzung fast erreicht hatten und sich vor Hope aufbauten, schlug der große eine andere Richtung ein und kam auf sie zu.

»Scheiße«, sagte Line.

Sie griff nach Weismanns Unterarm und war im Begriff, ihn mit sich zu zerren. Doch bevor sie das tat, sah sie vorne an der Kreuzung eine Veränderung. Sie konnte nicht genau festmachen, was plötzlich anders war, bis sich auf einmal einige der Autos in Bewegung setzten und auf die Mitte der Kreuzung zuhielten. Nur etwa eine Sekunde später krachten zwei von ihnen ineinander. Ein anderes versuchte auszuweichen, erfasste dabei einen der Chinesen und kollidierte mit einem Fahrzeug von der Gegenseite, dessen Fahrer dieselbe Idee gehabt zu haben schien. Als das Rasseln von Glassplittern auf dem Asphalt verklungen war, hob ein ohrenbetäubendes Hupkonzert an.

Line war so gefesselt von dem Geschehen, dass sie einen Moment lang die ganze Bedrohlichkeit der Situation vergaß. Auch dem großen Chinesen und Frederick schien es ähnlich zu ergehen. Doch nun erwachten sie aus ihrer Starre, und Line sah, wie der Chinese sie mit seinem Blick fixierte.

»Los!«, rief sie und riss Weismann mit sich.

Line begriff sofort, dass gerade der Fall eingetreten war, den sie vorhin noch gefürchtet hatte. Nun waren diese Leute hinter ihr her, und sie hatte den alten Weismann dabei, der eine rasche Flucht unmöglich machte. So hatte sie keine Chance und stand vor der Wahl, Weismann zurückzulassen oder erwischt zu werden.

Was passiert wäre, wenn nicht in diesem Moment zwei weitere Polizeiautos hinter ihr aufgetaucht wären, beschäftigte sie noch lange im Nachhinein. Die meisten der Männer, die aus den Fahrzeugen stiegen, stürmten auf den Schnittpunkt der Kreuzung zu.

Line verlangsamte ihren Schritt und versuchte, unauffällig an den Fahrzeugen vorbeizuschleichen. Doch als sie es fast geschafft hatte, stieg ein Polizist aus einem der Polizeifahrzeuge und hielt sie auf.

Bevor man sie zwang, in eines der Autos zu steigen, warf Line noch einmal einen Blick auf die Kreuzung. Hope war nirgends mehr zu sehen. Doch jetzt erkannte sie, was vorhin anders gewesen war. Die Ampeln waren während der ganzen Zeit rot gewesen, doch auf einmal waren alle zugleich auf Grün umgesprungen und hatten so eine Massenkarambolage ausgelöst.

*

Diesmal dauerte der Aufenthalt in einer Arrestzelle nur etwa eine Stunde. Mit Geld hätte sie nichts ausrichten können, sie besaß nämlich keines mehr.

Ohne dass irgendjemand mit ihr gesprochen hätte, ging plötzlich die Zellentür auf und sie wurde hinausgeführt, wo sie ihre Sachen zurückbekam, die sie vorhin hatte abgeben müssen. Auch Weismann tauchte in Begleitung eines grimmig dreinblickenden Beamten auf.

»Meine Güte, Herr Weismann, geht es Ihnen gut?«

»Ich weiß es nicht genau«, gestand der Nobelpreisträger. Sein weißes Haar stand wirr nach allen Richtungen ab, und Line widerstand der Versuchung, es ihm zurechtzufrisieren.

Sie wurden zur Tür geführt und mehr oder weniger aus der Polizeistation hinausgeworfen. Weismann schien froh, seinen Hut wieder aufsetzen zu können, während Line sich umsah.

»Mit Ihnen erlebt man Sachen«, sagte er. »Wenn ich das gewusst hätte …«

Line reagierte nicht, sie sah nämlich einen Mann auf sie zukommen, der dem Mann, der sich Frederick genannt hatte, überraschend ähnlich sah. Bei genauerer Betrachtung war er aber etwas älter, mit gefärbtem Haar, und sein Anzug saß etwas luftiger, besser passend für das Klima in Lagos. Er machte den Eindruck, als wäre seine Körperhaltung durch lange diplomatische Repräsentations-tätigkeit geschult. Das Ergebnis erinnerte an einen Butler.

»Frau Berg, Herr Weismann? Mein Name ist Pfeiffer, ich arbeite für die britische Regierung. Ich möchte Sie bitten, mit mir mitzukommen.«

»Britische Regierung, wie?«, fragte Line. »Können Sie sich ausweisen?«

»Natürlich«, sagte er und zeigte ihr einen Diplomatenpass, der echt aussah.

»Von Ihnen scheint es mehr zu geben, als man für möglich hält. Heute hatten wir schon mit einem Kollegen von Ihnen zu tun.«

Pfeiffer sah sie fragend an.

»Der Vorfall beim Tinubu-Platz. Darüber wissen Sie sicher Bescheid.«

Er nickte. »Deshalb hat man sie festgenommen.«

»Wir wurden von einem Mann hingeführt, der sich Frederick nannte und behauptete, für den GCHQ zu arbeiten.«

Pfeiffer schien ein Licht aufzugehen. »Es ist wichtig, dass Sie mir alles über ihn erzählen, was Sie wissen, aber erst einmal müssen Sie mitkommen.«

Line und Weismann tauschten einen Blick aus. Beide zögerten.

»Tut mir leid, wir sind vorbelastet, was das angeht. Wie sollen wir wissen, dass wir Ihnen vertrauen können?«

»Ich habe Sie gerade aus dem Gefängnis geholt«, rechtfertigte sich Pfeiffer. »Genügt Ihnen das nicht?«

»Vielleicht hilft es, wenn Sie mir sagen, was Sie vorhaben.«

»Erst einmal bringen wir Sie in eine sichere Unterkunft, dann werden wir Ihre Rückreise organisieren.«

»Und wenn wir gar nicht wegwollen?«, fragte Line, bevor Weismann etwas sagen konnte.

»Das können wir auf dem Weg besprechen, bitte.«

*

Die letzte Stunde war Hope wie ein Albtraum vorgekommen. Sie glaubte, überall in der Stadt schwarze SUVs mit getönten Scheiben zu sehen, was sich jedes Mal als Fehlalarm erwiesen hatte. Wo sie hingehen sollte, wusste sie nicht. Ihr Ziel war zwar immer noch das gleiche, doch sie hatte zunehmend Zweifel, dass sie es auf eigene Faust schaffen konnte. Deshalb irrte sie ziellos umher, möglichst abseits der großen Straßen, wobei sie sich bemühte, immer in Bewegung zu bleiben. Sie brauchte Zeit zum Nachdenken.

Das Mobiltelefon in ihrer Tasche kam ihr schwer wie ein Ziegelstein vor. Inzwischen war sie überzeugt, dass ihre Verfolger, um wen auch immer es sich dabei handelte, in der Lage waren, ihr Telefon zu orten. Diese Leute waren entweder äußerst mächtig oder verfügten über viel Geld, was im Endeffekt auf das Gleiche hinauslief. So oder so konnte sie ihr Telefon nicht mehr verwenden. Sie musste dringend einen anderen Weg finden, wie sie online gehen konnte, ohne entdeckt zu werden.

Obwohl das Handy ausgeschaltet war, traute sie der Sache nicht. Sie wusste selbst, wie trügerisch das sein konnte. Ein Telefon konnte aussehen, als wäre es aus, und dabei weiterhin jedem Funksender in der Nähe seine Position verraten. Der Nutzer bemerkte keinen Unterschied. Zwar glaubte sie nicht, dass es den Angreifern inzwischen gelungen war, ihr Telefon zu übernehmen. Sie hatte dafür gesorgt, dass das nur schwer möglich war. Mit diesen Dingen beschäftigte sie sich schon eine ganze Weile, nur für alle Fälle. Doch weil die Fahrer der SUVs ständig herausfanden, wo sie sich aufhielt, hatte die Paranoia von ihr Besitz ergriffen.

Deshalb musste sie auf die Hilfe von John verzichten. Die Lage wurde zu gefährlich. Sie hätte es nicht verantworten können, wenn ihm etwas zustieß. Als die Chinesen in sein Haus gekommen waren, war ihr die Flucht in letzter Sekunde gelungen. Beim nächsten Mal hatte sie vielleicht nicht so viel Glück.

Ein Internetcafé wäre die beste Lösung. Sie hatte sogar schon eines erspäht, doch wenn sie erst einmal dort war, brauchte sie einen genauen Plan. Im Internet würde sie wieder Spuren hinterlassen, die es im Prinzip erlaubten, ihren Standort zu ermitteln. Sie musste alles tun, um das auszuschließen, und ihre Onlinephasen deshalb so kurz wie möglich halten.

Doch all das zu planen war schwer, nach dem, was sie gerade erlebt hatte. Sie war nicht in der Lage, sich zu konzentrieren. Es gab zu viele Unbekannte in dieser Gleichung, sie verlor ständig den Überblick. Vor allem für ein Problem hatte sie immer noch keine Lösung: Sie musste ihre Tochter in Sicherheit bringen. Das bedeutete, dass sie sich eine Weile von ihr trennen musste. Auch das wollte genau geplant sein.

Als Hope gerade glaubte, sich etwas beruhigen zu können und die Gleichung, die ihre aktuelle Situation beschrieb und in der sie selbst eine Variable unter vielen war, genauer vor Augen zu haben, bemerkte sie, dass da jemand war, der sie beobachtete. Und ohne nachzudenken, begann sie erneut zu rennen.

Allerdings war sie inzwischen erschöpft und mit ihrer Tochter entsprechend langsam unterwegs. Der Typ, der die Verfolgung aufgenommen hatte, war viel schneller auf den Beinen. Als seine Schritte hinter ihr näher kamen, machte sie sich bereit zu kämpfen. Auch wenn sie vermutlich keine Chance gegen ihn hatte, würde sie sich wehren, solange sie konnte.

Ich hätte viel früher erkennen müssen, was auf mich zukommt. Wie konnte ich so dumm sein?

Sie ließ ihn so nah herankommen, dass sie seinen Atem im Nacken spürte. Dann wirbelte sie herum.

Bevor sie nach ihm schlagen konnte, hatte er schon ihre beiden Unterarme gefasst und hielt sie so fest, dass sie sich nicht mehr bewegen konnte. Erst da erkannte sie, um wen es sich handelte.

»Zum Glück habe ich dich gefunden«, sagte John. »Als ich gehört habe, was passiert ist, wusste ich, dass du hier irgendwo sein musst.«

213

»Du solltest nicht bei mir sein«, zwang sie sich zu sagen, auch wenn sie das Gegenteil empfand. »Es ist zu gefährlich.«

»Deshalb müssen wir dich auch ganz schnell von hier wegbringen«, entgegnete er.

*

Line und Weismann waren zurück im Botschaftsviertel, nur dass sie diesmal in der britischen Botschaft gelandet waren. Pfeiffer hatte sich während der Fahrt in einer klimatisierten Limousine äußerst wortkarg gegeben. Line hatte einsehen müssen, dass er nicht viele Befugnisse hatte.

Sie fragte sich, woher die britische Regierung überhaupt wusste, dass sie hier waren. Selbst bei der Zeitung wussten das nur wenige.

Doch dann dachte sie daran, dass Weismann in der Empfängerliste von Hazeem Lights Mail gestanden hatte. Sie hätte daran denken müssen, dass das ein Grund war, Weismanns Kommunikation zu überwachen.

Nun saßen sie in einer Art Salon in der Botschaft, der mit seinen dunklen Möbeln an die Kolonialzeit erinnerte – eine Ästhetik, die auch in europäischen Möbelgeschäften zunehmend Zuspruch fand, mit der sie sich aber nie wirklich hatte anfreunden können. Aus ihrer Sicht hing da zu viel an Geschichte dran, die erst auf ihre konsequente Aufarbeitung wartete.

Weismann hatte neben ihr gesessen und war in Gedanken versunken gewesen. Sie hätte zu gern gewusst, was er gerade dachte. Doch bevor sie ihn hätte fragen können, war er zur Toilette gegangen.

Was wohl Hope in diesem Moment gerade machte? Ob es ihr gut ging? Sie musste die ganze Zeit daran denken, wie die Ampeln plötzlich umgeschaltet worden waren. Im ersten Moment war sie überzeugt gewesen, dass das kein Zufall gewesen war, doch nun, mit etwas Abstand, war sie sich nicht mehr ganz sicher.

Sie fühlte sich hilflos. Zu gern hätte sie selbst nach Hope gesucht. Sie wollte verstehen, was es mit ihr auf sich hatte. Doch die Episode mit Frederick, der in Wirklichkeit vermutlich ganz anders hieß, sollte ihr eine Warnung sein. Sie war hier in Lagos auf fremdem Terrain, und es schien Leute zu geben, die mit deutlich besseren Möglichkeiten ausgestattet waren als sie. Ihr lief es immer noch kalt den Rücken runter, wenn sie an den großen Chinesen dachte, der auf sie zugekommen war. Etwas in seinen Augen hatte ihr überhaupt nicht gefallen. Insofern war es richtig, hier in der britischen Botschaft auszuharren. Dass Pfeiffer sie hergebracht hatte, bewies zumindest, dass er der war, der er vorgegeben hatte zu sein.

Auch wenn sie also glücklich sein sollte, hier in Sicherheit zu sein, fiel es ihr schwer einzusehen, dass sie nicht auch von hier aus etwas tun konnte. Okay, etwas hatte sie tatsächlich getan: Sie hatte einige Fragen Pfeiffers wahrheitsgetreu beantwortet. Er war mit der Aufnahme des Gesprächs verschwunden, seither hatte sie nichts mehr von ihm gehört. Das war vor etwa einer Stunde gewesen. Nun blieb ihr nichts anderes übrig als zu warten.

Sie hätte zu gern gewusst, wie es Weismann damit ging.

*

Josef Weismann wusch sich die Hände und bemühte sich, nicht in den Spiegel zu sehen. Er ließ sich für jeden Handgriff Zeit, das Einseifen der Hände, das Waschen der Fingernägel. Es war das erste Mal seit Stunden, dass er für einen Moment allein sein und sich über seine Gefühle klar werden konnte.

Papier, das von Regen aufgeweicht war. Es lag auf der Straße. Die Feuchtigkeit ließ die mathematischen Formeln darauf verlaufen, Autos fuhren darüber, verwandelten es in Matsch.

Das Bild, das ihn oft auch in seine Träume verfolgte, stand in diesem Moment wieder so klar vor seinem inneren Auge, dass die Realität dagegen zu verblassen schien. Als ihn damals jemand von

Maggies Institut angerufen hatte, dass jemand in der Nähe von einem Auto angefahren worden war und niemand Maggie erreichte, hatte sich Weismann ohne Zögern auf den Weg gemacht. Er hatte nicht glauben wollen, dass es sich um sie handeln könnte. Das Schicksal würde doch nicht jemandem wie seiner Frau so übel mitspielen.

Als er im Regen aus dem Taxi gestiegen war und die Blätter auf der Straße gesehen hatte, hatte er es sofort gewusst. Er hatte erfahren, dass erst vor etwa zwanzig Minuten ein Rettungswagen hier gewesen war, um eine auf der Straße liegende Person mitzunehmen. Unfall mit Fahrerflucht, hieß es später im Bericht der Polizei.

Im Krankenhaus hatte Weismann dann erfahren, dass sie lebte, aber schwere Kopfverletzungen davongetragen hatte. Man hatte sie in künstlichen Tiefschlaf versetzen müssen, aus dem sie bis heute nicht mehr erwacht war. Weismann hatte so gut es ging seinen Frieden mit der Situation gemacht. Doch ab und zu drängte sich dieses Bild in sein Bewusstsein, und er erlebte den Moment von Neuem, als wäre es das erste Mal.

Er hatte der Journalistin nicht zeigen wollen, wie es ihm wirklich ging. Die Angst, die er verspürt hatte, als der groß gewachsene Mann auf sie zugekommen war. Als er noch jünger gewesen war, wäre er vermutlich in Panik davongerannt, doch mit dem Alter veränderte man sich. Beim Anblick des Mannes war er erstarrt. Seine Angst hatte ihn gelähmt. So etwas hatte er noch nie zuvor erlebt.

Inzwischen sah er ein, was für eine dumme Idee es gewesen war hierherzukommen. Er war nach Nigeria geflogen, mit einem Ticket, das ihn ein Heidengeld gekostet hatte, weil er sich Sorgen um die Journalistin gemacht hatte. Eine Frau, die sich nicht wehren konnte.

Hatte er gedacht.

Doch inzwischen war ihm klar geworden, dass sie ganz von selbst in gefährliche Situationen geriet und sie geradezu suchte wie eine auf Hitze programmierte Lenkwaffe.

»Maggie, was soll ich tun?«, fragte er laut in den Raum hinein. »Was würdest du mir raten?«

*

Line war erleichtert, als Weismann von der Toilette zurückkam und sie sah, dass es ihm gut ging.

»Herr Weismann, kommen Sie, man wartet schon auf uns.«

Weismann schien gerade erst Pfeiffer zu entdecken, der vor einigen Minuten gekommen war.

»Ist wieder etwas passiert?«, wollte der Mathematiker wissen.

»Das nicht. Aber ein Hubschrauber steht für Sie bereit«, erklärte Pfeiffer.

Weismann seufzte erleichtert.

»Sie bringen uns nach Hause?«, fragte Line, die von der Idee gar nicht begeistert war. »Diese Frau ist noch in Lagos. Solange wir nicht wissen, ob sie in Sicherheit ist, gehen wir nicht weg.«

»Wir bringen Sie noch nicht nach Hause«, widersprach Pfeiffer. »Es gibt da jemanden, der mit Ihnen sprechen will.«

»Ach ja? Darf man auch seinen Namen erfahren?«

»Er wird sich Ihnen selbst vorstellen.«

Line warf einen Seitenblick auf Weismann. »Und wenn wir uns weigern?«

Kurz sah es aus, als ob der Mathematiker ihr widersprechen wollte, doch dann schien er sich anders zu entscheiden.

»Ich kann Sie natürlich zu nichts zwingen. Ich rate Ihnen aber, die Einladung anzunehmen. Was die junge Frau angeht, der Sie gefolgt sind: Sie ist verschwunden.«

Line sah Pfeiffer in die Augen. Er hielt ihrem Blick stand, sie sah keinerlei Anzeichen dafür, dass er log.

»Okay. Ich komme mit. Aber ich habe eine Bitte: Herr Weismann muss zurück nach Wien. Er soll da nicht noch tiefer hineingezogen werden.«

Pfeiffer wandte sich an den Nobelpreisträger. »Die Einladung gilt auch für Sie. Wie entscheiden Sie sich?«

Weismann war einen Moment lang sprachlos. »Wenn Frau Berg mitkommt, komme ich auch«, sagte er schließlich.

*

Der Hubschrauber brachte sie von Lagos einige Kilometer ins Landesinnere. Pfeiffer hatte versprochen, dass sie das Land nicht verlassen würden. Wohin die Reise ging, hatte der Geheimdienstler ihnen nicht genau sagen wollen. Tatsächlich hatte der Flug nur wenige Minuten gedauert, bevor sie östlich von Lagos wieder runtergegangen waren.

Nun betraten sie ein Haus, das mit seiner eleganten, weißen Fassade und dem roten Ziegeldach als Gebäude der Kolonialzeit erkennbar war, allerdings mit einigen Anbauten, die an die Funktionalität von Weltkriegsarchitektur denken ließen, und von großen Satellitenschüsseln gekrönt waren. Sie passierten einige Glastüren und landeten in einem Besprechungsraum mit muffigen Polstermöbeln.

»Warten Sie hier«, befahl Pfeiffer und verließ den Raum, ohne eine Antwort abzuwarten.

Kurz darauf traten drei Personen ein: ein Mann in seinen Fünfzigern, der einen zerknitterten Anzug trug, eine junge Frau mit kurzen Haaren in einem Tanktop sowie ein untersetzter junger Mann mit einem Hans-Zimmer-T-Shirt.

Der Mann mit dem Anzug ging auf sie zu. Er trug höflichen Ernst zur Schau und hatte hängende Schultern, die von vergangenen Strapazen zeugten.

»Danke, dass Sie kommen konnten«, sagte er mit merkbar britischem Einschlag. »Ich bin Jeff McLeary. Aber bitte nennen Sie mich Jeff. Das sind Mikaela Bell und Robin Myers, zwei Mitarbeiter von mir. Wir sind vom britischen GCHQ.«

»GCHQ, wie?«, begann Line. »Diesen Namen habe ich erst kürzlich gehört.«

Ihre Aussage überraschte den Mann sichtlich.

»Ein Kerl, der sich Frederick nannte, gab sich als Kollege von Ihnen aus«, erklärte sie.

»Frederick – der, von dem Sie meinem Kollegen Pfeiffer erzählten?«

»Genau der.«

»Pfeiffer hat mich gebrieft, und mir wurde klar, dass wir unbedingt miteinander reden müssen. Bitte, setzen Sie sich.«

Line ließ Weismann den Vortritt, und sie setzten sich reihum auf die alten Polstermöbel, die zum Glück ziemlich gemütlich waren.

»Bevor ich irgendetwas erzähle, müssen Sie mir einige Fragen beantworten«, sagte Line.

McLeary nickte. »Natürlich. Schießen Sie los.«

»Wo sind wir hier überhaupt?«

Er sah sich um, und es wirkte, als würde er selbst alles hier zum ersten Mal sehen.

»Das Gebäude gehört dem GCHQ«, erklärte er. »Er unterhielt während der beiden Weltkriege überall auf der Welt Außenstellen, neben Indien und Singapur auch einige in Afrika, etwa in Kenia.«

»Der GCHQ, zu dem Sie auch gehören?«

»Richtig. Viele Außenposten wurden in der Zwischenzeit aufgegeben, aber nicht alle. Manche davon wurden offiziell weiterbetrieben, manche inoffiziell.«

»Sie alle drei sind extra aus England angereist?«, wollte Line wissen.

McLeary zögerte. »Mir war wichtig, möglichst schnell mit Ihnen zu sprechen«, erklärte er.

»Ihre beiden Kollegen sehen nicht wie Geheimdienstmitarbeiter aus, wenn ich das sagen darf.«

Die Frau, die McLeary Mikaela genannt hatte, grinste.

»Sie gehören ungewöhnlichen Abteilungen an«, sagte McLeary lapidar.

*

Irgendwann brechen Menschen. Pawel hatte das von seinem Vater gelernt. Sie hatten nie viel miteinander gesprochen, es war seine Mutter, zu der Pawel eine gute Beziehung gehabt hatte. Sein Vater war immer sehr still gewesen, vor allem, wenn sie zu zweit gewesen waren, auf der Jagd, in der Natur.

Doch manchmal, wenn er dem Wodka mehr als sonst zugesprochen hatte, hatte Pawels Vater zu reden begonnen. Leise und mit ruhiger Stimme hatte er Geschichten von seiner Arbeit erzählt, als er noch für den KGB tätig gewesen war. Pawel hatte dann immer nur andächtig gelauscht und nicht gewagt, ihn zu unterbrechen, voller Angst, dass er zu erzählen aufhören könnte.

Der Vater hatte von der Zeit in Russland und später in Ostdeutschland erzählt. Über die Spannung in Berlin, so nah an der Grenze, hinter der der Feind lauerte. Eine Grenze in Form einer Mauer, die Pawels Vater immer abgelehnt hatte. Nicht, weil er dagegen war, den Übertritt zu verhindern, sondern weil seiner Meinung nach die Grenze an der falschen Stelle verlief. Eine Stadt zu teilen, war Unsinn, wenn es nach Pawels Vater ging. Das Ziel musste sein, diese Grenze zu verschieben, und das besser früher als später. Den Verlauf inmitten der Stadt zu zementieren, war der falsche Weg.

An solchen Abenden, wenn Mutter längst im Bett war und Vater in der Dunkelheit vor dem ausgeschalteten Fernseher saß, als würde er in ihn hineinsprechen und nicht seinem Sohn die Geschichte erzählen, legte er genau dar, wo die Fehler gemacht wurden. Dass es beim Verhindern der Luftbrücke an Entschlossenheit gefehlt hatte, bei den Verhandlungen nach dem Krieg. Die Teilung war zu früh akzeptiert worden.

An diesem Ziel, die Grenze zu verschieben und das Gebiet, in dem Menschen unter dem segensreichen Kommunismus zusammenlebten, zu vergrößern, hatte er immer eisern festgehalten. Deshalb hatte er es auch überhaupt nicht verstanden, als er im Jahr 1989 einen Brief bekam. Er hatte sich nicht vorstellen können, dass die Mauer Geschichte war. Dass das System, an das er mit jeder Faser seines Seins geglaubt und dem er alles untergeordnet hatte, zusammenbrechen könnte.

Der Briefumschlag hatte seine Entlassungspapiere enthalten. Man bedankte sich bei ihm und erklärte sich bereit, ihm eine kleine Abfindung zuzuerkennen. Als die Mauer gestürmt worden war und niemand die Leute daran gehindert hatte, hatte Pawels Vater mit seinen Vorgesetzten in Moskau Kontakt aufgenommen und um seine Rückversetzung nach Russland gebeten. Die Antwort war der Brief gewesen, und als Reaktion war die Familie Peskin also in Deutschland geblieben. Irgendwann, als sich für seinen Vater keine neuen Perspektiven ergeben hatten, hatte seine Mutter einen Job gesucht. So war Pawel in Deutschland aufgewachsen, erst im Osten, später im Westen. Der kleine Pawel bekam eine Ausbildung und wurde Mitglied im Schachverein.

Entschlossenheit, das war das Lieblingswort von Pawels Vater gewesen. Damit hätte sich die Sowjetunion retten lassen, wenn es nach Pawels Vater gegangen wäre. Er hatte seinem Sohn ausführlich erklärt, wie Entschlossenheit aussah, wenn es etwa darum ging, einen politischen Gegner verschwinden zu lassen oder von jemandem, der nicht reden wollte, eine Information zu bekommen. Er hatte die Tricks und Kniffe verraten, die am effektivsten waren, und dabei hatte Vaters Stimme ganz anders geklungen, jünger, energischer.

Pawel hatte verstanden, warum es nötig gewesen war. Ihm hatte eingeleuchtet, dass das, was nach Brutalität aussah, manchmal einfach das Richtige war. Dass man hinter die Grausamkeit blicken konnte und das große Ganze sehen musste.

Pawel war damals elf gewesen.

Seither hatte er nur selten von dem Wissen seines Vaters Gebrauch machen müssen. Informationen beschaffte man sich inzwischen auf andere Weise, meist musste niemand mehr gezwungen werden auszupacken. Inzwischen war es möglich, so nahe an Menschen heranzukommen, dass es genügte, sie in Sicherheit zu wiegen, bis sie von selbst verrieten, was man wissen wollte. Man konnte die elektronischen Geräte anzapfen, die sie benötigten, um ihren Alltag zu bewältigen. Auch das konnte Entschlossenheit sein, genauso wie das unmerkliche Ausreizen der Regeln bei einem Schachturnier.

Sein Vater hätte vermutlich gesagt, dass das manchmal eben nicht genüge. Daran musste Pawel denken, als er den vor ihm an einen Stuhl gefesselten Afrikaner ansah, dessen Gesicht von den Schlägen blutig und geschwollen war. Pawel hätte gern einen dieser Tische zur Verfügung gehabt, die sein Vater damals genutzt hatte und mit denen man solche Befragungen professionell durchführen konnte. Doch die Chinesen hatten auf die Schnelle nichts dergleichen auftreiben können. Sie hielten sich für sehr professionell, aber Pawel verstand, dass alles nur Show war.

Er hatte ihnen genaue Anweisungen geben müssen, wie sie den Afrikaner, dessen Name John war, verhören mussten. Bislang erwies er sich als überraschend hartnäckig. Doch obwohl er leugnete, war Pawel überzeugt, dass er der Quelle zur Flucht verholfen hatte. Und das, nachdem die Chinesen seine Familie bedroht hatten. Pawel hatte die Bindung zwischen den beiden unterschätzt.

Seither war die Tochter des Wahrsagers unauffindbar und mit ihr die Quelle. Wie sie ihnen beim Tinubu-Platz entkommen konnte, verstand Pawel immer noch nicht zur Gänze. Mit einem Mal waren die Autos an der Kreuzung losgefahren und hatten der Zielperson die Flucht ermöglicht. Ein unangenehmer Zufall, aber ein entschieden sonderbarer Zufall.

Pawel konnte nicht umhin, sich zu fragen, ob mehr dahintersteckte. Der Vorfall ähnelte jenem vor der Botschaft, als zwei SUVs der Chinesen plötzlich losfuhren – von selbst, wie deren Fahrer beteuerten. Bislang hatte Pawel das nicht glauben wollen.

Konnte es sein, dass die Frau wusste, worum es sich bei der Quelle wirklich handelte? Dass sie in der Lage war, das Wissen einzusetzen?

Das wollte Pawel einfach nicht glauben. Diese Afrikanerin mit ihrem Kind konnte dazu unmöglich in der Lage sein. Die Quelle war enorm mächtig, das schon. Aber das Wissen war auch äußerst technisch. Jemand musste über besondere Fähigkeiten verfügen, um sie nutzen zu können. Darüber und über Jahre an Erfahrung. Doch Pawel musste nun an die Vorhersagen des Wahrsagers denken, die sehr wohl darauf hindeuteten, dass die Quelle benutzt worden war. Aber die Familie musste Hilfe gehabt haben. Vielleicht war es doch dieser Professor gewesen, den sie leider nicht mehr befragen konnten.

All das war egal, wenn sie nur die junge Frau ausfindig machten. Doch das dauerte alles zu lange.

Pawel trat vor den Gefangenen.

»Ich verliere die Geduld mit dir«, sagte er. »Das ist deine letzte Chance.«

Der Afrikaner hob den Kopf und sah ihn an. Da war Angst in den Augen, aber auch Entschlossenheit.

»Ihr werdet sie nie finden«, brachte er zwischen seinen gebrochenen Zähnen hervor. »Sie ist klüger als ihr.«

*

Line konnte nicht anders, sie fand die drei Geheimdienstler sympathisch, vor allem die beiden jungen, Mikaela und Robin. Vielleicht handelte es sich um eine äußerst geschickte Tarnung, doch Line hielt das für unwahrscheinlich. Sie musste daran danken, wie viel der Geheimdienstarbeit inzwischen aus Datenanalyse bestand und dass unzählige externe Unternehmen in die Arbeit eingebunden waren. Dass die beiden hier anwesend waren, sprach zwar nicht dafür, dass es sich um Externe handelte. Aber Line hielt ihr Auftreten für authentisch.

Noch hatte sie nicht erfahren, welches Aufgabengebiet die drei eigentlich hatten, und auch sonst gaben sie sich recht wortkarg. Pfeiffer hatte Anstalten gemacht, dem Gespräch beizuwohnen, doch McLeary hatte ihn weggeschickt, um Tee und Kaffee zu holen.

»Okay, Sie gehören also zum GCHQ. Aber was wollen Sie von uns? Sie müssen mir mehr geben, wenn ich Ihnen vertrauen soll. Woher wusste dieser Pfeiffer überhaupt, dass wir hier sind?«

»Das sind Dinge, die der Geheimhaltung unterliegen«, erklärte McLeary. »Alles, was ich Ihnen sagen kann, ist, dass wir eine bestimmte Person suchen. Wir glauben, dass Sie diese Person kennen.«

Line verschränkte die Arme, zum Zeichen, dass ihr das nicht genügte.

»Sie müssen ihr von Light erzählen«, ermahnte Mikaela ihn.

»Hazeem Light?«, hakte Line ein. »Der Mann, der sich in London von einem Hochhaus stürzte? Interessant. Es gibt also eine Verbindung hier nach Lagos?«

McLeary sandte Mikaela einen bösen Blick, bevor er sich an Line wandte. »Sie sind Journalistin. Wie werden Sie mit den Informationen umgehen, die Sie hier erfahren?«

Line grinste. »Sie wollen eine Geheimhaltungszusage von mir? Können Sie vergessen. Ich werde den Teufel tun und meine eigenen Texte zensieren.«

»Dann kann ich Ihnen leider nicht mehr dazu sagen.«

»Schön. Ich kann Ihnen in dem Fall nicht erzählen, wer die junge Frau ist, für die Sie sich offenbar interessieren.«

McLeary schien intensiv nach einer Lösung zu suchen, doch es sah nicht aus, als ob er große Fortschritte machte. Line nippte derweil genüsslich von ihrem Kaffee, der eine betörende Würze hatte, wie sie diese noch nie zuvor erlebt hatte.

»Sie lassen unsere Namen und den GCHQ da raus. Kein Wort darüber, dass wir in Kontakt waren. Und Sie warten mit der Veröffentlichung, bis diese Krise vorbei ist.«

Line dachte nach. Ihr ging sein Getue gegen den Strich, aber sie sah ein, dass sie ihm etwas entgegenkommen musste.

»Weismann, was sagen Sie?«

»Ich kenne mich mit derlei Dingen nicht aus«, gestand er. »Aber ich denke wirklich, dass wir Hilfe brauchen, wenn wir weitermachen wollen.«

Line zuckte mit den Schultern. »Von mir aus. Aber ich entscheide, wann ich veröffentliche. Nach der Krise, versprochen.«

McLeary seufzte und wandte sich an Mikaela. »Wenn das schiefgeht, sorge ich dafür, dass Sie mit mir ins Gefängnis gehen.«

Sie zog bei diesen Worten merklich den Kopf ein, erwiderte aber nichts.

»Hazeem Light war ein Kollege von uns«, sagte McLeary schließlich. »Wir glauben, dass er Kontakt zu der Person hatte, die Sie suchen. Und bevor wir weitermachen, muss ich Sie etwas Wichtiges fragen.«

McLeary gab Robin ein Zeichen, und dieser reichte ihm ein Stück Papier, auf dem eine Person abgedruckt war.

»Der Mann, der sich als Mitarbeiter des GCHQ ausgab. Sah er vielleicht so aus?«

Das Bild war nicht besonders scharf, es schien von einer Überwachungskamera zu stammen. Die Frisur war anders, aber Line erkannte das Gesicht dennoch sofort.

»Ja, das ist der Mann, der sich Frederick nannte.«

Sie konnte sehen, dass er mit der Antwort nicht glücklich war.

»Wie heißt er wirklich?«, wollte Line wissen.

»Sein Name ist Pawel Peskin. Und Sie können von Glück sagen, dass wir Sie gefunden haben.«

*

225

Hope sah sich genau um, als sie ihr Hotelzimmer verließ. Sie nahm sich Zeit sicherzugehen, dass niemand von den Passanten sich auffällig verhielt. Mit der neuen Kleidung war sie unauffällig. Sie musste sich nur bemühen, sich nicht anmerken zu lassen, wie fremd sich die neue Garderobe anfühlte. So wie sich alles hier fremd anfühlte. Sie war zum ersten Mal in ihrem Leben in einem anderen Land, doch für Sentimentalitäten war kein Platz.

Noch traute sie dem Frieden nicht. Sie hatte tatsächlich fliehen können. John hatte einige Bekannte angerufen, Leute, mit denen er sich über die Möglichkeit einer Flucht unterhalten hatte. Einen hatte er mit einer Anzahlung und dem Versprechen einer weiteren Rate überzeugen können, einen Pass zu beschaffen. Der Pass war natürlich gefälscht und enthielt einen falschen Namen, doch falls die Kameras des Flughafens Gesichtserkennungssysteme benutzten, waren diese für europäische Formen optimiert.

Es hatte jedenfalls funktioniert, niemand wusste, wo sie war. An diesem Ort war sie fürs Erste sicher.

Doch es war eine Sache, von etwas mit seinem Verstand überzeugt zu sein, und eine andere, wieder Vertrauen zu fassen, dass die Dinge gut werden konnten. Was passiert war, ließ sich nicht so einfach zur Seite schieben. Der Zeitpunkt würde kommen, da sie sich damit auseinandersetzen musste.

Diese Auseinandersetzung musste warten. Sie musste sich jetzt ganz auf ihren Verstand verlassen, das schuldete sie vor allem ihrer Tochter. Sie musste Sicherheit gewinnen.

Natürlich hatte sie alle Optionen durchgespielt. Das Wissen auf der Stelle zu teilen, war eine Möglichkeit. Sie hatte auch überlegt, all ihre Unterlagen zu zerstören. Keine dieser Optionen war ohne Risiko. Es musste noch eine bessere Möglichkeit geben.

Es waren dieselben Fragen, die sie seit vielen Monaten beschäftigten und für die sie bisher keine befriedigende Lösung gefunden hatte. Deshalb war es entscheidend, dass sie etwas Zeit gewonnen hatte.

Hope suchte zuerst einen Supermarkt auf, um einige Besorgungen zu machen. Sie brauchte Windeln und Babynahrung. Kurz vor Betreten des Flugzeugs hatte sie der Kleinen erstmals Windeln angelegt. Zum Glück akzeptierte diese die ungewohnte Maßnahme. Hier in dieser Stadt konnte sie bis auf Weiteres nicht auf Windeln verzichten. Zudem war es langsam an der Zeit, Myfawny von ihrer Milch zu entwöhnen, nur für den Fall, dass die Dinge sich nicht so entwickelten, wie Hope sich das vorstellte.

Die Frau an der Kasse beachtete Hope jedenfalls nicht und machte auch keine Bemerkungen über ihr Kind im Tragetuch. Zufrieden machte sie sich auf den Weg zurück ins Hotel, froh, den Schleier wieder ablegen zu können, der noch sehr ungewohnt war.

Dort würde sie sich mit den nächsten Schritten befassen. Sie hatte sich genau überlegt, wie weit sie gehen durfte. Geld zu stehlen war eigentlich nicht geplant gewesen. Damit hatte sie eine Grenze überschritten, doch sie sah ein, dass kein Weg daran vorbeiführte. Die Flucht, das Hotel, die Windeln für Myfawny, für all das brauchte sie Geld.

Doch das war das Problem mit Grenzen. Hatte man sie erst mal hinter sich gelassen, fehlte die Orientierung, die sie geboten hatten. Die für sie im Slum essenziell gewesen war. Sie hatte sich also neue Regeln auferlegt, welche Gesetze sie bereit war zu ignorieren und welche sie auf keinen Fall brechen wollte. Erst jetzt, nachdem das geklärt war, konnte sie sich mit voller Entschlossenheit an die Arbeit machen.

*

Was McLeary über diesen Pawel Peskin erzählt hatte, war tatsächlich alles andere als beruhigend, und Line hatte verstanden, dass sie sich für das Vertrauen der Geheimdienstler erkenntlich zeigen musste, und einen mehr oder weniger vollständigen Bericht über alles geliefert, das ihnen passiert war. Überraschenderweise waren die Details, die Hopes Flucht betrafen, auf besonderes Interesse gestoßen.

»Sie sagen, die Ampeln schalteten alle im gleichen Moment auf Grün?«, erkundigte sich Mikaela.

»Ich kann es nicht mit Sicherheit sagen. Es ist absurd, nicht wahr? Warum sollten die Ampeln gerade in dieser Situation umschalten? Sie sind doch zentral gesteuert, dachte ich.«

Mikaela tauschte Blicke mit McLeary und Robin.

»Sind sie auch«, bestätigte Mikaela. »Aber es gibt Ausnahmen.«

»Ach ja?«

»Busfahrer können bei manchen Kreuzungen die Ampeln umschalten, um Vorfahrt zu bekommen. Früher gab es dafür ein spezielles System, Ampeln per Funk zu schalten.«

»Sie verarschen mich«, sagte Line ungläubig.

»Ganz und gar nicht«, bestätigte McLeary. »Sie hat recht.«

Line erinnerte sich, dass sie sich als Kind einmal darüber gewundert hatte. »Wie funktioniert das? Ein Busfahrer hat also eine Fernbedienung, mit der er Ampeln aus- und einschalten kann?«

»So ähnlich«, bestätigte Robin, der offenbar das Bedürfnis hatte, sich ebenfalls einzuschalten. »Das kommt aus den Achtzigern. Funktionierte damals analog, wie ein Radioprogramm. Es wurden tatsächlich Töne verschickt.«

»Das muss doch irgendwie geschützt sein«, behauptete Line.

Mikaela schüttelte den Kopf. »Bei den analogen Signalen von früher war es nicht möglich, wenn Sie das meinen. Heute natürlich schon. Aber wenn man sehr einfach Codes knacken kann ...«

Line sah Weismann an, der irgendwie erschrocken wirkte.

»Ich habe es auch gesehen«, gestand er.

»Im Prinzip ist es möglich«, fasste McLeary zusammen.

»Sie glauben also, Hope hat den Unfall bewusst verursacht?«, fragte Line, die befürchtete, den Faden zu verlieren. Sie glaubte zu sehen, dass den Geheimdienstlern die Nennung des Namens unangenehm war. Sie fühlten sich offenbar mit der Idee einer gesichtslosen »Zielperson« wohler.

»Sie sagten, auch bei Ihrer Begegnung vor der deutschen Botschaft sei etwas passiert? Autos seien von selbst losgefahren und hätten einen der Angreifer zerquetscht?«, vergewisserte sich McLeary.

»Ich hielt es damals für unwahrscheinlich«, erklärte Line.

»Nicht unbedingt. Autos sind heute zunehmend vernetzt, viele der angebotenen Funktionen benötigen eine Internetverbindung. Und wie bei anderen elektronischen Geräten gibt es Sicherheitslücken. Das geht so weit, dass Hacker von außen den Motor starten können, und betraf, wenn ich mich recht erinnere, die Marken Nissan, Honda, Kia und Hyundai. Diese Informationen sind offen zugänglich, doch Unternehmen brauchen in der Regel einige Zeit, um solche Sicherheitslücken zu schließen.«

»Und Sie glauben, die Frau, die wir suchen, kann so etwas?«

»Jemand mit einer Ausbildung in Naturwissenschaft oder Mathematik sollte dazu mit etwas Vorbereitung in der Lage sein«, sagte McLeary.

»Woher wusste Ihr Kollege Hazeem Light überhaupt von ihr?«, wollte Line wissen.

»Das ist etwas kompliziert«, wand sich McLeary.

»Wir mögen es kompliziert«, sagte Line trocken. »Nicht wahr, Professor Weismann?«

*

Myfawny schlief, das bedeutete, Hope konnte sich an die Arbeit machen. Sie war zufrieden mit dem Zimmer, das sie genommen hatte. Es verfügte über einen Schreibtisch, auf den sie den neu gekauften Laptop stellen konnte. Die Zugangsdaten für das WLAN lagen unbeachtet neben dem Telefon. Sie hatte nicht vor, das hauseigene Netzwerk zu verwenden. Direkt auf der anderen Straßenseite befand sich ein zweites Hotel, in dem sie ebenfalls ein Zimmer genommen hatte. Sie hatte sich den Schlüssel wie auch die Zugangsdaten fürs WLAN geben lassen – ohne Myfawny, die sie hier zurückgelassen hatte, um weniger aufzufallen – und war dann über einen Hinterausgang verschwunden, ohne das Zimmer zu beziehen.

Nun konnte sie mit ihrer Arbeit beginnen. Nachdem sie die Festplatte des neuen Laptops formatiert und dort ein Linux-System installiert hatte, mit dem sie sich auskannte, steckte sie die Mikro-SD-Karte in den Leseschlitz und lud die darauf befindlichen Dateien herunter. Eine davon war ein ausführbares Programm namens *masterkey*. Sie startete es über die Kommandozeile in einem Testmodus, der einen Bericht über die Performance des Programms auf dem aktuellen Gerät ausspuckte. Die Leistung war in Ordnung, aber nicht gut genug für das, was sie vorhatte. Zuallererst musste sie sich deutlich mehr Rechenleistung verschaffen.

Die nächsten Schritte hatte sie während der letzten Stunden genau geplant. Sie hatte sich überlegt, Rechenzeit auf einem kommerziellen Supercomputer zu buchen. Der Erdölkonzern Total betrieb zum Beispiel in Frankreich eine solche Anlage, die von IBM gebaut worden war und etwa die 80000-fache Rechenleistung eines normalen PCs besaß.

Doch bedeutete dies Schwierigkeiten auf verschiedenen Ebenen. Einerseits wäre das mit erheblichem finanziellem Aufwand verbunden, andererseits würde sie nicht umhinkommen, sich auszuweisen. Sie war zwar in der Lage, eine gefälschte Identität vorzugaukeln, doch da nicht alles, was sie vorhatte, streng legal war, war es ein Risiko, dass im Hintergrund jemand nachforschen würde, wer sie wirklich war. Außerdem würde dann womöglich jemand die Programme, die sie dort laufen lassen wollte, genauer in Augenschein nehmen und vielleicht Back-ups davon erstellen. Sie konnte zwar die Programme in verschlüsselter Form dort ausführen, doch das wäre aufwendig und würde sich wieder negativ auf die Performance auswirken. Der wichtigste Grund, warum sie sich gegen diese Lösung entschied, war aber, dass es unnötig viel Zeit brauchte. Sie musste eine Kontaktanfrage stellen, mit den Leuten dort einen Deal vereinbaren.

Es gab eine andere Möglichkeit, der sie sich zuerst zuwenden sollte. Universitäten in aller Welt besaßen ebenfalls Supercomputer, die für Forschungszwecke eingesetzt wurden. Wie der Zugang dazu funktionierte, war online genau beschrieben. So erhielten etwa nur ganz bestimmte IP-Adressen Zugang zum System. Sie fand Informationen, wer neue IP-Adressen hinzufügen durfte und welche Rechte man dafür benötigte. Es gab Zugänge für Einzelpersonen oder für Forschungsgruppen, die sich einen einzigen Zugang teilten. Eine besonders genaue Dokumentation gab es etwa für einen Supercomputer in der Nähe von München, der aus über sechstausend Serverknoten mit je achtundvierzig Prozessoren bestand und mit dreißig Milliarden Rechenoperationen pro Sekunde in etwa gleich viel Leistung abrufen konnte wie der private Supercomputer von Total.

Eine schnelle Recherche stimmte sie nicht besonders optimistisch. 2020 hatte es einen größeren Hack gegeben, der verschiedene Supercomputer in ganz Europa betroffen hatte und verschiedene wissenschaftliche Rechenzentren gezwungen hatte, ihre Anlagen herunterzufahren. Seither waren die Sicherheitsvorkehrungen verschärft worden. Doch bei genauerer Betrachtung stellte sich heraus, dass sich einige der geplanten Änderungen erst in der Pilotphase befanden. So war etwa die Zwei-Faktor-Autorisierung bei einigen Superrechnern noch nicht flächendeckend implementiert worden. Ganz hoffnungslos war die Lage nicht.

Hope verschleierte ihre IP-Adresse über einen VPN-Dienst, der alles, was sie tat, über einen Computer in einem anderen Land umleitete – sie entschied sich aus einer Laune heraus für Japan. Dann begann sie, auf den Webseiten der in und um München gelegenen Hochschulen nach wissenschaftlichen Arbeitsgruppen zu suchen, die mit diesem Supercomputer arbeiteten. Sie waren meist auf der

Projektwebseite angegeben. Sie interessierte sich besonders für Forschungsprojekte, bei denen sie lange Rechenzeiten erwarten durfte. Materialwissenschaft war ein guter Tipp, diese Leute arbeiteten mit Dichtefunktionaltheorie, die besonders rechenintensiv war, auch wenn seit einiger Zeit künstliche Intelligenz zum Einsatz kam, um den Aufwand zu verringern.

Als Nächstes scrollte sie durch die Namen der Mitarbeiter an dem Projekt. Sie checkte deren Social-Media-Auftritte, um ein Gefühl dafür zu bekommen, wer das beste Ziel darstellte. Besonders interessierte sie sich für Leute, deren Profil öffentlich einsehbar war, und sah sich an, mit wem sie online Austausch pflegten. Übrig blieb eine Handvoll Personen.

Hope kopierte eine Reihe von Beispieltexten aus ihrer öffentlich einsehbaren Kommunikation – wie sie gegenseitig ihre Posts kommentierten. Diese Textteile fütterte sie in einen offen zugänglichen KI-Textgenerator, der lernte, den Stil der jeweiligen Person zu imitieren. Angenehm war, dass die gängige Sprache bei internationalen Forschungsgruppen Englisch war und diese Leute sich auch privat auf Englisch unterhielten.

Im nächsten Schritt erstellte sie eine falsche E-Mail-Adresse mit dem Namen einer Person der Forschungsgruppe, die sich nur in der Endung von der realen Adresse unterschied. Mithilfe der KI formulierte sie eine kurze Mail im Stil der jeweiligen Person, die sie an den Gruppenleiter richtete, nahm kurz Bezug auf ein reales Ereignis in der näheren Vergangenheit, über das sich die beiden via Social Media ausgetauscht hatten, und fragte dann in unverbindlichem Ton nach den Zugangsdaten zum Supercomputer, mit der Ausrede, gerade nicht zu Hause zu sein und über keinen Zugang zum eigenen Rechner zu verfügen.

Dieses Prozedere wiederholte sie mit mehreren Supercomputern in aller Welt, von denen es zum Glück mehr und mehr gab. Bei etwa der Hälfte hatte sie Erfolg. In Summe dauerte all das fast zwei Stunden. Viel zu lang, fand Hope, deren Kind einmal in der

Zwischenzeit aufwachte und wieder in den Schlaf gewiegt werden wollte.

Als Hope fertig war, nahm sie sich noch etwas Zeit, mehrere Scripts zu schreiben, die einige der gerade unternommenen Schritte automatisierten und den Prozess künftig beschleunigen würden.

Noch bevor sie damit fertig war, bekam sie eine Mail mit den Zugangsdaten zu einem Supercomputer in Spanien, der in einem wunderschönen historischen Gebäude untergebracht war.

Hope verschob die Pause, die sie sich hatte gönnen wollen, und öffnete die Login-Fenster zu mehreren unterschiedlichen Cloud-Diensten in aller Welt, wo sie ihre Arbeit in mehreren Teilen und in verschlüsselter Form gesichert hatte. Sie lud die Pakete herunter, entschlüsselte und entpackte sie auf ihrem Laptop und lud Teile davon in den Supercomputer. Sie machte einen Testlauf mit ihrem kleinen Programm, um die Performance ihres neuen Rechners zu testen. Diesmal war sie mit dem Ergebnis sehr zufrieden.

Danach gönnte sie sich die verdiente Pause. Wie lange ihr Eindringen unbemerkt bleiben würde, wusste sie nicht. Aber einerseits brauchte sie den Supercomputer nicht für alle Ewigkeit, sondern voraussichtlich nur einige Stunden. Und andererseits hatte sie gerade von einem Forscher aus München die Zugangsdaten zum dortigen Supercomputer erhalten. Eine Pause war also durchaus angemessen, bevor sie sich daran machen wollte, sich frisches Geld zu beschaffen.

*

»Light stieß nicht zufällig auf sie. Er hatte von mir den konkreten Auftrag, sie zu suchen«, erklärte McLeary.

»Sie wussten von Hope?«, fragte Line verblüfft.

»Wir hatten keinen Namen. Wir wussten noch nicht einmal mit Sicherheit, dass es sich um eine Person handelt.«

»Eine Person«, wiederholte Line. »Ich verstehe immer weniger.«

»Lassen Sie mich bitte ausreden!«, forderte McLeary. »Damit Sie das verstehen, muss ich Ihnen erklären, was wir in unserer Abteilung tun.«

Line konnte sehen, wie unangenehm es für ihn war, darüber zu sprechen, als er ihr erklärte, dass sich seine Abteilung mit dem Entwerfen von Rätseln befasste.

»Sie sind das?«, fragte Line verblüfft. »Ich glaube, eines Ihrer Rätselbücher steht bei uns in der Redaktion in Wien.«

»Die Rätsel sind natürlich nur eines unserer Betätigungsfelder. Neben unseren eigenen Ausschreibungen interessieren wir uns auch für Wettbewerbe, die wir nicht selbst veranstalten. Es gibt unzählige solche Ausschreibungen, besonders gängig sind sie in der Kryptografie. Sie können mit Mathematik-Rätseln Millionen Dollar verdienen, wenn Sie geschickt sind.«

Line wandte sich an Weismann, der bestätigend nickte.

»Ich wusste nicht, dass die Mathematik-Olympiade so hoch dotiert ist«, gestand Line.

»Es mag für Sie kurios erscheinen, hat aber einen sehr ernsten Hintergrund. Sie dürfen sich das nicht nur als eine Menge von Zahlenrätseln vorstellen. Wenn es etwa um die Suche nach neuen Kryptografie-Standards geht, wird in der Regel ein Wettbewerb ausgeschrieben. Eine Behörde, die solche Wettbewerbe veranstaltet, ist das nationale amerikanische Institut für Standards und Technologie NIST, das seit über hundert Jahren existiert. Als in den Siebzigern offenkundig wurde, dass die US-Regierung eine Möglichkeit brauchte, sensible Informationen zu verschlüsseln, machte man sich auf die Suche nach dem richtigen Verfahren, das die nötige Sicherheit bieten sollte. 1973 holte man Vorschläge ein. Der Siegervorschlag wurde schließlich zum *Data Encryption Standard*. Aus heutiger Sicht schrecklich unsicher, aber damals war es eine Revolution. Seither schreibt das NIST immer wieder Wettbewerbe aus, wenn es um neue Verschlüsselungsstandards ging. Der Siegerbeitrag wird am Ende zum neuen Standard erhoben.«

»Und Sie interessieren sich für die Leute, die dort etwas einreichen«, sagte Line.

»Richtig. Diese Leute interessieren uns. Manche davon wirbt der GCHQ später an.«

McLeary machte eine Geste in Richtung Mikaela.

Sie grinste und meinte: »Ohne Jeff wäre ich nie zum GCHQ gekommen.«

»Darf ich raten?«, sagte Line, die ungeduldig wurde. »Hope hat sich bei einem Ihrer Rätsel hervorgetan.«

McLeary wiegte den Kopf. »Nicht nur bei einem. Zuerst erschien uns die Sache eher wie eine statistische Anomalie.«

»Eine Anomalie? Was soll das heißen?«

Robin räusperte sich. »Wir registrierten eine Zunahme an positiven Ergebnissen bei diesen Ausschreibungen, speziell, wenn es um komplizierte Zahlenrätsel ging. Wir führen Statistiken darüber, und das geschah wirklich von heute auf morgen.«

»Das war vor etwas mehr als einem Jahr«, erklärte McLeary. »Nicht jeder hätte das bemerkt. Es war Hazeem Light, der uns darauf aufmerksam machte. Zuerst glaubten wir ihm nicht.«

»Es klang abenteuerlich«, erklärte Robin. »Der Effekt war nicht statistisch signifikant. Aber als mehrere Monate vergingen, stellte sich heraus, dass Light recht hatte. Etwas war geschehen.«

»Von wem stammten die Einreichungen?«, wollte Line wissen.

»Das ist die entscheidende Frage. Wir konnten es nicht sagen.«

»Warum nicht?«

»Es stellte sich heraus, dass nicht nur die Zahl der erfolgreichen Einreichungen gestiegen war, sondern auch die Zahl der anonymen Einreichungen. Aber Light gelang der Nachweis, dass die beiden Effekte exakt korrelierten. Es sah sogar so aus, als ob jemand großen Wert darauf gelegt hätte, keine statistisch signifikanten Spuren zu hinterlassen. Wir machten uns also auf die Suche nach den Einreichern, und tatsächlich fanden wir nicht nur zahlreiche anonyme Wettbewerbsteilnahmen mit verblüffend guten Ergebnissen, sondern konnten auch eine Reihe gefälschter Identitäten aufspüren – allesamt bei Wettbewerben, die keine anonyme Einreichung erlaubten.«

»Und Sie glaubten, dass es sich um ein und dieselbe Person handelte?«

»Anfangs nicht«, sagte McLeary. »Wir konnten es nicht beweisen. Wir nannten, was immer hinter den Einreichungen steht, die *Quelle*.«

»Das habe ich schon einmal gehört«, sagte Line.

»Tatsächlich?«, fragte McLeary schnell. »Wo?«

»Frederick … Pawel hat diesen Begriff verwendet. Er behauptete, dass diese Quelle es Light erlaubte, das Londoner Stromnetz zu hacken.«

McLeary und Robin sahen sich an.

»Wir waren nicht die Einzigen, die diese Anomalie bemerkten. Als wir nachforschten, erfuhren wir, dass inzwischen auch andere Nachrichtendienste auf die Zunahme an anonymen Wettbewerbseinreichungen aufmerksam geworden waren. Der Ausdruck *Quelle* stammt nicht von uns, wir haben ihn übernommen. Hazeem war jedenfalls der Erste. Und er hatte sich einen Vorsprung gegenüber den anderen verschafft.«

»Was hat Pawel überhaupt damit zu tun?«

»Pawel hat seine eigene Theorie«, erklärte McLeary. »Er hat das GCHQ vor einigen Tagen kontaktiert und versprach, uns Zugang zur Quelle zu verschaffen. Ich habe Ihnen bereits erklärt, dass Pawel mit sensiblen Informationen handelt. Normalerweise sind es Sicherheitslücken. Doch in letzter Zeit ließ sein Interesse daran nach. Er konzentrierte sich zuletzt ganz auf die Suche nach der Quelle. Er glaubt, dass dahinter etwas viel Größeres steckt. Eine Technologie, die künftig alle Sicherheitslücken obsolet machen könnte. Dieses Wissen wollte er uns verkaufen, für eine astronomische Summe.«

»Glauben Sie, dass Pawel recht haben könnte?«, wollte Line

wissen. »Dass er im Besitz einer solchen überlegenen Technologie ist?«

McLeary machte eine Geste in Richtung von Robin und Mikaela. »Wir sind uns nicht ganz einig, was das angeht.«

»Es kann nicht sein«, behauptete Mikaela fest.

Sie warf einen Blick zu Weismann. Die beiden schienen sich ohne Worte zu verstehen, und Weismann wurde auf einmal ganz blass.

Line seufzte. »Können Sie mir bitte sagen, wovon überhaupt die Rede ist?«

Dazu kam es nicht, denn in diesem Moment kam Pfeiffer hereingestürmt.

»Sir, kann ich einen Moment mit Ihnen allein sprechen?«

*

Dass Hope Geld hatte stehlen müssen, ärgerte sie immer noch. Nun, da sie mehr Zeit und genügend Rechenleistung hatte, konnte sie eine elegantere Methode anwenden. Geld konnte man sich nämlich nicht nur verdienen, man konnte es buchstäblich *machen*. Während das Drucken von Geldscheinen und das Prägen von Münzen staatlichen Institutionen vorbehalten und für Privatpersonen nach wie vor illegal war, galten diese Einschränkungen im Bereich der Kryptowährungen nicht. Das Fehlen einer zentralen Einheit war ihr Alleinstellungsmerkmal. In Wirklichkeit handelte es sich bei Kryptowährungen ja nicht um Werte, sondern um nützliche Tools, mit denen sich Geschäfte abwickeln ließen. Die »Coins« waren eigentlich nur Zahlen, ihren Wert erhielten sie durch ihre Nützlichkeit und durch den Glauben der Menschen, die sie verwendeten. Trotz der schlechten Presse von Kryptowährungen seit dem Crash hatte sich an diesem Grundsatz nichts geändert.

Weil Bitcoins nur Zahlen waren, gehörten sie niemandem, bis damit eine Zahlung getätigt wurde. Dann erst wurde eine bestimmte Krypto-Coin mit einem Zweck verbunden und wurde Teil der sogenannten Blockchain.

Kompliziert war all das nicht, zumindest aus Hopes Sicht. Spannend war, dass sich nicht jede Zahl zur Bitcoin eignete. Nur ganz bestimmte Zahlen kamen infrage. Sie zu finden war zur Zeit der Erfindung der Bitcoins ganz einfach gewesen, wurde allerdings immer schwieriger, je mehr Bitcoins gefunden oder, wie es in der Kryptogemeinschaft hieß, »geschürft« wurden. Genau genommen waren es nicht die Coins selbst, die knapp wurden, sondern die möglichen Blöcke für die Blockchain. Bitcoin funktionierte nach dem Prinzip, dass es keine vertrauenswürdige zentrale Einheit gab, die eine Transaktion überwachen musste – eine Technik, die erst 2008 vervollkommnet worden war. Bei normalem Geld waren es die Banken, die für Verlässlichkeit sorgten, während die Zentralbanken den Kurs regulierten. Bei Bitcoin wurden Transaktionen nicht zentral von einer Bank verwaltet, sondern dezentral von allen Bitcoin-Usern. Jede Transaktion wurde automatisch öffentlich einsehbar gespeichert. Die Kette dieser Transaktionen wurde Blockchain genannt. Die Sache hatte nur einen Haken: Banken verwahrten die Daten der Transaktionen normalerweise sicher und schützten sie vor fremden Blicken. Schließlich sollte nicht jeder wissen, wer wem Geld schickte. Doch bei Bitcoin sah jeder jede Transaktion. Jeder besaß die ganze Blockchain. Aus diesem Grund war die Blockchain verschlüsselt. Niemand konnte von außen nachvollziehen, wer wem Geld geschickt hatte, außer den beteiligten Parteien. Die Blockchain diente nur der Absicherung, denn im Prinzip war jede Transaktion festgehalten.

Doch das verwendete Verschlüsselungsverfahren hatte einen Nachteil: Es gab nur eine begrenzte Anzahl von Blöcken und folglich nicht beliebig viele Bitcoins. Im Gegensatz zum gewöhnlichen Geldsystem gab es bei Bitcoin keine Zentralbank, die einfach Banknoten drucken und so aus dem Nichts Geld erzeugen konnte, um das System zu regulieren. Aus diesem Grund stieg auch der

Kurs für Bitcoins. Steigende Nachfrage bei begrenzter Verfügbarkeit, die Rechnung war ganz einfach.

Das hatte eine Zeit lang massive Auswirkungen bis tief in die Halbleiterbranche hinein. Sogenannte GPUs, Grafikprozessoren für PCs, die eigentlich Videospielen zu schöner Grafik verhelfen sollten, waren hochoptimierte Rechenmaschinen, die sich hervorragend zum Aufspüren neuer Bitcoins eigneten. Eine Zeit lang kauften digitale Goldgräber alle auf dem Markt verfügbaren GPUs auf, um sie in riesigen Schürf-Farmen zusammenzuschalten und Jagd auf die wertvollen Coins zu machen. Inzwischen war auch dieser Trend wieder vorüber.

Doch nach wie vor gab es unentdeckte Bitcoins im unendlichen Pool der für Menschen und Maschinen denkbaren Zahlen. Geld, das sich jeder sichern konnte, der über die nötigen Ressourcen und über geeignete Programme zum Aufspüren verfügte.

Das Programm, über das Hope verfügte, war nie Teil des Plans gewesen. Als sie einige vorbereitete Tools aktivierte und dem Supercomputer das Startsignal gab, dauerte es nicht lange, bis sie etliche neue Bitcoins gefunden hatte. Geld, das ihr half, die nächsten Schritte in Angriff zu nehmen.

*

Als McLeary wenige Minuten später zurückkam, schien er es eilig zu haben.

»Wir können unser Gespräch auf dem Weg fortsetzen. Vorausgesetzt, Sie begleiten uns, worum ich Sie hiermit ersuche.«

»Wohin?«

»Wir haben eine Spur zur Zielperson. Sie soll sich in Mauretanien aufhalten.«

»Sie ist nicht mehr in Lagos?«

»Nein, meinen Informationen zufolge befindet sie sich in der mauretanischen Hauptstadt Nouakchott.«

Diese Information verblüffte Line. Die junge Frau hatte so hilflos gewirkt. Sollte ihr tatsächlich die Ausreise gelungen sein? Woher hatte sie das Geld für ein Flugticket?

»Aber warum Mauretanien?«, fragte sie.

»Für manche Staaten braucht es von Nigeria aus kein Visum zur Ausreise«, sagte McLeary. »Ein Flugzeug wird gerade für uns aufgetankt, das uns dorthin bringen soll.«

Line nickte einfach. Weismann hingegen wirkte plötzlich angeschlagen.

»Geht es Ihnen gut?«, fragte Line. »Vielleicht wäre es besser, man bringt Sie nach Hause.«

»Nein, alles gut. Ich komme auch mit.«

Zwanzig Minuten später saßen sie in einem Privatjet, der gerade Platz für eine Handvoll Personen bot und von einer holprigen Betonpiste mitten in der Einöde abhob, einer Landschaft, die in der tief stehenden Abendsonne strahlte, als stünde sie in Flammen. Pfeiffer hatte sie mit einem Wagen zum Flughafen gebracht und war dort zurückgeblieben. Er hatte keine Anstalten gemacht, seine Missbilligung darüber zu verbergen, dass McLeary sich mit Line und Weismann zusammentat.

Als sie ihre Reiseflughöhe erreicht hatten und es ihnen erlaubt wurde, sich abzuschnallen, bat McLeary Robin darum, Getränke für alle zu holen. Robin zog sich in eine kleine Küche im hinteren Teil des Jets zurück und kam mit Limonade, Bier und Sekt wieder. Während Weismann ablehnte und Line der Versuchung widerstand, sich ein Glas Sekt zu genehmigen, griff sich McLeary ein Bier. Line ließ ihm die Zeit, einige Schlucke davon zu trinken, bevor sie sich an ihn wandte.

»Wir wurden vorhin unterbrochen«, begann Line. »Sie erzählten mir von einer Theorie Pawels.«

»Es ist unwahrscheinlich, dass er recht hat«, entgegnete McLeary, der müde wirkte.

»Erzählen Sie sie mir trotzdem.«

Sein Blick fand den von Mikaela, die eine finstere Miene machte und sich dann abwandte.

»Ich sagte, dass die Quelle eigentlich auf eine statistische Anomalie zurückging«, sagte er. »In unseren Daten war der Effekt schwach. Aber mit der Zeit erfuhren wir, dass der Effekt global viel stärker war.«

»Inwiefern?«, wollte Line wissen.

»Es gibt nicht nur Wettbewerbe für Kryptografie«, erklärte McLeary. »Auch andere Forschungsgebiete haben solche Bewerbe. Manche testen aus, wer das beste Wettermodell hat, andere wetteifern darum, wer den nächsten Sonnensturm vorhersagen kann.«

»Man kann Sonnenstürme vorhersagen?«, fragte Line.

»Es gibt mehrere Forschungsgruppen weltweit, die das können. Sie wetteifern auf X, also Twitter, wer schneller ist. Aber es gibt auch hier offizielle Wettbewerbe.«

Line sah ihn verblüfft an. »Und dort war der Effekt auch nachweisbar?«

McLeary nickte. »Auch dort war eine Zunahme der Qualität unter den Einreichungen merkbar. Und auch dort waren sie anonym.«

Line überlegte, ihnen von den unerklärlich genauen Wetterberichten zu erzählen, doch Mikaela ließ sie nicht zu Wort kommen.

»Nur hat das eine mit dem anderen nichts zu tun«, warf die Geheimdienstlerin ein.

»Warum?«, wollte Line wissen und sah hinüber zu Weismann, der gerade eben noch gedöst hatte. Sie wollte ihn in die Unterhaltung einbinden, weil sie auf sein mathematisches Verständnis hoffte. Doch sie merkte, dass er bereits hellwach war und das Gespräch aufmerksam verfolgte.

»Warum sollte das nicht möglich sein?«, wiederholte Line ihre Frage.

»Weil Sonnenstürme oder das Wetter anders berechnet werden als die Codes, von denen wir hier reden«, sagte Mikaela. »Hazeem war in der Lage, komplexe Codes zu knacken. Das ist das eine.

Dazu braucht es im Wesentlichen eine Methode zur Faktorisierung. Sie müssen große Produktzahlen aus Primzahlen zerlegen. Hazeem verfügte über eine überlegene Methode, die wir immer noch nicht verstehen. Das hat er uns mit seiner Mail gezeigt. Aber nur weil Sie Zahlen faktorisieren können, können Sie noch lange nicht das Wetter vorhersagen.«

»Pawel war anderer Meinung«, erinnerte sie McLeary.

»Weil er keine Ahnung von Mathematik hat. Faktorisierung ist kein NP-vollständiges Problem.«

Bei dem Wort schnappte Weismann hörbar nach Luft.

»Was bedeutet das jetzt schon wieder?«, wollte Line wissen.

»Manche mathematischen Probleme lassen sich ineinander umwandeln«, sagte Weismann schnell, als wollte er das Thema vom Tisch haben. »Die schwierigsten Probleme sind eigentlich nur Ausformungen eines einzigen Problems. Wer eines löst, löst alle.«

»Faktorisierung gehört nicht dazu«, beharrte Mikaela. »Deshalb ist diese Diskussion hier unsinnig.«

»Hat sie recht?«, wandte Line sich an Weismann, der nickte. Ganz überzeugt wirkte das in Lines Augen aber nicht. »Warum glaubt Pawel das dann?«, fuhr sie fort.

»Pawel glaubt etwas anderes. Er glaubt, dass die Quelle nicht etwa eine überlegene Lösung des Faktorisierungsproblems ist, sondern eine Lösung eines allgemeineren Problems. Eines, das Ihnen hilft, die Faktorisierung zu lösen, das aber noch mächtiger ist.«

Mikaela wandte sich an Weismann. »Sagen Sie ihnen, dass das nicht sein kann. P ist nicht das Gleiche wie NP-vollständig. Es gibt keine Lösungen für allgemeinere Probleme.«

Doch Weismann verzog nur das Gesicht, als hätte er Schmerzen. »Das ist nicht bewiesen«, sagte er. »Es könnte sein, dass wir uns irren.«

»Sie wissen, was das hieße!«, fuhr Mikaela ihn an. »Es wäre das Ende der Welt, wie wir sie kennen!«

Line wartete darauf, dass Weismann widersprach, doch er schwieg. Sie schüttelte den Kopf. »So geht das nicht. Ich will wissen, wovon Sie hier sprechen.«

*

»Noch einmal«, forderte Line. »Ich verstehe es nicht.«

Sie forderte immer aufs Neue Erklärungen ein und brachte Weismann zur Verzweiflung. Aber sie hatte noch nie Scheu gehabt, Fragen zu stellen. Sie fand, dass sie hinreichend intelligent war, um alles, was wichtig war, verstehen zu können, wenn sie sich damit befasste. Das verlangte auch ihr Berufsethos als Journalistin. Wenn man eingestand, dass manche Themen der breiten Öffentlichkeit nicht vermittelbar waren, kam das einer Bankrotterklärung für ihre Profession gleich.

Sie verstand auch nicht, warum Weismann nach Luft schnappte. Was erwartete er? Sie hatte von diesen Dingen noch nie gehört, das war nicht ihr Fehler. Sie sah nicht ein, warum er so ungeduldig wurde.

»Sie sagen, es gibt mehrere Berechenbarkeitsklassen. Es gibt Dinge, die einfach zu berechnen sind, und solche, die schwierig zu berechnen sind.«

»In polynomialer Zeit und in nicht polynomialer Zeit«, wiederholte Weismann das, was er schon dreimal gesagt hatte.

»Und das erklären Sie mit einem Schachbrett?«

Das war das Beispiel, das Weismann gebracht hatte. Er hatte von Reiskörnern gesprochen, die auf die Felder gelegt werden. Eine aus dem alten Indien stammende Legende.

»Das Schachbrett-Beispiel soll dazu dienen, Ihnen zu zeigen, was NP heißt.«

»Schön. Was heißt NP?«

Weismann seufzte. »Stellen Sie sich ein Schachbrett vor. Sie legen ein Reiskorn auf das erste Feld. Auf das zweite Feld legen

Sie zwei. Auf das dritte drei, und so weiter. Ein Schachbrett hat 64 Felder. Wie viele Körner brauchen Sie?«

»Über 2000«, antwortete Line. Das hatte er ihr bereits zuvor erklärt.

»2080, um genau zu sein. Gut. Beginnen wir von vorn. Auf das erste Feld legen Sie ein Korn, auf das zweite zwei. Auf das dritte vier. Auf jedem neuen Feld verdoppeln Sie die Menge. Wie viel Reis brauchen Sie jetzt?«

Line machte eine ungeduldige Geste. »Viel. Das sagten Sie bereits.«

»Mehr als 18 Trillionen. Wenn Sie annehmen, dass ein Reiskorn 30 Milligramm wiegt, sind das 550 Milliarden Tonnen.«

Line schüttelte den Kopf. »Sie werfen mir diese riesigen Zahlen hin. Wovon soll mich das überzeugen?«

»Dass es einen wesentlichen Unterschied zwischen polynomialer Berechenbarkeit – Fall eins – und nicht polynomialer Berechenbarkeit – Fall zwei – gibt. Die Reiskörner stehen für den Rechenaufwand. P-Probleme lassen sich einfach lösen. Bei NP-Problemen ist nur die Überprüfung des Ergebnisses einfach. Das Finden des Ergebnisses ist so schwierig wie das Abzählen der Reiskörner auf dem Schachbrett. Das ist es, was Sie verstehen müssen.«

»Ich muss gar nichts«, entgegnete Line.

»So funktioniert Verschlüsselung«, ignorierte Weismann ihre Bemerkung. »Nachrichten verschlüsseln ist einfach, das Knacken von Codes ist schwierig. Bei Verschlüsselungsverfahren können Sie sich die Größe des Schlüssels aussuchen. Wenn Sie einen größeren Schlüssel verwenden, steigt der Verschlüsselungsaufwand nur ein bisschen. Codes knacken gehört zur Klasse NP. Sobald der Schlüssel nur ein wenig größer ist, steigt der Aufwand ins Astronomische. Deshalb sind Codes sicher. Nicht, weil sie unmöglich zu knacken wären, sondern weil der Aufwand ins Astronomische steigt.«

Line verstand langsam. Aber sie sah immer noch nicht, worauf die beiden hinauswollten.

»Aber Mikaela sagte doch, Codes knacken ist nicht in der Klasse NP?«

»Doch, es ist nur nicht NP-vollständig.« Weismann rieb sich die Stirn. »Von vorne. Hazeem Light hat also irgendwie Hopes Wunderformel entdeckt. Nicht nur das, er erhielt noch mehr, nennen wir es ein Zauberprogramm. Dieses Programm kann sehr gut Codes knacken. Der Reis wiegt dann nicht Milliarden Tonnen, sondern nur einige Kilogramm.«

Das hat er ja bewiesen. »Aber Sie sagen, das ist nicht alles.«

Mikaela übernahm von Weismann, der offenbar eine Pause benötigte. Sie schien Verständnis für Lines Hartnäckigkeit zu haben. »Jemand, der alle Codes knacken kann, ist natürlich ein Problem«, gab sie zu. »Doch hier geht es um mehr. Primfaktorenzerlegung – das, was Sie zum Codeknacken brauchen – ist nicht NP-vollständig.«

Weismann schaltete sich erneut ein. »Das bedeutet, wenn Sie Codes knacken können, dann können Sie nur das. Codes knacken, nichts anderes.«

»Genügt das nicht?«, fragte Line.

»Nein«, sagte Mikaela. »Wir vermuten, dass Hopes Zauberprogramm, wenn Sie es so nennen wollen, noch etwas anderes kann. Es kann ein Problem lösen, das so schwierig ist, dass es über allen Problemen steht.«

»Wie?«, fragte Line. »Was soll das bedeuten?«

»Stellen Sie sich vor, Sie können sehr schnell, was weiß ich, laufen. Was bringt Ihnen das?«

»Sagen Sie es mir.«

»Nun, es hilft Ihnen beim Laufen, bei sonst nichts. Aber stellen Sie sich vor, Sie können sehr schnell Maschinen bauen. Was ist dann?«

Line überlegte. »Dann kann ich sehr viel mehr machen. Ich kann Autos bauen, ich kann Motorräder bauen. Meinen Sie das?«

Mikaela nickte eifrig. »Sie können Computer bauen und 3-D-

Drucker bauen, die wieder andere Maschinen bauen können. Verstehen Sie? Je komplizierter Aufgaben werden, desto mehr ähneln sie einander.«

»Worauf wollen Sie hinaus?«, wollte Line wissen, die sich beruhigte, weil sie das Gefühl hatte, dass sie langsam auf den Punkt kamen.

Mikaela sah Weismann an. »Die schwierigsten Probleme der Berechenbarkeitstheorie sind im Prinzip tatsächlich ein einziges Problem«, sagte sie in seine Richtung. »Das Problem des Handlungsreisenden, Rucksackpacken, Teile von Rechenmethoden der Wettervorhersage, das Verhalten von Seifenblasen. Sie können jedes davon in alle anderen umwandeln.«

Weismann widersprach nicht. Langsam dämmerte Line, worauf sie hinauswollten. »Wenn Hope also ein Programm hat, das ein einziges dieser sehr schwierigen …«

»NP-vollständigen.«

»… NP-vollständigen Probleme lösen kann, kann sie alle lösen?«

»Alle gleich schwierigen, in akzeptabler Zeit. Und was noch wichtiger ist, auch alle einfacheren.«

»Einfachere Probleme …«, sinnierte Line.

»Codes knacken gehört dazu, der Prozess ist nicht NP-vollständig. Aber natürlich können Sie es, wenn Sie ein NP-vollständiges Problem schnell lösen können.«

»Langsam verstehe ich. Schnell in Laufen, Schwimmen oder, was weiß ich, Tetris zu sein bringt mir nichts. Aber wenn ich ein NP-vollständiges Problem lösen kann, kann ich Codes knacken.«

Mikaela und Weismann schwiegen betreten.

»Was?«, fragte Line.

»Frau Berg, das Videospiel Tetris ist NP-vollständig«, flüsterte Mikaela. »Übrigens auch Sudoku. Das lässt sich mathematisch beweisen.«

Line war schwindlig von den vielen neuen Informationen. Sie versuchte zu verstehen, was das alles bedeutete. *Jemand, der so ein*

Programm hat, kann buchstäblich alles ausrechnen. Ohne Einschränkung. War Hope das gelungen? Konnte sie deshalb Mathewettbewerbe gewinnen und Autos fernsteuern?

»Hazeem Light soll etwas gerufen haben, bevor er sich in den Tod stürzte«, wandte sie sich an McLeary.

»Ich weiß. Ich war nämlich dort.«

Line stockte einen Moment der Atem. Das hatte Line noch nicht gewusst. Sie versuchte sich vorzustellen, wie schrecklich das sein musste, und bemühte sich, ihren Ton zu mäßigen.

»Stimmt es, dass es eine Warnung war?«

»*Es muss aufhören*«, wiederholte McLeary mit müden Augen. »Das war es, was er sagte.«

»Das, was Sie mir gerade erzählt haben. Könnte es das sein, was er gemeint hat?«

Niemand sagte etwas, auch Mikaela blieb stumm.

Wie der Unabomber, dachte Line. *Ich wusste es.*

»Mikaela hat recht«, sagte Weismann schließlich. »Es ist äußerst unwahrscheinlich, ändert aber nichts daran, dass wir die Quelle vor diesem Pawel finden müssen. Dann wissen wir mehr.«

*

In der Dunkelheit der Nacht waren sie in der mauretanischen Hauptstadt Nouakchott gelandet. Im Licht der Straßenbeleuchtung hatte Line rasterförmig angelegte Stadtbezirke und die Minarette einer Moschee gesehen. Die Küstenlinie zum Atlantik ließ sich anhand einiger verstreuter Lichter noch erahnen, zum Landesinneren hin lag die Weite der Sahara in der Dunkelheit.

McLeary hatte ihre Pässe an sich genommen und sich um die Einreiseformalitäten gekümmert, während Line mit den anderen gleich in einen kleinen, weißen Van umgestiegen war, an dessen Steuer ein Mann mit schmalem Gesicht und einem Turban saß – gebunden nach der Art von Beduinen, mit einem um den Hals geschlungenen Schal, der bei Bedarf über den Mund gezogen werden konnte. Nach einigen Minuten kam McLeary zurück, setzte sich auf den freien Beifahrersitz, und sie fuhren in die Stadt hinein.

»Woher wissen wir eigentlich, dass Hope hier ist?«, wollte Line wissen.

»Ihr Telefon hat sich hier vor etwa sechs Stunden mit einem Funkmast in der Stadt verbunden«, erklärte McLeary. »Ich habe die Koordinaten hier.«

Line war nicht überzeugt. »Sind Sie ganz sicher? Haben Sie die Passagierlisten überprüft?«

»Das geschieht gerade. Aber wir wissen nicht, welchen Pass sie benutzt, der könnte gefälscht sein. Für Mauretanien benötigen nigerianische Staatsbürger kein Visum. Das ist kein Zufall, sie ist hier.«

Er öffnete eine Textnachricht auf seinem Telefon. Statt sie Line zu zeigen, wandte er sich gleich an den Fahrer, der sich die Koordinaten ansah, ohne sein Tempo zu verlangsamen, bevor er nickte.

Line hatte ein komisches Gefühl, ohne genau sagen zu können, warum. Doch sie verkniff sich weitere Fragen. Schon bald würden sie mehr wissen. Weismann neben ihr hielt den Kopf gesenkt und gähnte immer wieder.

»Geht es Ihnen gut?«, wollte sie wissen.

»Alles in Ordnung«, sagte er.

Doch Line konnte sehen, dass mit ihm nicht alles in Ordnung war. Vielleicht hätte sie besser darauf bestanden, dass der alte Professor zurück nach Wien flog.

Der Wagen folgte einer schier ewig langen, kerzengeraden Straße. Die Zeilen der mit Flachdächern versehenen Häuser links und rechts lichteten sich, bis sie verschwanden und mit ihnen auch die Straßenbeleuchtung. Von da an fuhren sie in die Dunkelheit hinein.

Irgendwann bedeutete McLeary dem Mann zu halten.

»Hier ist es«, sagte er.

Sie hatten den Mast, von dem McLeary sprach, bald gefunden. Doch auch ohne Worte verstanden sie sich. Hope war nicht hier. Sie hatte sie reingelegt.

*

Pawel saß am Flughafen von Lagos in einer Business-Lounge, starrte auf die Lichter des Rollfelds in der Ferne und trank Wodka pur, wobei er an seinen Vater denken musste. Der Flughafenmitarbeiter hatte ihm Zitrone und Eiswürfel hineingeben wollen, was Pawel mit einer unwirschen Bemerkung verhindert hatte.

Der Wodka schmeckte schrecklich, gepanschtes Zeug, wie man es der internationalen Kundschaft vorsetzte, doch er erfüllte seinen Zweck. Pawel musste sich beruhigen nach der Befragung des Afrikaners, den sein Einsatzteam inzwischen beseitigt hatte. Als er ins Freie gestürmt war, hätte ihn beinah einer seiner Aussetzer übermannt. Er hatte im letzten Moment seinen Atem wieder unter Kontrolle gebracht.

Auf einem winzigen Schachbrett mit Steckfiguren, das er bei Reisen immer mit sich führte, hatte er die Position der Partie nachgestellt, die er gerade spielte.

Nicht, dass er das Brett wirklich benötigt hätte. Pawel war geübt genug, sich das Brett im Geist vorzustellen und alle Züge dort zu planen, und hätte sich die Partie auch auf seinem Handy darstellen lassen können. Doch er wollte ein reales Brett vor sich haben. Deshalb hatte er für den Notfall immer zumindest ein kleines Schachspiel mit dabei.

Für die Fernschachpartie, die er hier aufgesetzt hatte, gab es keine Beschränkungen, Berater und Computermethoden waren ausdrücklich erlaubt. Die Partien waren von einer Qualität, die man auch bei Schachweltmeisterschaften vergeblich suchte. Es war das perfekte Schach, so zumindest sah es Pawel, eine Disziplin, bei der sich nicht nur einzelne Menschen, sondern Städte oder Staaten messen konnten. So war es zur Zeit des Kalten Kriegs tatsächlich geschehen. Auch geheime Codes waren auf diese Weise immer wieder ausgetauscht worden, und nicht selten waren Schachpartien daran gescheitert, dass die Zensur eine Postkarte mit dem nächsten Zug einbehalten hatte.

Pawels Gegner war ein US-Amerikaner eines lokalen Fernschachvereins aus L.A., ein junger Bursche, der außerdem Football spielte und über den er sonst wenig Interessantes erfahren hatte. Wer auf der Siegerstraße war, ließ sich schwer sagen. Auch die Computermodelle, die Pawel zurate gezogen hatte, waren darüber uneins, wobei sie eher seinen Konkurrenten im Vorteil sahen. Pawel ließ sich davon nicht aus der Ruhe bringen. Sein eigenes Gefühl war nicht so negativ. Der nächste Zug konnte darüber entscheiden, ob die Partie durch groß angelegten Figurenabtausch in ein Endspiel überging. Es war unklar, wer daraus den größeren Vorteil ziehen würde. Deshalb zögerte Pawel.

Auch wenn es beim Fernschach, wie er es spielte, offiziell kein Zeitlimit gab, sollte er sich bald zu einer Entscheidung durchringen, wenn er die Partie fortsetzen wollte. Doch seit Wochen wiederholte er immer wieder die gleichen Zugkombinationen in seinem Kopf. Und in den letzten Tagen konnte er sich noch schlechter konzentrieren als sonst.

Er wurde dünnhäutiger, als er das für möglich gehalten hatte. Normalerweise ertrug er realen Stress, der mit realen Gefahren zu tun hatte, gut. Es waren sonst immer noch Kleinigkeiten, die ihn an seine Vergangenheit erinnerten und seine Zusammenbrüche auslösten. Ein einziges Wort, ein Bild konnte kalten Schweiß verursachen.

Zuletzt war es an einer Weltkriegsstätte in England passiert. Er hatte einen Afrikaner verfolgt, der womöglich Informationen über die Quelle gehabt hatte. Doch als dieser ausgerechnet den Bletchley Park ansteuerte, wo die Briten im Krieg Codes geknackt hatten, hatte er plötzlich an seinen Vater denken müssen. Damals hatten Spione aus Ost und West Seite an Seite gegen das Böse gekämpft, bevor der Kalte Krieg sie zu Feinden gemacht hatte.

Die Episode hatte besonders geschmerzt, weil der Afrikaner bis dahin seine beste Spur gewesen war. Er hatte im Internet damit geprahlt, komplexe Codes knacken zu können, und Partner gesucht, um damit ein Geschäft aufzubauen. Pawel hatte ihn dazu überreden können, seine Fähigkeiten unter Beweis zu stellen, und wider Erwarten hatte der Mann einige schwierige Testaufgaben gelöst. Pawel war zum Schluss gekommen, dass dieser Mann trotz seiner Naivität tatsächlich Zugang zur Quelle haben könnte.

Doch als es um ein persönliches Treffen in England gegangen war, hatte der Kerl kalte Füße bekommen. Pawel hatte ihn aufgespürt und war ihm bei Milton Keynes dicht auf den Fersen gewesen, bevor ein völlig unvermittelter Panikzustand die Jagd beendet hatte. In seiner Verzweiflung hatte Pawel noch auf ihn geschossen, was die Flucht des Mannes aber nicht verhindert hatte. Immerhin hatte Pawel ihm die Spur nach Lagos zu verdanken.

Es wurde schlimmer. Der Gedanke, dass er sich nicht mehr auf seine psychische Stabilität verlassen konnte, machte ihm Sorge.

Es sollte mich nicht wundern. Alles, was ich tue, hat mit meinem Vater zu tun. Er ist immer bei mir, in jedem Moment.

Doch nun ging es ihm besser. Er hatte sich wieder im Griff. Die Chinesen warteten derweil draußen auf weitere Anweisungen. Er hatte sie fortgeschickt, nachdem er mit ihnen in Streit geraten war. Sie hatten Informationen abgefangen, dass die Zielperson sich in Mauretanien aufhielt. Pawel hatte Zweifel angemeldet, was wiederum den Techniker der Chinesen verärgert hatte, der offensichtlich all sein Hacker-Wissen genutzt hatte, um an die Information zu kommen.

Doch Pawel war durch die beiden Misserfolge gewarnt. Nun, da der Wodka seine Wirkung tat und der Alkohol sich in seinem

Blut verteilte, war Pawel mehr denn je überzeugt, dass er richtig entschieden hatte. Etwas stimmte nicht mit dieser Information.

Dieser John hatte schließlich doch noch geredet. Viel war es nicht gewesen, das Pawel aus ihm herausbekommen hatte, bevor ihn seine Kraft verließ. Er hatte der Frau geholfen, einen Flug zu bekommen, der sie außer Landes brachte. Doch von Mauretanien war nicht die Rede gewesen, John zufolge war die Quelle in ein anderes Land geflohen. Pawel hatte seine Kontakte dort aktiviert und wartete nun auf Rückmeldung.

Die Chinesen würde er vermutlich nicht weiter beschäftigen. Die Zusammenarbeit mit ihnen hatte sich als Reinfall erwiesen. Die Quelle war immer noch nicht in seinem Besitz. Es half nichts, er musste auf eigene Faust weitermachen und eventuell vor Ort neue Unterstützung suchen.

Es war kurios: Er hatte das Gefühl, dass sein Vater die Geschichten nicht ohne Grund erzählt hatte, damals, an diesen dunklen Abenden. Es war, als hätte er geahnt, dass sein Sohn dieses Wissen irgendwann brauchen würde. Dass die Welt, die den Zusammenbruch der Sowjetunion offenbar so leicht verkraftet hatte und die so geordnet und friedlich wie nie zuvor schien, bald wieder in ein neues Extrem kippen konnte. Dann würden Fähigkeiten wie die seines Vaters von Neuem benötigt.

Daran musste er denken, als er den Rest des Wodkas hinunterkippte. Die Illusion von Frieden und Wohlstand, die mehrere Jahrzehnte gedauert hatte, war inzwischen verblasst. Was geschehen würde, hing nicht zuletzt von Pawel ab und davon, ob er es schaffte, vor den anderen Zugriff auf die Quelle zu bekommen.

Als sein Handy in der Tasche brummte und er die Nachricht öffnete, wusste er, dass er gewonnen hatte.

*

»Wie läuft es?«, fragte Gardener und wartete auf McLearys Antwort.

Sein Zögern war keine gute Nachricht. Er holte hörbar Luft und erzählte ihr mit knappen Worten, was geschehen war: Wie sie mit einem Flugzeug, das sie für ein Heidengeld organisiert hatten, nach Mauretanien geflogen waren, nur um dort feststellen zu müssen, dass er einem Schwindel aufgesessen war. Was sie hörte, bestätigte ihre Befürchtungen.

»Ich brauche noch etwas Zeit«, bat er.

»McLeary«, begann Gardener.

»Bitte! Ich weiß Ihr Vertrauen sehr zu schätzen, wirklich. Und ich werde Sie nicht enttäuschen.«

»Hören Sie doch an, was ich sagen will. Ich kann Ihnen helfen. Die Informationen, die Sie mir bis jetzt geliefert haben, sind unheimlich wertvoll. Ich kann ein Team schicken, das von hier aus übernimmt. Jemand mit den Qualifikationen und der Routine, Leute, denen ich vertraue.«

»Sie können auch mir vertrauen.«

»Das meine ich nicht! Herrgott, hören Sie: Ich verstehe Sie ja. Sie waren mehrmals knapp dran, die Frau zu schnappen. Aber es hat eben nicht geklappt. Denken Sie auch an die Journalistin und den Mathematiker. Die beiden sind Zivilisten. Ich verstehe ja, dass Sie sich angefreundet haben, aber die beiden wissen nicht, worauf sie sich da einlassen.«

»Ich habe den Eindruck, dass sie das sehr genau wissen«, sagte McLeary. »Und ich brauche sie.«

Gardener seufzte. McLeary stellte ihre Geduld auf die Probe.

»Nichts von dem, was wir hier tun, steht so im Lehrbuch, das wissen Sie. Sie können sich nicht ewig an diese Sache klammern. Das hier ist etwas für Leute mit Erfahrung im Feld.«

Schon als sie es aussprach, erkannte Gardener ihren Fehler.

»Ich habe genügend Erfahrung im Feld«, entgegnete McLeary tonlos.

Gardener wusste erst nicht, was sie darauf sagen sollte. »Vierundzwanzig Stunden«, meinte sie nach einer Weile. »Wenn Sie
sie bis dahin nicht haben, sind Sie raus. Und keine Risiken mehr,
nichts, was die Zivilisten gefährden könnte.«

McLeary versprach es. Doch sie ahnte bereits, dass er sich nicht
daran halten würde.

28. MÄRZ

Randolph Bird, Direktor des Clay Instituts für Mathematik, nahm in der Küche seiner Altbauwohnung in Oxford ein zeitiges Frühstück ein. Es war noch dunkel draußen, aber er begann den Tag gern etwas früher, saß im Morgenmantel am Tisch, las die Zeitung und dachte über dies und das nach.

Heute war er noch früher dran als sonst. Er hatte gehört, wie die Zeitung gebracht worden war, und war gleich an die Haustür gegangen, um sie zu holen. Das Teewasser, das zuvor im Kocher gebrodelt hatte, kühlte bereits wieder aus, während Bird sorgfältig die Zeitung durchforstete. Er suchte nach einer ganz bestimmten Information, und als er sie nicht fand, faltete er das Blatt enttäuscht zusammen.

Schon seit Tagen verdichteten sich die Gerüchte, dass in der Mathematik etwas Außergewöhnliches geschehen war. So außergewöhnlich, dass es ihn betraf.

Es war sein Institut, das im Jahr 2000 die wichtigsten acht offenen Probleme der Mathematik benannt und pro Lösung eines der *Millenium Prize Problems* je ein Preisgeld von je einer Million Dollar ausgelobt hatte. Inzwischen waren über zwanzig Jahre vergangen, und bislang war erst eines der Probleme gelöst worden.

Das war keine schöne Geschichte, fand Bird. Das Problem Nummer fünf auf der Liste, die im Jahr 1904 aufgestellte Poincaré-Vermutung, war völlig überraschend von einem unbekannten jungen Mathematiker aus Russland namens Grigori Perelman bewiesen worden. Birds Vorgänger hatte damals schon die Freigabe der Million veranlasst, doch es kam alles anders. Perelman weigerte sich, seine Arbeit in einem Fachjournal zu publizieren, wie es in der

Wissenschaft guter Brauch war. Er hatte sie einfach online gestellt und behauptet, das genüge ihm, jeder könne sehen, dass der Beweis richtig sei. Die Bedingung einer Fachpublikation war also nicht erfüllt. Das Clay-Institut wollte den Preis trotzdem auszahlen, doch Perelman fand das unfair, sein Kollege Richard Hamilton hätte genauso Anteil daran gehabt. Im Endeffekt blieb das Clay-Institut auf dem Geld sitzen.

Welch eine Schande, die immer noch peinlicher wurde, je mehr Zeit verging. Schließlich war die Poincaré-Vermutung nach wie vor das einzige Problem der Liste, das gelöst werden konnte.

Doch nun schien sich doch noch alles zum Guten zu wenden. Es gab das Gerücht, dass ein weiteres Problem der Liste gelöst worden war. Bird hatte bereits mit der Bank telefoniert, um sicherzugehen, dass das Geld im Fall des Falles schnell ausgezahlt werden konnte.

Seither wartete Bird jeden Tag auf die Meldung. Doch je länger es dauerte und je mehr er sich mit Kollegen austauschte, desto mehr kam er zur Überzeugung, dass etwas nicht stimmte. Niemand wusste, wer die Person war, der die Lösung gelungen war, auch wenn es sich verdichtende Hinweise gab, um welches Problem es sich handelte. Das freute Bird besonders, immerhin war es jenes Problem, das vielleicht die größten direkten Auswirkungen auf die Welt hätte – nicht nur im Vergleich zu den anderen Millenium Prize Problems.

Doch gestern hatte ein Freund in einer Sitzung einen völlig anderen Verdacht geäußert. Dass die Lösung anders aussah, als sie immer vermutet hatten.

Er nahm sein Handy und rief seinen Freund an, der sofort abhob. Auch er schien eine unruhige Nacht gehabt zu haben.

»Weißt du schon mehr?«, fragte er.

Was sein Freund ihm zu sagen hatte, verhieß nichts Gutes. Und Bird kam zum Schluss, dass es doch nicht dazu kommen würde, dass die Millenium Prize Problems die Scharte, die Perelman geschlagen hatte, würden auswetzen können.

Nachdem Bird das Gespräch beendet hatte, rief er erneut bei der Bank an. Und er wies sie an, sich bereit zu halten, um bei Bedarf nicht eine, sondern sieben Millionen auf einmal auszuzahlen.

*

Hope hatte mit dem Supercomputer und einem kleinen, vor längerer Zeit selbst programmierten Softwaretool in kurzer Zeit vier neue Blöcke für die Bitcoin-Blockchain »geschürft« und inzwischen die damit verbundenen 25 Bitcoins im Wert von etwa 750 000 Dollar in Sicherheit gebracht. Noch deutete nichts darauf hin, dass ihr Einbruch entdeckt worden war, also startete sie den Prozess von Neuem.

Während die Maschine in Deutschland ihre Arbeit verrichtete, versuchte Hope sich über ihre nächsten Schritte klar zu werden. Sie hatte immer gewusst, dass der Erstkontakt entscheidend sein würde, wenn sie ihre Entdeckung publik machen wollte. Sie hatte schnell verstanden, dass sie das nicht von Lagos aus tun wollte. Sobald sie kommunizierte, was sie herausgefunden hatte, würden alle möglichen Leute auf sie zukommen. Dass das problematisch werden konnte, angesichts der Natur ihrer Entdeckung, war ihr bewusst gewesen.

Deshalb hatte sie mit ihrem Wissen experimentiert, seine Grenzen ausgelotet. Sie hatte versucht, die Implikationen zu verstehen. Wie sehr würde das, was sie gefunden hatte, die Welt verändern? Sie musste sicher sein, dass sie sich nicht täuschte, was die Dimensionen anging. Also hatte sie an verschiedenen Wettbewerben teilgenommen. Hatte ihre Fähigkeiten in den verschiedensten Situationen getestet. Die Ergebnisse hatte sie sorgfältig dokumentiert, sie sollten einmal helfen, ihre Entdeckung zu belegen. Und obwohl sie nie ihr ganzes Potenzial aufgedeckt hatte, war sie überraschend erfolgreich gewesen.

Doch das machte ihre Situation um keinen Deut einfacher, im

Gegenteil. Nach und nach wurde ihr einerseits klar, dass sie sich nicht täuschte, was ihre Entdeckung anging. Diesen Aspekt hatte sie richtig eingeschätzt. Was sie unterschätzt hatte, waren die Folgen. Die Veränderung wäre grundlegend.

Immer wieder zögerte sie eine Entscheidung hinaus. Und irgendwann ließ sich eine weitere Option nicht mehr ignorieren. War es nicht womöglich die beste, verantwortungsvollste Lösung, von einer Publikation ganz abzusehen? Alle ihre Unterlagen zu zerstören und das Wissen um ihre Entdeckung mit ins Grab zu nehmen?

Sie verstand, dass diese Lösung eigentlich nicht mehr infrage kam. Nicht nach dem, was in London passiert war. Ein junger Geheimdienstmitarbeiter namens Hazeem Light hatte über Nacht Fähigkeiten erlangt, für die es nur eine mögliche Erklärung gab: Er hatte irgendwie eines ihrer Softwaretools in die Hände bekommen – wie, dafür hatte sie keine Erklärung.

Das hätte ihr Untergang sein können, doch statt seinen Fund an seinen Arbeitgeber weiterzugeben, hatte er offenbar alle Spuren davon gelöscht, in London das Stromnetz lahmgelegt und schließlich Selbstmord begangen, indem er vor laufenden Kameras von einem Hochhaus gesprungen war.

Hätte sie die Ereignisse in London früher durchschaut, wäre sie vielleicht gewarnt gewesen. Doch dann hatte dieser Russe mit seinem Team sie gefunden, und es war zur Katastrophe gekommen. Ihre Familie, die sie eigentlich hatte schützen wollen, die ein wesentlicher Grund für ihr Zögern gewesen war, war ihrer Unvorsichtigkeit zum Opfer gefallen. Diese Schuld würde sie ihr Leben lang mit sich tragen.

Inzwischen glaubte sie zu wissen, um wen es sich handelte. Sie hatte im System des Hotels, in dem er abgestiegen war, seinen Namen und ein Bild von ihm ergattert.

Hope holte sich das Bild auf den Schirm ihres Laptops. Das Foto zeigte unverkennbar ihn, und seit sie seinen Namen überprüft hatte, war sie überzeugt, dass sie richtiglag.

Pawel Peskin, Sohn eines Ex-Spions. Er hatte als Teenager bei Schachturnieren teilgenommen und einmal sogar einen Weltmeister geschlagen. Ein genialer Kopf, dessen Karriere aber ein jähes Ende nahm, als man ihn beim Schummeln erwischte. Er hatte sich bei Toilettenpausen Tipps geben lassen. Was genau seine Profession war, hatte sie nicht klären können, doch sie stieß auf Ermittlungen im Zuge von Cyberkriminalität in Deutschland vor ein paar Jahren, die eingestellt worden waren. Das waren keine guten Nachrichten. Hope wusste, dass der Bereich der Nachrichtendienste und der Datensicherheit als Erster von den Veränderungen betroffen sein würde. Dass jemand wie dieser Mann hinter ihr her war, ließ vermuten, dass jemand da draußen genau wusste, womit er es zu tun hatte.

Was die anderen beiden anging, die Journalistin und den Mathematiker, war sie sich weniger sicher. Hope schloss das Fenster mit dem Bild von Pawel Peskin und öffnete die Fotos der beiden. Sie tappten ihrer Einschätzung nach noch weitgehend im Dunkeln, sonst hätten sie sich nie allein und offenbar schlecht vorbereitet auf den Weg gemacht, um sie zu finden.

Es war wohl ein Fehler gewesen, Kontakt zu ihnen zu suchen. Sie hatte sie da hineingezogen und in Gefahr gebracht, ohne dass es ihr einen Vorteil verschafft hatte. Aber sie war verzweifelt gewesen und hatte keinen anderen Ausweg gewusst.

Das Bitterste hatte sie erst vor einer halben Stunde herausgefunden: Während der ganzen Zeit, als sie ihre Fähigkeiten austestete, hatte sie immer mit dem Gedanken gespielt, sich an die Frau in Österreich zu wenden, die ihr damals geholfen hatte. Ihr englischer Onlinekurs hatte sie zu der Forscherin gemacht, die sie heute war. Sie hatte ihr sogar schon einmal erste Entwürfe für ihren Beweis geschickt, aber damals nie eine Antwort erhalten. Im Hinterkopf war immer der Gedanke gewesen, es wieder zu versuchen. Sie war überzeugt, dass Frau Weismann sie nicht abweisen würde, wenn sie erst einmal verstanden hätte, was Hope gefunden hatte.

Doch erst jetzt, als sie tiefer grub, stieß sie auf einige deutsche Zeitungsartikel, die von einem Unfall berichteten, bei dem eine Mathematikerin aus Wien ins Koma gefallen war. Das war vor einem Jahr gewesen, ein halbes Jahr nachdem Hope ihr ihren Entwurf geschickt hatte.

Inzwischen hatte Hope verstanden, dass der Mann, der mit der Journalistin reiste, der Ehemann von Maggie Weismann war. Sie hatte sich gefragt, ob er den Entwurf zu Gesicht bekommen hatte. Doch wenn, dann bezweifelte sie, dass er seine Tragweite verstanden hatte. Er würde nicht alleine hier aufkreuzen, sondern hätte sich längst entsprechende Hilfe geholt. Außerdem fand sie auch über ihn Zeitungsberichte. Er war zwar Träger eines Nobelpreises, den er allerdings für den Bereich Wirtschaft bekommen hatte. Über seine Fähigkeiten in dem Bereich, in dem ihre Arbeit angesiedelt war, sagte das wenig aus. Außerdem hieß es, dass er seinen Zenit überschritten habe. Publiziert hatte er seit Jahren nicht mehr, außerdem habe er Schwierigkeiten, den Unfall seiner Frau zu verkraften.

Übrig blieb die Journalistin, Line Berg. Sich direkt an sie zu wenden erschien als reizvolle Option. Hope vergrößerte das Bild und versuchte, in ihren Augen etwas zu lesen. Sie erschienen ihr gewitzt, aber auch irgendwie hart. Es war schwer zu sagen, wie weit man ihr vertrauen konnte. Hope sah sie noch genau vor sich, wie sie im Botschaftsviertel auf sie zugelaufen war. Mut konnte man ihr nicht absprechen.

Ihr die ganze Geschichte zu erzählen, könnte von Vorteil sein, denn wenn sie erst einmal im Zentrum der Aufmerksamkeit stand, verlieh ihr das eine gewisse Sicherheit. Ihr und Myfawny. Hope mochte Aufmerksamkeit eigentlich nicht, aber sie war bereit, sich auch dieser Herausforderung zu stellen, wenn es der Sache diente. Sie konnte ihre Zusammenarbeit mit der Journalistin an Bedingungen knüpfen. Sie brauchte Unterkunft, Schutz. Sie war überzeugt, dass das Medienhaus, für das Frau Berg arbeitete, beides zur Verfügung stellen konnte. Die Medien hatten als Partner den Vorteil, dass sie tatsächlich an ihr als Person interessiert sein würden und nicht nur an ihrem Fund. Für Männer wie Pawel Peskin war sie nicht mehr als die Trägerin einer Information. Sobald sie die Information weitergegeben hatte, war sie nicht nur obsolet, sie war ein Risiko.

Also tatsächlich ein Gang an die Medien? Dabei gab es ein Problem. Als Hope Bergs Vorgeschichte recherchiert hatte, war sie auf einen Skandal gestoßen. Berg hatte mit einer arabischen Menschenrechtsaktivistin gearbeitet, die unter ungeklärten Umständen verstorben war. Was genau passiert war, ging aus den Berichten nicht hervor, doch seither hatte Line Berg keine Investigativgeschichte mehr veröffentlicht, sondern schrieb tagesaktuelle Beiträge für eine deutschsprachige Zeitung namens Weltblick, kürzer und nicht von der Qualität wie ihre früheren, ausführlichen Reportagen, die sie an verschiedene Medien verkauft hatte. Was immer passiert war, hatte große Auswirkungen auf Line Bergs Leben gehabt. Und der Verdacht lag nahe, dass sie den Schutz nicht gewährleisten konnte, den Hope brauchte.

Hope schloss das Fenster mit Line Bergs Bild. Es brauchte eine andere Lösung. Und sie würde eine finden.

Sie sah auf die Uhr. Bald sollten weitere Blöcke für die Bitcoin-Blockchain fertig sein. Sie würde sie in Bitcoins umwandeln und dann weitersehen. Inzwischen sollten ihre Verfolger der falschen Spur nach Mauretanien auf den Leim gegangen sein. Sie hatte mit nicht ganz legalen Mitteln und mithilfe von ein paar Minuten Rechenzeit auf ihrem Supercomputer ein dort registriertes Handy dazu gebracht, die Kennung ihres Telefons an einen Mobilfunkmasten zu senden. Dieses Handy war gerade ausgeschaltet worden. Hope beschloss, die Prozedur mit einem zweiten Telefon zu wiederholen, das sich auf den Malediven befand. Parallel dazu würde sie noch eine zweite Nebelkerze zünden, die ihre Wirkung nicht verfehlen würde. Lange würde auch dieses Ablenkungsmanöver nicht vorhalten, aber all das verschaffte ihr wertvolle Zeit.

Eine Stimme in ihrem Kopf sagte ihr zwar, dass sie schon wieder im Begriff war, die nötige Entscheidung hinauszuzögern, mit unabsehbaren Risiken. Doch sie schwor sich, sich im Laufe des kommenden Tages für eine Variante zu entscheiden.

Als Hope gerade aufstehen wollte, um nach Myfawny zu sehen, sah sie hinter einem Fenster auf der anderen Straßenseite eine Bewegung. Hope war sicher: Das war in dem Zimmer gewesen, das sie gebucht hatte, ohne es zu beziehen.

*

»Lassen Sie mich raten – sie ist gar nicht hier?«

McLeary kommentierte Lines in sarkastischem Ton vorgetragene Bemerkung nicht. Sie befanden sich in der Lobby eines Hotels, das ein wenig ausgestattet war wie der Harem des Sultanspalasts in Istanbul. McLeary war etwa eine halbe Stunde unterwegs gewesen, während sie zu viert in einschläfernd weichen, braunen Ledersofas ausgeharrt hatten. Mikaela und Robin spielten schweigend Go auf einem winzigen Brett, das Robin irgendwann ganz plötzlich hervorgeholt hatte. Die Lobby war zu dieser frühen Morgenstunde leer, die vom Rezeptionisten angebotenen Getränke hatten sie abgelehnt.

»Es war ein Fehler. Wir haben das Handy gefunden, aber es gehört einem Einheimischen. Warum es den falschen Gerätecode versendet hat, können wir nicht sagen. Ich schicke das Gerät an meine Kollegen, die es durchleuchten werden.«

»Ganz toll«, sagte Line.

»Ich kann Sie auch in das nächste Flugzeug nach Wien setzen, wenn Sie mit meiner Vorgangsweise nicht einverstanden sind«, entgegnete McLeary schroff.

Doch Line ließ sich nicht einschüchtern. »Das hätte nicht passieren dürfen, wir haben wertvolle Stunden verloren!«

Line suchte in den Gesichtern der anderen drei nach Bestätigung, fand dort aber nur Müdigkeit.

»Wir könnten ihr helfen, wenn sie nicht vor uns davonlaufen würde«, sagte McLeary.

»Sie läuft weg, weil sie Angst hat. Und weil sie uns nicht für fähig hält, ihr zu helfen. Womit sie offensichtlich recht hat.«

McLeary atmete schwergängig. Kurz glaubte Line, es zu weit getrieben zu haben. Natürlich wollte sie nicht, dass er sie zurück nach Wien schickte. Sie begann, sich eine Entschuldigung zurechtzulegen, als er ihr mit einer Geste anzeigte, dass sie schweigen solle.

»Wenn Sie mich ausreden lassen, dann kann ich Ihnen erzählen, dass es neue Informationen gibt. Wir haben eine Spur.«

»Noch eine Spur?«, fragte Line und bemühte sich, es nicht zu spitz klingen zu lassen.

»Wir haben wieder ihr Handy dabei erwischt, wie es sich mit einem Mobilfunknetz verbinden wollte. Und nicht nur das, es gibt auch Bilder einer öffentlichen Überwachungskamera.«

McLeary holte sein Handy hervor und zog ein Bild mit zwei Fingern groß.

Das Bild hatte etwas Bewegungsunschärfe, aber Line musste ihm recht geben, es zeigte eindeutig Hope.

»Wie kommen Sie eigentlich so schnell an diese Informationen?«

Ihre Frage schien ihn gehörig zu nerven.

»Es gibt dabei ein Problem«, erklärte er. »Das Bild stammt nicht von hier, nicht einmal von diesem Kontinent.«

»Von woher stammt es dann, bitte schön?«

»Das hier wurde vor etwa einer Stunde in einem Einkaufszentrum auf den Malediven aufgenommen.«

*

Hope wagte nicht zu atmen. Sie war vor Schreck so schnell wie möglich vom Fenster zurückgetreten, um sich ihm dann doch wieder zu nähern. Sie musste wissen, was sie dort gesehen hatte.

Das andere Zimmer lag ein Stockwerk tiefer als ihres, sie konnte es also nur teilweise einsehen. Doch sie hatte geglaubt, einen Mann mit langen Hosen und schwarzen Halbschuhen erblickt zu haben.

Nichts davon war ungewöhnlich. Vielleicht hatte man bemerkt, dass Hope das Zimmer nicht bezogen hatte, und es erneut vergeben. Oder aber, was plausibler war, man hatte aus irgendeinem Grund vergeblich versucht, Hope zu erreichen, und war nun in ihr Zimmer gegangen, um nach dem Rechten zu sehen.

Nur ein Mann mit Lederschuhen, vielleicht der Manager. Es bestand kein Grund zur Sorge.

Doch Hope konnte nicht anders, sie versuchte sich zu erinnern, welche Schuhe ihr Verfolger getragen hatte. Waren es nicht genau solche Schuhe gewesen?

Hope wartete mehrere Minuten, doch der Mann tauchte nicht noch einmal auf.

Eine volle Minute zögerte sie, dann begann sie, hektisch ihre Sachen zu packen. Sie stopfte die neu gekauften Kleider, die Windeln und Milchpulver für Myfawny in den Trolley, der zusätzlich zwei Träger besaß, um ihn wie einen Rucksack auf den Rücken nehmen zu können. Schließlich fuhr sie den Laptop runter und nahm die Mikro-SD-Karte heraus.

Sie realisierte nicht, dass der Mann, den sie gesehen hatte, sie eine ganze Weile von einem Fenster weiter links beobachtet hatte.

*

»Dann also die Malediven?«, fragte Line. »Wollen Sie nicht diesmal sichergehen, bevor wir wieder wertvolle Stunden in einem Flugzeug verschwenden?«

McLeary biss die Zähne zusammen. »Wir warten auf weitere Informationen. Wenn sie dort ist, muss es zusätzliche Spuren geben. Aber sie muss dort sein.«

»Warum zum Teufel die Malediven?«, wollte Line wissen.

»Das Visum«, erklärte McLeary. »Ich habe schon vermutet, dass sie es auf einen kleinen Inselstaat abgesehen hat. Viele davon kann man von Nigeria aus ohne Visum bereisen. Wenn man sich das Ticket leisten kann.«

Line schüttelte den Kopf. »Sie spielt mit uns«, sagte sie zu sich selbst, bevor sie sich wieder an McLeary wandte. »Haben Sie überprüft, ob die Aufnahme echt ist?«

»Sie sieht echt aus. Aber zur Sicherheit schicke ich es an meine Kollegen vom GCHQ. Sie werden das natürlich überprüfen.«

Line deutete auf Mikaela und Robin. »Sie haben doch hier zwei Experten. Fragen Sie die. Ich bin überzeugt, dass das eine Fälschung ist.«

Mikaela streckte die Hand aus, eine stumme Aufforderung an McLeary, ihr das Handy zu geben. McLeary wollte offenbar widersprechen, gab ihr aber schließlich das Telefon.

»Sie tun gerade so, als wäre es einfach, das Bild einer Überwachungskamera zu fälschen.«

»Wie schwierig ist es denn?«, gab Line zurück.

»Diese Aufnahmen liegen in geschützten Systemen. Erst mal kommt man da nicht so einfach ran. Und selbst wenn, dann ist es keine einfache Aufgabe, eine Aufnahme so zu manipulieren, dass sie echt aussieht. Das braucht Stunden, Tage vielleicht. Das nötige Equipment und die nötige Rechenleistung vorausgesetzt.«

»Vielleicht hat sie das alles zur Verfügung«, mutmaßte Line.

»Das ist professionelle Software. Privatpersonen haben so etwas nicht zur Verfügung.«

»Das ist nicht ganz richtig«, schaltete Mikaela sich ein, ohne von dem Handy hochzusehen. »Mit KI ist es inzwischen nicht mehr so schwierig, solche Fälschungen herzustellen.«

»Von mir aus, verschwören Sie sich nur alle gegen mich. Aber ich bleibe dabei, ein Mobiltelefon zu hacken und zugleich eine gefälschte Aufnahme einer Überwachungskamera in das Sicherheitssystem eines Einkaufszentrums einzuschleusen ist keine Kleinigkeit. Ich glaube nicht, dass eine einzelne Person das hinkriegt, nicht in dieser kurzen Zeit.«

»Sie meinen, eine Frau mit einem Kind, nicht wahr? Ist das der Grund, warum wir quer durch halb Afrika geflogen sind, weil Sie und Ihre Leute Hope nicht zugetraut haben, ein Handy zu hacken?«

McLeary tat sich sichtlich schwer, Lines Beleidigung zu schlucken.

»Es ist unsere beste Spur«, sagte er. »Aber wenn es Sie beruhigt: Wir werden warten, bis wir die Bestätigung haben, dass sie dort ist. Auch wenn das bedeuten kann, dass Pawel Peskin uns zuvorkommt.«

*

Der Mann war so leise, dass sie ihn sah, bevor sie ihn hörte. Als sie sich gerade das Tragetuch umgehängt hatte, um Myfawny zu holen, die auf der rechten Seite des viel zu großen Doppelbetts schlief, stand er in der Tür, eine schattige Silhouette mit einer schallgedämpften Pistole in der Hand. Sie erkannte Pawel Peskin sofort.

Er sagte kein Wort, sondern schloss zuerst die Tür des Hotelzimmers und verriegelte sie, bevor er sich Hope zuwandte.

»Teheran. Darauf wäre ich nicht gekommen. Aber ich habe gute Geschäftsbeziehungen hierher. Falls es Sie beruhigt, es hätte keinen großen Unterschied gemacht. Ich habe in viele Länder gute Beziehungen.«

Pawel musterte Hope und legte dabei den Kopf schief, als wollte er abschätzen, wie sie reagieren würde. Er schien zu keinem zufriedenstellenden Ergebnis zu kommen, denn mit einem Mal hob er die Pistole, deren Lauf bisher auf den Boden gezeigt hatte, und zielte auf ihren Kopf.

»Keine Dummheiten«, sagte er. »Das würde nicht gut für Sie ausgehen. Tun Sie einfach, was ich sage, und ich gebe Ihnen eine

Chance. Das haben Sie sich verdient.« Er kicherte. »Mauretanien?«, sagte er. »Glaubten Sie, ich falle darauf herein? Danke jedenfalls für diese eindrucksvolle Demonstration. Sie haben endgültig bewiesen, was die Quelle zu leisten imstande ist. Dass jemand wie Sie sich einfach so in Telefone hackt … Wie viel Vorbereitung haben Sie gebraucht? Wer hat Ihnen geholfen? Sie haben das doch nicht ganz allein geschafft, oder? Gibt es noch mehr Leute, um die ich mich kümmern muss?«

Hope schüttelte den Kopf.

»Egal, ich finde sie. Aber das hat Zeit. Wichtig ist jetzt, dass Sie mir die Quelle übergeben. Sie wissen, wovon ich rede. Ihr Vater war in der Lage, das Wetter um Lagos vorherzusagen, besser, als es die meteorologischen Institute konnten. Doch bei Ihrem Vater fanden wir nichts, was erklärt, wie er es gemacht hat. Bis Sie plötzlich anfingen, mit Leichtigkeit Codes zu knacken. Das ist kein Zufall. Was immer er genutzt hat, nutzen nun Sie. Man könnte meinen, dass Sie im Besitz eines magischen Gegenstandes sein müssen, eine Art Heiliger Gral vielleicht, der Ihnen hilft, mit den Geistern zu kommunizieren. Die Leute, die bei Ihrem Vater Rat suchten, glaubten das. Doch ich vermute, dass die Wahrheit banaler ist. Es handelt sich wahrscheinlich um ein Computerprogramm.«

Pawels Blick scannte den Raum, offensichtlich suchte er nach einem elektronischen Gerät. Hope war wie gelähmt, doch sie versuchte, die Zeit, die er mit Reden zubrachte, zu nutzen, um einen Plan zu entwickeln.

Pawel schnippte mit den Fingern. »Nicht. Ich weiß, was Sie denken. Konzentrieren Sie sich ganz auf mich, keine Flausen.« Er kam näher, bis der Lauf der Pistole nur einen Meter von ihrem Kopf entfernt war. Sie glaubte, etwas wie Schwefelgeruch wahrzunehmen.

Er nickte mit dem Kopf in Richtung des Trolleys, der neben ihr auf dem Boden stand.

»Ich nehme an, was ich suche, ist da drin. Ich könnte den Koffer einfach mitnehmen, aber ich frage mich, ob das viel bringen würde. Würde ich verstehen, was ich dort finde? Sie haben so etwas Wichtiges doch sicher irgendwie geschützt. Mit einem Passwort? Nicht, dass ich nicht in der Lage wäre, Passwörter zu knacken. Aber das ist ein Unsicherheitsfaktor, den ich mir gern ersparen würde. Ich will außerdem wissen, wie ich das Tool benutze. Sie müssen es mir erklären. Erklären Sie mir, wie Sie es machen.« Er deutete mit der linken Hand auf den Trolley. »Los, packen Sie ihn aus. Zeigen Sie es mir.«

Hope reagierte nicht.

»*Los jetzt!*«, schrie er.

In diesem Moment erwachte im Bett, das hinter einer Mauerkante verborgen war, Myfawny und begann zu weinen.

Pawel schien überrascht. »Sie haben es noch bei sich? Ich war mir sicher, dass sie es längst weggegeben haben.« Er lachte kurz auf. »Das macht die Sache noch deutlich einfacher«, sagte er, trat einen Schritt zur Seite, bis er das Bett sehen konnte, und richtete die Pistole darauf.

»Sie werden mir helfen«, erklärte Pawel. »Aber zuerst müssen wir von hier weg.«

Er befahl Hope, den Trolley zu nehmen, während er zum Bett ging und Myfawny hochnahm. Die Kleine schrie, als er es versäumte, ihren Kopf zu stützen, doch Hope wagte nicht, ihn zu korrigieren.

Als sie das Hotel verließen, passierten sie die Leichen mehrerer Hotelmitarbeiter und -gäste, deren Blut den grünen Teppichboden tränkte.

*

Als McLeary zu ihnen kam und erklärte, dass sie Hopes Aufenthaltsort gefunden hatten, war Line nicht mehr nach Spott zumute. Sie konnte sofort in seinem Gesicht ablesen, dass etwas geschehen war.

Sie folgte ihm also ohne weiteren Kommentar zum Flugzeug. Erst in der Luft wagte sie, ihm all die drängenden Fragen zu stellen, und erfuhr, dass Hope offensichtlich nach Teheran geflohen war. In einem Hotel in der Stadt hatte es offenbar eine Schießerei gegeben. Er versprach, dass er versuchen würde, einen Zugang zum Tatort zu bekommen, ermahnte sie aber, vorsichtig zu sein. Mit Teheran gebe es keinerlei Vereinbarungen, sie reisten als Touristen in den Iran ein.

»Die kennen mich natürlich. Wir werden vermutlich unter Beobachtung sein, aber wenn wir uns ruhig verhalten, sind wir sicher«, erklärte McLeary.

»Sind Sie sicher, dass Sie wissen, was Sie da tun?«, fragte Line, der das seltsam vorkam.

McLearys Zögern bestätigte ihre Bedenken. »Meine Vorgesetzten sind dagegen, wenn Sie das wissen wollen. Aber ich muss es mir mit eigenen Augen vor Ort ansehen.«

Der Geheimdienstler lehnte sich offenbar immer weiter aus dem Fenster. Line musste an Pfeiffers kühlen Umgangston denken. McLeary wirkte zunehmend getrieben, und Line machte sich Sorgen, ob er noch Herr der Lage war.

»Ich kläre das«, versprach er. »Sie müssen sich keine Sorgen machen.«

Einige hitzige Telefonate McLearys und einen einstündigen Aufenthalt am Flughafen von Teheran später hatte er es geschafft. Diesmal brachte sie keine Limousine mit Fahrer, sondern zwei einfache Taxis in die Millionenstadt. Line saß mit McLeary und Weismann in dem einen, Mikaela und Robin in dem anderen Wagen. Die Fahrzeuge fuhren über belebte Straßen in die Innenstadt, wo sie in einer Seitengasse hielten. Line sah Weismann an, der aufgrund des Zeitmangels einfach mitgenommen worden war und sich nicht gewehrt hatte.

»Sie bleiben besser hier«, sagte sie zu Weismann. »Aber ich muss mitgehen.«

Zur Abwechslung widersprach er einmal nicht. Doch als sie aussteigen wollte, hielt er sie am Arm fest.

»Sie müssen auf sich aufpassen.«

»Selbstverständlich.«

Doch Weismann ließ nicht locker. »Ich meine es ernst. Ihnen wird etwas passieren, wenn Sie nicht vorsichtiger sind.«

»Mir passiert nie etwas, immer nur denen, die bei mir sind«, entgegnete sie kühl, erkannte aber sofort, dass er nicht verstanden hatte, was sie gemeint hatte.

*

Die Leichen waren inzwischen abtransportiert worden, doch die Blutflecken auf dem Boden zeugten von dem Massaker, das sich hier abgespielt hatte. Sie und McLeary folgten einem Mann, der aussah wie ein Iraner, aber einen britischen Akzent hatte. Er hatte sie am Hintereingang erwartet und schien angespannt.

»Meinen Informationen zufolge war er allein«, erklärte er. »Er hatte eine schallgedämpfte Waffe, weshalb sein Eindringen nicht gleich auffiel. So etwas habe ich noch nie gesehen. Sie sagen, Sie kennen den Mann?«

»Wir vermuten es«, gab McLeary zurück, ohne konkreter zu werden.

»Er wusste jedenfalls genau, wo er hinwollte. Menschen waren ihm völlig egal, wer ihm über den Weg lief, wurde niedergeschossen. Er scheint es wahnsinnig eilig gehabt zu haben. Warum, müssen Sie mir sagen. Wir glauben, dass er es auf die Person abgesehen hatte, die hier wohnte.« Er deutete auf eine Zimmertür vor ihnen. »Nur ein kurzer Blick«, ermahnte er McLeary, der stumm nickte.

Der Mann holte seinen Schlüsselbund aus der Tasche und schloss die Tür auf.

Als sie den Raum betraten, sah sich Line sofort nach Blutflecken um. Als sie keine fand, war sie erleichtert. Es war ein erster Hoffnungsschimmer.

»Der Raum war leer«, erklärte der Mann, »sie haben alles mitgenommen. Kein Handy, keinen Computer, nichts.«

Ganz stimmte das nicht, erkannte Line. Einige Kleidungsstücke waren zurückgeblieben. Ein T-Shirt, das zu klein für einen Mann geschnitten war. Ein Tuch konnte Line zuerst nicht gleich zuordnen. Bis sie verstand, dass es sich um einen Schleier handelte.

Der Anblick raubte Line den Atem. Sie griff nach einem Zipfel und hob ihn sanft an. Er sah genauso aus wie der, den Maryam getragen hatte.

Ich konnte dich nicht schützen. Genauso wie ich sie nicht schützen konnte.

McLeary riss sie aus ihren Gedanken. »Sind Sie fertig?«

»Ich denke schon«, sagte sie, bevor sie sich an den Mann wandte, der sie hergeführt hatte. »Wissen Sie, ob die Frau in diesem Zimmer unter den Opfern war? Eine junge Afrikanerin mit einem Kind, einem Baby?«

Er schüttelte den Kopf. »Es wurde kein Kind gefunden, soweit ich weiß. Und mir ist auch nichts von einer Afrikanerin bekannt.«

Line spürte, wie sich der Druck von ihrer Brust löste und sie wieder atmen konnte.

Als sie gerade das Zimmer verlassen wollte, sah sie dort, wo sie den Schleier aufgehoben hatte, etwas auf dem Boden liegen. Sie ging noch einmal hin, rückte plakativ den Schleier zurecht und ließ dabei die winzige Mikro-SD-Karte in ihre Tasche gleiten.

Währenddessen begann der Mann, der sie hergebracht hatte, aufgeregt zu telefonieren.

*

Pawel war zurück in seinem Haus an einem idyllischen österreichischen See, über den mehrere Staffeln einer bekannten Fernsehserie gedreht wurden und wo er als Nachbar eines Ex-Politikers und des Chefs einer US-Söldnerarmee lebte. Zwei Räume weiter kümmerte sich eine Pflegemutter um das afrikanische Kind, das er als Geisel mitgenommen hatte. Im Privatjet war die Ausreise mit dem Kind kein großes Problem gewesen. Er hatte da und dort Hebel in Bewegung setzen müssen und war dann mit vorläufigen Papieren für das Kind unbehelligt vom Flughafen abgehoben.

Eigentlich hatte er sich eine Escort kommen lassen wollen, um sich von den Strapazen zu erholen und seinen Erfolg zu feiern, doch er hatte keine Ruhe gefunden und gleich begonnen, mit seiner neuen Eroberung zu spielen. Es handelte sich tatsächlich um eine Reihe von Software-Paketen, wie er vermutet hatte. Mithilfe der Erklärungen der Afrikanerin, die doch noch recht gesprächig gewesen war, gelang es ihm, die Programme zu bedienen, die allesamt dazu da waren, komplexe mathematische Aufgaben zu lösen, darunter manche, von denen er noch nie gehört hatte. Danach hatte er sie gehen lassen. Auch wenn er nach wie vor nicht wusste, wie sie an die Quelle gelangt war, ohne ihre Software war sie keine Gefahr mehr für ihn, und vielleicht brauchte er sie ja irgendwann noch mal.

Eines der Programme fesselte seine Aufmerksamkeit ganz besonders. Es hieß »masterkey« und war in der Lage, große Produkte aus Primzahlen zu faktorisieren. Er öffnete ein Fenster mit Kommandozeile auf seinem Bildschirm und ließ sich drei elektronische Schlüssel generieren. Pawel wusste, dass es sich bei den langen Zahlenreihen, die der Rechner ausspuckte, um nichts anderes als zwei Primzahlen und das Produkt daraus handelte. Jeder Computer führte diesen Vorgang jeden Tag viele Male durch, auch wenn die meisten Computernutzer die Zahlen in diesen Schlüsselfiles nie zu Gesicht bekamen – obwohl diese als Text gespeichert waren und man sie sich tatsächlich ansehen konnte.

Für ihn war das äußerst nützlich, denn er konnte die größere der drei Zahlen herauskopieren und in das Programm füttern, das er von der Frau bekommen hatte. Es dauerte nicht einmal eine Sekunde, bis das Ergebnis auf dem Bildschirm erschien – das richtige Ergebnis, wie er durch Vergleich einiger Ziffernpassagen der langen Zahlen bestätigen konnte.

Pawels Puls ging plötzlich schneller. Er ließ sich die größten Schlüssel erzeugen, die ihm sein Computer erlaubte, und probierte es erneut. Wieder dauerte es nur Augenblicke, bis das richtige Ergebnis erschien.

Pawel fühlte Euphorie in sich aufsteigen, doch er kämpfte das Gefühl nieder. Er überlegte einen Moment, bevor er ein Browserfenster öffnete und nach den Zahlen suchte, die der Terrorist aus London an Medien in aller Welt geschickt hatte. Er kopierte die größte der drei Zahlen und speiste sie in das Programm der Afrikanerin. Erst als nach kaum einer Sekunde das richtige Ergebnis erschien, ließ er seinen Gefühlen freien Lauf und ging in die Küche, um sich ein Glas Wodka zu holen.

*

Line hatte den Ton des Telefonats richtig eingeschätzt. McLeary mahnte sie zur Eile und drängte sie zum Hinterausgang des Hotels, wo immer noch die Taxis warteten. Er bedeutete Line, zu Mikaela und Robin in das zweite Taxi einzusteigen, und holte auch Weismann dazu, bevor er mit dem Fahrer sprach und ihm einige große Dollarnoten zusteckte.

»Sie kommen nicht mit?«, wollte Line wissen.

»Wichtig ist, dass Sie in Sicherheit gebracht werden«, erklärte er. »Ich werde noch eine Weile hierbleiben müssen, um einige Dinge zu klären.«

»Das klingt nach Abschied«, stellte sie fest.

»Mikaela und Robin werden Ihnen helfen, einen Rückflug nach Wien zu buchen«, antwortete er nur.

Line nickte. »Danke für alles«, sagte sie und erntete von ihm nur einen letzten traurigen Blick.

Auf der Fahrt zurück zum Flughafen musste Line abermals an McLearys Anspannung in den letzten Stunden denken.

»Für Ihren Chef sieht es nicht gut aus, oder?«, fragte Line die beiden Geheimdienstler. »Es ist ihm nicht gelungen, Hope zu schützen.«

Die beiden sahen sich an, ohne etwas zu erwidern. Zumindest kümmerten sie sich um McLearys Versprechen und organisierten einen Flug. Zum Abschied schüttelten sie sich alle die Hände. Und als Line das Lächeln in den Gesichtern von Mikaela und Robin sah, wusste sie, dass das Gefühl der Sympathie, das sie verspürt hatte, auf Gegenseitigkeit beruhte.

»Frohes Rätseln«, sagte sie noch – eine Floskel, die ihr im Nachhinein peinlich sein sollte.

Erst als das Flugzeug in der Luft war, ließen Anspannung und mit ihr auch die Selbstzweifel nach, die in dem Hotel ganz plötzlich über sie gekommen waren.

Die Wahrheit war: Sie wusste nicht, was mit Hope passiert war. Und im Gegensatz zu der Geschichte mit Maryam damals hatte Hope nicht unter ihrem Schutz gestanden. Line war nicht verantwortlich für diese Frau, die offenbar in der Lage war, auf sich selbst aufzupassen. Falls das wirklich stimmte. Ob sie aus dem Hotel entkommen war oder nicht, ließ sich nicht sagen. Jedenfalls bekam Line immer noch feuchte Hände, wenn sie an die Blutflecken dachte. Sie war irritiert von der Brutalität, mit der Jagd auf Hope gemacht wurde. War diese »Quelle«, in deren Besitz sie offenbar gewesen war, wirklich so gefährlich?

Line musste an die Geschichte von Hazeem Light denken, der in allen Sprachen der Welt »Es muss aufhören« über Londons Dächern geschrien hatte. Ein Hilfeschrei eines Verzweifelten, der seine Botschaft mit dem größten Opfer untermauerte, das ein Mensch zu geben in der Lage war. Was musste aufhören? Und warum war das so wichtig?

Ihr gingen die Andeutungen durch den Kopf, die Mikaela

gemacht hatte. Dass Geheimdienste wie der GCHQ ein Problem damit hatten, wenn Leute in der Lage waren, ganz einfach Codes zu knacken, verstand sie. Aber das schien es nicht gewesen zu sein, was Mikaela Sorge bereitete. Dabei ging es um etwas völlig anderes. Und Weismann schien zu wissen, worum es sich handelte.

Sie warf einen Blick zur Seite, um abzuschätzen, wie es ihm ging. Nun, da sie Zeit dafür hatte, überkam sie das schlechte Gewissen, ihn in diese Sache mit hineingezogen zu haben. Er war ein alter Mann, der am liebsten in seiner Bibliothek saß und sich mit theoretischen Fragen auseinandersetzte. Sie hätte ihn in Ruhe lassen sollen. Ob er mit der Sache überhaupt etwas zu tun hatte, war fraglich. Es konnte verschiedene Erklärungen geben, warum sowohl Light als auch Hope sich für ihn interessiert hatten.

»Es tut mir leid«, sagte sie schließlich, als sie sah, dass Weismann wach war. »Das muss alles ganz schrecklich für Sie gewesen sein.«

Weismann sah aus, als würde er aus einem intensiven Tagtraum erwachen. »Wie bitte?«

»Sorry, hab ich Sie geweckt?«

»Haben Sie. Schlafen Sie denn überhaupt nicht?«

Line schüttelte den Kopf. »Schon eine ganze Weile nicht mehr.«

Weismann sah sie prüfend an und verstand, dass sie es ernst meinte. »Ich wusste gar nicht, dass so etwas geht.«

»Die Ärzte sagen mir, dass ich längst Halluzinationen haben müsste. Etwa zwei Stunden pro Nacht braucht jeder. Manchmal nicke ich ein, ich schätze, das genügt.«

»Tut mir leid«, sagte Weismann.

Line zuckte mit den Schultern. »Es ist nicht schlimm, wissen Sie? Ich habe das Gefühl, dass ich es verdient habe. Manche Dinge kann man nicht einfach so wegwischen. Nicht das, was ich getan habe. Und ich mache gerade den gleichen Fehler wieder. Ich hätte Sie nicht in diese Sache hineinziehen dürfen. Es liegt daran, was ich früher gemacht habe. In der Vergangenheit war es mein Job, solchen Geschichten nachzugehen, auch wenn es gefährlich war. Die

Wahrheit ist, ich habe keine guten Erfahrungen damit gemacht. Ich habe meine Möglichkeiten überschätzt, es war mir eine Lehre. Eigentlich wollte ich es als Journalistin beim Weltblick ruhiger angehen lassen, und jetzt sehen Sie mich an. Ich habe wieder mich und andere in Gefahr gebracht. Es scheint, als würde ich das Unheil anziehen. Ich muss härter an mir arbeiten.«

Zu ihrer Überraschung lachte Weismann müde.

»Was amüsiert Sie?«, fragte Line, die über seine Reaktion seltsam erleichtert war. Zumindest schien sie ihn nicht komplett gebrochen zu haben.

»Es stimmt, ich war auf das hier nicht vorbereitet. Und ich habe mich seit Jahren nicht mehr so gefürchtet. Aber das ist alles nicht so wichtig.«

»Was ist denn wichtig?«

Weismann zögerte. »Das letzte Mal, als ich mich so gefürchtet habe, war mit Maggie.«

Line verstand, dass er von seiner Frau sprach.

»Sie wollte zu einer Schule in Malaysia, die Teil ihres Projekts war. Maggie brachte Mathematik an Schulen. Sie bestand darauf, dass ich sie begleite. Ich hatte mich zu Hause verbarrikadiert und war in ein tiefes Loch gefallen. Maggie ließ nicht locker, sie hatte das Flugticket ohne meine Zustimmung gekauft und ignorierte jeden meiner Einwände.«

Line musste schmunzeln. »Wie erging es Ihnen?«

»Es war ein Desaster. Es war heiß, feucht, mit lauter schrecklich freundlichen Leuten, denen ich nichts zurückzugeben hatte. Doch Maggie war in ihrem Element. Ich konnte zusehen, wie sie Kinder für Dinge begeisterte, die viele meiner Studenten auf der Universität nie richtig verstanden hatten. Natürlich war es nicht die Mathematik, die die Kinder liebten, sondern sie. Maggie hatte eine Ausstrahlung, der man sich nicht entziehen konnte. Sie war eine Zauberin, wenn es um Menschen ging. Ich wundere mich bis heute, dass sie sich für Mathematik begeisterte.«

»Warum?«, wollte Line wissen.

»Für mich war Mathematik immer eine Möglichkeit, mit mir selbst allein zu sein. In gewisser Hinsicht ist sie das Einsamste, was Sie sich vorstellen können. Maggie hätte alles Mögliche machen können, aber sie entschied sich für Mathematik. Ich verstand das nie. Genauso wenig wie die Tatsache, dass sie sich für mich entschieden hatte.«

»Wie ging die Sache aus, in Malaysia?«

»Toll. Manche der Kinder schrieben ihr noch Jahre danach immer wieder Briefe oder E-Mails. Ich war nur wahnsinnig erleichtert, wieder zu Hause sein zu dürfen. Danach sah ich Maggie mit anderen Augen. Und auch wenn die Reise für mich eine Katastrophe war, Maggie hatte natürlich recht, und mir ging es im Anschluss besser. Ich hatte wieder einen klareren Blick auf die Dinge.«

»Tut mir leid«, sagte Line. »Ich wusste nicht, wie sensibel Sie da sind. Ein weiterer Grund, warum ich nie hätte versuchen sollen, Sie zum Mitkommen zu überreden.«

Er winkte ab. »Das ist es ja gerade, was ich sagen will. Es war gut, dass Sie mich aufgerüttelt haben. Wie Maggie damals.«

»Haben Sie mich gerade mit Ihrer Frau verglichen?«, fragte Line verblüfft.

Er schreckte auf und sah sie an. »Bitte verzeihen Sie, ich war in Gedanken. Ich wollte nicht unhöflich sein.«

»Sie waren nicht unhöflich. Um ehrlich zu sein, ich empfinde das als ziemlich großes Kompliment.«

»Dann ist es gut.«

Weismann schien irgendwie versöhnt. So ruhig hatte sie ihn noch nie gesehen. Sie fand, dass sie das ausnutzen sollte.

»Herr Weismann, es gibt da etwas, das ich immer noch nicht verstehe.«

»Schießen Sie los.«

*

Pawel hatte sich bemüht, es mit dem Trinken nicht zu übertreiben. Schließlich gab es so viele aufregende Dinge zu entdecken.

Etwa die 750 000 Dollar in Bitcoin der Afrikanerin. Keine große Summe, aber vielversprechend, wenn man die kurze Zeit bedachte, die sie zur Verfügung gehabt hatte. Wenn sie dazu in der Lage war, so schnell eine Dreiviertelmillion aufzutreiben, was würde dann er alles tun können?

Wobei er sagen musste, dass ihn die Fähigkeiten der Afrikanerin zunehmend beeindruckten. Bisher hatte er nur einen Teil ihrer Arbeit durchschaut. Bei vielem davon handelte es sich um Notizen in einer afrikanischen Sprache, für die auch die Onlineübersetzungstools keine vernünftigen Ergebnisse auswarfen, insbesondere angesichts der sehr technischen Notation der Unterlagen, die sich offenbar mit Mathematik beschäftigten.

Das Tool zum Knacken von Passwörtern funktionierte jedenfalls sehr gut, wie er bereits überprüft hatte. Das Internet war ein riesiger Spielplatz für seine neuen Fähigkeiten. So benutzte etwa fast jede https-Webseite das RSA-Verschlüsselungsverfahren, das auf Produkten von Primzahlen basierte. Und da die meisten Webseiten inzwischen den https-Standard verwendeten, genügte es, sich in den Datenfluss irgendwelcher Webseiten einzuklinken und ihn zu decodieren. Pawel war immer noch verblüfft, wie gut das funktionierte. Auch zu Passwörtern bekam er so einfachen Zugang. Sie wurden in verschlüsselter Form im Internet verschickt und waren während des ganzen Prozesses nie in Klarform sichtbar. Diese verschlüsselten »Hashes«, wie sie genannt wurden, konnte Pawel mit den Softwaretools aus der Quelle ganz einfach sichtbar machen. Mehrstufige Sicherheitsverfahren wie Zwei-Faktor-Autorisierung konnte er damit zwar nicht knacken – besonders Bankkonten blieben vorerst weiterhin geschützt –, doch die Möglichkeiten waren dennoch schier endlos.

Besondere Freude hatte Pawel an sogenannten Passwortcontainern. Damit sammelten Menschen all ihre Passwörter in einem zentralen digitalen Ordner, der mit einem einzigen Master-Passwort geöffnet werden konnte. Davon versprach man sich mehr Sicherheit, denn so war es möglich, bessere, weil kompliziertere und längere Passwörter zu kreieren, die man sich nur schwer merkte, insbesondere, wenn man sie, wie empfohlen, oft wechselte.

Ein besonderer Service dieser Passwortcontainer war, dass sie nicht auf der eigenen Festplatte, sondern auf einem Server des Anbieters abgelegt wurden, gut verschlüsselt, versteht sich, sodass sie für den Nutzer von überall zugänglich waren. Die Verschlüsselung war so gestaltet, dass auch der Anbieter des Containers die Passwörter nicht kannte – die quelloffene App sorgte diesbezüglich für Transparenz und Vertrauenswürdigkeit.

Doch all das half nichts, wenn jemand wie Pawel in der Lage war, die verschlüsselte Kommunikation zwischen dem Nutzer und seinem Passwortcontainer einzusehen.

Als Pawel die Idee mit den Passwortcontainern kam, schrieb er erst einmal ein kurzes Programm, das das Internet nach den typischen Spuren von Menschen scannte, die mit ihren Passwortcontainern kommunizierten. Als das Programm eine Reihe solcher Signaturen ausspuckte, schrieb Pawel ein weiteres Programm, das sich mithilfe des Tools aus der Quelle Zugang zu den Passwörtern verschaffte und sie in einer Datei abspeicherte.

Während sich diese Datei vor Pawels Augen nach und nach mit Einträgen füllte, fand er, dass er es nun endgültig verdient hatte, sich mit einer ausgedehnten Pause zu belohnen.

Er dachte erneut über den Escort-Service nach und bekam bei dem Gedanken daran eine Erektion. Doch dann fiel sein Blick auf das Schachbrett, das noch auf dem Couchtisch stand, wie er es vor seiner Reise nach Afrika zurückgelassen hatte. Die Partie hatte sich seither nicht weiterentwickelt.

Doch als er über das Spiel nachdachte, fiel ihm ein weiteres Tool ein, das er neben dem Faktorisierungsprogramm gefunden hatte und das zu seiner Überraschung Software für verschiedene Spiele enthielt, darunter Go, Schach und sogar Tetris.

Pawel sprang auf und suchte das Programm für Schach. Eine Beispieldatei zeigte ihm, wie er Fragen an das System stellen konnte. Er prägte sich schnell das Bild auf dem Brett ein und übertrug es in das Programm. Sofort spuckte das Programm die Siegeswahrscheinlichkeit aus, die für ihn nur bei etwa zwanzig Prozent lag. Zugleich schlug ihm das Tool die Züge mit der höchsten Wahrscheinlichkeit zu gewinnen vor.

Pawel grinste übers ganze Gesicht, als er einen Bogen Briefpapier schnappte und dort seinen nächsten Zug niederschrieb, um ihn an seinen Kontrahenten zu senden. Danach sank er zurück in die Couch, und sein Glück war vollkommen. Er musste an seinen Vater denken, dem nie Gerechtigkeit widerfahren war. Er wäre sicher stolz gewesen zu sehen, dass sein Sohn nicht dieselben Fehler machte wie er. Die Lektionen in Entschlossenheit hatten sich ausgezahlt.

Danke.

Doch der Gedanke an seinen Vater war auch eine Warnung, sich nicht zu sicher zu fühlen. Was er gefunden hatte, war so außergewöhnlich, dass man versuchen würde, es ihm wegzunehmen.

Es gab noch ein paar Dinge, die er tun musste, wenn er wirklich sicher sein wollte.

*

»Das, was hier passiert«, begann Line. »Ich habe noch nie davon gehört. Warum hat man es nicht vorhergesehen? Warum hat sich die Welt nicht darauf vorbereitet?«

Weismann schmunzelte. »Aber das hat sie doch.«

»Wie bitte?«

Weismann schien nachzudenken. »Sagt Ihnen der Name Kurt Gödel etwas?«

»Ich habe von ihm gehört«, gestand sie. »Ein Wiener Mathematiker?«

»Genau der. Was wissen Sie über seine Arbeit?«

Line überlegte. »Nun, ich habe gelesen, dass er genial war, dass er mit Albert Einstein befreundet war und dass er mit zunehmendem Alter so paranoid wurde, dass er sich zu Tode hungerte.«

Weismann verdrehte die Augen. »Bravo, Sie haben alle irrelevanten Fakten, die man über Gödel wissen kann, wunderschön zusammengefasst.«

Line verschränkte die Arme. »Okay. Was halten Sie denn für relevant?«

»Im Jahr 1956, Gödel lebte damals schon in Princeton, als Nachbar von Albert Einstein, schrieb er seinem Kollegen und Freund John von Neumann einen Brief. Von Neumann gilt neben Alan Turing als großer Pionier in der Entwicklung des Computers.«

»Turing, der Codeknacker, der die Nazis besiegte?«

Weismann nickte. »Von Neumann war ein äußerst widersprüchlicher Mensch, Partytiger mit einer Vorliebe für schnelle Autos, aber auch einer, der im Kalten Krieg den Amerikanern ganz offen zu einem nuklearen Erstschlag riet, weil er das gegenseitige Misstrauen für unauflösbar hielt – anhand einer Theorie, die er selbst entwickelt hatte und die heute Teil jedes Wirtschaftsstudiums ist.«

»Sie schweifen ab.«

Weismann sandte ihr einen bösen Blick ob ihrer Ungeduld und nahm sich eine Sekunde, um sich zu sammeln. »In dem Brief spekulierte Gödel, ob es nicht möglich sein könnte, einen Computer zu bauen, der das Denken des Menschen vollständig ersetzt. Entscheidend wäre, dass die Komplexität der Probleme langsam genug wächst. Sie erinnern sich an die Kategorien P und NP-vollständig?«

»Einige Kilogramm Reis versus einige Milliarden Tonnen Reis?«

»Genau. Er legte dar, dass es bislang keinen Beweis gebe, der erklärt, dass manche Probleme wirklich aufwendig sind. Dieser kurze Brief, den der damals krebskranke von Neumann offenbar übersah und nicht beantwortete, gilt heute als erste Erwähnung des Problems.«

»Okay, gut. Aber was hat das mit unserer Situation hier zu tun?«

»Sie sagten, die Welt sei unvorbereitet. Doch seit vielen Jahren wird versucht, einen Beweis zu finden, dass P und NP wirklich unterschiedlich sind. Dass Codes sicher sind. Doch das ist noch nicht gelungen. Das Problem ist so wichtig, dass auf seine Lösung ein hohes Preisgeld ausgesetzt ist.«

»Wie viel?«, wollte Line wissen.

»Haben Sie schon von den Millenium Prize Problems gehört? Dabei handelt es sich um eine Liste mathematischer Probleme, deren Lösung je eine Million Dollar wert ist«, erklärte Weismann.

Sie hob anerkennend die Augenbrauen. »Und der Beweis ist niemandem gelungen?«

»Bis jetzt nicht. Dass wir nun in dieser Lage sind, hat aber einen anderen Grund.«

»Und der wäre?«

»Bisher waren fast alle Fachleute davon überzeugt, dass P und NP unterschiedlich sind und nur der Beweis fehlt. Niemand hat sich ernsthaft mit der Alternative beschäftigt.«

»Außer Hope.«

Weismann nickte. »Sie hat das Problem gelöst, indem sie nicht nur den Beweis erbracht hat, dass P gleich NP-vollständig ist. Sie hat es offenbar getan, indem sie einen konkreten Algorithmus gefunden hat, der ein NP-vollständiges Problem löst.«

»Und plötzlich wird Schwieriges einfach. Ich verstehe immer noch nicht wirklich, wie so etwas von allen übersehen werden konnte.«

Weismann überlegte. »So einfach ist es tatsächlich nicht.«

»Ach nein?«

»Wenn wir davon ausgehen, dass Hope so einen Algorithmus fand, konnte sie damit anfangs bestimmt keine Autos hacken. Vermutlich zeigte sich der Vorteil der Methode nur bei extrem großen Zahlen. Man brauchte Supercomputer, um sie anwenden zu können. Für die Praxis war sie unbrauchbar.«

»Die Methode, die sie jetzt verwendet, scheint aber mehr als praxistauglich zu sein«, entgegnete Line trocken.

Weismann nickte. »Das ist das Erstaunliche an der Klasse NP-vollständig. Sie enthält mehr Dinge, als man glaubt. Angenommen, Sie wollen einen besonders guten Algorithmus finden, um das Wetter vorherzusagen. Zu welcher Klasse, glauben Sie, gehört dieses Problem?«

»Die Wettervorhersage?«

»Nein, die Suche nach der besten Methode dafür.«

Line überlegte. »NP-vollständig?«

»Richtig!«, bestätigte Weismann zufrieden. »Drehen Sie das weiter. Was denken Sie, was Hope gemacht hat, als sie den Algorithmus fand? Diesen unpraktikablen Algorithmus, nennen wir ihn Version null, der sehr aufwendig ist und nur für sehr große Aufgabenstellungen etwas bringt?«

Ganz plötzlich lichtete sich der Nebel in Lines Hirn. »Sie hat ihn auf sich selbst angewandt? Um ihn zu verbessern?«

Weismann nickte. »Sie hat ihn verwendet, um ein sehr schwieriges Problem zu lösen: Die Suche nach dem effektivsten Algorithmus zur Lösung NP-vollständiger Probleme.«

»Und das ist ihr gelungen?«

»Nun, sie musste zuvor natürlich dieses Problem umwandeln, damit Version null es lösen kann. Aber da half ihr der Zusatz *vollständig* im Namen dieser Probleme. Sie sind gleichbedeutend, eigentlich handelt es sich um ein und dasselbe Problem. Dass eine solche Umwandlung möglich ist, wusste sie also.«

Line versuchte, die Konsequenzen dieser Idee zu erfassen, es gelang ihr aber nur in Ansätzen. Hier waren Regeln am Werk, die dem gesunden Menschenverstand widersprachen. Sie versuchte, sich vor Augen zu halten, was sie zuvor gehört hatte: Es gab keine schwierigen Probleme mehr, diese Entdeckung änderte alles. Sie verstand nun auch, warum jemand ein hohes Preisgeld auf eine solche Entdeckung aussetzen sollte.

»Eine Million Dollar also. Nicht schlecht.«

»Nein. Nicht eine, sondern sieben Millionen.«

»Warum das?«

Der Mathematiker seufzte. »Sie verstehen immer noch nicht die Größenordnung des Problems. Als die Millenium Prize Problems ausgeschrieben wurden, ging man von einem Beweis für P ungleich NP aus. Niemand rechnete damit, dass das Gegenteil bewiesen werden könnte.«

»Was macht das für einen Unterschied?«

»Mit einem Algorithmus, der ein NP-vollständiges Problem lösen kann, können sie in absehbarer Zeit auch alle anderen Millenium Prize Problems lösen.« Weismann schien sich über ihre Verblüffung zu amüsieren, um dann wieder ernst zu werden. »Jetzt wissen Sie Bescheid«, sagte er. »Mit einem haben Sie jedenfalls recht, ich sollte zu Hause bleiben. Ich war Ihnen doch nur im Weg. Es ist gut, dass ich wieder heimkehre. Ich habe Maggie vernachlässigt. Sie müssen wissen, sie macht Fortschritte. Sie hat begonnen, sich zu bewegen. Nur ihr Finger. Doch ich glaube, sie versucht, sich mitzuteilen. Vielleicht kann ich herausfinden, was sie mir sagen will.«

Weismanns Augen waren glasig geworden.

»Was Sie angeht, glaube ich, dass Sie zu hart mit sich ins Gericht gehen. Wie ruhig Sie bei alledem blieben. Ich habe den Eindruck, Sie sind geradezu dafür geschaffen, das hier zu machen. Lassen Sie sich von niemandem etwas anderes einreden. Und verschwenden Sie auf keinen Fall Ihre Zeit hinter einem Schreibtisch.«

Line lächelte. »Das ist sehr nett von Ihnen, danke. Aber Sie haben unrecht, Sie sind alles andere als im Weg. Ich bin nur jemand, der Reportagen schreibt. Und um zu verstehen, was vor sich geht, brauche ich jemanden wie Sie. Deshalb schlage ich Ihnen einen Deal vor.«

Weismann hob seine buschigen Brauen. »Der wäre?«

Line fasste in ihre Tasche nach der Mikro-SD-Karte. »Sie dürfen in Zukunft in Ihrer Bibliothek bleiben, wo Sie sicher sind, wenn Sie mir helfen zu verstehen, was sich darauf befindet.«

29. MÄRZ

Als McLeary an diesem Morgen den Donut betrat, fragte er sich, ob es sein letztes Mal sein würde. In einer knappen Textnachricht hatte Gardener ihm mitgeteilt, dass er direkt zu ihr ins Büro kommen sollte.

Seiner Frau hatte er bereits alles erzählt. Nachdem er auf dem Flughafen aus der Regierungsmaschine ausgestiegen war, hatte er sein Telefon ausgeschaltet und war direkt nach Hause gefahren. Sie hatte sich alles angehört und ihn dann in den Arm genommen. Als er das Handy wieder eingeschaltet hatte, war da die Nachricht von Gardener gewesen. Kurz bevor er losgefahren war, hatte er einen Anruf von einer Nummer mit der Vorwahl der Regierung bekommen. In der Leitung war der Premier selbst.

»Das, worüber wir gesprochen haben«, begann er. »Sie haben es nicht, oder?«

McLeary erklärte kurz, dass sie eine Frau verfolgt hatten, es ihnen aber nicht gelungen war, ihrer habhaft zu werden.

Der Premier sprach ihm sein Bedauern aus. »Ich wollte noch sagen, dass ich Ihnen leider nicht mehr helfen kann bei dem, was auf Sie zukommt.«

Dann hatte er aufgelegt.

Nun betrat McLeary Gardeners Büro. Sie saß hinter ihrem Schreibtisch und bot ihm grußlos einen Platz an.

»Reden wir nicht groß drum herum«, begann sie, »ich muss Sie suspendieren, Sie verstehen das sicher.«

McLearys Kehle war zu trocken für eine Antwort, und er nickte nur.

»Zwischen London und Teheran gibt es diplomatische Verstimmungen, Ihre Anwesenheit im Iran wird als feindliche Spionagetätigkeit ausgelegt, und wenn ich ehrlich bin, ich wäre auch nicht glücklich, wenn jemand von einem fremden Nachrichtendienst eine polizeiliche Ermittlung behindert. Die Behörden dort wussten nichts von dem Hintergrund der Bluttat. Wir müssen ihnen nun einen Teil der Wahrheit erzählen, um sie zu besänftigen. Einer Wahrheit, die schwer genug zu erklären sein wird.« Sie schaute ins Leere. »Ich habe Ihnen alle Unterstützung zukommen lassen. Den Regierungsjet, die Kontakte zu unseren Kollegen im Iran, die ein großes Risiko eingegangen sind. Niemand im Haus war darüber informiert, die Leute hätten Fragen gestellt. Auch ich werde mich verantworten müssen. Aber ich war überzeugt, dass Sie Lights Spur am besten würden folgen können.« Sie sah ihm in die Augen. »Ich weiß von Ihrem Streit. Ich habe leider zu spät davon erfahren.«

Dieses Bekenntnis überraschte McLeary.

»Was glauben Sie denn?«, rechtfertigte sie sich. »Ich muss doch wissen, was meine Leute so machen. Wussten Sie, dass Light versucht hat, Briefe zu schreiben, in denen er vor der Gefahr warnt? Wir haben sie in seiner Wohnung gefunden. Er ist kläglich gescheitert, es ist äußerst wirres Zeug. Er wollte offenbar mit diesem Mathematiker Weismann Kontakt aufnehmen, doch dann ist etwas passiert, das ihn seine Pläne über den Haufen werfen ließ. Vielleicht können Sie mir das beantworten.« Sie sah ihn prüfend an. »Ich habe Ihnen von dem Mann erzählt, der behauptete, die Quelle gefunden zu haben, und uns anbot, die Information zu kaufen. Sie wissen, von wem ich rede. Pawel Peskin.«

McLeary nickte.

»Haben Sie Light davon erzählt?«

McLeary schluckte. »Ich habe ihn gefragt, ob es sein kann, dass er die Wahrheit sagt. Das war das Gespräch, das den Streit auslöste. Er drängte mich, zu den höchsten Stellen zu gehen und sie vor der Gefahr zu warnen. Ich verstand nicht, von welcher Gefahr er sprach.«

Gardener nickte. »Sie hatten mehr Informationen als alle anderen. Mir war klar, dass nur Sie eine Chance haben, schnell eine Lösung zu finden. Leider ist Ihnen das nicht gelungen.«

»Tut mir leid, Ma'am.«

»Wissen Sie, die Geschichte in Hongkong, als Sie aus dem operativen Geschäft ausgestiegen sind, ich dachte immer, dass Ihnen damals übel mitgespielt wurde. Dass Sie an dem Desaster eigentlich keine Schuld traf. Aber heute bin ich mir nicht mehr so sicher. Vielleicht hätte ich vorsichtiger sein sollen, Sie wieder mit einem Außeneinsatz zu betrauen.«

McLeary hatte kein Verlangen, sich zu rechtfertigen. »Was werden Sie jetzt tun?«, fragte er.

»Ich habe alles, was Sie in Erfahrung gebracht haben, weitergegeben. Die Sache geht jetzt auch an unsere Partner, hier und in Übersee.«

Das war eine schlechte Nachricht, fand McLeary. »Sind Sie sicher, dass die wissen, womit sie es zu tun haben?«

»Das wissen wir doch selbst nicht wirklich!«, gab Gardener schroff zurück.

Er spürte, dass Gardener eigentlich gar nicht hören wollte, was er zu sagen hatte. Er sagte es dennoch. »Das könnte nur die Spitze des Eisbergs sein.«

McLeary dachte an das Gespräch, das er auf dem Rückflug mit Mikaela geführt hatte. Sie war überzeugt gewesen, dass ein Durchbruch von dieser Größe nicht ohne Folgen blieb. Und dass die Risiken, die manche da draußen der Weiterentwicklung von KI zuschrieben, ein Witz waren gegen das, was ihnen womöglich bevorstand.

Doch Gardener hatte kein Interesse an seiner Geschichte. Sie verabschiedeten sich mit unterkühlter Herzlichkeit, und kurz darauf wurde er von zwei Männern aus dem Gebäude geleitet. Sie brachten ihn nach Hause, er stand bis auf Weiteres unter Hausarrest.

*

Pawel sah durch die Glastüre auf die Terrasse und die dahinter liegende Wasserfläche des Sees, die normalerweise so glatt war, dass sie die dahinter liegenden Berge spiegelte. Heute aber war sie stumpf und grau, blind geworden durch die prasselnden Regentropfen. Der auf der Terrasse aufgebaute Tisch, an dem er sein Essen hatte einnehmen wollen, triefte vor Nässe, Wasserfäden liefen von den Ecken des weißen Tischtuchs herab. Er kontrollierte noch einmal die Uhrzeit, um sicher zu sein, dass er sich nicht vertan hatte.

Die Vorhersage des Wettertools, das er in dem Ordner mit den anderen Wunderprogrammen gefunden hatte, war eigentlich eindeutig gewesen. Sie hatte, entgegen den offiziellen Wetterprognosen, Sonne versprochen. Er hatte also beschlossen, diesen Umstand mit einem Essen im Freien zu feiern, doch die Lust zu feiern war ihm inzwischen vergangen.

Daran konnte auch das Telefongespräch nichts ändern, das er vor einigen Stunden geführt hatte. In der Leitung war eine Frau mit britischem Akzent gewesen, die sich als Gardener vorgestellt hatte. Sie war erstaunlich schnell auf den Punkt gekommen und hatte bereitwillig zugegeben, für den britischen GCHQ zu sprechen. Sie hatte ihn an die einst abgebrochenen Verhandlungen erinnert und bedauert, dass sie zu keiner Übereinkunft gelangt waren.

Diesen Umstand gedenke sie zu korrigieren, ließ sie ihn wissen. Das Finanzielle ließe sich sicher klären, er solle einfach eine Summe nennen. Er hatte sie zappeln lassen und das Gespräch sehr genossen, aber versprochen, darüber nachzudenken und sich wieder zu melden – verbunden mit der Warnung, keinen Unsinn zu versuchen, weil er das sicher merken würde.

Natürlich hatte er nicht vor, seinen Fund zu verkaufen. Er wusste, dass der GCHQ nicht der Einzige sein würde, der bei ihm anklopfte. Vielleicht konnte er einzelne Aufträge an den Bestbietenden verkaufen, das wäre eine Möglichkeit, über die er ernsthaft nachdenken musste.

Zuvor lag aber noch viel Arbeit vor ihm. Es ging darum, die

nächsten Schritte sorgfältig zu planen. Bevor er noch mehr Aufmerksamkeit erregte, musste er sich schützen. Das Sicherheitsteam, das vor dem Einfahrtstor zu seinem Anwesen patrouillierte, würde sicher bald zum Ziel von Angreifern werden, die sich Zugang zu seinem Fund verschaffen wollten. Er hatte vorsorglich schon einmal ihr Salär erhöht, nun, da Geld kein Problem mehr war. Aber er sah ein, dass er sich schnell einen sichereren Ort suchen musste, und hatte schon mit verschiedenen Leuten gesprochen, von denen er wusste, dass sie über Atomkrieg-taugliche Bunker verfügten. Etwas Derartiges musste er sich unbedingt auch zulegen, um sich schnell zurückziehen zu können, falls er in die Schusslinie geriet.

Der Regen spiegelte seine Gemütslage nur zu gut wider. Er erwachte aus seiner Euphorie wie von einem Kater nach einem Rausch mit ausländischem Wodka. Zu viele Menschen wussten bereits von seinen Fähigkeiten, und die Geschichte würde sich weiter herumsprechen. Er stand unter Zeitdruck und musste schnell Lösungen finden. Deshalb hätte er gern dieses letzte Essen im Freien genossen, bevor er sich an einen sichereren Ort zurückziehen musste.

Besonders aber verwirrte ihn der Brief, den er gerade bekommen hatte. Sein Schachgegner hatte verblüffend schnell geantwortet und seinen nächsten Zug mitgeteilt. Es war ein naheliegender Zug, über den Pawel auch schon nachgedacht hatte und der Pawels Dame vom Brett nahm.

Er hatte gewusst, dass das passieren konnte, als er den Zug in die Mail geschrieben hatte. Doch der Computer sagte ihm für diesen Zug die höchste Gewinnwahrscheinlichkeit voraus. Die folgenden Züge hatte er sich nicht genauer angesehen, sondern ganz auf die Software vertraut.

Deshalb war er auch so verwirrt, als er die neue Stellung ins System fütterte und feststellte, dass seine Gewinnchancen noch weiter gesunken waren. Hatte das Programm ihm nicht versprochen, die Chancen auf den Gewinn zu erhöhen? Irgendetwas war hier faul.

Pawel war so mit Grübeln beschäftigt, dass er die Person nicht bemerkte, die sich inzwischen Zugang zu seinem Garten verschafft hatte.

*

Sie hatte Weismann das Versprechen abringen können, sich die Sache anzusehen. Doch seit er in seiner Bibliothek an einem verblüffend alten Rechner saß und mit zwei Fingern schrecklich langsam die Tastatur bediente, konnte sie nicht anders, als über die Veränderung zu staunen, die mit ihm geschehen war.

Den Computer hatte er widerwillig aus einem Nebenraum geholt, in den er Line nicht hineinlassen wollte. Sie konnte dennoch einen Blick erhaschen und sah, dass er voller Umzugskartons war. Sie verkniff sich die Frage, welche Dinge dort lagerten, vermutete aber, dass es mit seiner Frau zu tun hatte.

Als sie das Gerät sah, bot sie ihm an, in einem Elektronikladen um die Ecke einen Laptop zu kaufen. »Funktioniert der denn überhaupt?«

Doch Weismann blieb stur. »Hier habe ich alle meine wissenschaftlichen Programme drauf.«

Seither sah sie ihm zu, wie er den alten Kasten bediente, wobei er nur selten zur Maus griff, sondern unverständliche Codezeilen in ein schwarzes Fenster tippte.

»Ich wusste nicht, dass Sie mit Computern umgehen können«, gestand sie.

»Ich dachte, Sie hätten inzwischen verstanden, dass Computer nur Mathematik sind«, gab er zurück, ohne vom Schirm aufzusehen.

Sie nahm sich vor, ihn nicht weiter zu stören. Er war so schon quälend langsam. Gebückt, wie er so dasaß, hatte er etwas von einer Schildkröte.

»Wenn ich Ihnen irgendwie helfen kann …«

Es stellte sich heraus, dass sie das konnte. Der Computer besaß nämlich keinen Slot für Mikro-SD-Karten. Das Problem ließ sich lösen, indem Line ihren eigenen Laptop hochfuhr und es Weismann erlaubte, sich per SSH-Verbindung dort einzuloggen. Sie steckten also die SD-Karte in Lines Laptop, und Weismann öffnete sie. Wieder sah Line nur schwarze Codezeilen.

»Können Sie das nicht in einem Fenster öffnen, wo man etwas sieht?«, beschwerte sie sich.

Er zeigte mit dem Finger auf den Schirm. »Das sind mehrere Programme. Ich verstehe aber noch nicht, worum es geht. Hier ist eine Datei namens ›masterkey‹ – sagt Ihnen das etwas?«

»Nie gehört. Bedeutet das, Sie können mir nicht helfen?«

Und da passierte etwas, das Line, seit sie Weismann kennengelernt hatte, noch nicht passiert war: Der Mathematiker grinste.

»Es gibt einen guten Grund, warum ich dieses alte Teil wieder aktiviert habe. Darauf läuft die beste aller Programmiersprachen.«

»Welche denn?«

»Fortran«, antwortete er.

»Nie gehört.«

»Es war eine der ersten Programmiersprachen, bevor sie von vermeintlich besseren wie C oder Python verdrängt wurde. Aber für wissenschaftliche Anwendungen ist sie nach wie vor hervorragend geeignet.«

»Vermutlich aus den Achtzigern«, mutmaßte Line.

Weismann schien beleidigt. »Ich kenne Gruppen, die haben noch in den 2000er-Jahren gut damit gearbeitet!«

»Und was wollen Sie damit?«

»Ich muss die Programme auf diesem Datenträger testen. Und dafür brauche ich eine Analysesoftware. Die schreibe ich jetzt. Wenn ich damit fertig bin, habe ich Zeit, Ihre Fragen zu beantworten.«

»Schon gut, ich lasse Sie in Ruhe.«

Es dauerte etwa eine Stunde, bis er sich zurücklehnte und tief Luft holte.

»Was ist?«, fragte Line.

»Ich kann mir nicht erklären, wie es funktioniert«, sagte er, »aber das tut es. Es ist real. Es ist wirklich real. Wir müssen etwas tun. Wenn das in falsche Hände gerät …«

Line sagte ihm nicht, was sie glaubte. Dass genau das vermutlich längst passiert war. Doch in einem anderen Punkt gab sie ihm recht: Die Welt musste davon erfahren. Sie musste mit ihren ehemaligen Kollegen von Forbidden Stories Kontakt aufnehmen.

*

Pawels Haus war zwar alt, mit hohen Fenstern und zwei Türmchen, aber vor dem Bezug von einem lokalen Unternehmen runderneuert worden. Teil des Pakets war, neben neuen Fenstern und gut versteckten Solarmodulen, eine Elektroinstallation nach aktuellem Standard gewesen – also eine, bei der nicht überflüssigerweise stromführende Kabel mit den vollen 230 Volt durch jeden Lichtschalter gezogen wurden, um wie vor hundert Jahren über eine mechanische Wippe den Kontakt zu schließen. Kein größeres Gebäude erhielt heute noch so eine Elektrik, nur in Privathäusern kam sie noch zum Einsatz.

In Pawels Haus waren Lichtschalter einfache elektronische Komponenten, die an einer Datenleitung hingen und bei Betätigung eine Bit-Folge durch ein Datennetz schickten. Der eigentliche Schalter war ganz woanders im Haus platziert, in einer Art zweitem Sicherungskasten, wo er dann den Kontakt im 230-Volt-Stromkreis schloss, der das Licht angehen ließ. Der Vorteil dabei war, dass jeder Schalter im Haus im Prinzip jedes der Lichter ein- und ausschalten konnte oder auch alle auf einmal. Die Belegung ließ sich jederzeit ändern. Und jedes der Lichter konnte auch auf andere Weise aktiviert werden, etwa zu einer bestimmten Uhrzeit, bei einer bestimmten Wetterlage oder bei Präsenz einer Person im Haus.

In den Katalogen der Elektroinstallateure hieß so eine Installation »Smarthome«, ein Ausdruck, der Pawels Intellekt beleidigte. Eine derartige Installation war nicht smart, sie war völlig normal. Das hingegen, was viele Leute für normal hielten, war aus Pawels Sicht hoffnungslos rückständig.

Um die Funktion des Systems hatte er sich nie Gedanken gemacht. Er hatte sich für ein System entschieden, das auch in Hunderte Millionen Euro teuren Hochhäusern verbaut wurde. Die Komponenten waren praktisch unzerstörbar, kommunizierten alle direkt miteinander, ohne Zentraleinheit, sodass beim Versagen eines einzelnen Teils die übrige Installation nicht beeinträchtigt war. Nicht, dass bisher eine der Komponenten ausgefallen war. Auch was die Sicherheit anging, war Pawel ganz entspannt. Gerade er wusste, wie leicht es war, mobile Geräte zu hacken, doch seine Elektroinstallation war im Vergleich dazu bombensicher.

Deshalb machte er sich auch keine Gedanken, als er hörte, wie irgendwo im Haus ein Fenster automatisch aufging. Er dachte, dass es das Kindermädchen sein musste, das er kurzfristig angeheuert hatte, wobei er sich nicht erklären konnte, wie sie auf die Idee kam, bei diesem Regen ein Fenster zu öffnen.

Er hatte keine Zeit, sich damit zu befassen, weil sein Handy die ganze Zeit über klingelte. Bevor er die Quelle dem GCHQ angeboten hatte, war dieses Angebot auch an eine ganze Reihe anderer Nachrichtendienste und Unternehmen ergangen. Niemand hatte verstanden, welche Bedeutung das hatte, was er ihnen verkaufen wollte. Doch langsam sprach sich die Sache offenbar herum. Nun waren sie doch interessiert und säuselten ihm Komplimente und hohe Dollarbeträge ins Ohr. Je höher die Zahlen waren, desto weniger drangen sie zu ihm durch. Er betete die Floskeln herunter, die er vorbereitet hatte, hielt sie hin.

Vor ein paar Stunden hatte er noch überlegt, wie er eine geheime Auktion organisieren konnte. Es musste dafür Softwarelösungen geben. Doch inzwischen war er sich nicht mehr sicher, ob er überhaupt verkaufen wollte. Erst nach und nach wurden ihm die Möglichkeiten seiner Errungenschaft bewusst, die viel größer waren, als er das ursprünglich für möglich gehalten hatte. Wie konnte man etwas verkaufen, dessen Wert man nicht kannte?

Dazu kam noch etwas anderes: Noch immer regnete es draußen. Die Vorhersage hatte sich nicht erfüllt.

Das hätte Pawel nicht weiter wundern sollen. Schließlich war das Wetter ein chaotisches Phänomen. Das Problem bei der Wettervorhersage war nicht nur die Komplexität der Gleichungen, die er jetzt ganz einfach umgehen konnte. Es gab auch weitere Hindernisse, etwa ungenaue oder fehlende Messdaten. Für das Versagen seiner Wettervorhersage konnte es unterschiedliche Gründe geben – es war nichts, was ihn hätte beunruhigen sollen. Wäre da nicht die Schachpartie gewesen. Eine ganze Weile hatte er die Situation mit mehreren Schachcomputern analysiert, und alle kamen zum Schluss, dass er die Lage intuitiv richtig einschätzte: Er stand kurz davor, mattgesetzt zu werden. Die Chancen auf einen Sieg waren dahin, wenn sein Kontrahent sich nicht noch einen Patzer erlaubte, und die Chancen auf ein Remis nur noch minimal.

Erst recht wunderte er sich aber, als er den betreffenden Zug, den er als Empfehlung des Programms der Afrikanerin erhalten hatte, in seine eigenen Schachprogramme eingab. Diese hielten den Zug für alles andere als günstig. Warum ihm gerade dieser vorgeschlagen worden war, blieb ihm ein Rätsel.

Pawel hatte also guten Grund, den Verkauf der Quelle hinauszuzögern. Etwas schien nicht in Ordnung zu sein, und er hatte das unbestimmte Gefühl, dass ihm etwas fehlte. Irgendetwas übersah er.

Sicherheitshalber checkte Pawel noch einmal seine Konten und sein Bitcoin-Wallet, um zu überprüfen, dass zumindest dort alles an seinem Platz war. Dennoch war es klug, erst einmal seinen Aufenthaltsort zu wechseln. Zwar wusste niemand, dass er hier war, all seine Kommunikation lief verschlüsselt über mehrere in Serie geschaltete Anonymisierungsdienste, die jedes Byte über mehrere

Kontinente schickten, bis es sein Ziel erreichte. Nur jemand, der über einen Quantencomputer oder über die Quelle verfügte, wäre in der Lage gewesen, ihn aufzuspüren.

Doch es gab auch noch Nachrichtendienste, die sich ganz klassischer Mittel bedienten – Überwachung durch Agenten aus Fleisch und Blut. Und dass ihn jemand gesehen hatte, war nicht völlig auszuschließen. Es wäre klüger, erst einmal den Standort zu wechseln und dann den nächsten Schritt zu unternehmen. Das Kind mitsamt Kindermädchen würde er einfach mitnehmen.

Was Pawel in diesem Moment nicht ahnte, war die Tatsache, dass tatsächlich jemand seine Anonymisierung ausgehebelt hatte, indem er eine gefälschte Anfrage an ihn geschickt hatte. Dieser Jemand hatte das Sicherheitsteam zur Bewachung des Anwesens mit gefälschten Nachrichten ans andere Ende des Geländes geschickt und mittels Funksignal das eigentlich durch Verschlüsselung geschützte automatische Öffnungssystem des Einfahrtstors aktiviert. Dann hatte diese Person, die den Plan des Hauses von einer verschlüsselten Festplatte des Bauunternehmens entwendet hatte, sich auf die Rückseite des Hauses begeben, wo eine Wetterstation die Windgeschwindigkeit maß, um bei zu starkem Sturm die Jalousien zu schließen. Diese Wetterstation war, entgegen den gängigen Sicherheitsempfehlungen, direkt per Datenkabel mit den Lichtschaltern und dem Rest der Installation verbunden. Die Person trocknete mit einem Feuerzeug den Regensensor und registrierte mit einem kleinen Gerät die Reaktion des Systems auf diese Information. Bei Regen schloss das System automatisch alle Fenster. Daraus und aus der im Internet einsehbaren Dokumentation des Smarthome-Systems Pawels rekonstruierte die Person die Form des Signals zum Öffnen und Schließen von Fenstern. Sie speiste eine Imitation dieses Signals in das Datenkabel ein, um eines der Fenster zu öffnen, das sie in ein Arbeitszimmer führte. Dort befand sich der Schrank für die Aktoren der Smarthome-Installation inklusive eines kleinen Bauteils, das über einen Anschluss für ein Netzwerkkabel verfügte und über das sich das System programmieren ließ. Es war natürlich über ein Passwort gesichert, das die Person mithilfe eines mitgebrachten Tools schnell geknackt hatte – desselben Tools, mit dem sie auch alle bisherigen Verschlüsselungen auf ihrem Weg bis hierher ausgehebelt hatte.

Nachdem all das nach Wunsch gelaufen war, machte sich die Person daran, ihren eigentlichen Plan in die Tat umzusetzen.

Und das bedeutete für Pawel mehrerlei.

Als Erstes fiel ihm auf, dass sich die Jalousien in Bewegung setzten. Er registrierte es am Rande, denn er war daran gewöhnt, dass sich Dinge in seinem Haus von selbst in Bewegung setzten. So waren sie programmiert worden, und nicht immer war auf Anhieb einsichtig, warum gewisse Dinge gerade zu einem bestimmten Zeitpunkt passierten. Abhängig war das vom Wetter, von der Tageszeit und vom Datum.

Warum sich gerade jetzt die Jalousien schließen sollten, war ihm zwar nicht klar, aber schließlich gab es auch noch die Option, die Jalousien manuell zu bedienen. Womöglich hatte das Kindermädchen einen falschen Knopf gedrückt. Er schaffte es nicht einmal, ihr böse zu sein. Dafür hatte er zu viele andere Sorgen. Wegen des schlechten Wetters war das Deckenlicht an, und er würde zumindest nicht im Dunkeln sitzen.

Doch als die Jalousien erst einmal ganz geschlossen waren, ging mit einem hörbaren Knacken das Licht aus.

Die Dunkelheit um Pawel war undurchdringlich, und es war vollkommen still. Er verstand, dass es ein Problem mit der Elektroinstallation geben musste, und zwar mit der Elektronik. Er versuchte sich zu erinnern, wo genau sich der Schaltschrank befand. Dazu musste er das Wohnzimmer durchqueren, dann an der Küche vorbei und schließlich zum Arbeitszimmer.

Pawel tastete nach seinem Mobiltelefon, das vor ihm auf dem Tisch lag, um die Taschenlampe einzuschalten. Doch als er versuchte, den Bildschirm zu entsperren, reagierte es nicht.

Seine Reaktion war Ärger. Hatte sich etwa alles gegen ihn verschworen? Dass es zwischen den Dingen, die geschahen, tatsächlich einen Zusammenhang geben konnte, der Gedanke kam ihm noch nicht.

Durch eine Spalte in den Jalousien drang ein Lichtschimmer, und seine Augen würden sich bald an die neuen Verhältnisse gewöhnen. Das musste genügen, er machte sich auf den Weg. Langsam tastete er sich vor, mit ausgestreckten Händen wie ein Pantomime, seinen Weg korrigierend, als der Tisch an einer anderen Stelle auftauchte, als er ihn vermutet hatte. Er verfluchte nun die Tatsache, nicht öfter hier gewesen zu sein.

Doch er arbeitete sich langsam weiter, und sobald er den Schaltschrank erreichen würde, konnte er mit einem einfachen Tastendruck auf einem der Aktoren die Jalousien wieder öffnen und nachsehen, was nicht stimmte.

Doch kurz bevor er den Durchgang erreichte, der ihn in den Vorraum und zur Küche führen würde, hörte er auf einmal ein Geräusch. Pawel hielt inne und horchte. Es handelte sich um ein unidentifizierbares Kratzen, das von direkt vor ihm kam.

Und erst jetzt dämmerte ihm, dass es sich nicht um eine Fehlfunktion handelte, sondern dass er gerade Opfer eines Angriffs wurde. Adrenalin flutete seinen Körper. Sein Kopf wurde mit einem Mal klar, konzentrierte sich auf das Wesentliche. Er war ein Überlebenskünstler, Sohn eines Spions. Er wusste, dass es Momente gab, in denen es um alles ging. Pawel hatte das zuvor erlebt, öfter als fast alle anderen Menschen, und er konnte damit umgehen. Das war sein Vorteil, den er nutzen musste.

Der Schaltschrank war nicht länger sein Ziel. Unter verschiedenen Optionen erschien ihm keine richtig verlockend. Er entschied sich, dass die Flucht aus dem Haus noch die beste wäre. Draußen hätte er Licht, könnte einen der patrouillierenden Sicherheitsmänner rufen und gemeinsam mit ihm das Haus sichern.

In Gedanken checkte er noch kurz, ob die Quelle hinreichend

sicher war. Er kam zur Überzeugung, dass die Maßnahmen, die er getroffen hatte, ausreichten. Die Programme lagen auf mehreren Servern verteilt, von denen nur einer hier im Haus war, geschützt durch eine Verschlüsselung, die selbst für Quantencomputer unknackbar wäre.

Pawel reagierte blitzschnell und rannte los. Er erreichte den Vorraum und realisierte, dass das Geräusch plötzlich lauter wurde. Das Kratzen verwandelte sich in ein Schreien, das aus der Küche zu kommen schien, die einen Ausgang zum Vorraum hin hatte. Etwas daran erschien ihm vertraut, doch das hieß nicht viel, denn in Pawels Leben war daran nichts Beruhigendes. Er war mit vielen schrecklichen Dingen vertraut. Er hielt sich nicht damit auf, sondern stürzte auf die Eingangstür zu.

Doch als er die Klinke fand und daran rüttelte, öffnete sie sich nicht. Er versuchte sich zu erinnern, welche Schlösser sie hatte und ob er etwas übersah, doch es gab nur das eine Schloss, das allerdings elektronisch funktionierte und ebenfalls mit seinem Smarthome verbunden war. Es hatte keinen Zweck. Die Tür war verschlossen, er musste einen anderen Weg finden. Und er verstand, dass er in Wirklichkeit nur eine Option hatte.

Er drehte sich um und versuchte, sich die Position der Kellertür zu vergegenwärtigen. Ohne große Mühe fand er die Tür, die sich zu seiner Erleichterung öffnen ließ. Drinnen befand sich ein klassischer Lichtschalter, der nicht mit der elektronischen Installation verbunden war, doch er war nicht überrascht, als auch hier der Strom ausgeschaltet war.

Im Keller war Pawel nur einmal gewesen. Er war wegen des nahen Sees nur niedrig und voller Gerümpel, das ausgemistet hätte werden sollen. Also tastete er sich vor, stieß sich immer wieder Knie und Schienbeine, während er zu horchen versuchte, ob ihm jemand folgte.

Doch schließlich tauchte vor ihm eine alte Tür auf, durch deren Ritzen Licht drang. Sie verfügte über einen mechanischen Riegel, der verrostet war. Pawel musste all seine Kraft einsetzen, doch dann öffnete sich die Tür, und er stürzte ins Freie wie jemand, der es gerade aus einem brennenden Haus geschafft hat.

Nur einen Moment erlaubte er sich, um zu Atem zu kommen und seine Augen wieder an das Licht zu gewöhnen. Dann hielt er Ausschau nach jemandem von seinem Sicherheitsteam. Doch er erkannte, dass die Leute nicht auf ihren Posten waren.

Pawel überlegte, was er jetzt tun sollte, als einer von ihnen auftauchte.

»Was tun Sie? Warum haben Sie Ihren Platz verlassen?«, fuhr er ihn an.

Der Mann sah ihn erschrocken an, dann wanderte sein Blick zum Haus. Pawel hörte, wie sich die Jalousien in Bewegung setzten.

»Los, kommen Sie mit!«, forderte er und rannte auf die Eingangstür zu, wo er seinen Daumen auf den Sensor legte. Als die Gesichtserkennung sein Antlitz erkannte, entriegelte sich die Tür.

Pawel stieß sie auf und trat in den Vorraum. Alles war still, keine Spur mehr von dem Geräusch, das er gehört hatte.

»Sie bleiben in meiner Nähe«, befahl Pawel dem Mann. »Haben Sie eine Taschenlampe?«

Als dieser bejahte, machte sich Pawel zuerst auf den Weg zum Server, um zu sehen, ob dort alles in Ordnung war. Er konnte nichts Ungewöhnliches entdecken, und das beruhigte ihn. Doch zum Durchatmen war es noch zu früh, wer auch immer hinter dem Angriff steckte, konnte noch hier sein.

Pawel ging also zur Küche. Dort sah alles normal aus. Erst im Nachhinein sollte Pawel verstehen, dass es die elektronische Küchenmaschine gewesen war, deren Geräusch er gehört hatte. Ein smartes Gerät, das mit dem WLAN verbunden war und automatisch Kochrezepte aus dem Internet auf dem Display anzeigen konnte, inklusive Einkaufsliste und Schritt-für-Schritt-Anleitung zum Kochen.

Alles wirkte wie sonst auch, dennoch raste sein Puls noch immer. Kalter Schweiß stand ihm auf der Stirn. Er musste sich auf die Couch setzen, nur zwei Minuten, und sich beruhigen. Doch noch erlaubte er es sich nicht.

Es dauerte fast zehn Minuten, bis Pawel auf die Idee kam nachzusehen, ob das Kind noch da war. Als er das Kinderzimmer betrat, waren die Tochter der Afrikanerin und das Kindermädchen verschwunden. Erst danach versuchte er, sich in sein System einzuloggen, musste aber feststellen, dass seine Zugangsdaten nicht mehr akzeptiert wurden.

Das war der Punkt, an dem ihn die Kraft verließ. Er sank zu Boden und verfiel in jenen schrecklichen Lähmungszustand, den er als Kind so oft gehabt und den er überwunden geglaubt hatte.

*

Hope zwang sich, eine Pause zu machen, und durchquerte die riesige, etwas abgewohnte Suite, um nach ihrer Tochter zu sehen. Sie passierte ein Klavier mit einem Blumentopf darauf, das vermutlich verstimmt war und das als Ablage diente. Sie hatte es nicht ausprobiert, auch wenn das kein Problem gewesen wäre, denn die ganze Etage war leer, dafür hatte sie gesorgt.

Ihre Tochter lag in einem Gitterbett und sah sie mit großen Augen an. Hope hob sie hoch und wiegte sie einige Minuten, während sie ihr die Brust gab, bevor sie sie wieder hinlegte und zurück an ihren Rechner ging.

Der Schaden, den der Russe angerichtet hatte, war schnell zu beheben gewesen. Doch das hieß nicht, dass alles wie vorher war. Für Hope hatte sich die Lage grundlegend verändert. Die Geiselnahme ihrer Tochter hatte ihr etwas gezeigt, und sie war entschlossen, ihre Lehren daraus zu ziehen.

Prinzipien sind eine Schwäche.

Es war anmaßend von ihr gewesen zu glauben, dass sie über den Dingen stünde. Also hatte sie begonnen, die Sache grundlegend neu zu denken. Und seit einigen Stunden war sie nun damit beschäftigt, ihre Pläne umzusetzen.

Einige der Zugänge waren altbewährt, andere neu. Neu war, dass sie dem Zeitfaktor mehr Bedeutung beimaß. Ihre Gegner arbeiteten mit Hochdruck, und wenn sie sicher sein wollte, musste sie schneller sein. Bisher hatte sie ihre Fähigkeiten viel zu wenig darauf verwendet, schnell zu sein. Sie hatte vor jedem Schritt lange überlegt, hatte alles sorgfältig machen wollen. Dabei verstand sie, dass ihr Zugang ihr Zeitvorteile verschaffen konnte, die andere nicht hatten.

Deshalb hatte sie sich eine Regel auferlegt: Nichts von dem, was sie unternahm, sollte länger als eine halbe Stunde dauern. Jeder Tag hatte vierundzwanzig Stunden, sie konnte mit etwa fünf Stunden Schlaf auskommen, wenn es nötig war. Ihr blieben also täglich achtunddreißig Aufgaben, die sie tun konnte. Realistischer waren etwas weniger, wenn sie gelegentliche Pausen für ihre Tochter mit einrechnete. Damit konnte man eine Menge bewegen.

Andere Vorgangsweisen änderte sie nicht. Ihr Prozedere war schon seit einiger Zeit gleich. Die Formel, die sie gefunden hatte, war mehr als die Lösung eines abstrakten mathematischen Problems, auf dessen Klärung ein siebenstelliges Preisgeld ausgesetzt war. Sie war ein Algorithmus, der fast jede schwierige Aufgabe vereinfachen konnte. Im Lauf der letzten Jahre hatte sie gelernt, verschiedene Rechenprobleme, die laut Fachjargon zu der Klasse der NP-vollständigen Probleme zählten, umzuwandeln, sodass sie mit ihrer Formel eine Lösung dafür finden konnte. Das war nicht nur möglich, sondern eine mathematische Notwendigkeit, die schon vor vielen Jahren bewiesen worden war. Nur hatte kaum jemand mit dem Auftauchen einer Formel wie der ihren gerechnet. Deshalb war niemand vorbereitet, und deshalb hatte sie bis vor Kurzem niemand bei ihrer Arbeit gestört.

Zu den schwierigen Problemen, die sie behandeln konnte, zählten neben dem Knacken von Codes und der Berechnung des Wetters auch biochemische Kalkulationen, etwa die Vorhersage des

Aufbaus von Proteinen oder der Wirkung von neuen Medikamenten. Sogar Fragen der Astrophysik waren für sie jetzt zugänglich, doch sie hatte noch nicht die Zeit gehabt, sich damit genauer auseinanderzusetzen.

Anfangs hatte sie sich noch in kleinen Schritten vorgewagt. Sie hatte etwa an Entschlüsselungswettbewerben teilgenommen, um ihre Methode zu prüfen. Zu unwahrscheinlich war ihr die Sache anfangs vorgekommen. Doch nach und nach hatte sie herausgefunden, dass es für die meisten Schwierigkeiten, mit denen sie konfrontiert war, eine einfache Lösung gab: Sie suchte nach einer theoretisch möglichen, aber komplizierten Lösung des Problems, isolierte den Teil, der daran schwierig war, und wandelte ihn mithilfe ihrer Formel in eine einfache Lösung um. So hatte sie es mit dem Knacken von Codes und beim Bitcoin-Schürfen gemacht. Manche dieser Umwandlungen konnte sie in Büchern nachlesen, immerhin war das Gebiet der NP-vollständigen Probleme bereits viele Jahre erforscht worden. Andere Umwandlungen führte sie selbst durch. Dass es möglich war, wusste sie. Das war das Erstaunliche an diesen schwierigen Problemen: Sie waren in Wirklichkeit ein einziges Problem. Eines, das sie gelöst hatte. Sie hatte, in gewissem Sinn, *das* Problem gelöst.

Natürlich brauchte auch ihre Formel eine gewisse Rechenleistung, deshalb hatte sie sich Zugang zu dem Supercomputer verschafft. Inzwischen arbeiteten mehrere Anlagen für sie, insbesondere die kommerziellen, in die sie sich kurzfristig eingekauft hatte.

Nun erkannte sie, dass das, was sie bisher gemacht hatte, erst der Anfang war. Sie hatte nicht weit genug gedacht. Das war ein Fehler, denn sie wusste, jemand anderes würde es tun. Die Gefahr, dass jemand an ihre Formel herankam und weiter, radikaler dachte, als sie es wagte, war konkret.

Beinah wäre es passiert, nur Pawels Naivität hatte Schlimmeres verhindert. Er hatte das Potenzial nicht erkannt, und sie hatte ihn kaltgestellt, bevor er zu gefährlich werden konnte.

Es gab eine Sache, die sie lange Zeit übersehen hatte: Auch Menschen waren komplexe Systeme. Man wusste viel über ihr Verhalten, es gab detaillierte Statistiken über Gruppendynamik und die Antriebe Einzelner, die sich große IT-Unternehmen seit vielen Jahren zunutze machten. Dennoch war die Vorhersage von Verhalten nach wie vor ungenau. Das Problem war einfach zu komplex.

Nachdem Hope erst einmal auf die Idee gekommen war, dass die Schwierigkeit bei der Einschätzung des Verhaltens von Menschen sich als Problem der Klasse NP-vollständig formulieren ließ, nahm sie sich mehr als die eigentlich als Grenze definierte halbe Stunde Zeit. Sie durchsuchte das Internet mit einem zuvor entwickelten Tool nach allen wissenschaftlichen Arbeiten zum Verhalten von Menschen, filterte sie und fütterte sie in mehrere Simulationstools, die sie aus den gesicherten Computersystemen verschiedener Universitäten stahl. Nicht alle davon brachte sie auf ihren Supercomputern zum Laufen, aber das war das Schöne an ihrem neuen Zugang, sie machte nur noch die Dinge, die einfach gingen, alles Schwierige verwandelte sie entweder in etwas Einfaches oder ließ es gleich bleiben. Auf diese Weise entwickelten sich ihre Methoden in einer Geschwindigkeit, die sie noch vor Stunden nicht für möglich gehalten hatte.

Hope spürte, dass der nächste Schritt bevorstand. Sie würde nebenbei weiter ihre Methoden verfeinern, aber es war Zeit, in die Offensive zu gehen.

Sie würde dafür sorgen, dass nie wieder jemand in der Lage wäre, ihre Tochter zu bedrohen.

30. MÄRZ

Die Veränderung begann schleichend, noch ahnte niemand etwas von dem Flächenbrand, zu dem sie sich auswachsen sollte. Die Erste, die das ganze Ausmaß erahnte, war die Leiterin des GCHQ.

Der Anruf erreichte Sandra Gardener nach einem langen Arbeitstag in ihrem Büro. Es war bereits nach Mitternacht, sie hatte längst beschlossen, Feierabend zu machen und ihren Vorsatz in die Tat umzusetzen, sich in Vertrauen in ihre Kolleginnen und Kollegen zu üben. Gardener konnte schwer loslassen, sie hatte das Bedürfnis, immer alles unter Kontrolle zu behalten. Ihre Therapeutin ermahnte sie, an ihrer Fähigkeit zu vertrauen zu arbeiten, aber Krisen wie jene um Jeff McLeary trugen nicht gerade dazu bei, ihr Vertrauen in Menschen zu stärken.

Als sie abhob, war ihr amerikanischer Freund Chuck in der Leitung. »Passiert es bei euch auch?«, fragte er.

»Was passiert?«

Chuck erzählte ihr von mehreren Dingen, die gerade gemeinsam stattfanden. Auf ein großes US-Medienhaus wurde derzeit ein Cyberangriff verübt, im Großraum Washington DC war ein großflächiger Blackout nach einem Zwischenfall in einem Umspannwerk nur knapp verhindert worden.

»Es erinnert mich an das, was bei euch passiert ist. Die Sache mit diesem Hazeem Light.«

Gardener verstand nicht. »Was willst du mir damit sagen, dass es bei euch auch passiert? In Washington?«

»Nicht nur in Washington. Auch an der Westküste. In Teilen von L.A. ist das Mobilfunknetz zusammengebrochen. Und hast du irgendwo einen Fernseher, den du anmachen kannst?«

Gardener hatte einen solchen und schaltete CNN ein. Rauchschwaden stiegen in den Himmel. Das waren jedenfalls nicht die USA, sie tippte eher auf ein arabisches Land.

»Wo ist das?«, fragte sie.

»Ich weiß nicht, was du gerade siehst, aber wenn du mich fragst: Es ist überall.«

Gardener zappte weiter und erkannte, dass er recht hatte. In China gab es Stromausfälle. Zugleich erhielt sie auf ihrem Handy mehrere Nachrichten. Jemand rief sie an.

»Ich muss aufhören«, sagte sie.

»Bleib noch kurz dran«, bat er. »Glaubst du, es gibt einen Zusammenhang? Zu dem, was bei euch passierte?«

»Wie denn? Hazeem Light ist tot!«

»Das ist es ja gerade. Er kann es nicht sein. Aber vielleicht ist es das, was wir vermutet haben.«

Beide schwiegen. Gardeners Handy hörte nicht mehr auf zu brummen.

»Ich melde mich wieder«, sagte sie.

Doch als sie Chuck endlich aus der Leitung hatte, schaltete sie ihr Handy aus und legte es vor sich auf den Tisch. Denn es gab keinen Zweifel, dass Chuck mit seiner Einschätzung richtiglag.

Die Wahrheit war: Gardener hatte von Anfang an eine Vermutung gehabt, worauf sich Lights Warnung bezogen hatte. Dieser Fall war nun eingetreten.

Gardener wusste, dass sie auf das, was jetzt auf sie zukam, nicht vorbereitet waren. Es gab nichts, das sie tun konnten.

*

McLeary hatte sich leise aus dem Bett geschlichen und sich einen Kaffee gemacht. Nun stand er in der dunklen Küche, in der er nur das Licht über der Arbeitsplatte eingeschaltet hatte, nippte an seinem Kaffee und wartete darauf, ob seine Frau aufstehen würde.

Er wusste, dass Nancy meistens aufwachte, wenn er aufstand. In manchen Fällen blieb sie liegen, um weiterzuschlafen, etwa wenn er besonders früh zur Arbeit musste. Manchmal stand sie aber auch auf, um einen Kaffee mit ihm zu trinken, selbst wenn sie eigentlich morgens keinen Termin hatte.

Neben der Kaffeemaschine standen noch die beiden Weingläser. Sie hatten gestern lange beieinandergesessen und geredet. Wie alles so gekommen war, wie es jetzt weitergehen konnte. McLeary stand immer noch unter Hausarrest. Er sah ein, dass sie so mit ihm verfuhren, und sagte das auch. Seine Stelle würde er verlieren, was dann mit ihm geschah, wusste er noch nicht. Vielleicht würden sie etwas anderes für ihn finden, womöglich war er aber auch auf sich allein gestellt.

Im Lauf des Abends hatte er ihr viele Dinge erzählt, über die er eigentlich nicht sprechen durfte, und sie hatte kommentarlos zugehört. Sie hatte gewusst, dass Geheimnisse ein Teil seiner Arbeit waren und ihn nie gedrängt. Er hatte nicht den Eindruck gehabt, dass seine Erzählungen sie überraschten. Und da war ihm wieder einmal bewusst geworden, wie sehr er sie noch immer liebte.

Bevor er ihr ins Bett gefolgt war, hatte er noch einmal die Nachrichten gecheckt. Das, was er hatte empfangen können, war nicht sehr ermutigend gewesen. Inzwischen schien sich zu bestätigen, was Light vermutet hatte.

Dass er in einer solchen Nacht aufstand, weil er nicht schlafen konnte, war aus Sicht seiner Frau bestimmt nicht überraschend. Vielleicht ließ sie ihn ganz bewusst allein und folgte ihm nicht. Immerhin war es noch tiefe Nacht.

Als er seinen Kaffee ausgetrunken hatte und sicher war, dass im Schlafzimmer alles ruhig war, ging er in sein Arbeitszimmer, wo er den Schrank öffnete. Er räumte alte Kleidungsstücke und Akten zur Seite, bis er die kleine Box fand, von der Nancy nichts wusste. Darin befanden sich einige Ausweise, ein USB-Stick, etwas Bargeld und eine kleine Glock mit Schulterhalfter. Der Halfter passte noch gerade eben so, und er versorgte die Pistole dort. Den Rest packte er in eine Aktentasche, die er vorbereitet hatte. Er sah aus, als würde er zur Arbeit gehen.

Den Beamten, der zu seiner Bewachung abgestellt war und den er gestern Abend vor seinem Fenster gesehen hatte, würde er so nicht täuschen. Doch er würde einen Weg finden, sich an ihm vorbeizuschleichen. Er wusste, dass sie ihn unterschätzten. Sie hielten ihn für ausgebrannt, einen Mann, der sich nur noch mit Kinderrätseln beschäftigte und auf den Ruhestand wartete. Doch mit der Pistole unter der Achsel spürte er den alten Elan zurückkommen. Das würde er zu seinem Vorteil nutzen.

Er war gerade dabei, die Box zurück in den Schrank zu räumen, als er hinter sich Schritte hörte.

Nancy sah ihn an, das zusammengelegte Hemd in seiner Hand, das er gerade in den Schrank legen wollte, dann die Box, die er nicht schnell genug hatte verbergen können.

Einen Moment lang waren beide wie erstarrt. Schließlich war es Nancy, die das Schweigen brach.

»Du passt auf dich auf, ja?«, sagte sie nur.

Er versprach es ihr. Als er kurz darauf den Mann, der sein Haus bewachte, hinter sich gelassen hatte, legte er eine neue SIM-Karte in sein Handy und rief die Nummer an, die der Premier ihm gegeben hatte.

*

Sie waren nicht wirklich im selben Raum, doch für Gardener fühlte es sich dennoch so an. Sie hatte sich vor Jahren daran gewöhnt, sich online mit Menschen zu treffen. Ob jemand physisch anwesend war oder nur per Bild und Ton zugeschaltet, war für sie irrelevant, solange nur der Datenverkehr über eine ausreichend verschlüsselte Leitung lief. Wichtiger war, ob ein Treffen überhaupt stattfand oder nicht.

Und die hier auf einem riesigen Bildschirm im unterirdischen, abhörsicheren Besprechungsraum des GCHQ-Hauptquartiers versammelten Personen physisch in einem Raum zusammenzubringen, wäre unmöglich gewesen. Sie versuchte sich zu erinnern, ob so ein Treffen überhaupt schon einmal stattgefunden hatte, kam aber auf keinen grünen Zweig.

Chuck war auch wieder zugeschaltet, sie hatte ihn bereits mit einem Nicken begrüßt. Doch zusätzlich waren die wichtigsten NATO-Länder und noch eine Reihe von Nicht-NATO-Staaten mit Nachrichtendienstmitarbeitern vertreten, darunter China und Indien. Während anderswo Staatschefs aus aller Welt eine ganz ähnliche Krisensitzung abhielten und das Problem zu lösen versuchten, traf sich hier eine tiefere, verborgene Ebene der Zivilisation, der undemokratische Unterbau der Welt, der die Verfassungen schützte und den es eigentlich nicht geben sollte. Es handelte sich um Strukturen, die im Kalten Krieg geschaffen worden waren, ähnlich dem Roten Telefon, das die Präsidenten der beiden Supermächte direkt verband. Sie hatten in den vergangenen Jahrzehnten an Bedeutung verloren.

Doch nun hatte sich die Lage grundlegend geändert. Keiner hatte sich lange bitten lassen, denn inzwischen hatten alle das globale Ausmaß des Geschehens erfasst. Sie, die normalerweise zuerst einmal alle einander verdächtigten, verstanden gut, dass die gerade stattfindenden Umwälzungen die Fähigkeiten jedes Einzelnen überstieg. Eine äußere Macht griff sie an, und sie mussten sich verbünden.

Nun waren sie hier, auch wenn die Verbindung äußerst fragil zu sein schien. Immer wieder verschwanden Gesichter, um dann wieder aufzutauchen. Zwar hatten die Nachrichtendienste eigene Kommunikationsnetze, die von anderen Kommunikationsinfrastrukturen unabhängig waren, doch wie Gardener gehört hatte, waren mehrere speziell dafür ausgelegte Satelliten ausgefallen. Den Grund dafür hatte man noch nicht klären können.

Gardener warf einen Blick auf die Computerspezialistin Mikaela, die eingeschüchtert wirkte. Gardener hatte sie dazugeholt, weil McLeary nicht greifbar gewesen war. Es war wichtig, dass jemand aus McLearys Umfeld Auskunft geben konnte. Noch war sie allerdings nicht zugeschaltet.

»Entspannen Sie sich«, sagte Gardener, nachdem sie sichergestellt hatte, dass ihr Mikro ausgeschaltet war. »Wir werden Sie nicht auffressen.«

»So wie Sie Jeff nicht aufgefressen haben?«, gab Mikaela zurück.

Gardener ärgerte sich über die Bemerkung. Dann musste die Spezialistin eben auf Unterstützung verzichten, wenn sie nicht in der Lage war, Gardeners Hilfe zu akzeptieren.

Ihre Aufmerksamkeit war ohnehin woanders gefragt. Derzeit gaben gerade alle Länder ein Update über das, was bei ihnen an Schadensmeldungen bekannt war. Gardener hatte von einem riesigen Botnetz erzählt, das derzeit die wichtigsten Nachrichtenseiten der Welt lahmlegte. Jemand hatte Millionen Computer und Handys gekapert, die seither die Seiten der Zeitungen mit Zugriffen so überhäuften, dass die Server den Ansturm nicht mehr bewältigen konnten. Es war ein altbekanntes Mittel von Hackern, die meist über Jahre unbemerkt Hintertüren in die Systeme von schlecht geschützten PCs in aller Welt einbauten und so ein Netzwerk schafften, das sich »Botnetz« nannte. Entdeckt wurden diese Eingriffe selten, weil sie keine Auswirkungen hatten, bis der Hacker, der die Kontrolle hatte, seinen eigentlichen Angriff startete. DDoS hieß diese Art der Attacke, eine grobe, rudimentäre Form des Angriffs, die nur die Unerreichbarkeit einer Seite zur Folge hatte. Doch Gardener hatte dargelegt, dass es sich um ein völlig neues Botnetz handelte, das laut der Analyse des GCHQ vor Tagen noch nicht einmal existierte. Auch gut geschützte Rechner waren von dem Angriff nicht verschont geblieben. Die Folge war ein fast vollkommener Nachrichtenstillstand.

Das war zumindest Gardeners Analyse gewesen, bis Chuck seinen Vortrag begonnen hatte. In für Gardeners Ohren fremd wirkender Sachlichkeit legte er dar, dass auf bestimmten Chat-Kanälen sehr wohl Nachrichten geteilt wurden. Das Aufkommen dort war sogar in nie da gewesenem Maß gestiegen. Er zeigte einige der Meldungen, die in Telegram, WhatsApp und Signal kursierten. Sie erweckten den Eindruck, es handle sich um Artikel ebenjener offline gegangenen Nachrichtenseiten, darunter renommierte Zeitungen wie die Washington Post und der Guardian – tatsächlich waren es allesamt Fälschungen, die, so vermutete Chuck, mithilfe von KI erstellt worden waren. Das Beunruhigende war aus Chucks Sicht, dass sie Erklärungen für die Stromausfälle lieferten.

»Was uns wundert, ist die schiere Menge an Meldungen. Und sie erreichen nicht alle dieselben Menschen. Es scheint irgendein Muster zu geben.«

»Das können wir bestätigen«, sagte eine Frau, die China repräsentierte.

Alle horchten auf. China war bekannt dafür, das Internet in seinem riesigen Land unter Kontrolle zu haben. Mit ihrem System der sozialen Kredite hatten sie eine Form des Überwachungsstaats umgesetzt, der in seiner Prägung und im Ausmaß der Kontrolle in westlichen Ländern nur aus Büchern bekannt war.

»Wir glauben, dass die Nachrichten maßgeschneidert sind. Menschen, die für Verschwörungserzählungen empfänglich sind, bekommen radikalere Texte als solche, die als gemäßigt bekannt sind. Menschen, die etwa Impfungen verweigern, bekommen die Nachricht, dass eine jüdische Weltverschwörung hinter den Stromausfällen steckt. Gemäßigte wiederum erhalten die Information, dass es sich um einen Angriff sogenannter autoritärer Staaten handelt.«

Gardener musste schlucken. Es war natürlich ganz einfach, anhand des Verhaltens eines Menschen im Internet auf seine politische Gesinnung zu schließen und dann maßgeschneiderte Wahlwerbung zu schalten. Kaum ein Urnengang auf der Welt kam ohne diese Technik aus. Doch während in westlichen Demokratien dieses Wissen Unternehmen vorbehalten war, die Werbung verkauften, war das Wissen über die politische Gesinnung in China in staatlicher Hand. Aus ihrem Mund hatte diese Information also besonderes Gewicht. Und dass sie hier anwesend waren, bewies, dass auch ihr streng kontrolliertes staatliches Netz von dem Angriff betroffen und bedroht war.

»In jedem einzelnen Fall scheint die Auswahl auf maximalen Effekt optimiert zu sein, wie unsere Experten bestätigt haben.«

Salopp gesagt: Ihr hättet es genauso gemacht, beendete Gardener den Satz im Stillen.

»Und es sind nicht nur Texte«, schaltete Chuck sich erneut ein. »Wir sehen auch unzählige Videos. Sie zeigen scheinbar Angriffe der Polizei auf friedliche Demonstranten. Doch wir konnten die ursprünglichen Quellen der Videos nicht aufspüren, weshalb wir sie für Fälschungen halten.«

Ein junger Mann aus Indien hob virtuell mit einem dafür vorgesehenen Emoji die Hand. »Wir kennen diese Videos und konnten keinen Hinweis auf eine Fälschung finden.«

»Weil sie sehr gut gemacht sind«, erwiderte Chuck. »Es scheint sich um Deepfakes in bisher ungekannter Qualität zu handeln. Unsere Leute sagen uns, dass so etwas möglich ist, wenn ein System mit viel mehr Daten trainiert, als das bisher möglich war.«

Chucks letzte Aussage stieß auf Widerspruch. Mehrere Leute begannen plötzlich zugleich zu sprechen. Es war Gardener, die alle um Ruhe bat.

»Ich weiß, dass Sie das nicht hören wollen, aber es geschieht nun einmal.«

»Aber doch nicht alles zugleich!«, rief eine Dame mit französischem Akzent.

»Das ist in Wahrheit das Außergewöhnliche an dieser Aktion, dass sie erst vor wenigen Stunden begann. Und dass, wie Sie sagen, sehr viele Dinge gleichzeitig passieren, eng aufeinander abgestimmt.«

»Aber wer soll zu so etwas in der Lage sein?«, fragte der Vertreter Indiens. »Wer hat die Ressourcen für so etwas? Das braucht Jahre der Vorbereitung, Technologien, die in der Öffentlichkeit noch nicht bekannt sind, große finanzielle Ressourcen. Es muss jemand sein, dessen Repräsentant heute hier in diesem Raum anwesend ist.«

Die Anspannung, das Misstrauen, das sie einander entgegenbrachten, waren förmlich mit Händen zu greifen. Am Rande registrierte sie, dass eines der Bilder flackerte und erlosch. Doch sie hielt sich nicht damit auf.

»Nicht unbedingt«, sagte sie und warf einen Blick auf Mikaela. »Es gibt eine mögliche Erklärung für all das. Ich habe hier eine Expertin, an die ich dafür gern das Wort übergeben möchte.«

*

Mikaela hatte ihnen einfach die Wahrheit gesagt. Und nach dem Aufruhr von vorhin war es nun zum ersten Mal vollkommen still im Raum. Die Verbindung zur Teilnehmerin aus Frankreich und zu einer Person aus Israel hatte sich nicht mehr herstellen lassen, ihre Bildschirme waren schwarz geblieben.

Sie musste daran denken, warum sie Wissenschaftlerin geworden war. Als sie aufgewachsen war, hatten viele Mädchen in ihrem Alter davon geträumt, berühmt und bewundert zu werden. Sie wollten Prinzessinnen sein, Schauspielerinnen, eine auch Politikerin. Mikaela hatte sich dafür nie interessiert. Manche hatten ihr unterstellt, dass ihr Menschen egal seien. Doch der Vorwurf war ebenso perfide wie falsch. Mikaela mochte Dinge, die echt waren. Lügen, Schein, Unehrlichkeit waren ihr ein Gräuel. Deshalb hatte sie nur einen kleinen Kreis von Freundinnen und Freunden gehabt, mit denen sie sich aber intensiv austauschte. Sie brauchte nicht viel, doch wenn sie sich mit etwas beschäftigte, wollte sie in die Tiefe gehen.

Deshalb war sie auch lieber in ihrem Kellerlabor als in der freien Natur. Wo andere Menschen Freiheit fühlten, spürte sie nur ein Übermaß an wilden, sonderbaren Effekten, von denen überhaupt nicht klar war, warum der Mensch darin überleben konnte. Sie konnte es sich nur durch Co-Evolution auf sehr großen Skalen erklären, doch wenn sie ihren Schulkameradinnen, die gerade Blumenkränze flochten, ihr Unbehagen zu erklären versuchte, lachte man sie nur aus.

Sie hatte bei ihrer Forschung am Quantencomputer alles gefunden, was sie zum Leben brauchte: interessante, gute Menschen ohne Hintergedanken, mit denen sie Zeit verbringen konnte. Und ein Forschungsfeld, das sich in einem eng umrissenen Bereich abspielte, sich jedoch beim tieferen Eintauchen öffnete wie eine Blüte und immer neue Wunder offenbarte.

Das Tribunal, dem sie gegenübersaß – jedenfalls empfand sie die versammelte Gesellschaft von Geheimdienstlern als eine Art Tribunal –, entsprach genau der Gesellschaft und dem Menschenschlag, den sie verabscheute. Nun rächte sich, dass sie sich von einem Geheimdienst hatte anwerben lassen. Top Finanzierung, reine Forschung, ohne irgendjemandem gegenüber Rechenschaft ablegen zu müssen. Es hatte einfach zu gut geklungen.

Doch sie war nach wie vor entschlossen, zu ihren Prinzipien zu stehen. Deshalb hatte sie die Flucht nach vorne angetreten. Sie hatte sich vorgestellt, es handle sich um gute, verständnisvolle Menschen, zu denen sie ganz offen sein konnte. So hatte sie begonnen, alles zu erklären. Was in Afrika passiert war, was sie über die Quelle gehört hatte und was ihre Theorie zu der Frau war, die sie gesehen hatten.

»Ich kann es nicht beweisen«, hatte sie schließlich gesagt, »aber wenn Sie meine Meinung hören wollen, dann sage ich Ihnen, dass wir es mit einer einzigen Person zu tun haben, die über besonderes Wissen verfügt. All das, was wir hier sehen, halte ich im Rahmen ihrer Möglichkeiten für machbar.«

Nun war es ruhig. Sie konnte sehen, dass diese Neuigkeit für niemanden leicht zu verdauen war. Doch allen war bewusst, dass sie keine bessere Erklärung anzubieten hatten, deshalb schwiegen sie.

Schließlich meldete sich der Amerikaner, den Gardener »Chuck« genannt hatte.

»Sie sagten, dass diese Dinge eng aufeinander abgestimmt seien. Abgestimmt, um was zu erreichen? Was ist das Ziel?«

Als Mikaela zögerte, ergriff Gardener wieder das Wort. »Chaos«, sagte sie. »Das Ziel ist maximales, globales Chaos. Jemand will die Welt, die wir kennen, zerstören.«

Chuck wollte etwas entgegnen, doch da verstummte er plötzlich. Das Bild, das ihn zeigte, fror ein, dann wurde der Ausschnitt des Schirms, der ihn zeigte, schwarz.

*

Chefredakteur Magnus Konrad hatte vor zwanzig Minuten das Redaktionsgebäude verlassen und war nun zu Fuß auf dem Weg in die Innenstadt. Seit dem Ausfall der Ampeln stand der Verkehr still, es hatte zahlreiche Unfälle mit Blechschaden gegeben. Feuerwehr und Polizei litten unter den Strom- und Kommunikationsausfällen und waren mit der Fülle der Einsätze überfordert.

Konrad hatte es in der Redaktion des Weltblick nicht mehr ausgehalten. Seit Stunden war die Website schon nicht mehr erreichbar, und inzwischen war auch klar, dass die für morgen geplante Printausgabe der Zeitung nicht erscheinen würde. Die Stromausfälle hatten es erfordert, die Druckerpresse aus Sicherheitsgründen herunterzufahren. Konrad sah ein, dass es ohnehin keinen Sinn gehabt hätte, wenn jede halbe Stunde die Elektrizität weg war.

Konrad war seit zwanzig Jahren Journalist und lebte diesen Beruf Tag und Nacht, unter der Woche und an den Wochenenden. Er war dazu geboren zu kommunizieren. Und diese Fähigkeit war ihm nun genommen worden. Er hatte sich noch nie zuvor in seinem Leben so stumm gefühlt.

Besonders schwer wog für ihn die Tatsache, dass sehr wohl Artikel des Weltblick im Umlauf waren – zumindest Texte, die aussahen, als wären sie vom Weltblick. Doch der Inhalt hatte nichts mit dem zu tun, was seine Leute hier im Haus verfassten. Sie erzählten wahlweise von einem Komplott Industrieller, die sich nicht mehr damit zufriedengaben, politische Parteien zu finanzieren, sondern sich gerade eben in einem geheimen Raum im Parlament trafen, um in Absprache mit den Parteien die Details der Machtübernahme zu besprechen. In einem anderen Text waren es die Banken. Die Leute teilten diese Texte in den kurzen Phasen, in denen sie Strom und Netzempfang hatten. Und er, Konrad, konnte nichts dagegen tun.

Deshalb hatte er irgendwann die alte Analogkamera aus der Vitrine in seinem Büro genommen, die dort neben einer alten Schreibmaschine lag. Er wusste, dass noch ein Film eingelegt war. Manchmal machte er sich einen Spaß daraus, Gäste in seinem Büro damit zu fotografieren. Es war das Gerät, mit dem er die Bilder für seine ersten Reportagen gemacht hatte, damals noch für die Schülerzeitung.

Mit der Kamera war er nun auf dem Weg in die Innenstadt. Er wollte sich selbst ein Bild machen und alles so gut wie möglich dokumentieren. Wozu, das wusste er selbst nicht genau. Er dachte nur, dass es helfen würde, sich weniger hilflos zu fühlen.

Was er sah, übertraf seine schlimmsten Befürchtungen. Er passierte eingeschlagene Fensterscheiben, brennende Autos, neben ihm donnerte ein riesiger Pick-up durch die Straßen, der mit Stahlplatten zu einer Art Panzerfahrzeug umgebaut worden war. Der Fahrer schien einen umfunktionierten Schweißschirm zu tragen wie einen Ritterhelm.

Als er sich dem Parlament näherte, waren da immer mehr Menschen, die dasselbe Ziel wie er zu haben schienen. Manche trugen

Transparente und musterten ihn misstrauisch. Vor ihm war ein Raunen zu hören, wie in einem voll besetzten Fußballstadion.

Dann, als die klassizistische Fassade des Parlamentsgebäudes in Sichtweite kam, stand er plötzlich einer Wand aus Menschen gegenüber. Hier kam er nicht weiter. Was war los? Handelte es sich um eine Absperrung? Konrad hielt nach einem Ort Ausschau, von dem aus er sich einen besseren Überblick verschaffen konnte, und entdeckte eine Mauer, auf der einige Menschen saßen. Konrad wandte sich ihr zu, hängte sich die Kamera mit ihrem Riemen auf den Rücken und kletterte zu den anderen hinauf.

Als er sich auf die Mauer setzte und das Parlament in Augenschein nahm, blieb ihm die Luft weg.

Die Menschenmenge erstreckte sich von seiner Position aus, so weit das Auge reichte. Der Strom war gerade wieder aus, die Straßenlaternen waren dunkel, doch die Demonstrierenden trugen Fackeln. Wie ein Teppich zog sich die Masse der Leute zum Parlamentsgebäude hin und dort die Auffahrt hinauf. Sonderbarerweise erinnerte ihn das Bild weniger an die Fackelprozessionen, die es hier vor vielen Jahren als Protest gegen Fremdenfeindlichkeit gegeben hatte. In Wirklichkeit hatte er nur einmal in seinem Leben etwas Vergleichbares gesehen, und zwar als in den USA ein wütender Mob auf das Kapitol zugestürmt war. Konrad hielt zwischen den Transparenten, von denen viele Aufschriften mit »Verrat« und »Verschwörung« trugen, Ausschau nach etwas. Und tatsächlich, auch hier entdeckte er den stilisierten Galgen, der schon in den USA als Symbol mitgetragen worden war. Wobei sich Konrad bei dem großen, hölzernen Ding nicht ganz sicher war, ob es im Fall der Fälle nicht doch funktionstüchtig wäre.

Konrad bereute es, kein anderes Objektiv mitgebracht zu haben. So wären die Bilder vermutlich zu dunkel. Doch als er das Gerät auf der Mauer auflegte, sah er, dass er es gut genug fixieren konnte, um Langzeitbelichtungen zu machen. Er schoss ein Bild nach dem anderen, während die Menge begann, Sprüche zu skandieren, und immer weiter in Rage geriet. Als etwa zwanzig Minuten später hinter einem der Fenster Feuer sichtbar wurde, brüllte die Menge in Ekstase. Die Flammen griffen schnell um sich, und die Bilder, die Konrad von dem brennenden Gebäude machte, gehörten später zu jenen, die als Zeitdokumente in die Geschichte eingingen.

Davon konnte Konrad nichts wissen, ebenso wenig wie von der Tatsache, dass in vielen Hauptstädten der Welt fast genau im gleichen Moment etwas sehr Ähnliches passierte, einer geheimen, perfekt abgestimmten Choreografie folgend.

*

»Hören Sie das auch?«, fragte Weismann.

Line reagierte nicht. Natürlich hörte sie es auch. Es war noch früh am Morgen, doch vor dem Fenster zogen Demonstrierende vorbei, die zornig Parolen schrien. Dem Ganzen haftete etwas Unwirkliches an. Sie wollte glauben, dass all das hier nichts mit Hope und ihrer Geschichte zu tun hatte, doch in Wahrheit wusste sie, dass das sehr unwahrscheinlich war.

Seit der Strom wieder ausgefallen war, sodass Weismann seinen Computer nicht mehr benutzen konnte, schien er von Minute zu Minute nervöser zu werden.

Immer wieder hatte sie sich über die üblichen Nachrichtenseiten, denen sie sonst auch folgte, auf dem Laufenden gehalten. Doch seit ein paar Stunden waren diese nicht mehr erreichbar, auch der Weltblick nicht. Sie hatte versucht, jemanden in der Redaktion zu erreichen, doch ihr Handy machte, was es wollte. Es kam keine Verbindung zustande.

»Sie werden hier reinkommen«, sagte Weismann. »Was sollen wir nur tun?«

»Sie werden nicht hereinkommen. Das geht jetzt schon seit einer halben Stunde so. Ich glaube, sie ziehen irgendwohin.«

»Und wohin?«

Line hatte eine Idee, doch sie würde den Teufel tun und ihre Theorie hier Weismann unterbreiten, der auch so schon verunsichert genug war.

»Haben Sie Ihre Journalistenkollegen schon erreicht?«, fragte der Professor.

»Nein, die Kommunikationskanäle sind tot. Ich kam nicht durch.«

»Sie müssen es weiter probieren!«, drängte er. »Sie haben keine Vorstellung, was passieren kann, wenn Sie es nicht tun.«

Doch Line tat es nicht. Weismann schien zu spüren, dass da etwas war, das sie beschäftigte.

»Warum zögern Sie noch?«

»Das, was hier gerade geschieht, Herr Weismann. Die Stromausfälle, die Ausfälle in der Kommunikation. Diese Leute auf der Straße.«

»Was ist damit?«, fragte er ungeduldig.

»Haben Sie schon darüber nachgedacht, dass das, wovor ich warnen soll, schon passiert? Gerade in diesem Moment?«

Weismann riss die Augen auf. »Nein, unmöglich. Das würde anders aussehen. Ein Staat würde das an sich reißen und mühelos den Rest der Welt unterjochen. Aber doch nicht so.«

»Und wenn es kein Staat ist?«, fragte Line. »Wenn es nur jemand ist, der sehr, sehr wütend auf alle Menschen dieser Welt ist? Jemand wie Pawel Peskin?«

Darauf erwiderte Weismann nichts. Line konnte sehen, dass er mit etwas anderem beschäftigt war.

Da hörte sie es auch. Jemand war hier mit ihnen im Raum.

*

»Nicht erschrecken, ich bin's«, sagte Jeff McLeary und stellte seine Aktentasche auf den Boden. Während er bisher, im Beisein seiner

Geheimdienstkollegen, Englisch geredet hatte, sprach er nun stark gefärbtes Deutsch.

Lines Erleichterung verwandelte sich schnell in Empörung. Sie sah, dass auch Weismann alles andere als erfreut war über sein Eindringen.

»Sie hätten klingeln können«, sagte sie.

»Ohne Strom? Ich glaube nicht.«

»Aber die Tür aufzubrechen ist in Ordnung, wie?«

Er wirkte erschöpft. »Ich habe gar nichts aufgebrochen. Die Tür hat ein altes Schloss, das sich mit dem richtigen Werkzeug schnell überlisten lässt. Ich musste sehen, ob noch jemand mit Ihnen hier ist, und konnte kein Risiko eingehen.«

Lines Gemüt kühlte sich schnell ab, als sie sah, wie müde er war. »Tut mir leid. Geht es Ihnen gut?«

Er schüttelte den Kopf. »Wenn Sie so direkt fragen, nein. Eigentlich stehe ich unter Hausarrest.«

»Tut mir leid«, sagte Line.

Er grinste schief. »Wenn ich mich in Selbstmitleid suhlen wollte, wäre ich zu Hause geblieben.«

»Stattdessen sind Sie hier – warum? Und wie überhaupt? Es funktioniert doch fast nichts mehr?«

»Ein paar Freunde habe ich noch. Was ist mit Ihnen? Frau Berg, Sie müssten doch eigentlich Ihre Geschichte zu Papier bringen. Dafür liegt der Pulitzerpreis bereit. Ich kann mir kaum vorstellen, dass Sie schon damit fertig sind.«

Line und Weismann sahen sich an.

»Ich muss Sie bitten zu gehen«, sagte Weismann. »Das ist meine Wohnung, Sie haben kein Recht, hier so einfach einzudringen.«

»Stimmt, das habe ich nicht. Lassen Sie mich nur eine Frage stellen, dann gehe ich. Warum sind Sie beide hier? Und was tun Sie mit diesem Computer?« Er deutete auf Weismanns alten Rechner.

Weder Weismann noch Line sagten etwas. Ihr fiel die Beule unter dem Sakko auf McLearys linker Seite auf.

»Sie wissen es nicht«, sagte er, mehr zu sich selbst. »Wie sollten sie, die Kommunikation ist ja zusammengebrochen.«

Er sah hinüber zu einem großen Fenster. Line war es bisher nie wirklich aufgefallen, weil es mit einem dicken Vorhang verdunkelt war. McLeary ging hin und zog es mit einem Ruck auf.

Line sah sofort, was er ihr zeigen wollte. Der Himmel hatte bereits ein sanftes, morgendliches Blau angenommen, doch er war durchzogen von Rauchsäulen, so vielen, dass Line bang wurde.

»Was brennt da?«, wollte sie wissen.

»Unter anderem das Parlament. Es sieht nicht aus, als ob man es retten könnte. Als ich hergekommen bin, habe ich Plünderer gesehen.«

»Hier, in Wien?« Der Gedanke war ihr unbegreiflich.

»Nicht nur hier, sondern in unzähligen Städten in aller Welt.«

Line blieb der Atem weg. Sie musste sich räuspern.

»Ist das Zufall?«, fragte sie, kam sich aber sofort dumm vor. Dennoch wollte sie es wissen.

»Natürlich nicht. Es ist eine gesteuerte Aktion. Genaueres weiß ich nicht, derzeit finden überall Krisentreffen statt, doch ich bin nicht eingeladen. Es würde auch nichts bringen. Denn niemand hat eine Ahnung, was gerade geschieht. Weil niemand gesehen hat, was Sie beide gesehen haben.«

»Und Sie«, erinnerte ihn Line.

Er machte eine hilflose Geste. »Ich tappe im Dunkeln. Aber Sie nicht, habe ich recht? Sie haben etwas gefunden. Ist es etwas aus dem Hotelzimmer in Teheran?«

Line hatte sich einen kurzen Moment nicht im Griff. Er schien es sofort zu bemerken.

»Eben«, sagte er.

»Woher wissen Sie davon?«, fragte Line.

»Ich habe bemerkt, wie Sie etwas aufgehoben haben. Dass Hope sich direkt an Sie wenden könnte, hatte ich bereits vermutet, aber nicht, dass sie es auf diese Weise tun würde.«

»Und Sie haben nichts gesagt?«

»Ich wusste, dass Sie gut darauf aufpassen würden. Ich kann Ihnen helfen, wenn Sie mich lassen.«

Line sah Weismann an, der zögerte.

»Wenn Sie wollen, gehe ich«, fügte er hinzu.

»Bleiben Sie«, gab Weismann sich schließlich geschlagen. »Zumindest so lange, bis Sie mir erklärt haben, wie Sie uns helfen wollen.«

*

Es stellte sich heraus, dass McLeary einen überraschend genauen Plan hatte. Nachdem er ihnen kurz erklärt hatte, was er zu tun gedachte, packten sie aus und zeigten ihm die SD-Karte und was sie darüber herausgefunden hatten. Das Staunen in dem sonst so kontrollierten Gesicht des Geheimdienstlers war nicht zu übersehen.

»Es ist also wirklich da drauf?«

»Das ist nur ein Algorithmus«, erklärte Weismann dann, verärgert, weniger wegen McLearys Frage, sondern wegen seiner eigenen Unzulänglichkeit. »Man müsste das Programm in Programmiercode deassemblieren.«

»Zurückverwandeln«, übersetzte McLeary das Wort.

»Dann könnte man bestimmt die Formel herausfinden«, beendete Weismann den Satz.

»Dazu ist keine Zeit«, sagte McLeary schnell. »Das Programm sollte genügen.«

»Um den zu finden, der all das verursacht?«, fragte Line.

Das war McLearys Plan, den er ihnen erklärt hatte. Sie mussten herausfinden, wo sich der Urheber des um sich greifenden Chaos befand. McLeary hatte ihnen erklärt, dass er bestimmt seine Spuren gut verwischte und dank der Quelle für normale Ermittler vermutlich unangreifbar war, weil er mühelos beliebig komplizierte

Anonymisierungs- und Verschlüsselungsmechanismen einsetzen konnte und umgekehrt jeden Angreifer sofort hacken konnte.

»Dass er das kann, hat er in den letzten Stunden bewiesen«, meinte McLeary. Die einzige Möglichkeit bestand darin, ihn irgendwie mit seinen eigenen Waffen zu schlagen. »Ich habe nicht zu hoffen gewagt, dass Sie so weit sind.«

»Wir sind überhaupt nicht weit«, erwiderte Weismann frustriert. »Wir wissen nicht, wie es funktioniert!«

»Aber es funktioniert doch, das genügt«, erklärte McLeary geduldig.

»Und was jetzt? Sie sprechen davon, komplizierte Anonymisierung auszuhebeln. Davon haben wir keine Ahnung.«

»Ich auch nicht«, sagte McLeary und erlaubte sich zum ersten Mal so etwas wie ein Lächeln. »Aber ich habe jemanden in London, der das kann.«

Er stand auf und ging zu seiner Aktentasche, um einen Laptop herauszuholen.

*

»Ich glaube, ich habe da etwas«, sagte McLeary.

Stunden waren vergangen, in denen er mit Weismann in die Tiefen des Internets eingetaucht war. Spuren des Angreifers waren nicht schwer zu finden gewesen, sie waren überall: Die Bot-Armee, die immer noch weltweit die Medienhäuser lahmlegte, neue Deepfakes, die auf sozialen Medien alle Kanäle fluteten. Doch die Menge machte es auch schwierig, einen Urheber zuzuordnen.

McLeary versuchte es mit einem einfachen Trick: Er nutzte einen Server des GCHQ, zu dem er noch Zugang hatte und von dem er wusste, dass er über eine externe Stromversorgung verfügte, um die IP-Adressen zu sammeln, die Fake-Nachrichten teilten. Behilflich war ihm dabei Robin, der in London geblieben und in den Plan eingeweiht war. Sie nutzten die Phasen, in denen mobile Kommunikation möglich war, um miteinander in Kontakt zu bleiben und alles Wichtige auszutauschen, bevor die Verbindung wieder abbrach. Wer auch immer für die Ausfälle verantwortlich war, schien klug genug zu sein, die Kommunikation nicht ganz zusammenbrechen zu lassen, damit die Falschnachrichten ungehindert kursieren konnten.

Um an die IP-Adressen zu gelangen, war es nötig, verschiedene Verschlüsselungen zu knacken, was dank des Geschenks von Hope nun kein Problem mehr war. Schnell füllte sich ein File auf dem Server mit IP-Adressen.

Als Nächstes versuchten sie festzustellen, welche der Adressen Nachrichten am häufigsten und am frühesten teilten.

»Die Geschwindigkeit, mit der all das hier passiert, hat für uns mehrere Vorteile. Einerseits kann man auf diese Art unmöglich eine bombensichere Anonymisierung aufziehen. Und andererseits scheinen die Fake-Nachrichten computergeneriert zu sein. Es kommen regelmäßig immer wieder neue, und das in großen Mengen. Auf diese Art sollten wir früher oder später fündig werden. Jetzt brauchen wir nur etwas Geduld.«

Geduld, dachte Line. *Die Welt geht gerade vor die Hunde, und er redet von Geduld.*

Doch in Wirklichkeit war sie froh über seine Ruhe und Konzentriertheit. Beides machte ihr Hoffnung, dass es einen Ausweg gab.

Sie dachte daran, dass sie tatsächlich dringend beginnen sollte, sich Notizen zu machen. Doch andererseits wusste sie nicht, ob es in ein paar Tagen noch Zeitungen geben würde, in denen sie ihre Geschichte veröffentlichen konnte.

Es sollte sich herausstellen, dass Lines Sorge nicht ganz unbegründet war.

*

»Was ist da los?«, fragte Mikaela.

Gardener fragte sich das auch schon eine ganze Weile. Chuck war immer noch offline. Kurz darauf war auch China verschwunden.

»Es wird immer dunkler«, sagte Gardener, »das ist los.«

Doch in diesem Moment erwachte Chucks Schirm wieder zum Leben, ebenso wie jener der Chinesin.

»Bitte verzeihen Sie die Unterbrechung. Aber es gibt eine wichtige neue Entwicklung. Wie es aussieht, greift unser Gegner zu immer drastischeren Mitteln. Vor Kurzem erreichte mich die Nachricht, dass jemand in die Kommunikationskanäle unseres Präsidenten eingedrungen ist. Verschiedene Kongressabgeordnete sahen sich mit Nachrichten von höchster Stelle konfrontiert. Der Präsident bat sie vertraulich darum, geheime Aufträge auszuführen, im Dienst der staatlichen Sicherheit. Wie viele dieser Nachrichten verschickt wurden, können wir nicht mit Bestimmtheit sagen, aber wir zählten mindestens ein Dutzend.«

»Darauf wird ja wohl keiner reinfallen«, flüsterte Mikaela in Richtung von Gardener.

»Warum nicht?«

»Deepfakes sind schon ziemlich gut, aber so gut sind sie auch nicht. Einen Menschen, den Sie kennen und der mit Ihnen spricht, können Sie nicht imitieren. Das merkt man.«

Doch Chuck sprach bereits weiter. »In mindestens drei Fällen ist der Schwindel nicht aufgeflogen. Die Nachrichten sind täuschend echt, eine solche Qualität haben wir bisher nicht gesehen. Auch die Antworten waren vollkommen plausibel. Wir haben es mit KI-Methoden nach höchsten Standards zu tun.«

»Wer ist zu so etwas in der Lage?«, fragte Gardener.

»Das wissen wir nicht«, erklärte Chuck, und sie verstand, dass er von den USA und China sprach.

»Kam es zu irgendwelchen Schäden?«

»Nach derzeitigem Wissensstand nicht. Aber einer der Geschädigten ist jener General, der die Sicherheit der Atomwaffencodes betreut. Er war es, der den Schwindel als Erster bemerkte.«

Gardener musste schwer schlucken. Deshalb waren die USA und China also abgetaucht. Sie hatten verhindern müssen, dass die Dinge eine brandgefährliche Eigendynamik entwickelten.

»Wir haben deshalb alle unsere Partner dazu aufgerufen, noch vorsichtiger zu sein. Keine Nachricht ist mehr als vertrauenswürdig zu betrachten, auch keine Videonachricht.«

»Was bleibt dann noch übrig?«, fragte Gardener so leise, dass nur Mikaela es hören konnte.

»Da ist noch etwas«, sagte die chinesische Vertreterin. »Auf die Information unserer amerikanischen Kollegen hin haben wir die Teilnehmer dieser Konferenz untersucht.«

Das kann nicht sein, dachte Gardener. Unmöglich. Doch sie hatte unrecht.

»Ihnen wird aufgefallen sein, dass der Teilnehmer aus Spanien nicht mehr an unserem Treffen teilnimmt. Wir haben uns die Aufzeichnungen noch einmal angesehen und sind zum Schluss gekommen, dass es sich mit ziemlicher Sicherheit um ein Deepfake handelte.«

»Nur Spanien?«, fragte Gardener schnell.

»Nach derzeitigem Wissensstand ja«, antwortete die Chinesin. »Aber wir beobachten auch, dass die Methoden unseres Angreifers sich mit rasender Geschwindigkeit weiterentwickeln. Was wir jetzt sehen, ist womöglich nur der Anfang.«

*

Hope sah ihrer Tochter zu, wie sie schlief. Es war eine ihrer Pausen, und sie zwang sich eisern dazu, sie auch einzuhalten. Nicht, dass sie das Gefühl gehabt hätte, irgendwelcher Pausen zu bedürfen. Sie war so ruhig wie noch nie zuvor in ihrem Leben.

Das Essen brachte inzwischen der Chef des Hotels persönlich.

Sie hatte ihm geraten, alles Personal, das nicht unbedingt benötigt wurde, nach Hause zu schicken. Nachdem er gesehen hatte, dass sein Gebäude im Gegensatz zu den benachbarten durchgehend Strom hatte, stellte er keine Fragen. Er hatte längst verstanden, dass sie etwas mit den Geschehnissen zu tun hatte, und war bereit, sich bedeckt zu halten, sofern er nur möglichst unbeschadet aus dieser Sache rauskam. Dass er so reagierte, war keine Überraschung. Sie hatte wie bei allen Leuten, deren Dienste sie nutzte, sein Onlineprofil überprüft und kontrollierte vor jeder Interaktion mit ihm seine wahrscheinlichste Reaktion.

Das Programm, mit dem sie sich auf diese Weise absicherte, hatte sie von einem Forschungszentrum für soziale Medien. Normalerweise wurde es verwendet, um gezielt Werbung zu platzieren. Das Programm hatte ihr erlaubt, Partner für ihr Projekt zu finden und sie mit den exakt richtigen Informationen zu füttern, damit sie die für sie vorgesehenen Aufgaben erfüllten. So war etwa ein Forscher des Zentrums, von dem sie das Programm gestohlen hatte, gerade mit dessen Optimierung beschäftigt. Ihre Analyse hatte ergeben, dass er sich hauptsächlich für Geld interessierte und sonst keinerlei Skrupel hatte. Er erledigte verlässlich seine Arbeit, soweit sie das beurteilen konnte.

Inzwischen hatte ihr die Software den Aufbau einer bewaffneten Sicherheitsmannschaft erlaubt, die vor dem Hotel patrouillierte. Jeder hatte über die Informationskanäle, die er benutzte, eine für ihn maßgeschneiderte Botschaft erhalten. Hope hatte nur noch sichergestellt, dass sie verschiedene Muttersprachen hatten und nicht auf die Idee kamen, in direkten Austausch zu treten, was sie natürlich sicherheitshalber trotzdem verboten hatte. Die Bitcoin-Millionen wirkten hier Wunder, die Fragen lösten sich angesichts der vielen Nullen fast von selbst auf.

Ansonsten lief alles besser, als sie es zu hoffen gewagt hatte. Auch die KI-Anwendungen, mit denen sie experimentiert hatte, hatten sich als überraschend erfolgreich erwiesen. Das inspirierte sie, den nächsten Schritt zu versuchen. Sie hatte mithilfe der neuesten, optimierten Version ihrer Software drei KI-Forschende angeworben. Von einigen Hundert Kandidaten in aller Welt hatte sie die drei ausgewählt, weil sie mit der höchsten Wahrscheinlichkeit verlässlich steuerbar waren, und zwar aus unterschiedlichen Gründen. Während ein Mann sich, wie der Social-Media-Forscher, hauptsächlich für Geld interessierte und ein weiterer so von Angst getrieben war, dass die richtigen Drohungen ihn gefügig machen würden, hatte sie noch eine Frau ausgesucht, die sich so von der Welt missverstanden fühlte, dass sie für das Gefühl, für etwas Außergewöhnliches gebraucht zu werden, getötet hätte – das war zumindest die eindeutige Diagnose des Algorithmus.

Auf ihren Supercomputern hatte sie bereits großzügig Rechenzeit für ihr Projekt reserviert. Vier waren es derzeit, darunter jener des Ölkonzerns Total, den sie der Einfachheit halber zur Gänze gekauft hatte.

Nebenbei registrierte sie verschiedene Versuche, in ihr System einzudringen oder ihre Maßnahmen zu torpedieren. Doch gegen die starke Verschlüsselung, die sie dank ihrer überlegenen Programme verwenden konnte, waren die Gegner chancenlos. Bisher hatte keine der Maßnahmen, die überwiegend von staatlichen Nachrichtendiensten stammten, Grund zur Besorgnis gegeben. Und solange das so blieb, wollte sie ihren Vorteil nutzen.

*

Line hatte in einer der Phasen, in denen ihr Handy Empfang hatte, zuerst Magnus Konrad angerufen, ihn aber nicht erreicht. Nicht dass sie sich große Hoffnungen gemacht hatte, die Webseite des Weltblick war immer noch tot. Als Nächstes probierte sie es bei Mercedes, und bei ihr hatte sie mehr Glück.

»Du glaubst gar nicht, wie erleichtert ich bin, deine Stimme zu hören«, sagte Line.

»Hallo Line. Schön zu hören, dass es dir gut geht. Die Geschichten, die man über dich erzählt, sind nicht ohne.«

»Welche Geschichten erzählt man sich denn?«, fragte Line überrascht.

»Dass du deinen Vorsätzen zum Glück nicht treu geblieben bist. Dass du deine guten Riecher nicht verloren hast und an einer Riesensache dran bist. Nigeria, stimmt's?«

»Unter anderem, ja«, gestand sie.

»Mitten rein in die Geschichte, ohne Rücksicht auf Verluste. Wie in alten Zeiten.«

Line war peinlich berührt. Sie dachte daran, dass sie Weismann da mit hineingezogen hatte. Sie konnte von Glück sagen, dass ihm nichts zugestoßen war.

»Mercedes, wir müssen ein anderes Mal schwatzen. Es ist nicht viel Zeit. Du weißt, dass die meisten Nachrichtenseiten nicht mehr funktionieren?«

»Es soll hin und wieder Nachrichtenportale geben, die für kurze Zeit erreichbar sind«, bestätigte sie, »aber das wechselt ständig. Derzeit weiß ich von keinem, das verlässlich funktioniert.«

»Das ist schlecht«, sagte Line. »Ich habe nämlich eine Geschichte, die Klarheit in das bringen kann, was gerade passiert. Und ich denke, dass es viele Leute interessieren würde.«

»Du weißt, wer für all das verantwortlich ist?«

»Ich habe eine ziemlich gute Vermutung, ja. Was aber noch wichtiger ist, ich weiß, *wie* es funktioniert. Das verdanke ich übrigens dir.«

»Wie das?«, fragte Mercedes verblüfft.

»Afrika war doch eine gute Idee. Aber das ist jetzt egal. Ich habe die Geschichte, von der alle erfahren müssen, aber keine Plattform. Ich will verstehen, was meine Optionen sind. Und ob du mir helfen kannst.«

Mercedes zögerte. »Das ist die bei Weitem größte DDoS-Attacke in der Geschichte. Soweit ich weiß, arbeiten staatliche Stellen auf der ganzen Welt daran, die Attacke abzuwehren, doch es scheint nicht zu funktionieren. Wir können leider nicht mehr tun.«

»Ja«, sagte Line, »aber was ist mit den Kanälen in sozialen Medien?«

»Ich weiß, was du denkst. Wir haben bereits versucht, dort unsere eigenen Geschichten einzuspielen. Warnungen. Aber wir sind viel zu langsam. Der Angriff ist zu gut orchestriert, unsere Geschichten gehen unter.«

»Aber ihr habt es bereits versucht?«, vergewisserte sich Line. »Das ist gut zu hören. Ich arbeite hier nämlich mit Leuten zusammen, die über besondere Möglichkeiten verfügen. Und wir haben einen Plan.«

∗

Fritz, der IT-Administrator des Weltblick, war überrascht, als er sie im Serverraum auftauchen sah. Seine dicken Brillengläser waren mit Fingerabdrücken verschmiert, und Line konnte sehen, dass er nicht mehr ganz nüchtern war, was sie ihm nicht verdenken konnte.

»Es sind einfach zu viele«, sagte er und deutete auf die Server. »Ich habe alles versucht.«

»Ich weiß«, sagte Line und umarmte ihn aus einer Laune heraus.

»Wer sind diese Leute?«, fragte er, nachdem sie sich voneinander gelöst hatten.

McLeary schüttelte den Kopf, und Line verstand.

»Erkläre ich dir ein anderes Mal. Wichtig ist nur, dass sie dir helfen werden, die Seite wieder online zu bringen.«

»Und wie wollen sie das anstellen?«, fragte Fritz etwas ungehalten.

McLeary ging nicht darauf ein, sondern begann, sein Equipment aufzubauen.

Eine Weile versuchte Fritz noch, sich zu wehren. Die IT eines großen Nachrichtenhauses war eine sensible Angelegenheit, für Unbefugte war der Zutritt streng verboten, geschweige denn, dass man ihnen erlaubte, ins System einzudringen.

Doch auch Fritz hatte inzwischen verstanden, dass es kein Tag wie jeder andere war. Er kannte Lines Arbeit und hatte Respekt vor ihrem Schneid, also fügte er sich schließlich.

McLearys Plan war im Prinzip einfach: das Programm auf der SD-Karte zu benutzen, um den Angriff an mehreren Fronten zu bekämpfen.

*

»Ich weiß nicht, ob ich das schon gesagt habe«, begann Line, »aber Sie sind ein Genie, McLeary.«

»Haben Sie noch nicht gesagt, nein«, gab er zurück, ohne von seinem Rechner aufzublicken. »Und ich befürchte, ein Großteil des Lobs sollten Sie an Robin und Fritz richten.«

Die beiden tauschten sich inzwischen über eine einigermaßen stabil funktionierende Datenleitung aus. Das Signal lief über einen Satelliten, der Empfänger dafür stand auf dem Dach. Nachdem Fritz erst einmal verstanden hatte, worum es hier ging, war er schlagartig wieder nüchtern gewesen und hatte bereitwillig jeden Auftrag angenommen, den man ihm gegeben hatte. Inzwischen war er geradezu euphorisch. Seine Finger flogen regelrecht über die Tasten.

Vor fünf Minuten hatte er plötzlich damit aufgehört. »Ich hab's«, hatte er gesagt.

Es hatte sich herausgestellt, dass es Robin, Fritz und Weismann im Verbund gelungen war, die Webseite des Weltblick wieder online zu bringen. Mit der Hilfe des Professors, der ihnen mit Rat zu Hopes Programm zur Seite stand, hatten sie immer mehr der vom Angreifer verwendeten Bots identifiziert und gesperrt. Das entlastete die Server und erlaubte echten Menschen wieder den Zugriff.

Line hatte inzwischen ihre Story vorbereitet. Sie hatte eine

Weile überlegt, wie sie es anlegen sollte. Sollte es eine Informationsseite werden? Oder eine Reportage? Oder ein Katastrophenleitfaden? Was sie im Endeffekt zu Papier gebracht hatte – elektronische Geräte schienen ihr dafür zu unverlässlich –, war eine Mischung aus allem. Es erzählte einfach die ganze Geschichte. Es erklärte den Menschen, was passierte, und ermunterte sie durchzuhalten, oder kurz: nichts Dummes zu unternehmen.

Sobald sie eine Onlineversion davon angelegt hatte, machte sie sie zum Seitenaufmacher und rief Mercedes an, um ihr das Startsignal zu geben. Mercedes hatte Kontakt zu einem großen Netzwerk aus Journalisten in aller Welt, die gemeinsam Lines Geschichte teilen sollten. Line selbst hatte eine deutsche und eine englische Version davon erstellt, Mercedes wollte die Übersetzungen in andere Sprachen organisieren, die dann ebenfalls beim Weltblick erscheinen würden.

Ihr Kalkül war, den Menschen das zu geben, was sie am dringendsten benötigten: Informationen, denen sie vertrauen konnten. Es ging um einen Text auf einer bekannten Webseite, neben dem ein bekannter Name stand – einen Text also, der im Gegensatz zu den wild unter die Leute geworfenen KI-Texten als glaubwürdig wahrgenommen wurde. Fritz hatte das hoffnungslos genannt. »Die sozialen Medien sind viel stärker, das wird keiner lesen.« Doch Line und Mercedes waren sich einig, dass die Menschen echte journalistische Arbeit letztlich erkennen würden. Und die Zugriffszahlen, die Line auf dem Schirm sah, schienen ihr recht zu geben.

Auch bei einer anderen Sache waren sie sich einig: Sie würden damit den Zorn des Angreifers auf sich ziehen und selbst zum Ziel werden. Es dauerte nicht lange, bis sich ihre Prognose bewahrheitete.

»Da ist ein Signal«, sagte Fritz. »So etwas habe ich noch nie gesehen. Ich glaube, das ist er. Er hat uns entdeckt.«

*

Hope kontrollierte, ob alle ihre Programme wie geplant funktionierten, und stand auf, um eine Kleinigkeit zu sich zu nehmen. Der Großteil des Essens, das der Hotelchef ihr auf den Tisch in der Nähe des Eingangs gestellt hatte, war nicht angerührt. Doch auch wenn sie den Hunger nicht spürte, musste sie essen. Sie wusste nicht, wie lange das, was sie vorhatte, noch dauern würde.

Dass die Lage sich mit der Zeit verändern würde, hatte sie natürlich erwartet. Ihre Gegner waren geschickter, als sie es für möglich gehalten hätte, aber sie hatte ihren Gegenangriff in die Wege geleitet und musste nun nur warten, dass die Maßnahmen ihre Wirkung entfalteten.

Auch ihr Zugang hatte sich in den letzten Stunden stark verändert. Hatte sie anfangs noch selbst Ziele und Personen ausgewählt, bei denen sie die größte Wirkung erzielen konnte, war dieser Prozess inzwischen zunehmend automatisiert. Die KI-Programme arbeiteten gut mit ihrem Algorithmus zusammen und machten Eingriffe von außen immer seltener nötig.

Hope hatte ein simples, effektives Schema gefunden. Sie suchte speziell Menschen, die größtenteils online kommunizierten. Es war einfach, alle Internetuser nach denen zu filtern, die den meisten Traffic erzeugten. Darunter waren manche, die einfach sehr aktiv waren und neben ihrer intensiven Onlinekommunikation noch viele direkte soziale Kontakte unterhielten. Doch auch die waren anhand der Geschwindigkeit, mit der sie im Internet agierten, leicht von denen zu unterscheiden, die bestimmt keine Zeit hatten, um sich offline noch intensiv mit Menschen auszutauschen. Zur Sicherheit wählte sie unter diesen noch solche, die allein lebten oder zumindest in Beziehungen mit wenig Kommunikation. Auch das war anhand ihrer Profile in sozialen Medien leicht herauszufinden. Bei diesen Menschen wusste sie mit Bestimmtheit, dass sie den überwiegenden Großteil ihrer Information elektronisch bezogen, also über Kanäle, die Hope kontrollieren konnte.

Übrig blieb eine erstaunliche Menge an Menschen, die sie zum

Ziel ihrer Aktionen machen konnte. Der Vorteil bei diesen Leuten war, dass sie präzise feststellen konnte, welche Informationen sie erhielten. Sie konnte also aufgrund des vergangenen und aktuellen Verhaltens im Internet, ihres Surf-Verlaufs und der Nachrichten, die sie erhalten hatten, genau eruieren, was sie wussten und zu wissen glaubten, und mit hoher Sicherheit vorhersagen, wie sie sich verhalten würden. Und da auch verschlüsselte Kommunikation kein Hindernis für sie war, konnte sie auch private Chats einsehen und nach Schlüsselbegriffen filtern, die für sie relevant waren. Die Sprachbarriere war kein Hindernis, seit sie eine Firma für Übersetzungen mittels KI gekapert und das dort verwendete Tool mit ihrem Algorithmus optimiert hatte.

Wichtig dabei war, die Menschen, die sie kontrollieren wollte, nicht zu überfordern. Nicht alles, was sie mit ihnen anstellen wollte, war auch möglich. Doch auch dazu gab es Studien, die Hope in den letzten Stunden nach nützlicher Information gescannt hatte. Sie musste auf ein Phänomen Rücksicht nehmen, das »Creepiness-Faktor« genannt wurde. Wenn Menschen bemerkten, wie gut das System sie und ihr Verhalten kannte, wurde das den Menschen unheimlich. Es galt, sie gerade so weit im Ungewissen zu lassen, dass sie keinen Verdacht schöpften. Doch auch diesen Faktor überwachte inzwischen eine Software.

Zusätzlich zu ihrer Bot-Armee aus mit Malware infizierten Computern, mit denen sie die Nachrichtenseiten angriff, hatte sie nun eine Armee aus menschlichen Bots, die sie für verschiedene Zwecke einsetzen konnte. Auch das tat sie nicht mehr per Hand. Sie hatte eine selbstlernende KI damit beauftragt, diese Menschen zu steuern. Wenn Hope nicht gerade einen konkreten Auftrag vergab, etwa eine bestimmte Straße durch eine Menschenansammlung zu blockieren oder einen Kommunikationskanal mit Nachrichten zu fluten, war die KI rund um die Uhr damit beschäftigt, die Armee zu erweitern und die Kontrolle über sie zu erhöhen.

Und das war nur eine der KI-Routinen, die sie derzeit am Laufen hatte. Eine weitere sorgte dafür, dass Hope zunehmend mehr Rechenleistung akquirierte, in Form verschiedenster kleinerer oder größerer Computer aus Wissenschaft und Wirtschaft. Der Vorteil war, dass viele dieser Institutionen derzeit aufgrund des Chaos stillstanden. Sie achtete peinlich darauf, die Stromversorgung dort aufrechtzuerhalten, damit niemand eine Abschaltung erwog.

Wichtig bei all dem war Geschwindigkeit. Sie wusste, dass manche ihrer Maßnahmen improvisiert und angreifbar waren. Doch solange sie die Geschwindigkeit immer weiter steigerte, konnte sie weitermachen, bis sie das Ziel erreichte, das sie sich vorgenommen hatte.

Die Zweifel, die hin und wieder aufkeimten, hielt sie mit dem Gedanken an ihre Tochter in Schach, die im Gitterbett friedlich schlief.

*

In der letzten Stunde hatte sich der Kampf zusehends zugespitzt. Die Zugriffe auf Lines Artikel gingen durch die Decke, sodass der Server wieder kurz davor war, blockiert zu werden. Doch unterdessen war es Robin gelungen, die Methode der Abwehr des DDoS-Angriffs auf weitere Nachrichtenseiten auszuweiten, die nun ebenfalls die Geschichte teilten. Hunderte Millionen Menschen erfuhren so von einem mathematischen Durchbruch, der gerade die Welt für immer veränderte. Doch Line betonte, dass die Rolle der Leserinnen und Leser nicht passiv sein musste. Sie konnten selbst entscheiden, wie es weitergehen sollte. Hopes Entdeckung bedeutete nicht das Ende der Freiheit, sie bedeutete nur, dass diese Freiheit bedrohter denn je war.

Der Text zeigte Wirkung, wie Robin aus GCHQ-Kreisen in London bestätigte. Die Zahl der Menschen auf den Straßen nahm schnell ab, zuweilen konnte sogar die Feuerwehr ausrücken und Brände löschen. Zwar waren während der letzten Stunden in vielen

Städten die Regierungen durch Putsche abgesetzt worden, doch der Sicherheitsapparat glaubte nicht mehr jede Meldung und agierte besonnener. Zuweilen gelang es sogar, die Putschisten wieder zurückzudrängen. Zumindest wurde aber die Umsetzung ihrer Anordnungen wenn schon nicht verweigert, dann zumindest verzögert. Alles schien im Sinn von Lines Team zu laufen.

Doch vor Kurzem hatte der Angreifer seine Strategie geändert. Ursprünglich war es darum gegangen, die Nachrichtenseiten lahmzulegen. Der Angreifer hatte offensichtlich unterschätzt, dass eine einzige funktionierende Zeitung eine solche Wirkung entfalten konnte.

Er begann daher, verschiedene Nachrichtenseiten zu kapern und mit KI-generierten Artikeln zu füllen, die für neuen Aufruhr sorgen sollten. McLearys Plan drohte erneut zu scheitern.

»Wir schaffen es nicht«, sagte McLeary. »Er ist wieder am Drücker. Ich weiß nicht mehr, was ich noch tun soll.«

Er wollte gerade weiterreden, verstummte aber. Line entnahm seinem Blick, dass noch jemand den Raum betreten hatte.

»Niemand bewegt sich«, sagte jemand auf Englisch.

Line erkannte die Stimme sofort. Trotzdem musste sie sich mit eigenen Augen überzeugen.

»Ich habe doch gesagt, Sie sollen sich nicht bewegen.«

Line blickte in Pawels Gesicht, das im Halbdunkel lag. Er hatte müde geklungen, doch Line hatte keine Zeit, sich mit dieser Beobachtung auseinanderzusetzen. Sie war zu gefesselt vom Anblick der Pistole, deren Lauf auf sie gerichtet war.

»Ich wusste gleich, dass Sie dahinterstecken«, sagte sie. »Nur dass Sie selbst kommen, dachte ich nicht.«

Er lachte heiser, doch es klang falsch in ihren Ohren. Etwas stimmte nicht.

»Die Sache ist ganz einfach«, sagte Pawel. »Sie hören auf mit dem, was Sie gerade tun. Sie schalten alles ab und händigen mir alle Ihre elektronischen Geräte aus.«

Er hatte eine Sporttasche dabei, die er auf den Boden warf.

Line sah McLeary an. Sie wusste, dass er eine Waffe dabeihatte. Ein Teil von ihr wünschte sich, dass er sie zog und Pawel irgendwie überwältigte. Doch sie musste auch an die Blutflecken in dem Teheraner Hotel denken und hatte Angst, was passieren könnte, wenn er das tat.

»Was haben Sie mit ihr gemacht?«, fragte Line. »Geht es dem Kind gut?«

Pawel bedachte sie mit einem fragenden Blick, dann schüttelte er den Kopf.

»Los, ich werde nicht warten.« Er wandte sich an McLeary. »Und Sie: Wenn Sie irgendetwas probieren, sind Sie tot. Frau Berg? Nehmen Sie die Waffe aus seinem Halfter.«

Line zögerte. Um nichts in der Welt wollte sie in diesem Moment die Pistole anfassen. Sie tauschte einen Blick mit McLeary, der ebenfalls unentschlossen schien. Sie konnte förmlich sehen, wie sein Kopf unterschiedliche Szenarien durchspielte.

»Tun Sie, was er sagt«, meinte er schließlich.

»Sie können doch nicht ...«, begann Fritz.

Blitzschnell war Pawel bei ihm und hielt ihm die Waffe direkt an die Stirn. »Noch ein Wort, und es geht nicht gut aus für Sie.« Er wandte sich erneut Line zu. »Los, die Pistole. Langsam.«

Line hätte gern nachgedacht, eine bessere Lösung gefunden. Doch sie verstand, dass sie Pawel nicht länger warten lassen durfte. Sie wusste, wozu er fähig war. Sie konnte nichts tun, als abzuwarten, was er mit ihnen machen würde. Sobald er die Waffe an sich gebracht hatte, konnte er sie einfach aus dem Weg räumen. Bei dem Chaos, das überall herrschte, würde ihn nie jemand zur Rechenschaft ziehen. Sie hatte sich noch nie so ausgeliefert gefühlt.

Sie zog die Waffe aus McLearys Schulterhalfter und ging damit langsam zu Pawel. Er befahl ihr, sie auf den Boden zu legen und dann zurückzutreten. Pawel hob sie auf, doch als er sie in der Hand hielt, stutzte er. Er ließ das Magazin herausschnellen und brach dann in heiseres Gelächter aus.

»Ungeladen. Was für eine Ironie.«

Line wandte sich an McLeary. »Sie tragen eine ungeladene Pistole? Warum?«

»Sehen Sie mich doch an. Ich bin kein Agent im Außendienst mehr. Ich erstelle Rätsel.«

»Das ergibt keinen Sinn.«

Darauf erwiderte McLeary nichts.

Nachdem Line festgestellt hatte, dass Pawel offenbar nicht vorhatte, ihrem Leben gleich hier und jetzt ein Ende zu setzen, begann sie mit den anderen, die Laptops und Handys in die Tasche zu packen. Daraufhin ließ Pawel Fritz die Server des Weltblick zurücksetzen und die Speicher formatieren. Er formulierte sehr genau und erteilte immer wieder Anweisungen, bis er zufrieden war.

»Was wollen Sie eigentlich erreichen?«, fragte Line. »Geht es Ihnen um das Chaos? Wollen Sie die Macht über eine zerstörte Gesellschaft übernehmen?«

Pawel wandte sich noch einmal der Tasche zu, untersuchte alle Geräte, bevor er den Reißverschluss zumachte.

»Da fehlt noch etwas«, sagte er. »Die SD-Karte – wo ist sie?«

Line versuchte, sich nichts anmerken zu lassen, und sah die anderen fragend an.

»Ich weiß, dass Sie sie haben«, erklärte er. »Sie war in dem Schleier in Teheran. Her damit.«

»Wozu brauchen Sie die überhaupt?«, fragte Line, die gar nichts mehr verstand. Wie konnte er davon wissen?

»Es ist egal«, sagte McLeary und gab Line ein Zeichen.

Sie verstand. Ihr war es gleich so vorgekommen, als hätte sie beim Herausziehen der Waffe eine Berührung bei ihrer Jacke gespürt. Sie fasste in die Tasche und fand dort die Karte. McLeary hatte sie ihr unauffällig dort hineingesteckt.

Line war nicht der Überzeugung, dass es egal war. Etwas war

nicht in Ordnung. Wenn Pawel wirklich der Urheber all des Chaos war, dann brauchte er die SD-Karte doch nicht. Und wenn er nicht der Urheber war, dann sollte sie ihm den Datenträger erst recht nicht geben.

»Bitte nicht!«, sagte Weismann.

»Es tut mir leid, Herr Weismann.« Sie ging zu Pawel und händigte ihm den winzigen Datenträger aus. »Was werden Sie jetzt damit tun?«, wollte sie wissen.

Er hob die Tasche auf und trat ein paar Schritte zurück. »Sie haben es immer noch nicht verstanden, oder?«, fragte er.

Dann ließ er die Karte zu Boden fallen und trat mit der Ferse auf das kleine Ding, was sich als gar nicht so einfach herausstellte. Er brauchte mehrere Versuche, um sie mit seinem Absatz zu treffen und sie in mehrere Splitter zu zerbrechen.

»Wir haben keine Kontrolle mehr. Niemand von uns. Sie ist es jetzt, die die Kontrolle hat. Sie kann mit uns machen, was sie will. Sie können das nicht verstehen, weil Sie nicht in dem Feld arbeiten, aus dem ich komme.«

»Von wem sprechen Sie?«, drängte Line.

Pawels Stimme klang plötzlich traurig. »Alles, was ich mir jemals habe ausdenken können, alle Fantasien, die ich hatte – Menschen mithilfe ihrer Handys und Computer zu belauschen, in ihr Leben hineinzublicken und sie so Dinge tun zu lassen. All das ist nichts gegen das, was hier gerade geschieht. Ich hätte ihr nie in die Quere kommen dürfen.«

Line verstand nicht. »Von wem sprechen Sie?«

»Ein Tipp: Versuchen Sie nicht, sich zu wehren. Es hat keinen Zweck. Sie verstehen nicht, welche Macht sie hat. Ich schon. Ich wusste immer, dass sich alles ändern kann, wenn jemand die Quelle findet. Deshalb wollte ich der Erste sein. Ich frage Sie, welchen Sinn hat es, die Welt zu beherrschen, wenn man sie nur zerstört?«

In dem Augenblick verstand Line. »Sie sprechen von Hope? Behaupten Sie etwa, sie hätte Sie geschickt?«

»Wir können alle nur noch tun, was sie von uns verlangt. Sie auch. Ich habe sie unterschätzt, und jetzt ist sie wütender, als ich es je zuvor bei einem Menschen erlebt habe. Es ist meine Schuld, schätze ich. Ich habe einen Fehler gemacht, und für den büße ich jetzt.«

Pawel wandte sich zum Gehen und senkte die Pistole.

Das wäre eigentlich eine Gelegenheit zum Aufatmen gewesen, doch Line war zu verwirrt, um noch Angst zu empfinden. »Das kann nicht sein! Hope würde das nicht tun. Sie würde nicht erlauben, dass Sie uns mit einer Pistole bedrohen. Das kann ich mir nicht vorstellen.«

Doch es erklärte, woher Pawel von der SD-Karte im Schleier wusste. Nur Hope hatte davon wissen können.

Er lachte bitter. »Hat sie auch nicht. Es gab eine Bedingung, an die ich mich zu halten hatte.« Er wandte sich an Weismann. »Für Sie habe ich eine Nachricht«, erklärte er. »Ich soll Ihnen sagen, dass es mir leidtut wegen Ihrer Frau. Und ich schätze, das tut es wirklich. Ich saß am Steuer des Wagens, der sie angefahren hat. Sie wusste zu viel. Ich habe sie getroffen, müssen Sie wissen, an jenem Tag. Ich stieß zufällig auf einige Mails, die sie an andere Forscher schickte. Sie sprach darin von einer neuen, besonders leistungsfähigen Faktorisierungsmethode. Sie hat Ihnen davon nie etwas erzählt, nicht wahr? Ich wollte mehr von ihr wissen, doch sie ließ mich abblitzen. Irgendwie ist es ihr gelungen, einige ihrer Mails zu löschen, bevor sie sich auf den Heimweg machte.«

Er blickte ins Leere, als würde er alles noch einmal vor seinem geistigen Auge sehen.

»Sie sollten zu ihr gehen, ihr Zustand hat sich verschlechtert. Ihnen bleibt nicht viel Zeit.«

Pawel warf die Pistole zu Boden, die scheppernd aufschlug. Alle zuckten zusammen, in der Befürchtung, ein Schuss könnte sich lösen. Doch nichts passierte. Und als sie wieder aufblickten, war Pawel verschwunden.

Es war McLeary, der sich auf die Waffe stürzte. Ein einfacher Handgriff genügte, um ihm zu zeigen, dass auch Pawels Pistole nicht geladen gewesen war.

*

Hope realisierte, dass ihr die Zeit davonlief. Zwar verfügte sie über mehr Rechenleistung als je zuvor, der Output an Falschnachrichten hatte nie gekannte Dimensionen angenommen. Doch zwei ihrer Supercomputer waren vor Kurzem offline gegangen, ohne dass sie es hätte verhindern können. Ihre Alarmsysteme sagten ihr, dass weitere Rechenanlagen gefährdet waren. Zu ihrem Schutz hatte sie zwar mehrere Spezialisten abgestellt, die mit maßgeschneiderten Falschinformationen gefüttert worden waren, die sie glauben ließen, sie würden die Welt retten, indem sie die Server am Laufen hielten. Anfangs war sie sich nicht sicher gewesen, wie gut das funktionieren würde, doch sie war auf eine wissenschaftliche Studie gestoßen, die ihr versichert hatte, dass Verschwörungsanhänger sich durch keine bekannte Maßnahme von ihrer Meinung abbringen ließen. Wenn sie also auf Menschen zurückgriff, die anfällig für Verschwörungen waren – das ließ sich bei Betrachtung ihrer Social-Media-Profile leicht feststellen –, und sie mit gezielten Narrativen versorgte, geschrieben von einer KI, die sie an Hunderttausenden Posts auf Verschwörungsseiten trainiert hatte, dann würden diese Menschen unerschütterlich genau das tun, was sie von ihnen verlangte. Die Kunst bestand schließlich nur noch darin, genügend derart für Verschwörungen empfängliche Menschen an den für ihr Projekt neuralgischen Punkten zu versammeln. Und diese Punkte waren für sie die Supercomputer. Ihre Leute standen sowohl entlang der Kette der Stromversorgung als auch an den Rechnern selbst. Manche hatten zum Glück Notstromaggregate, um Datenverluste zu vermeiden. Einer davon lief bereits über das Aggregat.

Währenddessen entwickelten Hopes KI-Bots immer mehr ein

Eigenleben. Während sie sie anfangs nur dazu eingesetzt hatte, Nachrichten zu verfassen, hatten sie nach und nach mehr Kompetenzen übertragen bekommen, die Auswahl des richtigen Publikums, das automatisierte Erstellen von Accounts. Schließlich hatte sie die Bots sogar mit Onlineplattformen verbunden, auf denen Menschen für einen geringen Geldbetrag Dienstleistungen anboten. Ihre Bots schrieben Nachrichten, die von jenen echter Menschen nicht mehr zu unterscheiden waren. Die Bots konnten also Dienstleistungen einkaufen, wenn sie bestimmte Aufgaben nicht selbst zu erledigen vermochten. Ihr Ziel waren Seiten wie Taskrabbit, auf denen Menschen flexibel Dienste anboten. Man verkehrte schriftlich in Chats, bezahlt wurde elektronisch. Bereits vor Jahren hatten auf diese Weise Bots bei Menschen bestimmte Dienste eingekauft. Dass dieses Szenario stark dem sogenannten Turing-Test ähnelte, entbehrte nicht der Ironie.

Damit hatte sie in den letzten Stunden ihre Hybrid-Armee aus Bots und echten Menschen erweitert. Sie hatte ein paar Programme dafür abgestellt, die sicherstellten, dass die menschlichen Dienstleister auf den Onlineplattformen nicht genügend Informationen bekamen, um zu verstehen, welche Funktion ihre Arbeit eigentlich erfüllte.

Doch all diese Weiterentwicklungen brachten mit sich, dass Hope selbst zunehmend den Überblick verlor. Die Programme hatten inzwischen so viel Eigendynamik, dass Hope nur noch ab und an steuernd eingreifen musste. Irgendwann kam ihr der Gedanke, dass sie auch diese Steuerung einem Bot übertragen könnte. Denn auch wenn die Mittel komplexer und komplexer wurden, ihr Ziel war recht simpel. Es ging um größtmögliches Chaos auf jeder Ebene. Nichts, was nicht auch ein Bot verstehen könnte.

Diese Aufgabe selbst einem Bot zu übertragen wäre nicht nur logisch, sondern auch konsequent. Als würde man ein Gewölbe bauen und oben in der Mitte den Schlussstein einsetzen, um das Gerüst entfernen zu können.

Hope spielte in Gedanken die Schritte durch, die dafür nötig wären, und skizzierte die Funktionsweite dieses letzten Bots auf einem Blatt Briefpapier mit dem eingeprägten Logo des Hotels darauf.

Doch schließlich zögerte sie. Ein Gefühl sagte ihr, dass sie damit endgültig die Kontrolle über den globalen Moloch abgab, den sie erschaffen hatte. Ob sie danach noch zurückkonnte, war nicht ganz klar.

Noch funktionierte alles wie geplant, und lange musste sie nicht mehr durchhalten, sie war fast am Ziel. Diese letzte Maßnahme wollte sie sich für den Notfall aufheben. Bis dahin musste sie die Zeit nutzen, um sich mit ihrem zweiten Projekt zu befassen. Das, wofür sie in den letzten Stunden mehr und mehr Rechenzeit reserviert hatte, und gegen das, wenn sie erfolgreich war, alles Bisherige wie ein Witz aussehen würde.

*

»Ich kann das nicht glauben«, sagte Line. »Sie kann nicht dahinterstecken. Nicht sie.«

Ihr Ton war anklagend. Doch alle Männer wichen ihrem Blick aus.

»Sie muss es sein«, murmelte McLeary. »Es erklärt alles.«

»*Aber warum?*«, rief Line aus. »Warum sollte sie das tun?«

»Sie hält es wohl für ihre einzige Möglichkeit.«

Einen Moment lang war Line sprachlos.

»Warum ist das ihre einzige Möglichkeit?«, fragte sie verblüfft.

»Sie zeigt der Welt die Auswirkungen der Entdeckung, bevor es jemand anderes tut.«

»Das ist ein schwachsinniges Argument«, gab Line trocken zurück.

»Ach ja, ist es das?«, konterte McLeary, den die Diskussion zu nerven schien. »Sie sind Journalistin. Das, was hier passiert, haben Sie davor gewarnt?«

Line war zunehmend irritiert. »Wie hätte ich das tun sollen?«

»Indem Sie die Fakten zusammentragen und aufbereiten, wie sonst?«

»Welche Fakten?«

»All das, was hier geschieht«, McLeary machte eine theatralisch ausladende Geste wie ein Schauspieler, »nichts davon ist neu. Man wusste, dass so etwas passieren könnte. Und wissen Sie was? Dass N gleich NP-vollständig ist, ist gar nicht der wesentliche Punkt. Es wäre auch so passiert, der neue Satz hat die Sache nur beschleunigt. Hat irgendjemand davor gewarnt?«

Line zögerte. »Wir haben da so einen Nerd im IT-Ressort.«

»Auf den niemand gehört hat, nicht wahr?«

Line schüttelte den Kopf. Es war einfach zu absurd. »Aber sie hat doch ein Kind. Warum zerstört sie die Welt ihres Kindes? Vielleicht können wir mit ihr Kontakt aufnehmen«, schlug sie vor. »Wenn das eine Warnung sein sollte, hat die Welt sie doch längst verstanden. Wir können ihr das mitteilen.«

Zu ihrer Überraschung war McLeary einverstanden und machte sich daran, eine Nachricht aufzusetzen. Fritz, der Admin vom Weltblick, versuchte derweil, Kommunikationskanäle auf die Beine zu stellen, die die Nachricht möglichst breit streuen sollte, wo das Internet noch funktionierte.

Line sah sich nach Weismann um. Sie wollte noch seine Meinung dazu hören, doch in dem Augenblick realisierte sie, dass der Mathematiker nicht mehr da war.

»Was ist?«, fragte McLeary. »Ich brauche hier Ihre Hilfe.«

»Sie müssen das alleine machen. Stellen Sie es irgendwie online«, forderte Line McLeary auf. Dann rannte sie los, um Weismann zu suchen. Es dauerte zehn Minuten, bis sie ihn aufgespürt hatte.

*

»Ich weiß, es sieht nicht gut aus. Aber es gibt da eine Möglichkeit, über die wir noch nicht gesprochen haben.«

Es war Mikaela, die plötzlich das Wort ergriffen hatte. Gardener konnte sehen, dass ihr der Schweiß auf der Stirn stand.

Was tut sie da?

Mikaela sah sich Hilfe suchend zu Gardener um, und nach kurzem Zögern nickte Gardener ihr ermutigend zu. Sie wollte wissen, was die Wissenschaftlerin zu sagen hatte, und jede Idee war im Moment besser als keine.

Inzwischen waren nur noch wenige der Teilnehmer online, darunter die USA und China. Ob die beiden noch Kontakt zu ihren Regierungen hatten oder inzwischen eigenmächtig entschieden, wusste Gardener nicht. Sie hatte vernommen, dass der Premier inzwischen von dem virtuellen Treffen der Staatschefs abgezogen worden war, nachdem die Echtheit einiger der Teilnehmer nicht mehr hatte verifiziert werden können und andere mit immer bizarreren Verschwörungserzählungen um sich geworfen hatten – und niemand in der Lage gewesen war, sie davon abzubringen. Gardener selbst hatte seit einer Stunde keinen Kontakt mehr zum Büro des Premierministers gehabt. Nicht, dass das einen Unterschied gemacht hätte. Die USA und China hatten das Heft an sich gerissen.

Was für eine Ironie, dachte Gardener, die beiden machen es also untereinander aus. Wir dürfen lediglich die Gastgeber spielen.

In den letzten Minuten hatten die beiden sich in Details zu möglichen Maßnahmen und Gegenmaßnahmen verloren. Der Einsatz immer größerer Bot-Armeen war inzwischen bestätigt, und es sah so aus, als wären sie zu immer komplexeren Aufgaben fähig. Die Prognosen für die Geschwindigkeit dieser Entwicklung hatten in den letzten Stunden immer wieder nach oben korrigiert werden müssen. Gardeners besorgte Frage, ob sie irgendwelche Chancen hatten, die Sache noch in den Griff zu bekommen, war von der chinesischen Vertreterin mit dem Hinweis abgeschmettert worden, diese destruktive Stimmung helfe niemandem.

Die derzeitige Stoßrichtung ging ebenfalls auf eine chinesische Initiative zurück. Sie sah vor, den überlegenen Codes des Angreifers die Rechenleistung von Quantencomputern entgegenzusetzen, mit dem Ziel, den Angreifer aufzuspüren – also seinen tatsächlichen Standort. Offenbar verfügte China über eine funktionierende Anlage mit höheren Leistungswerten, als allgemein bekannt war. Die Art und Weise, wie Chuck darauf reagierte, legte nahe, dass die USA auch einen funktionierenden Prototyp hatten.

Völlig abwegig war das nicht, immerhin lagen die Stärken von Quantencomputern in jenem Bereich, den auch Hopes Entdeckung berührte. Quantencomputer konnten Rechenprobleme aus der Klasse NP schneller lösen, als es eigentlich möglich sein sollte.

Gardener wusste, dass sich Mikaelas Arbeit um Quantencomputer drehte, und warf ihr sofort einen Seitenblick zu. Die Spezialistin verdrehte aber nur die Augen.

»Nicht gut?«, fragte Gardener.

»Dauert viel zu lang«, sagte Mikaela nur.

Während der letzten Minuten hatten sie also geschwiegen und den beiden per Videobild zugeschalteten Teilnehmern bei einem recht technischen Austausch gelauscht. Doch nun hatte Mikaela sich eingeschaltet. Und sie hatte die Aufmerksamkeit von Chuck und der chinesischen Vertreterin.

»Ich höre Ihnen nun seit einigen Stunden zu. Bisher drehte sich meinem Verständnis nach alles darum, die Angriffe irgendwie abzuwehren und die Kommunikation wieder in den Griff zu bekommen.«

»Sie haben richtig verstanden«, sagte Chuck ungeduldig. »Das ist unser Ziel. Oder sind Sie anderer Meinung?«

Mikaelas Stimme hatte einen schrillen Ton, als sie weitersprach. Es schien sie äußerste Anstrengung zu kosten, die Ruhe zu bewahren. »Es gibt ein Problem, das hier aus meiner Sicht noch nicht ausreichend adressiert wurde«, erklärte sie.

»Darüber können wir gern später sprechen«, sagte Chuck.

»Ich will das aber hören«, sprang ihr Gardener schnell zur Hilfe.

»Dafür ist keine Zeit«, erwiderte Chuck. »Und offen gesagt, ich frage mich, welchen Zweck diese Gesprächsplattform noch erfüllen soll. Wie wäre es, wenn wir alles Weitere bilateral besprechen?«

Gardener bekam schweißnasse Hände.

Wenn er uns rauswirft, war es das.

»Geben Sie ihr zwei Minuten. Es lohnt sich, Sie werden sehen.«

Es war einfach nur gepokert. Ob Mikaela in der Lage war, ihre Ideen in zwei Minuten zu präsentieren, war völlig unklar. Doch Gardener handelte intuitiv. Mikaela hatte lange genug geschwiegen. Das, was sie zu sagen hatte, war mit Sicherheit wichtig.

Tatsächlich war Mikaelas Stimme fester, als sie weitersprach. »Sie alle kennen die Warnungen der letzten Monate, die sich um eine ungebremste Weiterentwicklung der Computertechnologie drehen. Die vielleicht dringlichste dreht sich um die Entwicklung von KI. Es gibt erste Versuche einer Regulierung.«

»Das wissen wir«, sagte Chuck. »Was tut das hier zur Sache?«

»Wir haben gesehen, dass der Angreifer sich künstlicher Intelligenz in verschiedener Form bedient. Es ist naheliegend, dass jemand, der über überlegene Rechenleistung, aber wenig Manpower verfügt, auf solche Methoden zurückgreift.«

»Das ist eines der Probleme, das wir lösen wollen«, erklärte Chuck.

»Nein«, entgegnete Mikaela. »Es ist nicht eines der Probleme, es ist *das* Problem. Das größte Problem, das wir haben.«

Nun hatte sie die volle Aufmerksamkeit der anderen, das spürte Gardener.

»Ich will festhalten: Bereits mit den vor Monaten verfügbaren Computermethoden entwickelte die KI-Forschung eine Geschwindigkeit, die fast alle relevanten Fachleute davon überzeugte, dass man sich einem gefährlichen Punkt näherte. Sie wissen, wovon ich rede. Er wird in der Science-Fiction *Singularität* genannt. Der Punkt, an dem KI vergleichbare Intelligenz wie der Mensch entwickelt. Oder eine geeignetere Definition: Intelligenz, die für uns Menschen nicht mehr kontrollierbar ist, weil sie eine zu hohe Leistungsfähigkeit und Eigendynamik entwickelt hat.«

»Sie wollen sagen, dass der Angreifer im Begriff ist, diese Singularität zu erreichen?«, sagte Chuck. »Warum sollte er das tun?«

»Nein, ich will etwas anderes sagen«, widersprach Mikaela fest, der nun keine Unsicherheit mehr anzumerken war. »Ich glaube erstens nicht, dass er absichtlich auf diese Singularität hinarbeiten muss, um sie zu erreichen. Ich denke, dass es nebenbei geschieht. Irgendwann werden ganz selbstverständlich mehr und mehr KI-Programme unter einen gemeinsamen Hut gebracht werden. KI-Programme werden andere als Tools nutzen. Es wird eine Hierarchie geben, die zunehmend dem ähneln wird, was wir von der psychologischen Struktur des Menschen nach Freud kennen: Es, Ich, Über-Ich, wenn Sie so wollen. Das ist nicht das Ergebnis einer bewussten Entscheidung unseres Angreifers, sondern unausweichlich. Doch, was noch wichtiger ist, ich glaube nicht, dass dieser Punkt kurz bevorsteht.«

»Nein?«, sagte Chuck.

»Nein. Ich halte es für möglich, dass er bereits erreicht wurde.«

»Würden wir das nicht merken?«, wollte die Chinesin wissen.

»Ich denke, wir sehen alle starke Anzeichen dafür, dass etwas sehr, sehr Ungewöhnliches passiert«, konterte Mikaela.

Kurz war es still. Gardener war beeindruckt. Chuck machte keine Anstalten mehr, das Meeting zu beenden.

»Gibt es denn eine Alternative zu unserem derzeitigen Vorgehen?«, fragte er.

Mikaela schluckte. »Womöglich«, sagte sie.

Nun nickte die Chinesin ihr ermunternd zu.

»Mir geht es nicht nur um die Singularität. Betrachten Sie das ganze Bild. Ich sehe derzeit die Situation so, dass wir in der digitalen Welt einem übermächtigen Gegner gegenüberstehen. Keine der Maßnahmen scheint wirklich Wirkung zu zeigen, immer findet unser Gegner eine Antwort. Am effektivsten scheint noch die Nachrichtenseite des Weltblick in Österreich gewesen zu sein, die immerhin eine Zeit lang die Wirkung der Falschinformationen abfedern konnte. Doch auch der Weltblick ist inzwischen wieder offline. Ich stelle infrage, ob wir das, was wir in den letzten Stunden nicht geschafft haben, in den nächsten Stunden schaffen werden. Ihre Idee mit den Quantencomputern ist interessant, aber wenn Sie meine Meinung hören wollen – und ich will noch einmal betonen, dass ich selbst in diesem Bereich forsche –, dann muss ich Ihnen deutlich sagen: Das wird nicht funktionieren oder zumindest nicht, wie Sie sich das vorstellen.«

»Kommen Sie zum Punkt«, drängte Chuck. »Nennen Sie Ihren Vorschlag.«

»Wir haben einen einzigen Vorteil, und den müssen wir ausspielen.«

»Welchen?«, fragte er.

»Wir sind nicht auf die elektronische Welt beschränkt.«

Chuck musste lachen. »Darf ich Sie daran erinnern, dass wir uns gerade über eine Datenleitung unterhalten, die zwischen mehreren Kontinenten verläuft? Sie haben vielleicht zu viel Zeit in Ihrem kleinen Labor verbracht, deshalb lade ich Sie ein, öffnen Sie die Augen! Alles ist inzwischen vernetzt, es gibt keinen Bereich des Lebens mehr, der nicht mit dem Internet verbunden ist. Wer das Internet kontrolliert, kontrolliert die Welt. Diese Kontrolle müssen wir zurückerlangen. Es gibt keine andere Möglichkeit.«

»Doch, die gibt es. Beziehungsweise es hängt alles davon ab, wie wir den Begriff der Kontrolle interpretieren.«

»Worauf wollen Sie hinaus?«, drängte die Chinesin.

»Abschalten«, platzte Mikaela heraus. »Sie informieren alle Leute, zu denen Sie noch Kontakt haben, und kappen jegliche Kommunikation.«

Gardener blieb die Luft weg.

Das ist doch nicht möglich!

Doch sie verstand schnell, dass es tatsächlich möglich war.

»Der wichtigste Faktor ist aus meiner Sicht Zeit. Wir müssen es schnell umsetzen. Und es gibt nur eine Chance. Sobald der Angreifer merkt, was wir vorhaben, wird er darauf reagieren. Wenn wir vor dieser Reaktion nicht alle Kommunikationskanäle gekappt haben, sind wir verloren.«

*

»Herr Weismann, langsam. Sie dürfen sich nicht so überanstrengen.«

Line versuchte vergeblich, ihn zu bremsen, als sie durch die Stadt eilten. Die Straßen waren verstopft mit Autos, öffentliche Verkehrsmittel funktionierten nicht. Fahrräder wären eine Möglichkeit gewesen, wobei Line sich fragte, ob Weismann überhaupt Fahrrad fahren konnte.

War jemand wie Hope tatsächlich in der Lage, das Chaos zu verursachen, das sie erlebten? Line musste zugeben, dass jemand, der offenbar über so außergewöhnliche intellektuelle Fähigkeiten verfügte, wahrscheinlich auch in der Lage war, das Wissen in die Praxis umzusetzen.

Sie dachte noch einmal daran zurück, wie ihr die Afrikanerin in Lagos gegenübergestanden war, allein mit übermächtigen Angreifern konfrontiert. Damals hatte sie ihre Fähigkeiten eingesetzt, um sich zu schützen. Doch sie hatte die Erfahrung machen müssen, dass das nicht genügte, denn Pawel hatte sie dennoch in dem Hotel in Teheran aufspüren können.

Ihr fiel wieder ein, was Pawel zuletzt gesagt hatte. Er hatte sich für das entschuldigt, was mit Weismanns Frau passiert war. Was war denn mit ihr passiert? Was meinte er damit?

»Herr Weismann, warten Sie, das ergibt doch keinen Sinn.«

Doch er hörte nicht auf sie. Er wollte zu seiner Frau und nachsehen, ob es ihr gut ging. Und weil er sich nicht stoppen ließ, folgte sie ihm.

Doch nun irrten sie bereits seit einer halben Stunde durch die Stadt, und während Weismanns Wille ungebrochen schien, machte ihm sein Körper zunehmend zu schaffen. Immer wieder musste er anhalten und sich an einer Straßenlaterne abstützen, um zu Atem zu kommen. Ihre Aufforderungen, eine längere Pause zu machen, ignorierte er.

Line sah ein, dass sie etwas tun musste. Wenn sie richtig gerechnet hatte, waren es noch etwa fünf Kilometer bis zu dem Pflegeheim, dessen Adresse er ihr genannt hatte. Das würde er auf diese Weise nicht schaffen. Sie hielt also Ausschau nach einem Fortbewegungsmittel, und als Weismann eine weitere Pause machte, erspähte sie ein Motorrad, das jemand achtlos auf den Asphalt hatte kippen lassen. Der Zündschlüssel steckte! Doch das Gefährt war so schwer, dass sie es kaum anheben, geschweige denn aufrichten konnte. Unterdessen war Weismann weitergelaufen.

»Warten Sie, Herr Weismann!«

Er reagierte nicht, und es blieb ihr nichts anderes übrig, als ihm nachzulaufen. Sie musste ihn mit aller Gewalt festhalten und ihm erklären, was sie vorhatte, bis er sich zum Umkehren bewegen ließ.

Auch wenn er schwach war, schafften sie es gemeinsam, das Motorrad wieder auf die Räder zu stellen. Sie saßen auf, Line ließ den Motor aufheulen und fuhr in Richtung des Heims. Immer wieder war der Weg vor ihnen blockiert, doch indem sie auf Fußgängerwege und Gegenfahrbahnen auswich, gelang es ihr, sich bis zum Heim durchzukämpfen. Noch bevor sie den Motor abgestellt hatte, war Weismann schon vom Sozius gerutscht und in Richtung des Eingangs gestolpert. Line stellte das Motorrad ab und folgte ihm.

Sie hätte ihn fast verloren, als er einen Korridor entlangeilte und auf die letzte Tür zuhielt.

»Warten Sie, Herr Weismann«, rief Line ihm nach. Sie hatte Angst davor, was er dort vorfinden könnte. Was, wenn er ihr umkippte?

Sie folgte ihm durch die offene Tür ins Innere des Raums, wo sie ihn wie angewurzelt stehen fand. Als sie das Bett sah, verstand sie: Es war leer. Doch die benutzten Laken bewiesen, dass hier bis vor Kurzem noch jemand gelegen hatte.

Weismann drehte sich um und stürmte wieder hinaus. »Wo ist sie?«, schrie er.

Line folgte ihm zurück zum Eingang, wo er sich der Rezeption zuwandte. Sie war nicht besetzt, aber dahinter war eine Tür. Als Weismann gerade darauf zurennen wollte, öffnete sie sich.

Vor ihnen stand eine Krankenschwester, die sie beide musterte, sich dann aber Weismann zuwandte.

»Es tut mir so leid«, sagte sie. »Ich wollte Ihnen Bescheid sagen, aber ich wusste nicht wie.« Dann hob sie einen Papierstreifen hoch. »Das ist für Sie. Ich habe alles aufgezeichnet. Alle ihre Bewegungen, bis zum Schluss.«

*

Hope aß nicht mehr, trank nicht mehr, machte keine Pausen mehr. Ihre Tochter hatte sie kurzerhand dem Hotelchef übergeben. Er müsse eine Stunde auf sie aufpassen, hatte sie ihm befohlen.

Sie wusste, der Zusammenbruch dessen, was sie aufgebaut hatte, stand unmittelbar bevor. Und dabei begann sie gerade erst, die Möglichkeiten ihrer Kreation zu entdecken. Sie musste wissen, wie weit sie die Dinge treiben konnte. Nicht, weil sie sich selbst etwas beweisen wollte. Sondern weil ihr klar war, dass früher oder später jemand dasselbe tun würde wie sie gerade. Davon, was möglich war, hing die Zukunft der Welt ab. Und sie wollte wissen, was das für eine Welt wäre, in der ihre Tochter aufwachsen würde.

Wir haben verstanden. Bitte denken Sie an Ihre Tochter und hören Sie auf.

Diese seltsame Nachricht hatte sie vor Kurzem abgefangen. Hope verstand, dass sie direkt an sie gerichtet war, und sie wusste auch, von wem sie stammte. Sie kam von der Journalistin, der sie unvorsichtigerweise eine Kopie ihrer Programme gegeben hatte. Der echten Programme, nicht der gefälschen, die sie Pawel untergejubelt hatte. Doch natürlich konnten Leute wie sie nicht erfassen, was sie antrieb. Die Nachricht war ein Verzweiflungsakt, nicht mehr. Doch er bewies Hope, dass ihre Zeit knapp wurde.

Noch war ihr Werk nicht vollendet. Es gab einige Möglichkeiten, die sie während der letzten Monate nie gesehen hatte. Und sie verfluchte sich selbst dafür, so blind gewesen zu sein. Immer hatte sie die Anwendungen ihrer Entdeckung nur in der Kryptografie, Computerwissenschaft, Physik und Chemie gesehen. Sie hatte während der letzten Stunden alle Codes der Welt geknackt, hatte alle schwierigen Probleme der Computerwissenschaften auf einfache Probleme zurückgeführt, und schließlich hatte sie begonnen, die Rätsel der Physik zu lösen. Sie hatte die Formeln des Standardmodells der Elementarteilchenphysik mit ihren Methoden umformuliert. Diese Gleichungen stellten keine eigentlichen Physikprobleme dar, sondern waren eigentlich ein kurioser Sonderfall: Es handelte sich um eine hochgradig präzise Beschreibung der Natur, die aber allen bekannten Rechenmethoden so unzugänglich waren, dass sie dennoch kaum erforscht waren – die Gleichungen wohlgemerkt, nicht die Natur, die sie beschrieben.

Alle Hindernisse, die jahrzehntelang dem Fortschritt der Physik im Weg standen, galten nun nicht mehr. Hope hatte neue Methoden gefunden, diese Gleichungen zu lösen. Und es war ihr gelungen, dieselben Methoden auch auf die Allgemeine Relativitätstheorie anzuwenden, die ebenfalls auf nicht linearen Gleichungen basierte, deren Komplexität extrem schnell zunahm, sobald man den Rahmen vergrößerte. Doch mit den Ergebnissen hielt sie sich nicht lange auf, sie hatte nämlich erkannt, dass auch in der Chemie und speziell in der Biochemie alles voller Probleme von der Klasse NP-vollständig war – Probleme, die sie nun ganz einfach lösen konnte. Nachdem sie mit einem schnell geschriebenen Programm die Form einiger Hundert Proteine berechnet hatte – vor noch gar nicht langer Zeit war dasselbe einer KI von Google gelungen, was als großer Durchbruch gefeiert worden war –, hatte sie einige Medikamentenscreenings durchgeführt und für mehrere Krebsarten bereits zugelassene Medikamente identifiziert, die als für aus Tierversuchen mit Mäusen bekannte »Drug Targets« geeignet waren. All das brauchte im akademischen Betrieb Jahre, kostete sie mit ihren optimierten Programmen und der Leistung der Supercomputer aber nur wenige Stunden.

Doch auch dieses Feld hatte sie bald wieder hinter sich gelassen. Sie hatte an etwas denken müssen, das sie vor Jahren gehört hatte, als sie mit ihren Forschungen begann. Auf der Webseite von Maggie Weismann, mit deren Hilfe sie sich die Mathematik angeeignet hatte, waren auch einige historische Quellen verlinkt gewesen. Unter anderem fand sie dort den Brief eines österreichischen Mathematikers namens Kurt Gödel, der seinem Kollegen John von Neumann eine Idee beschrieb. Jene Idee sollte später als Ursprung des Problems gelten, das sie gelöst hatte. Gödel schrieb darin von einer Maschine, die in der Lage wäre, Mathematik besser betreiben zu können als ein Mensch. Das war im Jahr 1956, damals bestanden Computer noch aus einigen Hundert einzeln zusammengelöteten Transistoren.

Die Idee war Hope ganz plötzlich gekommen. Sie verfügte inzwischen über außergewöhnlich gute KI-Programme, die hervorragend mit Sprache umgehen konnten. Auch die Mathematik hatte eine eigene Sprache, die im Gegensatz zu den von Ausnahmen und Subtilitäten beherrschten menschlichen Sprachen geradezu banal einfach war. Sie begann also, eine KI mit mathematischen Aufgaben und den dazugehörigen richtigen Ergebnissen zu füttern. Dafür mobilisierte sie die letzten Kräfte ihres Computernetzwerks, das vor einiger Zeit zu schrumpfen begonnen hatte, weil die Leute begannen, ihre elektronischen Geräte auszuschalten, und einige Supercomputer vom Netz genommen worden waren. Während ihr neues Programm trainierte, filterte sie das, was vom Internet übrig war, automatisiert nach Mathematikaufgaben. Sie fand Kriterien, damit ihr Suchalgorithmus Aufgabe und Ergebnis unterscheiden konnte, schrieb ein kleines Programm, das unterschiedliche Notationen vereinheitlichte, und bereitete die Funde für ihr KI-Programm auf. Mehrfach auftretende Aufgaben waren kein Problem, sondern sogar ein Vorteil.

Als sie eine Stunde später die Funktion kontrollierte und dem Programm einige Mathematikaufgaben zur Lösung aufgab, stellte sie fest, dass es richtige Ergebnisse lieferte.

Doch sie wollte es genau wissen. Aus dem Gedächtnis begann sie, dem Programm eine Reihe weiterer Aufgaben zu stellen. Diese Aufgaben kannte sie gut, denn sie beschäftigten die Fantasie aller Mathematiker der Welt. Sie begann mit der Riemannschen Vermutung, fuhr fort mit der Frage nach stetigen Lösungen für die Navier-Stokes-Gleichungen, fragte nach der Richtigkeit der Hodge-Vermutung, nach der Existenz einer Yang-Mills-Theorie für alle möglichen Eichgruppen und endete mit der Birch-und-Swinnerton-Dyer-Vermutung. Die Ergebnisse dokumentierte sie sorgfältig.

Das Ergebnis für die Riemannsche Vermutung schien ihr am kürzesten zu sein, und sie überflog es. Die Idee, die hier in formaler Notation skizziert war, war völlig neu, doch auf die Schnelle konnte Hope keinen Fehler finden. Alles schien überzeugend.

Sie wollte weitermachen, hielt aber kurz inne. Ihr wurde klar, dass sie nur ein neues KI-Tool geschaffen hatte. Mächtiger zwar als alle anderen, aber immer noch ein einzelnes Werkzeug, das keine Vorstellung davon hatte, was es da leistete. Was würde passieren, wenn sie anderen KI-Programmen Zugang zu diesem Tool gäbe? Und weitere darauf abstellte, das Vorhandene weiter zu optimieren? Was, wenn sie diesen übergeordneten Programmen neben dem Optimieren der vorhandenen Programme weitere Ziele auferlegte? Etwa das Wohlbefinden oder die Zerstörung der Menschheit? Beides wäre gleichermaßen möglich, nur ein einzelner Parameter

würde den Unterschied zwischen diesen beiden Optionen aus-
machen. Dem Programm wäre es egal, welche davon es ausführte.
Es sei denn, sie gab ihm die Möglichkeit, auch sich selbst zu optimieren und seine Programmierung auf Konsistenz hin zu überprüfen. All das stand inzwischen in ihrer Macht.

Hope zögerte vor diesem Schritt. Sie dachte an Myfawny unten
beim Hotelchef. Wie sollte die Welt aussehen, in der ihre Tochter
aufwuchs? Das hing von der Entscheidung ab, die Hope nun traf.
Eine Entscheidung, die sie schnell treffen musste, auch wenn sie
noch so wichtig war.

Sie gönnte sich eine Minute, dann begann sie wie im Rausch,
die Ergebnisse ihrer Arbeit der letzten Stunden zu durchforsten. Sie
hatte noch eine Mikro-SD-Karte, auf der sie die wissenschaftlichen
Ergebnisse speicherte. Etwa eine Viertelstunde brachte sie damit
zu.

Sie war gerade dabei, die Daten von ihrem letzten verbliebenen
Supercomputer herunterzuladen, als sie plötzlich keine Verbindung
mehr zu ihm aufbauen konnte. Sie probierte es auf einigen weiteren Kanälen, bis sie verstand.

Jemand hatte alle elektronischen Kommunikationsmittel still-
gelegt. Es war vorbei.

31. MÄRZ

Der folgende Tag war von einer Stille erfüllt, wie sie die Welt seit Jahrhunderten nicht mehr gesehen hatte. Viele Menschen hatten die Nacht bei Kerzenschein verbracht, nachdem Strom und Kommunikation endgültig ausgefallen waren. Sie hatten bei Sonnenaufgang aus dem Fenster gesehen, und manche hatten dabei eine sonderbare Erleichterung verspürt. Als wäre nicht selbstverständlich, dass die Sonne noch aufging, nach allem, was geschehen war.

In den Regierungsvierteln der Welt taten erste Leibwächter von wichtigen Entscheidungsträgern Schritte aus den unterirdischen Bunkern, um zu sehen, ob die Luft rein war. Die Entscheidungsträger folgten ihnen, um sich auf den Weg nach Hause zu ihren Familien zu machen, wo sie fürs Erste bleiben würden. Währenddessen würden Menschen wie Chuck, Gardener und Mikaela ihre Aufmerksamkeit auf die Reste der irdischen Computertechnologie richten. Sie würden Ausschau nach den Resten des Angriffs halten, Schritt für Schritt Bots und Trojaner identifizieren und dabei feststellen, dass die Computer dieser Welt verseucht waren mit elektronischen Krankheiten, die man noch nie gesehen hatte und bis zu deren Verständnis es Jahre brauchen würde.

Es waren paradoxerweise die Radiostationen, die nach Wiederherstellung der Stromversorgung als Erstes wieder funktionierten. Und wie in früheren Zeiten versammelten sich Nachbarn im Haus desjenigen, der noch über ein funktionierendes analoges Radio verfügte.

So ging das eine ganze Weile, nicht wenige nahmen irgendwann ein Blatt Papier zur Hand, um jemandem, der ihnen lieb war, einen Brief zu schreiben. Sie dachten, dass sich schon irgendwann eine

Möglichkeit ergeben würde, den Brief zuzustellen. Vielleicht würde sich auch jemand für Botendienste anbieten, jetzt, da die elektronische Kommunikation tot war. Sie behielten recht, die Boten kamen. Und sie würden eine ganze Weile die Kommunikation unter den Menschen beherrschen.

Line war schon früh am Morgen zum Redaktionsgebäude des Weltblick aufgebrochen, wo sie einige ihrer Kollegen getroffen hatte, die sich gerade im Sitzungsraum versammelten. Auch Magnus Konrad war dabei. Er grüßte sie herzlich, war aber sehr nachdenklich.

Nachdem sich die meisten von ihnen tief schockiert und ratlos zeigten, war es an Line, die Ereignisse der letzten Stunden zu erklären und einzuordnen. Sie erzählte ihnen, was sie wusste, und gab ein Update über Dinge, die noch nicht in ihrem Artikel standen, den die meisten gelesen hatten. Und obwohl Line das Gefühl hatte, immer noch sehr wenig von dem Vorgefallenen zu verstehen, nahmen die Kollegen die Informationen dankbar auf. Und schon bald drehte sich eine immer lebhafter werdende Diskussion um die Frage, wie man die Menschen denn jetzt am besten informieren sollte. Einige konnten sich für die Idee erwärmen, mit den Radiostationen Kontakt aufzunehmen und ihnen die neu recherchierten Informationen anzubieten. Die Idee gefiel vielen, doch manche wünschten sich mehr und fragten, wie man auch geschriebenen Text unter die Leute bringen konnte.

Schließlich bat Line ihre Kollegen, sie zu entschuldigen, und machte sich auf die Suche nach Fritz, den sie tatsächlich im Serverraum vorfand, wo er vor der toten Serveranlage stand wie ein Bauer, der sein durch eine Katastrophe hingerafftes Vieh beweint. Sie führte ihn in den Konferenzraum und begann ihn vor der versammelten Redakteursriege nach Möglichkeiten zu löchern, wie man doch den einen oder anderen PC zum Laufen bringen konnte.

Am Folgetag gelang es einem Team unter der Führung von Fritz, eine der Druckerpressen des Weltblick in Betrieb zu setzen.

Das Gebäude verfügte nämlich, wie das nahgelegene Kranken-haus, über ein Notstromaggregat, das mit Diesel betrieben wurde. Das für gewöhnlich verwendete Satzprogramm funktionierte nicht mehr, aber Fritz trennte die Elektronik der Druckmaschine von allen Datenleitungen, setzte sie neu auf und lud eine alte Beispiel-seite hinein. Auf Basis dieser Seite planten sie die neue Ausgabe des Weltblick. Als Bilder dienten jene Analogfotos, die Konrad am Vortag gemacht hatte. Jemand hatte einen Enthusiasten auf-getrieben, der in seinem Labor zu Hause in der Lage war, sie zu entwickeln. Als die erste Ausgabe aus der Druckerpresse kam und Fritz sie Konrad in die Hand drückte, glaubte Line eine Träne im Augenwinkel des Chefredakteurs zu sehen. Die Ausgabe, die in der ursprünglichen Auflage gedruckt wurde, verteilten die Redakteure selbst an Bekannte, die dann als Multiplikatoren fungierten. Einige dieser Ausgaben sind heute in Museen ausgestellt, eine Handvoll anderer wird unter privaten Sammlern zu horrenden Preisen ge-handelt.

Immer wieder musste Line während dieser Tage an Weismann denken. Sie hatte den Mathematiker an jenem Abend noch mit dem Motorrad nach Hause gebracht, ohne ein weiteres Wort mit ihm zu wechseln. Er war nicht mehr in der Lage gewesen zu spre-chen, sondern hatte sich nur an den Papierstreifen mit dem Aus-druck des Signals vom Pulsoximeter seiner Frau geklammert. Auf die Frage, ob sie ihm noch irgendwie helfen könne, hatte er nicht geantwortet. Einmal hatte er sie kurz angesehen, mit so etwas wie Dankbarkeit in seinem Blick. Dann war er gegangen.

Sie hatte sich vorgenommen, sobald wie möglich wieder nach ihm zu sehen, doch dann war immer etwas dazwischengekommen. Als er schließlich in ihrem Büro im Weltblick stand – sie hatte das verwaiste Büro Thielemanns bezogen, der unauffindbar war –, fie-len sie sich in die Arme.

»Ich habe da etwas, das Sie interessieren könnte«, sagte er nur.

3. NOVEMBER

Line schwitzte unter ihrem Sonnenhut und war leicht seekrank, doch sie bemühte sich, hinaus auf den blauen Horizont zu blicken. Die Übelkeit war nicht so gravierend, um ihre gute Stimmung zu trüben. Was sie sich von der Reise erwarten sollte, wusste sie nicht, aber nach anfänglichen Zweifeln stellte sie fest, dass es ihr guttat, wieder hinauszukommen.

Sie blickte hinüber zu Weismann, der denselben Hut trug, den er auch bei seiner Ankunft in Afrika vor mehr als einem halben Jahr getragen hatte. Ihm ging es offenbar ähnlich, doch wie immer schien er fest entschlossen, die Sache durchzustehen und sich nichts anmerken zu lassen.

Sie hatten in den letzten Wochen Zeit gehabt, all das Geschehene gemeinsam sacken zu lassen und sich ausführlich darüber zu unterhalten. Wie immer mit Weismann hatte sie nicht alles, wovon er sprach, auch verstanden. Aber dennoch waren sie sich nähergekommen, als Freunde. Nach dem Tod seiner Maggie war er ganz verändert gewesen. Trauriger als zuvor, aber auch klarer. Und trotz seiner Trauer ertappte sie ihn öfter bei einem Lächeln oder sogar bei einem Witz.

Es hatte nicht lange gedauert, bis er ihr sein Herz ausgeschüttet hatte.

»Was Maggie angeht, habe ich Ihnen nie die ganze Wahrheit erzählt«, hatte er erklärt. »Ich konnte nicht akzeptieren, dass ich so ignorant gewesen bin.«

Line hatte ihm versichert, dass sie ihn für alles andere als ignorant hielt, doch er hatte sie gar nicht erst ausreden lassen.

»Ich sagte Ihnen, dass ich nichts weiter über die Mail wusste, die Maggie damals von Hope erhielt«, sagte er. »Doch das stimmt nicht ganz. Die Wahrheit ist, dass ich mich sehr bald daran erinnerte, mit ihr darüber gesprochen zu haben.«

Sie saßen in Weismanns Bibliothek, tranken Cognac aus seinem Keller – eine Flasche, die seiner Frau gehört hatte. Weismann hob immer wieder sein Glas, um es dann beim Erzählen gleich wieder zu vergessen und schließlich abzusetzen.

»Ich erzählte Ihnen ja davon, sie erwähnte jemanden, der sich mit der Faktorisierung großer Zahlen befasste. Sie wollte mir die Arbeit zeigen. Doch ich reagierte nicht. Ich war zu sehr mit mir selbst beschäftigt. Maggie akzeptierte das wie immer, ohne mir Vorwürfe zu machen. Aber sie schien enttäuschter als üblich. Vom Zeitpunkt her passt es ziemlich genau. Die Arbeit stammte von Hope.«

Line war beeindruckt von der Offenheit Weismanns. Und sie litt mit ihm.

Ihr Blick wanderte zu dem Regal der Bibliothek, wo die Nobelpreismedaille drapiert gewesen war. Dort stand nun stattdessen ein Bild Maggies in einem kleinen Rahmen. Das Lächeln der Frau darauf war von einer Unbeschwertheit, die Line in Versuchung führte, sie als Naivität zu interpretieren. Doch nichts, was sie bisher über Maggie Weismann gehört hatte, ließ diesen Schluss zu. Ihr wurde klar, dass sie zum ersten Mal ein Bild von ihr sah. Weismann hatte keines in seiner Wohnung hängen gehabt.

»Das ist noch nicht alles«, sagte Weismann. »Wenige Wochen später war da ein Mann, der mit ihr sprechen wollte. Er meldete sich am Telefon. Ich wimmelte ihn ab, wollte damit nichts zu tun haben. Kurz darauf hatte Maggie den Unfall. Ich nannte es immer so, aber die Wahrheit ist, die Polizei war nie ganz sicher, ob es sich wirklich um einen Unfall handelte. Die offizielle Version war schließlich, dass Maggie auf der Straße das Gleichgewicht verloren hatte. Sie war ja bereits zuvor wegen Gleichgewichtsstörungen in Behandlung gewesen. Ich hatte sogar mal einen Gehstock aufs Tapet gebracht, eine Idee, die sie aber nur belächelt hatte. Die

Wahrheit ist: Ich konnte mir nicht vorstellen, dass jemand Maggie etwas antun wollte. Sie war die liebenswerteste Person der Welt. Niemand konnte ernsthaft etwas gegen sie haben. Die Vorstellung, dass dahinter ein Verbrechen steckte, war für mich ganz undenkbar.«

Weismanns Atem rasselte, als wäre sein Hals zu eng.

»Doch heute bin ich anderer Meinung. Ich glaube, dass der Anrufer Pawel war. An den genauen Wortlaut des Gesprächs kann ich mich nicht mehr erinnern, aber ich weiß noch, dass es um ihre Förderprogramme ging und dass auch Afrika zur Sprache kam. Er hat offenbar schon seit Längerem nach einer Lösung für Hopes Problem gesucht. Weil ich Maggie keine Antwort geben wollte, streckte sie anderswo ihre Fühler aus, erkundigte sich nach Fortschritten bei der Faktorisierung. So muss er auf sie gekommen sein.«

Hopes Problem, so nannten die Medien es inzwischen, weil alle anderen Namen dafür gar so klobig waren. Bezeichnungen wie »N=NP-vollständig-Vermutung« verschwanden langsam aus dem Sprachgebrauch.

»Sie war klug genug, sofort Verdacht zu schöpfen. Ich bin überzeugt, dass sie lieber gestorben wäre, als ihm etwas über Hope zu verraten. Das scheint letztendlich passiert zu sein. Vielleicht, wenn ich mir die Arbeit von Hope angesehen hätte und ihre Bedeutung erkannt hätte ... vielleicht wäre dann alles anders gekommen.«

»Das ist Unsinn«, sagte Line streng. »Solche Gedanken müssen Sie sich verbieten. Wollen Sie hören, was ich glaube? Ich glaube nicht, dass Sie die Tragweite erkannt hätten. Sie oder jemand anderes. Sagten Sie nicht, Sie bekommen die ganze Zeit über Post von Amateuren? Ich halte es für unwahrscheinlich, dass man den Wert einer solchen Arbeit immer sofort erkennt. Ich habe gelesen, dass es immer wieder Leute gab, die behauptet haben, Hopes Problem gelöst zu haben; sogar die Medien berichteten darüber. Herausgekommen ist nichts.«

Weismann schien nicht überzeugt, aber sie sah, dass allein der Gedanke, er könnte nicht oder zumindest nicht ganz allein schuld sein, ihn sehr rührte.

An dem Abend sprachen sie noch über viele weitere Dinge. Sie sprachen über den Vater von Hopes Kind, dessen Name *Peace* gewesen war und der mit einer SD-Karte mit Teilen von Hopes Arbeit nach Europa geflohen war. Er wollte damit ein Business aufbauen. Sie hatten erfahren, dass er Hazeem Light in England bei einer geheimen Party getroffen und Light die Software für den Hack der Londoner Infrastruktur von ihm erhalten hatte. Offiziell gab es dazu nach wie vor keine Informationen.

Doch dank McLeary wussten sie mittlerweile, dass Light offenbar eine Art Köder konstruiert hatte – eine Wettbewerbsaufgabe, die so schwierig war, dass nur jemand im Besitz einer Lösung zu Hopes Problem sie lösen konnte. Light hatte bereits vor längerer Zeit begonnen, diese Aufgabe an Leute zu schicken, die sich bei Wettbewerbsaufgaben hervortaten.

Als Peace auf einer Onlineplattform im Darknet behauptete, ein Programm zum Knacken von Codes zu besitzen, wurde neben Pawel Peskin auch Hazeem Light darauf aufmerksam. Light ließ ihm seinen Köder zukommen, und Peace, der sonst keine Fähigkeiten als Hacker hatte, löste die Aufgabe mit dem Tool, das er von Hope entwendet hatte. Er erhielt einen Link zu Lights Koordinaten, die ständig aktualisiert wurden. Hazeem Light hatte also zum Zeitpunkt der Party seine Koordinaten mit Peace geteilt. Als der Nigerianer dorthin unterwegs war, wurde er bereits von Pawel Peskin verfolgt. Er konnte ihn abschütteln, wurde aber zuvor von Peskin angeschossen und schlug sich schwer verletzt bis zur Party durch, wo er seinen Verletzungen erlag. Light gelang es, den Ursprung der Software zu identifizieren, erfuhr auf die Weise von Hope und versuchte, so viel wie möglich über sie in Erfahrung zu bringen. Über Weismann wollte er Kontakt aufnehmen, doch als Pawel Peskin gegenüber dem GCHQ damit prahlte, alle Codes der

Welt knacken zu können, erkannte er, dass ihm die Zeit davonlief. Also fasste er einen verzweifelten Plan, um auf die Gefahr aufmerksam zu machen.

Schließlich war das Gespräch auch noch auf das Thema gekommen, wegen dem Weismann Line nach der langen Zeit kontaktiert hatte.

Weismann hatte von einem Unbekannten eine sonderbare Mikro-SD-Karte zugestellt bekommen. Sie war in einem unbeschrifteten Umschlag gewesen, den jemand in seinen Briefkasten geworfen hatte. Mit der Hilfe von Fritz war es ihnen gelungen, einen PC zu präparieren, sodass er mit hoher Wahrscheinlichkeit nicht verseucht war. So konnten sie die Karte auslesen. Doch es hatte einige Tage gebraucht, bis Weismann die Bedeutung erkannt hatte. Ein weiterer Tag war nötig gewesen, Line klarzumachen, womit sie es zu tun hatten.

Weismann hatte Line ja das Konzept der Millenium Prize Problems erklärt – einer Reihe von mathematischen Problemen, auf deren Lösung eine Million Dollar ausgesetzt war. Ein Teil der Daten auf der SD-Karte bestand aus Textdateien, die lange Ketten mathematischer Symbole enthielten. Und Weismann überzeugte Line, dass es sich bei Teilen davon um die Lösungen dieser Millenium Prize Problems handelte – um alle Lösungen, außer jener für Hopes Problem.

Weitere Analysen der anderen Dateien ergaben, dass es sich um physikalische, biologische und chemische Daten handelte. Die Notation war so ungewöhnlich, dass einige von Weismanns Kollegen Monate brauchten, um zu bestätigen, dass sie hier etwas völlig Neues vor sich hatten. Revolutionäre Einsichten, die eine Neuordnung der Naturwissenschaften bedingt hätten, wäre die naturwissenschaftliche Forschung nicht eben erst zum Erliegen gekommen.

Bislang wusste nur eine Gruppe ausgewählter Menschen von dieser SD-Karte. Immer wieder waren die Gespräche zwischen Weismann und Line um die Frage gekreist, was sie mit dem Wissen anfangen sollten. Veröffentlichen oder geheim halten? Dass die Daten von Hope stammten, daran hatten sie nicht den geringsten Zweifel.

Und das machte die Sache kompliziert. Sollte Weismann die Ergebnisse unter seinem Namen veröffentlichen? Oder sollte er Hope als Co-Autorin erwähnen? All das würde Dinge in Bewegung setzen, deren Auswirkungen sich kaum abschätzen ließen. Sie blieben oft bei der Frage hängen, was Hope eigentlich wollte. Warum hatte sie Weismann diese Daten zukommen lassen?

Als sie allein auf keinen grünen Zweig kamen, machten sie sich auf die Suche nach McLeary. In erster Linie ging es ihnen darum, ob der britische Geheimdienst Informationen über sie und ihren Aufenthaltsort hatte.

McLeary war inzwischen rehabilitiert worden, auch wenn es derzeit keinen Bedarf für eine »Rätselabteilung« beim GCHQ gab und er daher beschäftigungslos war.

Er hörte sich ihre Ausführungen ruhig an, und als sie gerade darauf warteten, dass er ihnen erklärte, er könne ihnen nicht helfen, platzte er mit etwas heraus, mit dem sie nicht im Geringsten gerechnet hatten: Kurz vor Pawels Überfall im Serverraum des Weltblick-Verlags war es ihm gelungen, Hopes Aufenthaltsort zu ermitteln.

Er hatte die Adresse, ein abgelegenes Luxushotel, natürlich inzwischen überprüft, Hope war längst nicht mehr dort. Doch sie hatten verschiedene Leute befragt, die sie gesehen hatten, und so war es ihnen gelungen, ihren Weg nachzuvollziehen, bis hin zu einem möglichen Zielpunkt.

Dorthin waren sie nun unterwegs.

Die Öffentlichkeit wusste nichts von diesem Ort, und wie Hope darauf gekommen war, blieb bislang rätselhaft. Das Boot, mit dem sie unterwegs war, gehörte einem Team von Anthropologen, das wenig begeistert gewesen war, als Line und Weismann sie kontaktiert hatten. Sie waren zwar auf dem abgelegenen Archipel, wo sie ihren Stützpunkt hatten, von der Krise weniger betroffen gewesen als andere. Doch sie hatten dennoch den Gutteil ihrer Forschungsergebnisse verloren. Alle Aufzeichnungen, Videos und Satellitenbilder waren ausschließlich online in einer Cloud gespeichert gewesen.

Die kleine Insel, zu der sie unterwegs waren, war die Heimat einer Gruppe *unkontaktierter* Ureinwohner, die eine steinzeitliche Lebensweise pflegten und die Zivilisation, die den Rest des Planeten wie eine unheilbare Epidemie im Griff hielt, nur von in der Ferne vorbeifahrenden Booten und den Kondensstreifen der Flugzeuge kannten. Sie wurden so genannt, weil sie bisher keinen Kontakt zur industrialisierten Welt hatten. Es gab nur noch eine Handvoll solcher Menschengruppen auf diesem Planeten.

Line sah hinüber zu einem bärtigen, drahtigen Mann, der Fiston hieß. Er war der Chef der Gruppe und am schwersten zu überzeugen gewesen, hatte er sie wissen lassen. Lieber würde er sterben, als diesen Menschen zu nahe zu kommen. Er war überzeugt, dass es ihnen in diesem Fall ergehen würde wie allen anderen Urvölkern, die je mit Europäern in Kontakt gekommen waren.

Doch dann hatte Line ihm eröffnet, dass sie bereits kontaktiert worden waren. Nicht von jemandem aus Europa, aber dennoch von jemandem aus der Zivilisation. Erst hatte er es nicht glauben wollen, doch als Line ihm ihre Recherchen vorlegte, hatte er seinen Widerstand aufgegeben.

Gut, einige der Hinweise hatte sie etwas schönen müssen. Sie konnte Fiston gegenüber nicht zugeben, dass manches nur Vermutung war. Doch es war ihre beste Spur. Seltsamerweise war es Weismann, der überzeugt war. »Hope ist dort«, hatte er versichert. Und Line wurde das Gefühl nicht los, dass er sie auf eine Weise verstand, in die Line keinen Einblick hatte.

Seit einigen Minuten waren erste Palmen in der Ferne zu sehen, die nur sehr langsam näher kamen. Die Insel war, wie sie inzwischen erfahren hatte, sehr flach. Fiston hatte sie ermahnt, sich im

Hintergrund zu halten. Er hatte Geschenke mit dabei, geschnitzte Gegenstände, die er mit einem 3-D-Drucker angefertigt hatte und die den Kunstgegenständen des Volkes nachempfunden waren, zu dem sie unterwegs waren. Der Stamm bestand ihres Wissens aus etwa hundertfünfzig Personen. Keine von ihnen hatte je etwas Komplexeres als eine Speerschleuder in der Hand gehabt. Ihre Lebensweise war nicht etwa seit tausend Jahren gleich geblieben, sondern eher seit zigtausend.

Weismann nahm seinen Hut ab und wischte sich über die Stirn. Er nahm dabei eine Hand von dem kleinen Koffer, den er sonst mit beiden Händen umklammert hielt. Line wusste, dass er darin den Ausdruck mit den Daten des Pulsoximeters mit sich führte. Neben einer schier endlosen Folge von Fingerbewegungen, die sich als scharfe Ausschläge abzeichneten, war am Ende eine ständige Beschleunigung des Pulses festzustellen. Die Fingerbewegungen hatten irgendwann aufgehört; schließlich hatte Maggie Herzrasen bekommen und war verstorben, der Puls war immer chaotischer geworden, bevor er schließlich aufhörte. Es war einiges an Cognac geflossen, bevor Weismann es ihr gezeigt hatte. Ihr hatte es dabei den Hals zugeschnürt, während er seltsam regungslos gewesen war, als hätte er schon zu viel geweint oder wäre dazu noch gar nicht in der Lage gewesen.

Als die Insel näher kam, sahen sie bereits mehrere schlanke Gestalten am Strand stehen, allesamt nur mit einem schmalen Lederschurz bekleidet, aber mit Pfeil und Bogen bewaffnet. Line musste plötzlich an diesen Missionar denken, der vor ein paar Jahren eines jener unkontaktierten Völker besuchen wollte, um ihnen die Heilsbotschaft zu verkünden, aber seine Ankunft nicht überlebt hatte.

Doch Fiston schien entschlossen, es nicht so weit kommen lassen zu wollen. Er packte seine Geschenke aus und hielt sie in die Höhe. Dazu rief er Worte, die Line nicht kannte und von denen sie vermutete, dass er sie bei seinen Studien aufgeschnappt hatte.

Was auch immer er rief, es schien die Leute am Strand, zwei

Frauen und drei Männer, nicht weiter zu beeindrucken. Immerhin hielten sie sich bis dato zurück und griffen nicht an. Sie ließen das Boot herankommen, bis es im weichen Sand auf Grund lief.

Als sie ausstiegen, folgte aber eine Überraschung. Zwei von der Gruppe wandten sich sofort Line und Weismann zu, während die anderen drei den Forscher umringten und ihn samt seinen Geschenken daran hinderten, an Land zu kommen.

»Warten Sie auf mich!«, forderte er noch und warnte sie, allein zu gehen.

Doch letztlich ließen die beiden Line und Weismann keine Wahl. Sie geleiteten sie unter das Blätterdach der Bäume, die den Strand umrandeten. Und während die aufgeregten Rufe Fistons hinter ihnen verhallten, gewann Line den Eindruck, dass sie irgendwie Teil eines Plans waren.

»Die wirken nicht besonders überrascht«, sagte Weismann.

»Vielleicht sind wir nicht die Ersten. Vielleicht stecken die Köpfe der anderen schon auf irgendwelchen Pfählen.«

Weismanns Augen wurden groß. »Das hätte der Forscher uns gesagt!«, meinte er.

Als Line darauf nicht antwortete, verzichtete er auf ein weiteres Gespräch.

Sie kamen auf eine Lichtung, wo sich ein Dorf mit Hütten aus Lehm und Holz befand, die liebevoll um einen zentralen Platz gruppiert waren. Kinder spielten und hielten inne, als sie die beiden Weißen sahen. Sie musterten sie im Vorbeigehen, aber ohne jegliche Ehrfurcht. Line stellte mit einem von ihnen Augenkontakt her und zwinkerte ihm zu, wofür sie ein Lächeln erntete.

Zu Lines Überraschung durchquerten sie das Dorf und tauchten wieder in den Wald ein, wobei sie einem Trampelpfad folgten, der sie nach wenigen Schritten zu einer größeren Hütte führte. Im Inneren dieser Hütte wartete Hope auf sie.

Es war nicht Hope selbst, die sie begrüßte, sondern ihre Tochter. Sie krabbelte auf die beiden zu und schenkte ihnen ein breites Lächeln, bevor eine aus Stoff und Garn gebastelte Puppe ihre Aufmerksamkeit fesselte.

Hope sah verändert aus, ganz anders als die verängstigte junge Frau, die Line in Lagos gegenübergestanden hatte. Von ihr ging etwas Aristokratisches aus. Nichts deutete darauf hin, dass sie irgendetwas von dem bereute, was passiert war. Eine globale Krise, die auch Menschenleben gefordert hatte. Auch wenn sich im Nachhinein herausgestellt hatte, dass kritische Infrastruktur wie beispielsweise Krankenhäuser immer Strom gehabt hatten, sodass sie ihren Betrieb aufrechterhalten konnten. Sie hatte Line und Weismann dennoch an Land gehen lassen. Denn daran hatte sie inzwischen keinen Zweifel mehr: Hope hatte irgendwie von ihrer bevorstehenden Ankunft gewusst.

Line war unsicher, wie sie beginnen sollte, also ließ sie Weismann den Vortritt. Er unterhielt sich lange flüsternd mit ihr. Genaues konnte Line nicht verstehen, aber immerhin so viel, dass es um Maggie ging. Schließlich reichte er ihr den Ausdruck des Pulsoximeters.

»Und?«, fragte Line, als er das Gespräch beendet hatte.

»Ich dachte, vielleicht kann sie es entschlüsseln. Doch vermutlich mache ich mir falsche Hoffnungen.«

»Das meinte ich nicht«, sagte Line. »Doch, das natürlich auch. Aber was hat sie sonst gesagt? Über das, was passiert ist?«

»Gar nichts, eigentlich. Wir haben über Maggie gesprochen, über das Stipendium. Wie sie ihr geholfen hat.«

6. NOVEMBER

Es blieb dabei, dass Hope wenig sprach und sich hauptsächlich mit ihrer Tochter befasste. Viele von Lines Fragen blieben unbeantwortet. Sie schien ihre Besucher die meiste Zeit gar nicht wahrzunehmen. Doch die anderen Dorfbewohner kamen immer wieder zu ihr. Line konnte ihr dabei zusehen, wie sie Stöckchen in die Luft warf und die Konstellation, die sie beim Herabfallen auf dem Boden bildeten, interpretierte, um verschiedene Dinge weiszusagen. Wie gut die Ratschläge waren, die Hope gab, konnte Line nicht beurteilen. Aber das Wetter sagte sie offenbar mit großer Verlässlichkeit voraus. Am Tag nach ihrer Ankunft beobachtete Line, wie die Dorfbewohner aus Blättern geflochtene Sonnensegel bei blauem Himmel abbauten. Über Nacht kam ein Sturm auf, der die Segel bestimmt weggerissen hätte. Als Line fragte, wie sie das anstellte, erklärte Hope nur, ihr Vater habe es genauso gemacht. Doch Line vermutete, dass das nur die halbe Wahrheit war und sie irgendwo auf dieser abgelegenen Insel Zugang zu zumindest irgendeiner Form von elektronischer Rechenleistung hatte, auch wenn Line beim besten Willen nicht herausfinden konnte, wie sie das hätte anstellen sollen.

Auch Fiston wurde ein kurzer Besuch gestattet. Er spielte mit den Kindern, unterhielt sich mit einigen Worten und mithilfe von Zeichensprache mit den Einheimischen. Nach einem Tag trat er wieder die Rückreise an, nicht ohne Line und Weismann zuvor gedrängt zu haben, mit ihm zu kommen.

»Noch haben wir keinen großen Eindruck hinterlassen«, erklärte er. »Sie werden darüber hinwegkommen. Aber je länger wir bleiben, desto größer ist die Gefahr, dass wir ihre Welt hier zerstören.«

Line versprach ihm, sich von den anderen Leuten fernzuhalten und sich auf Hope zu konzentrieren. Das leuchtete ihm ein, immerhin bedeutete es die Chance, auch Hope zur Abreise zu bewegen, was in seinen Augen ebenso unerlässlich war. Zwar schien ihre Anwesenheit bislang wenig Einfluss auf die Gepflogenheiten des Stamms zu haben – sie hatte augenscheinlich die Rolle einer Art Schamanin eingenommen –, doch auch ihr Einfluss barg ein Risiko, war Fiston überzeugt.

Hope schien auch zu verstehen, dass ihre gemeinsame Zeit begrenzt war. Nach einem weiteren Tag, den sie damit verbracht hatte, mit Hopes entzückender Tochter Myfawny zu spielen, entschloss sich Line, aufs Ganze zu gehen.

»Ich muss mit Ihnen reden«, erklärte sie. »Wegen dem, was passiert ist.«

Hope schien bereits damit gerechnet zu haben. Diesmal gab es kein charmantes Ausweichen, Line hatte ihre Aufmerksamkeit.

»Warum haben Sie es getan?«, fragte Line. »Sie müssen nicht antworten, wenn Sie nicht wollen. Es ist auch nicht so, dass ich Ihnen Vorwürfe mache. Aber ich will es verstehen. Warum so? Warum die ganze Welt?«

Die Afrikanerin zögerte eine Weile. »Hazeem Light«, sagte sie dann. »Er hatte recht.«

»Wie meinen Sie das?«

»Es muss aufhören. Das sagte er. Ich habe dafür gesorgt, dass es aufhört.«

Line wollte widersprechen. Aufhören? Das, was sie getan hatte, war gerade das Gegenteil. Sie hatte die Geschwindigkeit so sehr erhöht, dass die Welt irgendwann nicht mehr mitgekommen war. Viele würden es Terrorismus nennen.

Doch sie riss sich zusammen. Schließlich sprach Hope weiter.

»Es wird wieder beginnen, irgendwann und unweigerlich«, fuhr sie fort. »Sie müssen die Menschen vorbereiten.«

»Okay. Sagen Sie mir, was Sie für notwendig halten.«

Vieles von dem, was dann folgte, verstand Line nur am Rande. Und sie hatte später Schwierigkeiten, alles genau wiederzugeben. Aber Hope erklärte ihr in ihrem eigenen, afrikanisch gefärbten Englisch, dass die Welt nicht bereit war für ihre Entdeckung. Es müssten Strukturen aufgebaut werden, die den möglichen Gefahren entgegengehalten werden konnten. Einerseits brauchte es völlig neue Sicherheitsmaßnahmen. Wichtige Infrastruktur musste auch offline funktionieren. Zusätzlich musste ihre Umgebung mithilfe ihres Codes gesichert werden. Doch das war bei Weitem nicht alles. Sie behauptete, dass das politische und das Rechtssystem nicht vorbereitet waren. Gesetze waren zu unflexibel formuliert, in einer zunehmend mit flexiblen Mitteln ausgestatteten Welt. Es gab immer Möglichkeiten, auf Umwegen etwas Unrechtes umzusetzen. Ihre Idee einer Lösung waren automatisierte Entscheidungstools, die auf *explainable KI* basierten, quelloffen und standardisiert. Sie konnten besser als Menschen entscheiden. Sie sprach von elektronischen Richtern, elektronischen Notaren und weiteren Programmen. Und schließlich brachte sie auch einen Vorschlag, wie sich die Gefahren von KI begrenzen ließen. Sie forderte, eine Höchstanzahl an Ebenen einzuführen. KI-Programme durften nur unter bestimmten Umständen KI-Programme steuern. So ließ sich eine zu große Eigenständigkeit vermeiden.

Als sie damit fertig war, bat sie Line, Weismann zu holen. Sie habe auch ihm etwas zu sagen.

Bei seinem Eintreten war ihm die Angst anzusehen. Line ging zur Seite, damit sich die beiden in Ruhe unterhalten konnten. Irgendwann standen die beiden auf, und Hope nahm den verdutzten Weismann in die Arme. Sie flüsterte ihm etwas ins Ohr, worauf Weismann in Tränen ausbrach. Auch als sie sich wieder von ihm löste, wurde er noch minutenlang von Schluchzern gebeutelt.

Später erfuhr Line, dass sie tatsächlich eine Art Code in dem Zucken von Maggie Weismanns Finger gefunden hatte. Er enthielt Nachrichten, die an sie, Hope, gerichtet waren, aber auch an Weismann selbst. Der Professor hatte sie nicht entschlüsseln können, weil das Signal zu unscharf war, das Timing zu ungenau, die Bewegungen manchmal zu schwach, um sich vom Rauschen abzuheben. Doch Hope hatte einen Weg gefunden, die Information zu extrahieren. Die Umarmung war offenbar Maggies Idee gewesen. Sie hatte Hope gebeten, Weismann nach Möglichkeit für sie in den Arm zu nehmen.

Nachdem Weismann sich wieder gefangen hatte, überreichte er Hope eine ausführliche wissenschaftliche Arbeit, die auf dem basierte, was sie auf der SD-Karte gefunden hatten. Es handelte sich um Beweise für die Millenium Prize Problems, für alle außer der Poincaré-Vermutung, die ja bereits vor Jahren von Grigori Perelman bewiesen worden war, und dem Beweis dafür, das P gleich NP-vollständig ist. Den hatte Weismann nicht reproduzieren können, wie er ihr gestanden hatte.

Weismann stand aber nicht als Erstautor auf dem Papier, der erste Platz war frei. Er war für Hopes Namen reserviert, wenn sie das wollte. Allein wolle er das auf keinen Fall publizieren, erklärte er.

Doch Hope nahm die Arbeit nur an sich und legte sie zur Seite auf eine Anrichte, wo eine Obstschale stand. Weismann und Line betrachteten es als Versprechen, sich die Sache zu überlegen.

Bevor sie gingen, zögerte Weismann kurz.

»Ich würde wirklich gern wissen, wie Sie es gemacht haben«, erklärte er. »Aus dem Programm konnte ich es nicht herauslesen. Und ich vermute, dass das auch nicht alles war. Ich weiß, es ist viel verlangt, aber würden Sie mir die Idee zeigen? Wenn ich Ihnen verspreche, dass ich es für mich behalte?«

Line stockte der Atem.

Was tut er da?

Sie versuchte sich vorzustellen, was das für Implikationen hatte. Wollte Weismann auch in den Besitz dieser schrecklichen Macht kommen? Was hatte er damit vor?

Doch Hope überraschte sie beide mit einem Lächeln. Sie stand auf und bat sie, ihnen nach draußen zu folgen. Dort blickte sie einmal zum blauen Himmel hoch, bevor sie mit dem Fuß ein Stück Erde glatt strich und begann, mit einem Stock etwas hineinzuzeichnen. Line sah Symbole und Linien, deren Bedeutung sich ihr nicht erschloss, doch Weismann nickte immer wieder. Das Schauspiel war erstaunlich schnell vorbei. Weismann bedankte sich höflich, bevor auch er nach oben sah. Line fragte sich, was mit ihm los war, bis sie einen Wassertropfen spürte. In der Zwischenzeit war unbemerkt eine Regenwolke aufgezogen. Keine fünf Minuten später zog ein Schauer über sie hinweg, der die Zeichnungen auf der Erde auslöschte.

Die Zeit für den Abschied nahte. Fistons Boot würde bald kommen, und wie sie es ihm versprochen hatte, bat sie Hope, sich eine Rückkehr zu überlegen. Sie könnte im Verborgenen leben, wenn sie das wollte. Hope quittierte den Vorschlag mit einem Lächeln, das von ihrer Tochter, die sie auf dem Arm hielt, gespiegelt wurde. Dieses Lächeln und ein Nicken waren alles, was sie zum Abschied bekamen.

Auf dem Weg zum Boot durchquerten sie ein letztes Mal das Dorf, und Line sah Kindern zu, die mit Steinen spielten. Dabei fiel ihr auf, dass die Kleinen Kiesel zu Haufen aufgeschichtet hatten, die überraschend regelmäßig aussahen. Sie bildeten eine Reihe und wurden immer größer.

»Wissen Sie, was das ist?«, fragte Line und zeigte auf die Haufen.

Weismann schmunzelte. »Wenn mich nicht alles täuscht, ist das die Fibonacci-Folge.«

»Die was?«, fragte Line.

»Eine der interessantesten Zahlenreihen, die es gibt. Ein Mann, der der *Filius*, also der Sohn, von Bonacci war, verwendete sie, als er zählen wollte, wie schnell sich seine Kaninchen vermehren. Ich erkläre es Ihnen im Flugzeug, ist eine tolle Geschichte. Aber erzählen Sie Fiston nichts davon. Lassen wir ihn in dem Glauben, dass Hope keinen Einfluss auf die Kultur dieser Menschen ausübt.«

Line musste lachen, und gemeinsam winkten sie Fiston zu, der bereits am Strand auf sie wartete.

NACHWORT

Mathematik ist eine sonderbare Wissenschaft. Sie handelt von eingebildeten Gegenständen und spielt sich rein in unserer Vorstellungswelt ab. Manche Menschen hassen sie leidenschaftlich, Alfred Nobels Abneigung gegen sie führte dazu, dass es bis heute keinen Mathematik-Nobelpreis gibt.

Für die Welt, in der wir leben, ist Mathematik die bestimmende Wissenschaft. Mathematik entscheidet Kriege, ist die Grundlage all unserer elektronischen Kommunikation, und jede naturwissenschaftliche Innovation ist in der Sprache der Mathematik formuliert. Es sollte daher nicht verwundern, dass neue Entwicklungen in der Mathematik großen Einfluss auf unsere Lebenswelt haben können. Und auch wenn Mathematik als die sicherste Wissenschaft gilt – die einzige, in der überhaupt sicheres Wissen möglich ist –, gibt es offene Fragen, um die abseits der Öffentlichkeit heftig gerungen wird.

Mit meinem Roman habe ich versucht, eine solche Frage weg vom wissenschaftlichen Dünkel vor einem größeren Publikum auf die Bühne zu bringen. Und wie immer bei meinen Büchern haben die Themen, die meine Figuren diskutieren, allesamt eine reale Grundlage. Die Vermutung, dass P und NP tatsächlich unterschiedlich sind, ist nach wie vor ein offenes Problem, für das es keinen Beweis gibt. Wer die Lösung findet, erhält ein Preisgeld von einer Million Dollar.

Die Möglichkeit, dass das Gegenteil wahr ist, wird von Fachleuten diskutiert, doch niemand vermag sich recht vorzustellen, was das bedeuten würde, so grundlegend wären die Auswirkungen. Ich habe hier ein paar der Möglichkeiten durchgespielt.

Die Entscheidung, Nigeria als Schauplatz zu wählen, fiel schon vor einigen Jahren. Ich lernte eine österreichische Mathematikerin kennen, die an Differenzialgleichungen forscht und einige Mathematiker aus Afrika in ihrem Team hatte. Nach und nach erfuhr ich über mathematische Fakultäten auf dem afrikanischen Kontinent und über verschiedene Austauschprogramme. Mathematik gilt als universelle, kulturübergreifende Sprache. Bei einem Erstkontakt mit Aliens würde man sich zur Verständigung der Mathematik bedienen. Dennoch hört man kaum etwas darüber, ob und inwieweit die Mathematik auf dem afrikanischen Kontinent eine Rolle spielt. Hier scheint ein gewaltiges Potenzial für faszinierende Entdeckungen brachzuliegen. So entstand die Idee einer Mathematikerin aus Lagos.

Jene Webseite, mit der man Mathematik auf Hochschulniveau lernen kann, beruht ebenfalls auf einer realen Vorlage. Der Physik-Nobelpreisträger Gerard 't Hooft erstellte bereits in den Neunzigern einen Onlinegrundkurs für Theoretische Physik, der alles enthält, was nötig ist, um an der aktuellen Forschung teilhaben zu können (sofern man die englische Sprache beherrscht). Die Seite gibt es nach wie vor, man findet sie hier: https://www.goodtheorist. science/gr.html. In einem Interview verriet er mir, dass ihm damit allerdings kein großer Erfolg beschieden war.

Doch die Geschichte zeigt, dass es gerade in der Mathematik möglich ist, im Alleingang Außergewöhnliches zu leisten. Der Inder Srinivasa Ramanujan hatte ohne Zugang zu einer Hochschule Mathematik aus Büchern gelernt. 1913 begann er einen brieflichen Austausch mit dem an der Universität Cambridge arbeitenden Mathematiker G. H. Hardy und fand dort Gehör für seine Ideen. Er wurde eingeladen, nach England zu kommen, und forschte einige Jahre gemeinsam mit Hardy – eine Geschichte, die vor einigen Jahren wunderbar mit Dev Patel in der Hauptrolle verfilmt wurde.

Schnell war mir klar, dass mein Roman auch von Geheimdiensten handeln würde. Durchbrüche wie jener, von dem dieses Buch handelt, stellen einen enormen Machtfaktor dar. So eine Situation gab es schon einmal: Während des Zweiten Weltkriegs engagierte die britische Regierung den genialen Mathematiker Alan Turing. Um den Krieg zu gewinnen, musste man irgendwie den Code der deutschen Chiffriermaschine Enigma knacken. Turing, der als einer der Väter der Idee des Computers gilt, erkannte, dass man zu diesem Zweck riesige Rechenmaschinen bauen musste. Dank eines rudimentären, halbmechanischen Computers, der liebevoll »Bombe« genannt wurde, gelang das ambitionierte Vorhaben. Diese Arbeiten hatten entscheidenden Anteil am Sieg der Alliierten über die Achsenmächte. Auch diese Geschichte wurde verfilmt, Benedict Cumberbatch spielt darin einen wunderbaren Alan Turing.

Der Film thematisiert auch die Strategie des Geheimdienstes, Rätselwettbewerbe zu veranstalten, um geeignete Bewerber zur Vergrößerung des Teams zu finden, damals in Form von Kreuzworträtseln. Diese Tradition wird bis heute fortgeführt. Der GCHQ, die Nachfolgeorganisation der Abteilung, bei der Turing einst beschäftigt war, veröffentlicht regelmäßig Rätsel auf Twitter und hat mehrere Rätselbücher herausgegeben. Die Existenz einer eigenen Abteilung zur Kreation dieser Rätsel wird geleugnet. Doch Geheimdienste gehen – nomen est omen – nicht immer ganz offen mit solchen Informationen um, und ich stellte mir vor, dass die für die Bücher verantwortliche Rätselabteilung einfach geheim gehalten wird.

Was Hopes Weltherrschaftspläne angeht, so habe ich einige Szenarien durchgespielt, die ich für besonders gefährlich halte. Manches davon ist aus dramaturgischen Gründen zeitlich zugespitzt, aber im Wesentlichen ist alles realen Beispielen entlehnt oder beruht auf realer wissenschaftlicher Forschung. Es ist ein kleiner Ausblick auf das, was auf uns zukommt, wenn wir es zulassen.

Wir leben in einer Science-Fiction-Welt, die immer komplexer wird. Man mag das bedrohlich finden, ich finde es hauptsächlich spannend.

MEIN DANK GILT:

Romy Supp, Lars Schultze-Kossak, Martina Wielenberg, René Stein, Clara Schmikl-Reiter, Christine Wiesenhofer, Georg Brandner, Andrea Scherrer, Tanja Traxler, Klaus Taschwer, Robert Preis, Johann Fischler, Gernot Reiter, Karin Krichmayr, Christian B. Lang, Thomas Waldner, Christine Kummer, Walter Kummer, Lena Kummer, Andreas und Maria Kleindl, Evelyn und Florian Dorfmeister.

Schließlich danke ich dir, Diana. Als ich dieses Manuskript fertigstellte, warst du noch nicht am Leben. Ich wusste nicht, wie es ist, eine kleine Tochter zu haben. Vieles von dem, was ich damals schrieb, verstehe ich erst jetzt wirklich.